KB102040

잘생긴 개자식

크리스티나 로런 지음
김지현 옮김

잘생긴
개자식

Beautiful Bastard

르누아르

Beautiful Bastard

1

아버지는 늘 말씀하셨다. 원하는 일을 배우려면 그 일을 하는 사람을 단 한순간도 놓치지 말고 지켜봐야 한다고.

"최고 자리에서 일하려면 바닥에서부터 시작해야 한다. CEO에게 없어서는 안 되는 사람이 돼라. 오른팔이 되어 그들 세계를 잘 배워둬. 그러면 학업을 마치는 즉시 너를 낚아채 갈 게다."

그래서 나는 그 누구도 하지 않으려는 일을 맡는 대체 불가능한 사람이 되었고, 오른팔이 되었다. 어쩌다 보니 거의 매일 한 사람의 면상을 찰싹 때려주고 싶어 미치겠는 오른팔 같은 존재가 되어버렸다.

그 면상의 주인공은 내 상사인 베넷 라이언이다. 그는 '잘생긴 개자식'이다.

그를 생각하는 것만으로도 위가 단단히 죄어든다. 훤칠한 키에 근사한 외모를 갖추었지만, 뼛속까지 사악한 인간이다. 지금껏 만난 사람 중에서 가장 독선적이고 거만한 얼간이다. 사무실에 있는 여직원들에게서 그의 분방한 행동에 관한 소문을 들으면서 얼굴만 잘생기면 다 되는 건지 의아했다. 아버지는 이런 말씀도 들려주셨다.

"아름다움은 살가죽 한 꺼풀에 달렸지만 추함은 뼛속에 새겨져 있다는 사실을 일찌감치 알아두렴."

지난 몇 년 동안 불쾌한 남자들과 충분히 어울려보았고 사실, 그중 몇 명과는 고등학생과 대학생 시절에 데이트도 해보아서 익히 잘 알고 있었다. 하지만 이번 경우가 가장 압권이다.

"안녕하십니까, 밀스 양!"

문제의 라이언 이사가 사무실 문가에 서서 인사를 건넸다. 내가 일하는 사무실은 그의 방으로 가기 전 대기하는 공간이기도 했다. 꿀을 바른 듯한 목소리다. 하지만 진실은 전혀 다르다. 꿀은 꿀이되 차갑게 얼려 얼음처럼 부서지는 꿀이다.

전화기에 물을 엎지르고 귀걸이를 음식물 쓰레기 처리기에 빠트린 데다 간선도로에서 뒤차에 들이받히고, 출동해서는 이미 다 아는 소리(당연히 뒤차의 과실이었다!)를 늘어놓을 경찰을 기다려야 했던 오늘 아침에 절대로 부딪치고 싶지 않은 사람이 있다면 언짢은 얼굴의 라이언 이사였다.

하지만 애석하게도 오늘도 변함없이 그는 언짢은 얼굴로 서 있었다. 나는 평상시와 다름없는 인사를 건넸다.

"좋은 아침입니다, 라이언 이사님."

그가 평소처럼 퉁명스럽게 고개를 까닥이는 것으로 이 불편한 아침 인사를 마무리해주기를 간절히 바랐다. 하지만 그의 곁을 스쳐 지나가려는 순간 나지막한 목소리가 들려왔다.

"정말 지금이 '아침'이라고 생각하나요, 밀스 양? 밀스가 사는 그 작은 세상에서는 지금이 몇 시인가요?"

나는 걸음을 멈추고 그의 냉담한 시선을 마주했다. 라이언은 나보다 족히 이십 센티미터는 더 크다. 그와 일하기 전까지는 내 키가 작다고 생각해본 적이 한 번도 없었다. 라이언 미디어 그룹에서 일한 지가 벌써 육 년이다. 아홉 달 전, 그가 가업을 승계하기 위해서 돌아온 후로 나는 곡예단원이나 신는 것으로 생각했던 높은 하이힐을 신고 다닌다. 그래야 간신히 그와 눈높이를 얼추 맞출 수 있었다. 그래도 여전히 고개를 뒤로 젖혀 그를 올려다봐야 하는 건 어쩔 수 없었다. 암갈색의 눈을 번득이며 서 있는 그는 이런 상황을 즐기는 게 분명해 보였다.

"아침에 이런저런 사고가 있었습니다. 다시는 이런 일 없도록 하겠습니다."

흔들림 없는 안정적인 목소리로 대답할 수 있어서 다행이다. 지금까지 지각한 적이 없는 나다. 단 한 번의 지각도 없었다. 하지만 첫 지각을 두고 야단법석을 떨고 싶다면 말릴 수는 없는 일이다. 나는 그의 곁을 슬쩍 지나쳐 지갑과 코트를 옷장에 넣고 컴퓨터 전원을 켰다. 문가에 서서 내 행동거지 하나하나를 바라보고 있는 그의 존재를 의식하지 않는 양 행동하려 노력했다.

"'아침에 이런저런 사고'가 있었다는 해명 정도면 오늘 밀스 양의 부재 동안 내가 처리해야 했던 일들에 대한 적절한 해명이 되는 모양이군요. 앨릭스 셰이퍼가 서명한 계약서를 약속한 대로 미국 동부 시각 아침 아홉 시에 받지 못했다고 해서 내가 직접 연락해서 수습해야 했고, 매들린 보몬트에게 내가 직접 전화를 걸어서 우리가 서면 제안서로 일을 진행할 것이라는 사실을 알려줘야 했습니다. 다시 말해서 오늘 아침에 밀스가 할 일과 내 일을 모두 했다는 겁니다. '아침에 이런저런 사고'가 났다고 해도 아침 여덟 시에는 출근해야 하는 거 아닙니까? 우리 중 몇몇은 브런치 시간 전에 일어나서 일을 시작하니까요."

고개를 들어 흘긋 그를 보았다. 내게 적대감을 불러일으킨 장본인은 넓은 가슴팍에 팔짱을 낀 채 두 눈을 부릅뜨고 있었다. 이 모든 게 한 시간의 지각 때문이었다. 나는 그의 검은색 정장이 어깨선에서부터 맞춤으로 떨어지며 아름다운 핏을 자랑하는 것을 쳐다보지 않으려고 눈을 깜빡이며 시선을 돌렸다. 우리가 같이 일하기 시작한 첫 달에 함께 컨벤션에 참가하러 호텔에 간 적이 있다. 나는 그곳 헬스장에 갔다가 러닝머신 옆에서 셔츠를 벗은 채 땀을 흘리던 그의 모습을 우연히 목격하는 실수를 저질렀다. 그는 모델들조차 간절히 원할 정도의 얼굴에, 남자의 것이라고 믿을 수 없을 만큼 아름다운 머릿결을 자랑했다. 막 관계를 하고 난 후의 머리카락. 아래층 여직원들은 그렇게 말했다. 괜히 그렇게 불리는 게 아니라고도 했다. 셔츠로 가슴의 땀을 훔치던 그의 모습은 나의 뇌리에 영원히 각인되었다.

물론 그가 입을 벌려 이렇게 말했을 때 그 아름다운 이미지는 엉망이 되고 말았지만 말이다.

"드디어 자신의 체력 단련에 관심을 갖게 된 것 같아 기쁘군요. 밀스 양."

정말 지긋지긋한 인간이다.

"죄송합니다, 라이언 이사님."

나는 살짝 비꼬는 투로 말했다.

"팩스를 처리하시고 전화 받는 힘든 일을 하게 해드렸네요. 앞서 말씀드렸다시피 다시는 이런 일 없도록 하겠습니다."

"옳은 말씀. 다시는 있어서는 안 되는 일입니다."

젠체하는 미소를 띠며 그가 대꾸했다.

저 입만 다물고 있으면 완벽할 텐데. 강력 접착테이프라면 해결책이 될 것 같기는 하다. 마침 내 책상 서랍에 테이프가 있어서 이따금씩 꺼내 들어 어루만지곤 한다. 언젠가 요긴하게 쓸 날이 오기를 바라면서 말이다.

"그러면 이번 일을 잊어버리지 않도록 도와주겠소. 오늘 오후 다섯 시까지 셰이퍼와 콜튼, 보몬트 프로젝트 현황표가 내 책상에 놓여 있는 걸 보고 싶군요. 그런 다음 오늘 아침에 빼먹은 근무시간을 채우기 위해서 여섯 시에 회의실에서 파파다키스 관련 모의 이사회 프레젠테이션을 하도록 하세요. 이 보고를 제대로 해낸다면 밀스가 무슨 일을 하는 사람인지 잘 알고 있음을 증명하는 게 될 겁니다."

나는 두 눈을 크게 뜨고, 그대로 돌아서 자기 사무실로 들어가 등 뒤에서 문을 닫는 잘난 이사님의 모습을 지켜보는 것 외에 다른 수가 없었다. 이번 파파다키스 프로젝트를 예정보다 일찍 진행시키는 건 그도 잘 알고 있었다. 내가 MBA 학위 논문 주제로 삼고 있는 일이기도 했기 때문이다. 계약을 체결하고 나서 몇 달 뒤까지만 프레젠테이션 슬라이드를 완성하면 되는 일이다. 지금은 계약도 체결되기 전이다. 프레젠테이션은 초고조차 아직 완성되지 못한 상황이었다. 그런데 온갖 일을 모두 해치우고 나서 모의 이사회 프레젠테이션을 준비하라니···. 손목시계를 내려다보았다. 좋아, 일곱 시간하고 삼십 분이 더 남았군. 점심밥을 건너뛴다면 가능하겠다. 나는 파파다키스 파일을 열고 본격적으로 파고들기 시작했다.

***

모든 사람이 점심을 먹으러 서서히 이동할 즈음에도 나는 자판기에서 빼 온 에너지바 한 봉지와 커피를 옆에 두고 책상에 달라붙어 있었다. 평소라면 집에서 가져온 간단한 음식을 먹거나 다른 인턴들과 함께 간단한 식사를 하러 자리를 떴겠지만 오늘은 시간이 내 편이 아니다. 외부로 나 있는 사무실 문이 열리는 소리가 들려 고개를 들어 보았다. 세라 딜런이 웃으면서 들어서고 있었다. 세라는 나와 마찬가지로 라이언 미디어 그룹에서 마련한 MBA 인턴십 프로그램에 참여하고 있는데, 나와 달리 회계 파트에서 일했다.

"점심 먹으러 갈 수 있지?"

세라가 물었다.

"건너뛰어야 할 것 같아. 오늘은 최악의 날이야."

나는 미안한 표정으로 세라를 보았다. 세라의 미소가 능글맞은 웃음으로 바뀌었다.

"최악의 날? 혹시 최악의 상사가 아니고?"

세라는 책상 가장자리에 걸터앉았다.

"오늘 아침에 그가 야단법석을 좀 떨었다는 말은 들었어."

나는 다 알지 않느냐는 표정을 지었다. 세라는 베넷 라이언과 함께 일하지 않았지만 그에 관한 모든 것을 알고 있었다. 회사 창업자 엘리엇 라이언의 막내아들인 그는 성미가 급하기로 악명 높아서 회사에서 모르는 사람이 없는 살아 있는 전설이다.

"내 몸이 두 개라도 이 일을 제시간에 마치지 못할 거야."

"내가 뭐 좀 가져다주지 않아도 되겠어?"

세라의 눈이 라이언의 사무실 쪽을 향했다.

"살인 청부업자나 성수 같은 거라도?"

"됐네요."

나는 크게 웃었다.

세라는 미소를 지으며 사무실을 나갔다. 마지막 남은 커피 한 모금을 마저 마신 나는 몸을 굽히다가 스타킹 올이 풀린 것을 발견했다.

"설상가상이네."

세라가 되돌아오는 소리를 듣고 내가 말했다.

"스타킹이 어딘가에 걸려서 찢어진 모양이야. 저기 있잖아, 혹시 초콜릿 파는 데 가면 한 20킬로그램 정도 사다줄래? 먹는 것으로라도 기분을 풀어야 할 것 같아."

고개를 들어보니 옆에 선 사람은 세라가 아니었다. 나는 얼굴을 붉히며 서둘러 치맛자락을 끌어내렸다.

"죄송합니다, 라이언 이사님. 저는…."

"밀스 양, 파파다키스 프레젠테이션을 준비하면서 찢어진 스타킹에 관해 여직원들끼리 토론할 만큼 여유가 있다면, 윌리스 사무실에 얼른 가서 보몬트 시장분석표와 시장 세분화 자료를 회수해

오세요."

라이언은 창문에 비친 자기 모습을 보며 넥타이 매무새를 고쳤다.

"그 정도는 할 수 있겠죠?"

지금 '여직원'이라고 했어? 인턴으로서 기본적인 어시스턴트 업무를 일부 맡고 있는 건 맞지만 내가 노스웨스턴대학에서 JT 밀러 장학금을 받기 전 몇 년 동안 이 회사를 위해 일했다는 걸 저 작자도 잘 알고 있을 터였다. 4개월 후면 나는 MBA 학위를 받는다.

'학위만 받으면 당장 당신 밑에서 벗어날 거야.' 나는 생각했다. 그리고 고개를 들어 번뜩이는 그의 두 눈을 마주했다.

"샘에게 부탁하겠…."

"이건 제안이 아닙니다."

라이언은 내 말을 가로막았다.

"직접 가서 가지고 오세요."

이를 앙다물고 나를 쳐다보던 그는 그대로 뒤로 돌아 자기 사무실로 돌진했다. 그의 등 뒤에서 문이 거칠게 닫혔다.

'도대체 왜 저러는 거야?'

심통 부리는 십 대처럼 문을 쾅 닫을 건 뭐람? 나는 의자에 걸어둔 재킷을 집어 들고 건물 몇 채를 지나쳐야 도착하는 지사로 향했다.

자료를 가지고 돌아와서 라이언 이사의 사무실 문을 두드렸다. 아무런 답이 없었다. 문고리를 돌려보았다. 잠겨 있었다. 내가 미친 사람처럼 시카고 거리를 내달리는 동안 신탁 자금을 넉넉히 물려받은 공주님과 점심 섹스를 후다닥 즐기기라도 하는 모양이다. 나는 우편물 투입구에 서류 봉투를 밀쳐넣으면서, 서류가 사방으로 흩어져 라이언이 허리를 숙여 하나씩 줍게 되기를 간절히 기도했다. 인과응보다. 아니 그보다는 아예 바닥에 무릎을 꿇고 흩어진 서류를 한 장씩 주워 모았으면 좋겠다. 그렇지만 내가 아는 라이언은 나를 저 지옥 같은 곳으로 불러들여서 서류를 치우게 하고 지켜볼 게 분명하다.

그로부터 4시간 후 프로젝트 진행 상황 보고서를 모두 완성하고 프레젠테이션 슬라이드도 거의 순서를 맞추어둘 수 있었다. 오늘 하루가 얼마나 끔찍했는지 돌이켜보니 히스테릭한 웃음이 터져 나왔다. 그러나 잠시 후 나는 복사실에서 유혈이 낭자한 살인 계획을 꾸미며 서 있어야 했다. 내가 지시받은 일은 매우 간단했다. 복사를 조금 해서 제본해주면 되는 것이었다. 식은 죽 먹기만큼 간단한 일이다. 하지만 실제로는 무려 두 시간이나 걸렸다.

나는 텅 빈 회사 건물의 어두워진 복도를 내달렸다. 프레젠테이션 자료를 닥치는 대로 안아 들고 손목시계를 흘깃 보았다. 여섯 시 이십 분. 라이언 이사가 안달복달하고 있을 것이다. 이십 분 늦었다. 오늘 아침 경험에 비추어 보건대 그는 지각을 극도로 혐오하는 사람이다. 베넷 라이언 멍청이 사전에는 '지각'이라는 단어가 없다. 물론 '마음'이나 '친절' '연민' '점심시간' '감사합니다' 같은 말도 없을 것이 분명하다.

나는 이탈리아제 스틸레토힐을 신고 텅 빈 복도를 달려서 사형 집행인에게로 갔다.

'호흡 조절해, 클로에. 두려운 기색을 들켜서는 안 돼.'

회의실 근처에 도착한 나는 가쁜 호흡을 진정시키려 애쓰면서 천천히 걸었다. 닫힌 문 아래로 밝은 빛이 새어 나왔다. 안에서 나를 기다리는 것이 분명하다. 조심스레 머리와 옷매무새를 매만진 뒤 안고 있던 서류 꾸러미를 정리했다. 나는 크게 심호흡한 다음 문을 두드렸다.

"들어오세요."

부드러운 조명이 비추는 공간으로 들어섰다. 회의실은 웅장했다. 한쪽 벽면을 가득 메운 창문 밖으로 18층 높이에서 바라보는 시카고의 도시 경관이 아름답게 펼쳐지고 있었다. 하늘 가장자리에는 어스름이 깔리고, 마천루의 불 켜진 창문이 지평선에 점점이 산재해 있었다. 회의실 한가운데에는 육중한 목재 회의 테이블이 있었다. 그 테이블 상석에서 나를 바라보는 사람은 라이언 이사였다.

양복 재킷을 벗어 의자 등받이에 걸어둔 그는 넥타이를 느슨하게 풀고 하얀 드레스셔츠 소매를 팔꿈치까지 접어 올리고 앉아 있었다. 손가락을 세워 마주 댄 채 그 위에 턱을 올려놓고, 두 눈은 내 눈에 구멍을 뚫을 기세로 번득였다. 하지만 말은 없었다.

"죄송합니다, 라이언 이사님."

아직도 호흡이 불안한 탓에 목소리가 떨렸다.

"프린트하는 데 시간이…."

나는 말을 멈추었다. 변명이 도움이 될 상황이 아니었다. 게다가 내가 어쩔 수 없는 일로 비난을 받을 수는 없었다. 빌어먹을, 마음대로 하라지. 용기를 그러모은 나는 턱을 치켜들고 그가 앉아 있는 곳으로 걸어갔다.

그의 시선을 피한 채 준비한 서류를 분류한 다음 테이블에 프레젠테이션 슬라이드 서류를 놓았다.

"시작할까요?"

그는 아무런 말대꾸도 하지 않은 채 대담한 척하는 나를 뚫어져라 바라보았다. 저렇게 잘생기지만 않았어도 일은 훨씬 더 쉬웠을 거다. 그는 앞에 놓인 자료를 가리키며 계속하라는 몸짓을 했다.

목을 가다듬고 프레젠테이션을 시작했다. 내가 사업 제안의 여러 측면을 다루는 동안 그는 조용히 앉아서 자기 앞에 놓인 자료를 응시하고 있었다. 왜 이렇게 조용한 거지? 성질을 부린다면 얼마든지 대처할 수 있지만 이 기분 나쁜 침묵은 불안했다.

나는 테이블 너머로 몸을 구부려 그래프를 향해 손짓을 했다.

"프로젝트의 첫 번째 중요 시점 관련 일정이 약간 모호…."

그때였다. 나는 하던 말을 멈추었다. 숨이 목에 걸렸다. 그의 손이 내 등 아랫부분에 부드럽게 닿았다가 아래로 미끄러져 내려와서 엉덩이 곡선에서 멈추었다. 함께 일한 지난 아홉 달 동안 단 한 번도 의도적인 신체 접촉을 한 적이 없었던 그다. 하지만 이번에는 확실히 의도적인 접촉이다.

그의 손에서 뿜어져 나오는 열기가 스커트를 뚫고 내 피부로 전해졌다. 몸의 모든 근육이 팽팽해지고 몸속이 모두 녹아내리는 것만 같았다. 도대체 무슨 짓을 하는 거야? 뇌에서는 라이언의 손을 당장 밀쳐 내라, 다시는 내게 손대지 말라고 말하라고 소리쳤지만 몸은 다른 생각을 하는 것 같았다. 젖꼭지가 단단해지는 게 느껴졌다. 이를 악물었다.

흥분에 갇힌 내 심장이 쿵쾅거렸다. 족히 삼십 초가 지나는 동안 우리 두 사람은 아무 말도 하지 않았다. 그러는 사이 그의 손이 아래로 더 내려와 허벅지를 어루만지고 있었다. 나의 거친 숨소리와 창 너머 도시의 억눌린 소음만이 회의실의 정적을 메웠다.

"뒤로 돌아서요."

나지막한 그의 목소리가 침묵을 깨트렸다. 나는 허리를 펴고 시선은 앞을 향한 채 천천히 뒤로 돌아섰다. 그의 손이 나를 스치듯 지나 엉덩이로 미끄러져 내려갔다. 등 아랫부분에서 느껴지던 손가락 끝의 조심스러운 손길은 어느새 두툼한 손바닥의 느낌으로 바뀌었다. 그는 엄지손가락으로 골반 바로 앞 부드러운 살결을 꾸욱 눌렀다. 나는 시선을 떨어트려 그의 눈을 마주 보았다. 그가 나를 골똘히 바라봤다.

그의 가슴이 들썩이며 점차 호흡이 가빠지는 것을 알 수 있었다. 그의 날카로운 턱 근육이 꿈틀거렸고 엄지손가락이 움직이기 시작했다. 천천히 조심스레 앞뒤로 미끄러지듯 엄지손가락을 움직이는 내내 그의 눈은 내 눈에 고정되었다. 내가 멈추라고 말하기를 기다리는 게 분명했다. 그의 손길을 뿌리치거나 그대로 뒤로 돌아서서 자리를 피할 충분한 시간이 있었다. 하지만 너무도 많은 감정이 교차하면서 도무지 정리가 되지 않는 두뇌에서는 어떤 반응도 생각해내지 못했다. 전에는 이런 적이 한 번도 없었다. 라이언에 대해 이런 감정을 갖게 되리라고는 상상도 해본 적이 없다. 당장 따귀를 한 대 갈겨버리고 나서 그의 셔츠를 잡아 일으켜서… 그의 목을 핥고 싶었다.

"지금 무슨 생각을 하고 있지?"

나지막이 말하는 그의 두 눈은 희롱하는 듯했지만 뭔가 염려하는 구석도 있는 듯 보였다.

"그걸 알아내려고 노력하는 중입니다."

라이언은 내 눈을 마주 보며 손을 조금 더 아래로 미끄러트리듯 움직였다. 그의 손가락이 내 허벅지까지 내려오는 듯하더니 치맛단으로 옮겨갔다. 치맛단이 들춰지고 그의 손끝이 레이스 밴드 스타킹과 이어진 가터벨트 끈을 더듬었다. 기다란 손가락 하나가

얇은 천 아래로 비집고 들어오더니 살짝 아래로 잡아당겼다. 나는 숨을 헉 들이마셨다. 순간 몸이 녹아버리는 느낌이었다.

이 몸뚱이는 뭐지? 이런 반응을 보이다니. 여전히 라이언 이사의 빰따귀를 한 대 갈기고 싶었지만 그보다 더 다급하게 그가 계속해주기를 바라고 있었다. 다리 사이의 묵직한 통증이 점점 커져갔다. 그의 손가락이 팬티 가장자리까지 침입하더니 순식간에 안으로 미끄러져 들어왔다. 부드러운 살을 어루만지는 그의 손길이 클리토리스를 스치고 내 깊숙한 곳으로 밀고 들어오는 순간 나는 입술을 깨물고 터져 나오는 신음을 억누르려 노력했지만 실패했다. 시선을 떨어트려 그를 바라보니 이마에 땀방울이 송골송골 맺혀 있었다.

"이런!"

그가 거친 음성으로 나직하게 말했다.

"촉촉이 젖었어."

라이언이 두 눈을 감았다. 나처럼 마음속에서 치열한 전투를 벌이고 있는 것 같았다. 나는 그의 넓적다리 쪽을 내려다보았다. 부드러운 바지 천이 꽉 죄어 있는 모습을 분명히 볼 수 있었다. 라이언은 두 눈을 감은 채로 손가락을 빼더니 내 팬티 레이스를 움켜쥐었다. 고개를 가로저으며 나를 올려다보는 그의 얼굴이 격앙되어 있었다. 침묵을 깨고 거친 파찰음이 울려 퍼지더니 순식간에 내 팬티가 찢겨 나갔다.

라이언은 내 엉덩이를 거칠게 잡아당겨 나를 차가운 탁자 들어 올리고 내 두 다리를 벌렸다. 나도 모르게 신음이 흘러나왔다. 다시 그의 손가락이 다리 사이로 미끄러져서 내 안으로 밀고 들어왔다. 분명히 몹시도 경멸하던 남자. 하지만 내 몸은 머리와 생각을 달리하고 있었다. 심지어 그가 더 해주기를 갈망하고 있었다. 이렇게 능숙한 손놀림이라니! 지금껏 내가 알던 남자들과 같은 부드러운 손길은 아니었다. 이건 원하는 것은 기어이 쟁취하고야 마는 남자의 손길이다. 그런 그가 지금 나를 원하고 있다. 고개를 옆으로 떨구고 팔꿈치로 몸을 지탱했다. 절정의 순간이 빠르게 임박하고 있음을 느낄 수 있었다. 급기야 흐느끼는 듯 "오, 제발!"이라고 속삭이는 경악스러운 일이 벌어졌다.

라이언은 동작을 멈추고 손가락을 빼내 주먹을 꼭 쥐었다. 나는 몸을 일으키고 앉아 그의 실크 넥타이를 움켜쥐고 끌어당겨 그의 입을 거칠게 덮쳤다. 그의 입술은 겉보기만큼이나 완벽했다. 단단하면서 부드러웠다. 그의 정확한 입술 각도와 애태우는 혀의 움직임에 나는 분별력을 잃었다.

나는 그의 아랫입술을 깨물었다. 내 두 손은 재빨리 그의 바지 앞섶을 향해 내려가 바지춤을 지탱하는 허리띠를 낚아채 빼버렸다.

"시작한 일은 끝을 보셔야죠."

목구멍 너머에서 낮게 울리는 듯 성난 목소리를 내던 라이언

잘생긴 개자식

은 내 블라우스를 움켜쥐고 거칠게 벗겼다. 은색 단추들이 기다란 회의용 테이블 위로 흩어져 굴렀다. 그의 두 손이 내 늑골을 스치고 지나 가슴을 덮쳤다. 엄지손가락이 단단해진 내 젖가슴의 정상을 쓰다듬었다. 그러는 내내 그의 짙은 눈동자는 내 얼굴에 고정되어 표정을 살폈다. 그의 손이 크고 거칠어서 고통스러울 지경이었지만 나는 주춤하거나 뒤로 물러서지 않고 오히려 그의 손바닥 안으로 상체를 드밀며 더 강한 것을 원했다. 그는 낮은 신음 소리를 뱉어 냈다. 그의 손가락에 힘이 들어가며 단단하게 죄어왔다. 순간 멍이 들지도 모른다는 생각이 들었지만 다음 순간에는 제발 그렇게 되기를 바라는 마음뿐이었다. 지금의 이런 느낌을 기억하고 싶었다. 억압되었던 육체의 욕구가 모조리 터져 나온 순간의 느낌을 놓치고 싶지 않았다. 라이언은 상체를 앞으로 숙여 가까이 다가오더니 내 어깨를 깨물며 속삭였다.

"사람 애간장 태우기를 좋아하는 여자군."

그와의 접촉 정도가 성에 차지 않은 나는 다급하게 그의 바지 지퍼를 내리고 바지와 사각팬티를 거칠게 바닥으로 밀쳐 냈다. 그의 성난 남성을 강하게 움켜쥐자 격하게 고동치는 맥박이 손바닥에 느껴졌다.

그의 입술 사이로 치찰음처럼 "밀스 양"이라는 소리가 흘러나왔다. 이런 상황에서 그런 어이없는 호칭을 사용하는 그에게 화가 나야 마땅하지만 지금 이 순간 내 머리와 심장을 차지한 것은 오로지 달뜬 욕망뿐이다. 그가 치맛자락을 추켜올리며 나를 회의실 테이블 위로 밀었다. 외마디 소리를 내기도 전에 그는 내 발목을 잡아 다리를 벌리고 자신의 남성을 잡고 성큼 다가와 내 안 깊은 곳으로 밀어 넣었다.

내 입에서 터져 나오는 낮은 신음을 막을 길이 없었다. 이건… 그 어떤 것보다 좋았다.

"왜 그러는 거지?"

그가 앙다문 이 사이로 나지막이 속삭였다. 그의 엉덩이가 내 허벅다리에 부딪쳤다. 그는 내 몸 깊은 곳으로 파고들었다.

"이런 식은 처음? 그게 아니라면 괜히 사람 애간장을 태워 일을 저지르게 만들지는 않았을 테니."

도대체 이 남자는 자기가 뭐라고 생각하는 거지? 잘난 척하기는. 하지만 내 몸은 그의 말에 더욱 흥분하고 있었다. 사실 틀린 말은 아니었다. 전에는 침대가 아닌 곳에서 남자와 관계를 맺은 적이 없었을 뿐 아니라 이런 느낌을 받은 적도 없었다.

"그러게요."

나는 도발적으로 비아냥거렸다.

라이언은 낮은 웃음을 터트렸다.

"나를 봐요."

"싫어요."

황홀경의 고지를 바로 눈앞에 둔 순간 라이언의 몸이 내게서 떨

　　　　　　　　　　　잘생긴 개자식

어졌다. 처음에는 정말 그가 이대로 나를 내버려두고 자리를 떠나는 줄 알았다. 하지만 그는 내 두 팔을 움켜쥐고 잡아당겨서 탁자에서 일으켜 세운 다음 키스했다. 그의 입술과 혀가 내 것과 얽혀들었다.

그리고 다시 말했다.

"나를 봐요."

그의 남성이 침입해 들어오지 않은 상황에서는 그렇게 할 수 있었다. 그가 천천히 눈을 감았다 떴다. 길고 짙은 속눈썹이 볼에 그늘을 드리웠다. 라이언이 다시 입을 열었다.

"내게 해달라고 부탁해요."

어이없는 말이었다. 반론의 여지가 충분했지만 베넷 라이언다운 말이었다. 딱 개자식이 할 법한 말. 나는 그를 통해 오르가슴을 느끼고 싶었다. 지금 이 순간 그 어떤 것보다도 그걸 원했다. 하지만 그에게 부탁하고 싶지는 않았다. 무슨 그런 일을!

그를 노려보며 목소리를 낮춰 말했다.

"라이언 이사님, 정말 지긋지긋한 멍청이시네요."

라이언의 미소가 이런 내 반응을 원하고 있음을 말해주었다. 그의 사타구니를 무릎으로 강타하고 싶었지만 그렇게 하면 내가 정말 원하는 것을 더 이상 얻지 못하게 된다.

"제발 부탁한다고 말해야 하는 것 아닌가요, 밀스 양?"

"빌어먹게도 제발 부탁할게요."

다음 순간 내 가슴에 유리창의 차가운 기운이 느껴졌다. 유리창의 냉기와 내 몸의 열기가 빚어내는 날카로운 충돌을 느끼며 낮은 신음소리를 내뱉었다. 온몸이 불타는 듯 화끈거렸다. 몸 구석구석이 라이언의 거친 손길을 원하고 있었다.

"당신이라는 여자의 일관성은 인정하지 않을 수 없군."

베넷 라이언은 으르렁거리듯 말하고 내 어깨를 깨물고는 내 발을 치며 말했다.

"다리를 벌려요."

다리를 벌리자 그는 한 치의 망설임도 없이 내 엉덩이를 잡아당겨 우리 사이에 남은 공간을 없애고 나를 향해 돌진해 들어왔다.

"차가운 걸 좋아하나?"

"좋아해요."

"음탕하고 외설적인 여자군. 사람들 시선을 즐기는 모양이지?"

내 귓불을 이로 문 채 웅얼거리듯 라이언이 말했다.

"시카고의 모든 사람이 여기를 올려다보고 지금 우리의 이런 모습을 보게 되어도 좋은 거지. 이 예쁜 가슴이 유리에 짓눌려 있는 이 순간을 당신은 즐기고 있어."

"말은 그만해요. 당신이 이 순간을 망치고 있어요."

사실은 그렇지 않았다. 오히려 그 반대였다. 신음 소리가 섞인 그의 거친 목소리는 음탕한 효과를 내고 있었다. 베넷 라이언은 내 귓가에서 웃음을 터트렸다. 내가 그의 목소리에 온몸을 떨고 있음을 아는 것 같았다.

"오르가슴을 느끼는 당신 모습을 사람들에게 보이고 싶나?"

나는 낮은 신음 소리로 대답을 대신할 수밖에 없었다. 반복적으로 내 안으로 들어오는 그의 남성을 느끼면서는 제대로 된 말을 할 수가 없었다. 내 온몸은 점점 유리창에 밀착되었다.

"밀스 양, 오르가슴을 느끼게 해달라고 분명히 말해요. 제대로 말하지 않으면 당장 멈추고 당신에게 펠라티오를 시킬 테니까."

허스키하게 갈라진 음성과 함께 그의 남성이 점점 내 안의 깊숙한 곳을 공략하고 있었다. 그를 증오하던 나는 혀끝에 닿은 설탕처럼 녹아 없어지고 라이언이 지금 내게 선사하는 이 감각을 간절하게 원하는 나는 점점 커지고 있었다. 한껏 달아오른 몸은 쉽게 만족하지 못하고 있었다.

"분명히 말하면,"

그가 몸을 앞으로 기울여 내 귓불에 입술을 대고 살짝 빨아들였다가 날카롭게 깨물었다.

"약속한 것을 분명히 주겠어."

"제발요."

나는 두 눈을 감고 모든 것을 차단한 후 라이언만을 느끼면서 말했다.

"그래요. 부탁해요, 제발."

라이언은 손을 뻗더니 손끝으로 내 클리토리스를 어루만졌다.

너무 강하지도 너무 약하지도 않게 완벽한 리듬감을 선보이는 애무였다. 내 뒷목에 닿은 그의 입술에서 웃고 있는 것을 느낄 수 있었다. 그가 입을 벌려 내 살갗에 잇자국을 내려는 순간 나는 완전히 무너져버렸다. 뜨거운 기운이 등줄기를 타고 흘러내려 엉덩이를 지나 벌어진 다리 사이로 번져갔다. 나는 다급히 라이언에게 몸을 밀착시켰다. 두 손으로 유리창을 쾅 때렸다. 온몸을 급습하는 오르가슴에 전율하며 거칠게 숨을 몰아쉴 수밖에 없었다. 마침내 황홀경의 파도가 가라앉자 라이언은 몸을 떼어 내고 나를 뒤로 돌려 안아 자기를 바라보게 했다. 그는 고개를 숙여 입으로 내목과 턱, 아랫입술을 차례로 애무했다.

"감사의 인사 정도는 기대해도 되겠지."

그가 속삭였다.

나는 두 손으로 그의 머리를 움켜쥐고 세게 끌어당겼다. 그의 반응을 보고 싶었다. 라이언은 정말 완벽하게 자신을 제어하고 이 짓을 하는 걸까? 아니면 그렇다고 생각하고 싶은 걸까? '그런데 지금 우리가 무슨 짓을 하는 거지?'

라이언은 신음 소리를 뱉으며 내 손에 머리를 맡기고 내 목에 키스를 퍼부었다. 발기한 그의 남성이 내 복부에 닿았다.

"이제는 내가 느끼게 해줘야지."

나는 한 손을 그의 머리에서 떼어 내어 아래로 떨어트려 그의 남성을 어루만지기 시작했다. 묵직하고 기다란 물건은 내 손아귀에 완벽하게 맞아떨어졌다. 얼마나 근사한 느낌인지 말하고 싶었지만 라이언에게 그런 말을 하느니 죽는 편이 나을 것 같았다. 그 대신 그의 입술에서 벗어나 반쯤 감은 눈으로 그를 응시했다.

"당신이 이 세상에서 제일 지긋지긋한 멍청이라는 사실을 잊을 만큼 느끼게 해드리죠."

나는 나지막이 말하고 유리에 기댄 몸을 천천히 아래로 내려서 그의 남성 전체를 입으로 물었다. 입안 가득 찬 그의 남성이 목구멍 안쪽까지 닿았다. 라이언의 온몸이 긴장하는 걸 느낄 수 있었다. 깊은 신음 소리가 그의 입술 사이로 흘러나왔다. 나는 고개를 들어 위를 보았다. 그는 두 손과 이마를 유리에 대고 눈을 질끈 감고 있었다. 무장해제가 된 베넷 라이언은 육체의 감각에 모든 것을 내맡긴 것 같았다. 그런 중에도 그는 아름다웠다.

하지만 라이언은 절대로 무장해제 되는 법이 없는 남자다. 지구상에서 가장 고약한 얼간이다. 그런 그 앞에 지금 나는 무릎을 꿇고 이러고 있다. 이런 빌어먹을! 이건 아니다.

그래서 나는 그가 원하는 것을 주는 대신 자리를 박차고 일어났다. 나는 치마를 잡아당겨 제자리로 돌려놓으며 라이언의 시선을 맞받아쳤다. 그의 손길에서 벗어나니 일이 훨씬 더 쉬워졌다. 베넷 라이언을 상대로 가져서는 안 될 느낌을 받지 않고 있으니 머리가 제대로 돌아가기 시작하는 것 같았다.

몇 초 동안 우리 두 사람은 꼼짝 않고 서로를 응시했다.

"지금 도대체 무슨 짓을 하는 거지?"

라이언은 쉿소리를 내며 말했다.

"당장 앉아서 입을 벌려."

"천만에요."

단추가 떨어진 셔츠 앞섶을 움켜쥔 나는 떨리는 다리가 내 의지를 뒷받침해주기를 간절히 바라며 발걸음을 뗐다. 책상에 둔 지갑을 움켜쥔 나는 블레이저 재킷을 입고 필사의 노력을 다해 떨리는 손가락으로 재킷 단추를 잠갔다. 라이언 이사님이 회의실에서 미처 빠져나오지 못한 사이 나는 엘리베이터를 향해 내달리며 다시 그와 얼굴을 마주하기 전에 엘리베이터를 탈 수 있기를 빌었다.

이곳을 벗어나야만 도대체 무슨 일이 벌어졌는지 제대로 파악할 수 있을 것 같았다. 베넷 라이언과의 섹스를 통해서 지금껏 느끼지 못했던 최고의 오르가슴을 경험했다. 그러고 나서는 바지가 발목까지 내려와 있는 그를 회사 회의실에 버려두고 도망치듯 나왔다. 베넷 라이언은 성적 흥분 상태를 제대로 해소하지 못해 겪는 '블루 볼스(blue balls)'라는 최악의 상태를 겪고 있을 것이다. 다른 사람이 그 지경으로 만들었다면 신이 나서 하이파이브를 청했을 것이다. 하지만 남이 한 일이 아니라 내가 저지른 일이다.

'제기랄.'

엘리베이터 문이 열렸다. 나는 안으로 들어서서 재빨리 닫힘 버튼을 누르고 층수를 가리키는 숫자가 점점 낮아지는 것을 지켜보았다. 엘리베이터가 로비 층에 도착하자마자 쏜살같이 달려 나가홀을 질주했다. 늦게까지 일한다는 식의 말을 건네는 경비에게 손을 흔들며 재빨리 지나쳤다.

걸음을 옮길 때마다 다리 사이에서 느껴지는 알싸한 통증이 지난 한 시간 동안 벌어진 사건을 상기시켰다. 차가 있는 곳에 도착해서 리모컨 키를 누른 후 문을 열었다. 가죽 시트를 씌운 운전석이 주는 안도감을 느끼며 긴장을 풀 수 있었다. 고개를 들어 후방거울에 비친 내 모습을 바라보았다.

'이게 도대체 무슨 일이지?'

2

'젠장, 망했어.'

잠에서 깬 지 삼십 분이 지났지만 여전히 천장을 바라보고 누워 있다. 머릿속은 엉망이고 빌어먹을 아랫도리는 단단해져 있었다.

또 이 모양이다.

나는 천장을 무섭게 노려보았다. 지난밤, 그 여자 그러니까 클로에 밀스가 나를 곤란한 상황에 빠뜨리고 도망간 후에 마스터베이션했던 일을 머릿속에서 지울 수가 없었던 모양이다. 꿈속에서도 같은 상황이 벌어졌다. 게다가 이런 식으로 잠에서 깬 게 이미 수백 번도 넘었지만 이번이 최악이다. 그녀에게서 내가 취할 수 있는 게 무언지 맛을 보고 말았기 때문이다. 그녀는 내가 마지막까지 가도록 해주지도 않았다.

아홉 달은 족히 지난 것 같다. 빌어먹을 그동안 아침마다 잠에서 깨

잘생긴 개자식

어나면 내 팬티는 텐트를 쳤다. 그리고 원치 않는 상대와의 판타지가 끝임없이 이어졌다. 아니 엄밀히 말하면 원치 않는 상대는 아니다. 나는 그녀를 원한다. 지금껏 만났던 그 어떤 여자보다도 더 간절하게 원한다. 그런데 문제는 동시에 그녀를 증오한다는 점이다.

그녀 역시 나를 증오한다. 그녀는 '진심으로' 나를 싫어한다. 서른한 해를 살아오면서 밀스 양처럼 내 성미를 건드리는 사람은 만난 적이 없다.

이름을 떠올리는 것만으로도 아래가 곤두섰다. '이 정신없는 배신자 같으니라고.' 이불 속에서 부풀어 오른 녀석을 물끄러미 내려봤다. 이 멍청한 신체 일부 때문에 일이 모두 엉망으로 꼬이기 시작한 것이다. 두 손으로 얼굴을 비비며 마른세수를 한 나는 몸을 일으켜 앉았다.

'도대체 왜 저 녀석을 바지 속에 얌전히 보관하지 못했을까?'

근 일 년 동안 잘 참아왔다. 효과가 있었다. 언제나 일정한 거리를 두고 상사다운 엄격한 태도를 유지했다. 뭐 약간은 재수 없는 개자식처럼 굴었다는 점은 인정한다. 그래도 잘하고 있었는데 그만 통제력을 잃고 말았다. 한순간에 벌어진 일이었다. 그 조용한 회의실에 앉아 있는 동안 그녀의 체취가 진동하고 빌어먹을 스커트와 엉덩이가 내 면전에서 어른거렸다. 한순간에 무너지고 말았다.

그 전에는 한 번만 그녀를 안으면 대번에 흥미를 잃고 이런 밑도 끝도 없는 욕정이 사라지리라고 확신했다. 그러면 마침내 평정심을 되찾을 게 분명하다고 생각했다. 하지만 지금 나는 침대에 앉아서 몇 주

동안 제 기능을 발휘하지 못해 성이 난 듯 단단하게 곧추선 물건을 내려다보고 있다. 시계를 봤다. 새벽 네 시였다.

가볍게 샤워하다가 지난밤에 그녀가 내 몸에 남긴 흔적을 지우려는 듯 몸을 벅벅 문질렀다. 이런 느낌은 곧 사라질 거다. 사라져야만 한다. 베넷 라이언은 호색한 십 대처럼 행동하는 사람이 아니다. 게다가 사무실에서 섹스를 하는 그따위 인물도 절대 아니다. 머릿속에서 떠나지 않으면서 모든 일을 엉망으로 만드는 여자 따위는 절대로 필요 없다. 그녀가 이런 식의 영향력을 나에게 발휘하도록 내버려둘 수 없다.

그녀에게서 취할 수 있는 것이 무엇인지 알기 전까지는 모든 것이 훨씬 나았다. 그 전에도 쉬운 일이 아니었지만 맛만 보고 놓쳐버린 지금은 백만 배나 더 고약하게 힘들다.

*＊＊

내 사무실로 들어가려고 걸음을 옮기는 중에 그녀가 들어섰다. 지난밤에 황망하게 자리를 떠날 때처럼 갑자기 문을 열고 뛰어 들어왔다. 지금부터 펼쳐질 시나리오는 둘 중 하나다.

내게 추파를 던지면서 지난밤 일에 어떤 의미가 있다고, 그러니까 우리 둘 사이에 뭔가가 있다고 생각하는 기색을 보일 수 있다. 아니면 그냥 나를 곤란하게 만들 수도 있다.

어제 일이 밖으로 새어 나가면 나는 지금 지위를 보존하기 어려울 뿐 아니라 지금껏 쌓아온 모든 것을 잃을 수도 있다. 밀스 양을 싫어하기는 하지만 그런 일을 할 사람이란 생각은 들지 않았다. 지금껏 겪어온 바에 의하면 그녀는 신뢰할 만하고 성실한 사람이다. 그건 인정할 수밖에 없다. 성질머리가 더럽게 사나운 여자이지만 나를 사자 굴에 던져버리지는 않을 것이다. 대학을 졸업하고 계속 라이언 미디어 그룹에서 일해온 밀스가 회사의 인재로 평가받는 데는 그런 성품을 인정받은 측면도 한몫했다. 몇 달 뒤 MBA 과정을 마치고 나면 그녀는 그동안의 수고를 보상받게 된다. 그런 상황을 위태롭게 하는 건 그녀도 원하지 않을 것이다.

하지만 나를 완전히 무시하는 것은 열 받을 일이다. 그녀는 무릎까지 내려오는 트렌치코트를 입고 걸어왔다. 코트 안의 모습을 철통 방어하는 차림새이지만 근사한 다리를 맘껏 뽐내는 효과가 있기도 했다.

이런 제기랄… 저런 구두만 신어준다면야 잘 참아낼 수 있을 것 같다… '하지만 저 원피스만은 안 돼. 제발, 신이시여, 저 옷만은 안 됩니다.' 나는 저 원피스에 관한 한 자제력을 발휘하기란 쉽지 않을 거란 사실을 직감할 수 있었다.

재킷을 벗어서 옷장 안에 걸어두고 책상에 자리를 잡고 앉는 그녀의 모습을 노려보았다.

정말 할 말이 없군. 온 세상을 통틀어서 저렇게 음탕하게 사람을 애태우는 여자는 없을 거다.

저놈의 하얀색 원피스가 화근덩어리다. 목덜미와 쇄골의 부드럽고 매끄러운 피부를 강조하는 깊이 파인 네크라인과 매력적인 가슴에 완벽하게 밀착되는 하얀색 원단은 내 존재를 위협하는 골칫덩어리다. 먹음직스런 포장지 안에 지옥과 천국이 모두 싸여 있는 셈이다.

무릎 아래까지 떨어지는 스커트는 지금껏 봤던 어떤 치마보다도 섹시하다. 사실 얼핏 보면 그리 도발적일 것도 없는 평범한 옷일지 몰라도 거기엔 뭔가가 있다. 그 순결한 백색이 오히려 더 자극적이어서 나를 온종일 엉뚱한 생각에 시달리게 만들었다. 게다가 저 여자는 저 드레스를 입을 때면 늘 머리를 풀어 내린다. 내가 반복적으로 꿈꾸는 성적 판타지 중 하나가 단정한 머리를 지탱하는 빌어먹을 핀들을 모조리 빼버리고 머리카락을 한 움큼 덥석 움켜쥐고 그녀와 섹스하는 것이었다.

젠장, 정말 사람 미치게 하는 여자다.

저 여자는 내가 있는 줄도 모르는 모양이다. 나는 그대로 몸을 돌려 사무실로 성큼성큼 걸어 들어가 등 뒤에서 문을 세게 닫았다. 왜 어째서 여전히 그녀는 이런 식으로 내게 영향력을 미치는 거지? 지금껏 내가 일하지 못할 정도로 내 정신을 산란하게 만드는 사람은 한 명도 없었다. 이런 일을 초래한 최초의 인간이라는 점만 봐도 저 여자는 최악이다.

하지만 마음 한편에서는 어젯밤에 본 그녀의 의기양양한 얼굴이 재미있기도 했다. 잔뜩 흥분해서 바지만 벗은 채 그녀의 손길을, 아니 입을 애걸하던 나를 내버려두고 그대로 돌아서서 달려 나간 저 여자는 강철 심장을 가진 게 분명하다. 정말 대단한 여자다.

슬그머니 입술에 미소가 걸리려는 걸 꾹 참고 다시 그녀를 미워하는 일에 집중하기로 마음을 다잡았다. 이제는 일에만 집중하고 그 여자 생각은 그만두자. 나는 책상으로 가서 자리에 앉아 어젯밤 그녀의 입술이 얼마나 근사하고 환상적인 느낌을 주었는지를 생각하는 대신 뭔가 다른 것에 집중하려 노력했다.

'하등 도움 될 것 없는 일이니 치워버려, 베넷.'

노트북을 열고 오늘의 일정을 확인했다. 어디 보자, 오늘 일정이… 이런 제기랄. 내 최신 일정은 저 못된 여자의 컴퓨터에 들어 있다. 제발 오늘 아침에 중요한 미팅이 없어야 할 텐데. 정말 필요한 상황이 아니면 저 얼음 여왕을 이 안으로 불러들이고 싶지 않다.

***

엑셀 파일을 열어 차트의 숫자를 검토하고 있는데 문을 두드리는 소리가 들렸다.

"들어와요."

나는 목소리를 키워 말했다. 하얀색 봉투 하나가 책상 위로 던져졌다. 고개를 들어보니 밀스가 반항적이고 도전적인 눈으로 나를 뚫어져라 내려다보고 있었다. 그리고 더 이상 가타부타 말도 없이 그대로 뒤돌아서 내 사무실을 나가버렸다.

나는 극심한 공포감을 느끼며 문제의 봉투를 쳐다보았다. 내 부적절한 행실을 자세히 담은 공식 문서일 가능성이 높았다. 직장 내 성희롱으로 고소하겠다는 의도를 전하는 제스처임이 분명하다. 격식을 갖춘 공식 문서로서 표제가 붙어 있을 테고 맨 끝에는 저 여자의 서명이 떡하니 쓰여 있을 것이라 예상했다.

하지만 내 예상과는 전혀 다르게 그건 온라인 의류 쇼핑 사이트에서 발행한 영수증이었다. 그리고… 회사 법인카드로 결제되어 있었다. 나는 의자에서 튀어나오듯 일어나 사무실을 빠져나가 밀스 양의 뒤를 부리나케 쫓았다. 밀스는 계단통을 향해 가고 있었다. 잘됐군. 18층이니 계단을 이용하는 사람은 없을 것이다. 우리 둘 외에는. 그렇다면 저 여자에게 실컷 큰소리를 쳐도 아무도 모를 것이다.

계단으로 통하는 문이 요란하게 닫혔다. 밀스 양의 하이힐 소리가 바로 다음 계단통에서 울려 퍼졌다.

"밀스 양, 도대체 지금 어디 가는 겁니까?"

클로에 밀스는 뒤도 돌아보지 않고 가던 걸음을 재촉하며 말했다.

"커피가 다 떨어져서요."

앙다문 입술 사이로 새어 나오는 말투였다.

"그러니까 이사님의 사무실 여직원으로서 14층에 있는 카페에 내려가서 커피를 좀 가져오려고요. 이사님께서 카페인을 복용하지 못하시는 불상사는 없어야 할 테니까요."

저런 못된 성질머리의 여자가 저렇게 섹시한 건 도대체 무슨 조화란 말인가? 나는 계단참에서 클로에 밀스의 팔을 붙잡고 벽에 밀어 붙였다. 그녀는 눈을 가늘게 뜨고 경멸스런 시선으로 나를 보며 입을 앙다물었다. 나는 문제의 영수증을 냉큼 꺼내 그녀 면전에 대고 흔들며 매서운 시선으로 그녀의 시선을 받아치며 말했다.

"이게 뭡니까?"

클로에 밀스가 고개를 설레설레 내저었다.

"더럽게 잘난 척하면서 가끔은 정말 멍청하시네요. 뭐같이 보여요? 영수증이잖아요."

"그건 나도 압니다."

나는 잇새로 으르렁거리듯 말하면서 그 빌어먹을 영수증 쪼가리를 손아귀에 움켜쥐고 구겨버렸다. 주먹 사이로 뾰족하게 삐져나온 영수증 모서리가 그녀의 가슴 바로 위쪽 부드러운 피부에 닿았다. 내 아랫도리가 움찔하는 걸 느꼈다. 밀스는 숨을 헉 몰아쉬고 두 눈을 휘둥그레 떴다.

"왜 당신 옷을 회사 법인카드로 구매했는지 묻는 겁니다."

"어떤 개자식이 제 블라우스를 찢어버렸거든요."

밀스는 어깨를 으쓱이며 대꾸하더니 불쑥 얼굴을 내게 디밀며 낮은 목소리로 말했다.

"그리고 내 팬티도요."

이런, 빌어먹을.

나는 크게 심호흡을 한 다음 영수증 쪼가리를 바닥에 내동댕이치고는 몸을 앞으로 숙여 내 입술로 그녀의 입술을 가두었다. 내 손가락이 그녀의 머리를 헤집고 들어갔다. 그녀의 몸이 벽에 밀착되었다. 그녀의 복부에 닿은 내 아랫도리가 부풀어 올랐다. 곧 그녀의 손이 내 머리를 헤집고 들어와 머리카락을 거칠게 움켜쥐었다.

나는 그녀의 치마를 허벅지 위로 말아 올리고 그녀의 입속으로 거친 신음을 토했다. 내 손가락은 다시 한 번 그녀 허벅지에 걸린 레이스를 발견했다. 나를 고문하려고 이런 걸 입고 다니는 게 분명하다. 이 여자라면 그러고도 남는다. 그녀의 혀가 내 입술 위를 훑는 것이 느껴졌다. 내 손끝은 따스하고 촉촉한 팬티 천을 가볍게 스치듯 어루만지고 있었다. 다음 순간 그 천 조각을 움켜쥐고 거칠게 찢어버렸다.

"그렇다면 한 벌 더 구매하라는 지시를 내리지."

쇳소리를 내며 말한 나는 그녀의 입술 사이로 혀를 강하게 밀어 넣어 달콤한 입안을 맛봤다.

밀스는 깊은 신음 소리를 냈다. 손가락 두 개를 그녀의 안으로 밀어 넣었다. 믿기 어려운 일이지만 어젯밤보다 더 촉촉하게 젖어 있는 것 같았다. '여기서 둘이 이러고 있다니, 정말 엉망진창이군.' 클로에 밀스는 내 입술에서 벗어나 거친 숨을 몰아쉬었다. 내 손가락은 힘껏 그녀 안으로 파고들었다. 엄지손가락은 원을 그리며 그녀의 클리토리스를 애무했다. 그녀가 말했다.

"바지 속에 있는 물건을 당장 꺼내요. 내 안에서 당신을 느끼고 싶어요. 지금요."

나는 눈살을 찌푸리고 그녀를 보았다. 그녀의 말이 내게 미친 파급력을 감추려 노력했다.

"제발이라고 말해야 합니다, 밀스 양."

"어서요."

조금 더 다급한 목소리가 들려왔다.

"우두머리 행세를 하시겠다?"

그녀가 매서운 눈으로 나를 노려봤다. 덜 떨어진 남자라면 대번에 쪼그라들 정도로 무시무시한 표정이었지만 나는 터져 나오는 웃음을 참을 수 없었다. 원한다면 얼마든지.

"다행스럽게도 나는 관대한 사람이니 그럼 어디?"

나는 서둘러 벨트를 풀고 바지를 내렸다. 그러고 그녀를 번쩍 안아 올려 그녀 안으로 사납게 파고들었다. 맙소사, 정말 감탄스럽도록 놀라운 여자다. 최고다. 그녀 생각을 머릿속에서 지울 수 없는 건 이걸로 설명할 수 있을 것 같다. 마음속 작은 목소리가 속삭였다. 아무리 해도 질리지 않을 여자라고.

"제기랄."

나는 웅얼거렸다.

밀스는 숨을 거칠게 몰아쉬며 헐떡였다. 나를 조여오는 그녀를 느낄 수 있었다. 그녀의 숨소리가 갈수록 커져갔다. 내 재킷의 어깨 쪽을 깨문 그녀는 다리로 나를 감쌌다. 그녀를 벽에 기대어놓고 한층 강하고 빠르게 그녀 안으로 파고들었다. 금방이라도 누군가 계단통에 들어와서 내가 클로에 밀스와 섹스하는 모습을 볼 수 있는 상황이었다. 하지만 지금 중요한 건 그게 아니다. 나는 그녀를 제대로 취해서 머릿속에서 떨쳐내야만 한다.

밀스는 내 어깨에 묻었던 얼굴을 들고 내 목을 깨물었다. 그리고 내 아랫입술을 이로 잘근잘근 깨물었다.

"거의 다 왔어요."

그녀는 으르렁거리듯 말하며 내 허리춤에 두른 다리에 힘을 주어 나를 더욱 바짝 끌어안았다.

"거의 다 왔어요."

'완벽해. 복수의 시간이다.'

나는 밀스의 목덜미와 머리에 얼굴을 묻고 신음 소리를 죽이며 그녀의 둔부를 두 손으로 강하게 움켜쥐었다. 그리고 그녀 안에서 격렬하고 급작스러운 절정의 순간을 맛보았다. 나는 서둘러 뒤로 물러서서 그녀의 몸이 나를 더 자극하지 못하게 하면서 떨고 있는 그녀를 내려놓았다. 밀스는 입을 벌리고 나를 바라봤다. 몹시 화가 난 얼굴이었다. 계단통은 납 덩이 같은 침묵으로 가득 찼다.

"정말 이러기예요?"

밀스는 한숨을 크게 내쉬며 말하고 쿵 소리가 날 정도로 거칠게 머리를 뒤로 젖히며 벽에 기대어 섰다.

"고맙군요. 환상적이었습니다."

나는 무릎에 걸친 바지를 추스르며 말했다.

"당신은 정말 지긋지긋한 얼간이예요."

"그 점은 이미 언급한 바 있어서 잘 알고 있습니다."

나는 웅얼거리며 고개를 숙여 바지 지퍼를 올렸다.

고개를 들어보니 그녀 역시 옷매무새를 고치고 있었다. 흐트러진 모습도 여전히 아름다웠다. 마음 한구석에서는 당장이라도 손을 뻗어 그녀를 애무해 절정을 선사하고 싶은 생각이 일었다. 하지만 한편에서는 그녀의 눈동자에 담긴 성난 불만족스러움을 고소하다고 생각하고 있었다.

"주는 대로 받는 법이라는 말이 있습니다."

"애석하지만 어쩔 수 없죠. 아주 형편없는 섹스 파트너이시니."

밀스는 가라앉은 목소리로 대꾸했다. 그러고 몸을 돌려 계단을 내려가는가 싶더니 갑자기 걸음을 멈추고 빙그르 뒤로 돌아 내 눈을 똑바로 쳐다보며 말했다.

"다행히도 저는 피임약을 복용하고 있어요. 묻기도 전에 대답하게 해주시니, 고맙네요. 얼간이 이사님."

나는 계단참에 서서 멀리 사라지는 클로에 밀스를 쳐다보았다. 사무실로 돌아오는 내내 기분이 좋지 않았다. 나는 씩씩거리며 의자에 털썩 앉아 두 손으로 머리를 쓸어 넘기고 주머니에 든 밀스의 찢어진 팬티를 꺼내 들었다. 손가락 사이에 걸린 하얀색 실크 천 쪼가리를 한참 바라보다가 책상 서랍을 열고 지난밤에 넣어둔 천 조각 옆에 떨어트렸다.

3

멀쩡한 정신으로 계단에서 그런 짓을 벌이다니 머리가 어떻게 된 모양이다. 꽁무니에 불붙은 사람처럼 정신없이 비상구를 뛰쳐 나왔다. 베넷 라이언은 어이없는 얼굴로 입을 벌리고 옷매무새와 머리가 흐트러진 채로 뒤에 남겨졌다. 마치 성추행당한 사람 같은 몰골을 하고 있었다.

14층 카페를 지나쳐서 옥상에 도착해서는 (하이힐을 신고 있어서 쉬운 일은 아니었다.) 묵직한 금속 문을 벌컥 열고 벽에 기대어 가쁜 숨을 몰아쉬었다.

'도대체 지금 무슨 일을 벌인 거지?' 방금 계단참에서 직속 상사… 한 거야? 나는 숨을 헉 몰아쉬고 두 손으로 입을 가렸다. 어디 한번 해보라고 내가 부추기기까지 했지? '오, 맙소사.' 도대

잘생긴 개자식

체 내가 왜 이러는 거지?

머리가 어지러웠다. 벽에서 몸을 떼어 성큼성큼 걸어서 가장 가까운 화장실로 들어갔다. 화장실 칸을 모두 열어보고 아무도 없다는 걸 확인한 나는 화장실 문을 단단히 걸어 잠갔다. 거울 쪽으로 다가가 내 몰골을 바라보았다. 놀랄 노자였다. 한눈에 봐도 거친 섹스를 마친 여자가 한숨 돌리려 나온 모양새였다.

머리 모양이 아주 가관이다. 공들여 손질한 웨이브 머리가 엉망으로 엉켜 있었다. 이번 일은 꼭 기억해두겠어. '잠깐, 그건 아니지.' 그 일이 어떻게 시작되었는지는 절대로 기억해서는 안 된다. 나는 세면대를 주먹으로 세게 내리쳤다. 일단 이 일로 얼마나 엉망이 되었는지 살펴야겠다. 나는 거울로 가까이 다가갔다.

입술은 부풀어 올랐고 화장은 온통 번져 있었다. 원피스는 늘어져서 말 그대로 걸쳐 입은 꼴이 되었다. 그리고 다시 한 번 팬티가 사라져버렸다.

'개. 새. 끼.' 이게 벌써 두 번째다. 도대체 여자 팬티로 뭘 하려는 거지?

"이런, 맙소사!"

순간 나는 공황 상태에 빠졌다. 설마 어젯밤 팬티가 회의실 어딘가에 그대로 있는 건 아니겠지? 스스로 알아서 잘 치웠겠지? 확실히 하기 위해서는 그에게 물어봐야 한다. 하지만 싫다. 이런 생각을 한다는 걸 알려서 그를 만족시키고 싶지 않았다. 이런 생각… 잠깐, 이런 생각이 무슨 생각이지?

나는 고개를 설레설레 내젓고 두 손으로 얼굴을 비비며 마른세수를 했다. 정말 일이 엉망으로 꼬여버렸다. 오늘 아침까지만 해도 분명한 계획을 세워두었다. 라이언의 사무실로 들어가서 그 잘난 면상에 영수증을 던져주면서 잘 넣어두라고 말할 작정이었다. 그런데 차콜 프라다 정장을 차려입은 그 작자는 빌어먹게도 섹시했다. 그의 머리카락은 '어서 나를 만져줘'라고 외치며 반짝거리는 네온사인 같았다. 그 순간 나는 논리 정연하고 조리 있는 말을 잃고 말았다. 정말 구제 불능이다. 도대체 어떻게 된 일인지 알 수가 없다. 왜 그 남자만 보면 머릿속은 뒤죽박죽이 되고 팬티는 젖어버리는 걸까?

이건 좋지 않다. 앞으로 그 남자 얼굴을 마주하면 벗은 몸이 떠오르게 되는 걸 피할 수 없을 것 같다. 아니 정확하게 말하면 완전히 벗은 몸은 아니다. 엄밀하게 따지자면 완전히 벗은 알몸을 아직까지 보지 못했으니까. 하지만 지금껏 본 그의 신체 부위만 떠올려도 온몸에 전율이 일었다.

잠깐, 지금 나 '아직까지'라고 한 거니?

여기서 그만둬야 한다. 이 상황에 종지부를 찍어야 한다는 생각을 하는데 마음 한구석이 불편해졌다. 하지만 나는 일을 사랑한다. 베넷 라이언은 이 세상 최고의 허세남에 재수 없는 인간이지만 아홉 달 동안 나는 잘 감당해왔다. 지난 24시간은 열외로 해야겠지만 말이다. 그의 정체를 파악했고 누구보다 내가 그를 잘 다룰 수 있었다. 정말 인정하고 싶지 않지만 나는 그가 일하는 모습을 좋아한다. 참을성이라고는 눈을 씻고 찾아볼 수 없는 인간인데다 강박적 완벽주의자인 그는 지긋지긋한 얼간이여서 주위 사람들을 힘들게 만든다. 모든 사람에게 자신과 똑같은 수준의 잣대를 들이대고 최선의 노력 외에는 그 어떤 것도 받아들이지 않는다. 하지만 내가 더 잘할 수 있고 더 열심히 일할 수 있고 어떻게든 일을 해내리라는 기대를 받고 있다는 사실이 어떤 면에서는 유익했다. 그의 방식이 늘 마음에 드는 것은 아니지만 그런 기대가 나를 성장시키는 것은 사실이다. 그는 마케팅의 귀재다. 그의 가족 전부가 그렇다.

생각해보니 골치 아픈 일이 더 있다. 바로 그의 가족이다. 우리 아버지는 고향인 노스다코타로 되돌아가셨고 나는 대학에 다니면서 이곳에서 접수 담당자로 일하기 시작했다. 엘리엇 라이언은 나에게 친절하게 대해주었다. 온 가족이 그랬다. 회사에서 이사로 일하는 베넷의 형, 헨리는 내가 알고 있는 사람 가운데 가장 친절한 사람이다. 나는 이곳의 모든 사람을 사랑한다. 그러니 일을 그만두는 건 나의 선택지에 둘 수가 없다.

무엇보다 큰 문제는 장학금이다. MBA를 마치기 전에 JT 밀러 장학금 시험에 패스하기 위해서는 실무 경험이 필요했다. 내 논문에도 강력한 근거가 필요했다. 그런 이유로 라이언 미디어 그룹에 머물러 있었던 것이다. 베넷 라이언은 나에게 파파다키스 거래를 맡을 것을 제안했다. 수십억 예산의 토지 개발이 걸린 마케팅 기획이었다. 내 동료들이 참여하는 프로젝트보다 훨씬 더 규모가 큰 일이다. 학위를 마치기까지 4개월이 남은 이 시점에서 다른 곳에서 새로운 일을 시작해서 뭔가를 보여주기에는 시간이 턱없이 부족할 것이다. … 정말 그럴까?

그렇고말고. 절대로 라이언 미디어 그룹을 떠날 수는 없다.

이렇게 마음을 정리하고 나자 뭔가 대책이 필요하다는 생각이 들었다. 매우 프로페셔널한 태도를 견지하면서 베넷 라이언 이사에게 절대로 다시는 이런 일이 일어나지 않으리라는 점을 분명히 해야 한다. 오르가슴을 느끼지 않았는데도 그 어떤 섹스보다 뜨겁고 강렬한 경험이었다고 해도 말이다.

지긋지긋한 인간.

나는 강인하고 독립적인 여성이다. 지금껏 성실하게 경력을 쌓아왔고 현재의 자리까지 오르기 위해 말도 안 될 정도로 오랜 시간 일했다. 내 몸과 마음은 욕정에 굴복하지 않을 것이다. 라이언이 얼마나 멍청한 얼간이인지만 기억하면 된다. 라이언은 문란한 데다 오만하고 완고한 멍청이여서 주위에 있는 모든 사람을 바보라고 생각한다.

거울에 비친 내 모습을 보며 미소를 지었다. 그리고 최근 베넷 라이언과 얽힌 기억의 파편들을 하나씩 되짚어보았다.

"밀스 양, 자기 커피를 타면서 내 커피까지 가져다준 것은 정말 고맙지만, 오늘 아침에 진흙을 타 마실 생각이었다면 내가 직접 정원에 나가서 퍼 왔을 거요."

"밀스 양, 두더지 게임을 하듯 키보드를 계속 두드려댈 요량이라면 내 사무실 문은 좀 닫아주면 좋겠군요."

"법무 팀에 계약서 초안을 가져다주는 데 영원만큼의 시간이 드는 건 무슨 이유에서인가요? 마님과 마당쇠에 관한 판타지를 그리느라 시간을 다 써버리고 있는 건가요?"

이런, 생각보다 일이 더 쉽겠는걸.

새롭게 결의를 다진 나는 드레스 옷매무새를 가다듬고 머리를 정돈한 다음 팬티를 입지 않았음에도 자신감 찬 걸음걸이로 씩씩하게 화장실을 나섰다. 커피를 받고 사무실로 향했다. 계단은 절대로 피하기로 했다.

사무실 문을 열고 안으로 들어섰다. 라이언 이사의 사무실 문은 닫혀 있었다. 안에서는 아무런 소리도 들려오지 않았다. 잠시 자리를 비운 모양이다. '어쩌면 운이 좋을 수도 있겠네.' 의자에 앉아 서랍을 열고 화장품 파우치를 꺼내 화장을 고치고 다시 업무를 시작했다. 라이언과 얼굴을 마주하는 일이 없었으면 좋겠다. 지금 하는 일을 그만둘 생각은 없지만 이런 상황이 계속된다면 결국에는 종지부를 찍게 될 것 같다.

달력을 살피다가 라이언 이사가 월요일에 다른 임원들에게 프레젠테이션을 해야 한다는 걸 기억해냈다. 그러면 오늘, 프레젠테이션 준비를 하라고 그에게 이야기를 건네야 한다. 또 베넷 라이언은 다음 달에 샌디에이고에서 열리는 컨벤션에 참석해야 한다. 그렇게 되면 그와 같은 호텔에 숙박해야 할 뿐 아니라 비행기와 회사 차에서도 동석해야 하고 회의에도 함께 참석해야 한다. 상사와 직원으로 당연히 할 일들이다. 어색해할 것 없다.

한 시간 뒤 나는 라이언의 사무실 문을 흘끔흘끔 바라봤다. 그럴 때마다 속이 울렁거렸다. 정말 말도 안 되는 일이다! 내가 왜 이러지? 머리가 어떻게 된 거 아니야? 미쳤나? 아무리 읽어도 머릿속에 들어오지 않아 엑셀 파일 창을 닫고 머리를 두 손에 파묻고 있는데 문 열리는 소리가 들렸다.

베넷 라이언은 밖으로 나왔지만 내 눈을 마주 보지 않았다. 그는 어느새 옷매무새를 가다듬고 팔에 코트를 걸치고 손에 서류 가방을 들고 있었다. 하지만 머리는 여전히 헝클어져 있었다.

"지금부터 자리를 비우겠습니다."

소름 끼칠 정도로 침착한 목소리였다.

"오늘 약속은 취소하고 일정을 조정해주세요."

"라이언 이사님."

내가 부르자 라이언은 문에 손을 댄 채로 걸음을 멈췄다.

"월요일 열 시에 최고경영위원회에서 프레젠테이션을 하셔야 한다는 걸 잊지 마시길 바랍니다."

나는 라이언의 등에 대고 말했다. 라이언은 근육을 긴장시킨 채 조각상처럼 그대로 멈춰 서 있었다.

"괜찮으시다면 아홉 시 삼십 분까지 스프레드시트와 포트폴리오, 슬라이드 자료를 회의실에 준비해놓겠습니다."

좋아. 이거 재미있기까지 한걸. 라이언의 모습에서 '편안한' 구석은 찾아볼 수 없었다. 그는 퉁명스럽게 고개를 끄덕이고 문을 열고 나가려고 했다. 나는 다시 한 번 그를 멈춰 세웠다.

"그리고 라이언 이사님, 떠나기 전에 이 지출 품의서에 서명해주셔야 하는데요."

나는 상냥한 목소리를 가장해 말했다. 라이언은 어깨를 떨어뜨리고 거칠게 한숨을 내쉬었다. 제자리에서 그대로 뒤로 돌아선 그는 내 책상으로 곧바로 걸어와서 내 시선을 피한 채 몸을 숙여 서명이 필요한 곳이 표시된 서류를 뒤적거렸다. 나는 책상에 펜을 올려놓았다.

"표시된 곳에 서명해주세요."

라이언은 무슨 일을 하는 동안 그 일을 하라는 지시를 다시 받는 걸 질색한다. 나는 피식 새어 나오는 웃음을 꾹 참았다. 라이언은 내게서 펜을 빼앗듯 가져가서는 천천히 턱을 들어 올리더니 개암나무 빛깔 눈동자를 내 눈동자에 맞췄다. 두 시선이 얽힌 찰나가 족히 몇 분은 되는 듯 느껴졌다. 우리 둘 모두 시선을 피하지 않고 서로를 뚫어져라 바라봤다. 몸을 앞으로 기울여 그의 뿌루퉁

한 아랫입술을 덥석 물고 나를 만져달라고 애걸하고 싶다는 너무나 유혹적인 욕구가 순간적으로 치밀어 올랐다.

"전화 착신은 하지 마세요."

라이언은 툭 내뱉듯 말하고 재빨리 마지막 서명을 한 후 책상에 펜을 던졌다.

"비상사태가 발생한다면 헨리에게 연락하세요."

사라져가는 라이언을 지켜보면서 나는 웅얼거렸다.

"개자식."

***

이번 주말은 엉망이라고 말하는 것도 과분할 정도로 형편없이 보냈다. 거의 먹지도 못하고 잠도 못 잤다. 그나마 얼핏 잠이 들면 벌거벗은 상사가 내 몸 위나 아래, 내 뒤에 있는 판타지에 시달려야 했다. 학교에 나가 수업이라도 들어서 정신을 다른 곳에 집중할 수 있게 되기를 간절히 바라는 지경에까지 이르렀다.

토요일 아침, 욕구불만에 신경질 가득한 얼굴로 잠에서 깬 나는 어떻게든 정신을 차려 집안일을 보고 식료품 쇼핑까지 해냈다. 하지만 일요일 아침에는 운이 따라주지 않았다. 아침에 깜짝 놀라 잠에서 깬 나는 온몸을 떨면서 숨을 헐떡였다. 땀에 젖은 몸에 면 시트가 똘똘 말리고 비비 꼬여 있었다. 몹시도 강렬한 꿈을 꾸는 바람에 진짜처럼 오르가슴이 느껴졌다. 라이언 이사와 나는 다시 회의실 테이블 위에 있었다. 하지만 이번에는 두 사람 모두 실오라기 하나 걸치지 않은 나체였다. 라이언은 반듯이 누워 있었고 내가 그 위에 다리를 벌리고 올라앉아서 몸을 앞뒤로 미끄러지듯 움직이다가 그의 남성을 깊숙이 품고 위아래로 흔들기 시작했다. 그는 내 몸 구석구석을 모두 어루만졌다. 내 얼굴을 쓰다듬던 손이 목덜미로 내려갔고 가슴을 지나 엉덩이를 향했다. 그리고 엉덩이를 움켜잡은 그의 손이 내 움직임을 리드해나갔다. 라이언과 눈이 마주치는 순간 온몸이 산산조각 나는 듯한 느낌이 들었다.

"제기랄."

나는 거친 신음을 내뱉으며 침대에서 몸을 일으켰다. 상황이 급속도로 악화되고 있었다. 언제나 성질부리는 멍청이 상사와 업무 중에 차가운 유리창에 기대어 섹스하고 그걸 좋아하게 되다니! 정상이 아니다.

샤워기를 틀었다. 물줄기가 따뜻해지기를 기다리는 동안 다시 생각이 이상한 쪽으로 흘러가기 시작했다. 내 다리 사이에 머리를 파묻고 있다가 고개를 들어 나를 쳐다보던 라이언의 얼굴을 다시 보고 싶었다. 내 몸에 올라타서 내 안으로 밀고 들어오던 그의 얼굴이 보고 싶다. 내가 얼마나 그를 원하는지 생생하게 느꼈다. 절정에 이른 순간 내 이름을 부르던 그 목소리가 못 견디게 다시 듣고 싶었다.

가슴이 쿵 하고 내려앉았다. 그에 관한 성적 공상에 잠기는 건 곧바로 골치 아픈 일이 벌어진다는 의미다. 얼마 있으면 학위를 받게 된다. 라이언 이사는 회사 임원이다. 그는 잃을 게 없지만 나는 모든 것을 잃게 될 게 분명하다.

샤워를 마치고 급히 옷을 입은 나는 브런치를 먹으러 세라와 줄리아를 만났다. 세라는 매일 회사에서 얼굴을 보지만 중학생 때부터 절친으로 지내온 줄리아는 얼굴 보기가 어려웠다. 구찌의 구매 담당자로 일하는 줄리아는 고가의 샘플과 명품 재고품으로 내 옷장을 가득 채워주는 충실한 친구다. 줄리아와 그녀가 제공하는 직원 할인 혜택 덕분에 나는 경제력이 허락하는 한도보다 더 훌륭하고 멋진 옷을 많이 보유하고 있었다. 의류비로 적지 않은 돈을 지출하지만 그만한 가치가 있다. 라이언 미디어에서 받는 보수는 적지 않은 편이고 장학금으로 대학원 비용이 충당된다. 그렇더라도 드레스 한 벌에 1,900달러를 지불할 수는 없는 일이다.

엘리엇이 나에게 주는 보수는 넉넉한 편이다. 어쩌면 그의 막내아들을 감당할 수 있는 사람이 나밖에 없다는 걸 알기 때문인지도 모른다는 생각이 든다. 그가 막내아들을 잘 안다면 이런 내 추측이 영 엉뚱한 것은 아닐 것이다.

지금 벌어지는 이 난잡한 상황을 친구들에게 이야기하는 건 좋지 않다는 결론을 내렸다. 세라는 헨리 라이언 밑에서 일하면서 회사에서 줄곧 베넷을 마주친다. 이런 일을 털어놓고 비밀로 해달라고 부탁하는 건 세라에게 무리한 요구일 수 있다. 줄리아는 아마도 내 엉덩이를 걷어찰 것이다. 줄리아는 근 1년 가까이 베넷 라이언이 얼마나 고약한 인간인지 불평하는 걸 들어줬기 때문에 내가 그와 섹스했다는 사실을 알면 싫어할 게 분명하다.

두 시간 뒤, 나는 가장 좋아하는 레스토랑의 파티오에서 절친 두 명과 같이 앉아 미모사 칵테일을 마시면서 남자와 패션, 직장에 관한 이런저런 이야기를 나눴다. 줄리아는 내가 지금껏 보았던 것 중에서 가장 화려한 원단으로 만든 드레스를 깜짝 선물로 주었다.

"그래 요즘 일하기는 어때?"

줄리아가 멜론을 베어 물며 물었다.

"그 건방지고 오만한 상사가 여전히 너를 괴롭히니, 클로에?"

"아, 그 잘생긴 개자식."

세라가 한숨을 내쉬며 말했다. 나는 길쭉한 샴페인 잔에 생긴 물방울을 유심히 바라보았다. 세라는 포도 한 알을 입에 쏙 집어넣고 입안에서 굴리면서 말했다.

"세상에, 줄리아, 너도 그 사람을 한번 봐야 해. 이 별명이 정말 딱 어울리는 사람이거든. 그리스 신 같은 외모의 소유자야. 육체적인 면에서는 모든 것이 완벽하지. 완벽한 얼굴에 완벽한 몸, 그리고 옷이며 헤어스타일까지… 세상에, 그 헤어스타일은 정말이지 대단해. 일부러 헝클어놓은 듯한 스타일을 계속 고집하고 있다니까."

세라는 손짓으로 머리를 헝클어트리는 모양을 만들며 말을 이어갔다.

"강렬한 섹스를 막 끝낸 듯한 스타일이랄까."

나는 눈만 말똥거리고 있었다. 그 헤어스타일이라면 누구보다 잘 알고 있지만 말이다.

"클로에가 뭐라고 말했는지는 모르겠지만, 정말 지독하고 무시무시한 사람인 것은 분명해."

세라는 점차 진지한 어조로 말을 이어나갔다.

"그러니까 그를 처음 만나고 15분이 채 지나기 전에 그의 차바퀴를 주머니칼로 그어버리고 싶다는 생각이 들었으니 말이야. 내가 만난 사람 중에서 가장 재수 없는 개자식이야."

씹고 있던 파인애플 조각이 목에 걸릴 뻔했다. 세라가 진실을 알고 있다면 어떨까. 그는 생식기에 관한 한 축복받은 사람인데 말이다. 저렇게 말하는 건 불공평하다.

"어쩌다가 그렇게 고약한 인간이 되었대?"

"알게 뭐야? 어쩌면 어린 시절을 힘들게 보내서일지도?"

세라는 눈을 깜빡이며 라이언 이사가 고약하게 구는 걸 설명할 만한 핑곗거리가 있는지 짐짓 진지하게 생각하는 제스처를 취했다.

"그의 가족을 만나봤어? 노먼 록웰의 그림에 나오는 중산층 모습 그대로야."

내가 회의적인 어조로 말했다. 세라도 인정했다.

"맞아. 일종의 자기방어 기제 같은 것일지도 몰라. 워낙 미모가 출중해서 자기 실력이 평가절하된다는 생각에 분개해 모든 사람에게 실력을 증명해 보이려고 그리 지독하게 일하는 것일 수도 있지 않겠어?"

나는 콧방귀를 뀌었다.

"그렇게 심오한 이유가 있을 리 없어. 그냥 모든 사람이 자기처럼 열심히 일하고 매사에 세심하게 신경 써야 한다고 생각하는 거야. 그런데 대부분의 사람이 그렇지 않은 게 현실이거든. 그러니까 그렇게 늘 성질을 부리는 거지."

"지금 그 사람을 변호하는 거야, 클로에?"

세라가 놀란 얼굴에 미소를 지으며 말했다.

"그럴 리가. 아니야."

나는 줄리아가 파란 눈동자를 가늘게 뜨고 나를 향해 말 없는 비난의 화살을 쏘는 걸 느꼈다. 지난 몇 달 동안 상사에 관한 불평을 늘어놓았지만 그가 근사하게 생겼다는 말은 내가 한 번도 한 적이 없는 걸까?

"클로에, 너 그동안 내게 이런 중요한 정보를 주지 않았던 거니? 네 상사가 그렇게 끝내주게 생겼어?"

줄리아가 물었다.

"잘생기고 멋지기는 해. 하지만 고약한 성질머리 때문에 그 사실을 생각하기가 쉽지 않다고."

나는 되도록 아무렇지 않은 듯 무심하게 말하려고 노력했다. 줄리아는 내 모든 생각을 읽어 내는 친구였다.

"그랬구나."

줄리아는 어깨를 으쓱이고 앞에 놓인 칵테일을 한 모금 마셨다.

"그렇게 성질을 부리는 건 어쩌면 그 남자 물건이 코딱지만 해서인지도 모르겠다."

내가 서둘러 샴페인 잔을 비우는 사이 두 친구는 큰 소리로 자지러지게 웃어댔다.

*　*　*

월요일 아침, 온 신경이 곤두선 채로 회사 건물 안으로 들어서고 있었다. 나는 마음을 굳게 먹었다. 판단력 부족으로 일어난 이 불행한 사태 때문에 지금껏 쌓아온 커리어를 희생시킬 수는 없었다. 지금 하고 있는 일을 성공적으로 마치고 장학금 신청을 위한 프레젠테이션을 멋지게 해낸 다음에 이곳을 미련 없이 떠나서 꿈속에 그리던 커리어우먼의 길을 걸어갈 것이다. 더 이상의 섹스는 금지다. 라이언을 두고 난잡한 공상을 하는 일도 그만둘 것이다. 몇 달만 더 참고 베넷 라이언 이사를 오로지 업무적으로만 대하면서 지내면 된다.

자신감을 더 북돋우기 위해 나는 줄리아가 준 새 드레스를 차려입었다. 지나치게 도발적이지 않으면서도 몸에 착 감기는 라인이 돋보이는 드레스다. 하지만 진짜 자신감을 북돋워주는 아이템은 사실 드레스 밑에 있었다. 늘 값비싼 란제리를 좋아해서 예전부터 최고의 상품을 합리적인 가격에 사는 방법을 잘 알고 있었다. 섹시하고 고급스러운 속옷을 차려입고 있으면 뭔가 더 자신감이 생기고 힘이 생기는 것 같았다. 오늘 입은 속옷 역시 그런 마법과 같은 효과를 분명 내고 있었다. 앞에는 자수를 수놓은 아름다운 검은색 실크 원단이 자리 잡고 있고 뒷부분은 섬세하고 얇은 명주 그물로 만든 것이다. 이 두 조각 원단은 꼬리뼈 근처 가운데 부분에서 교차하고 앙증맞은 검은색 리본으로 마무리된다. 걸음을 내딛을 때마다 드레스 원단이 맨살에 닿는 느낌이 좋았다. 오늘은 고약한 허세남, 베넷 라이언 이사가 무슨 말을 하든 잘 받아넘긴 다음에 그대로 되갚아줄 수 있을 것만 같았다.

평소보다 일찍 도착했다. 프레젠테이션을 준비할 시간을 벌기 위해서였다. 엄밀하게 말하면 이것은 내 업무가 아니다. 하지만 라이언 이사가 헌신적인 어시스턴트의 고용을 거부하고 마음대로 하겠다고 고집을 부린 순간, 그는 즐거운 미팅을 준비하지 못하는 참사를 맞이했다. 커피도 없고 간단한 간식거리도 없이 그저 회의실 한 가득 사람들이 들어앉아 슬라이드 영사기에서 돌아가는 시각 자료와 인쇄 자료만 마주하고 끝도 없는 업무 이야기만 듣게 되었던 것이다.

로비는 텅 비어 있었다. 광활한 로비 공간은 세 개 층을 아우르며 치솟아 있고 화강암 가공석 바닥과 트래버틴 벽면은 소재에서 우러나오는 은은한 광을 반짝이고 있었다. 엘리베이터 문이 닫히자 나는 힘을 내게 해줄 말들을 머릿속으로 떠올렸다. 그리고 베넷 라이언 이사와 그동안 나눈 모든 논쟁과 그가 내뱉은 지독한 발언들을 하나씩 되뇌며 곱씹었다.

"수기를 하지 말고 타이핑을 하세요. 글씨체가 초등학교 3학년 아이 것 같으니까요, 밀스 양."

"인턴이 대학 졸업 심사관과 나눌 법한 대화를 내가 일일이 다 들어야 한다고 생각한다면, 가서 내 사무실 문을 활짝 열어두고 팝콘도 한 통 사다주도록 하세요. 사적인 대화는 목소리를 좀 낮추고 하셔야 합니다."

그간에 보여준 라이언 이사의 못된 행적들을 되뇌니 힘이 났다. 그래, 난 할 수 있어. 저 개자식이 상대를 잘못 고른 거야. 위협적인 태도를 보여야 하는 상황까지 몰린다면 기꺼이 그렇게 해주지. 나는 한 손을 엉덩이에 대고 사악한 미소를 지었다. '슈퍼파워 팬티가 있잖아.'

예상대로 내가 도착했을 때 사무실은 텅 비어 있었다. 나는 라이언 이사가 프레젠테이션을 하는 데 필요한 것을 모두 모아 회의실로 향했다. 회의실 한쪽 면을 가득 메운 유리창과 광택 나는 테이블을 보면서 파블로프의 조건반사 반응처럼 몸이 반응하는 것을 무시하기 위해 갖은 애를 썼다.

'당장 그만둬, 멍청한 몸뚱이. 자 이제부터는 뇌를 쓰는 거다.'

햇빛이 가득 스며든 회의실 내부를 훑어본 뒤 거대한 회의실 테이블 위에 파일과 노트북을 준비해놓고 케이터링 서비스 스태프를 도와 뒤쪽 벽면에 간단한 아침 식사를 비치해놓았다.

그로부터 20분 후에는 참석자들이 앉을 자리마다 제안서 인쇄 자료가 깔끔하게 놓였고 영사기는 버튼만 누르면 작동되도록 준비했다. 가벼운 다과도 자리마다 놓여졌다. 만반의 준비를 마치고도 시간이 남았다. 어느새 나는 창가 쪽으로 걸어가고 있었다. 손을 뻗어 매끄러운 유리에 손을 대었다가 되살아나는 그날의 감각에 압도당했다. 등에서 느껴지는 그의 육체의 뜨거운 열기와 가슴에 닿은 차가운 유리의 느낌, 내 귓가에서 야수처럼 거칠게 속삭이던 그의 목소리까지.

'오르가슴을 느끼게 해달라고 분명히 말해.'

나는 눈을 감고 몸을 앞으로 기울여 손바닥과 이마를 차가운 유리창에 댔다. 그날의 기억에 마음껏 취해 있기로 했다.

난잡한 몽상에서 화들짝 깨어나게 만든 건 등 뒤에서 들리는 헛기침 소리였다.

"업무 시간에 몽상에 잠겨 있는 건가요?"

"라이언 이사님."

나는 숨도 못 쉴 정도로 놀라며 뒤로 돌아섰다. 그와 시선이 얽혔다. 다시 한 번 그가 얼마나 잘생겼는지 생각하지 않을 수 없었다. 라이언은 내게 시선을 떼고 회의실을 둘러보며 말했다.

"밀스 양, 프레젠테이션은 4층에서 진행하겠습니다."

날카롭게 딱딱 끊어지는 어조였다.

"네? 지금 뭐라고 하셨죠?"

짜증이 밀려왔다.

"왜 그러시죠? 언제나 이 회의실에서 프레젠테이션을 했는데요. 지금까지 아무 말도 없으시다가 프레젠테이션 시간이 임박해서야 말씀하시는 이유가 뭐죠?"

"그거야 내가 상사이기 때문이죠. 규칙은 상사가 만드는 겁니다. 언제 어디서 일할지 결정하는 건 내 몫입니다. 창문 너머로 밖을 내다보느라 시간 낭비만 하지 않았더라도 오늘 아침에 내게 연락해서 세부 사항을 확인받을 시간이 있었을 겁니다."

라이언은 불끈 쥔 두 주먹을 회의 테이블에 내려놓고 몸을 앞으로 기울인 채 내게 으르렁거렸다. 그의 목덜미에 주먹을 날리는 등 극단적인 이미지가 머릿속을 가득 채웠다. 자제력을 총동원해야만 회의 테이블로 뛰어 올라가 그의 목을 조르는 만행을 저지르지 않을 수 있을 것 같았다. 오만한 라이언의 얼굴에 의기양양한 미소가 번지고 있었다.

"좋습니다."

약이 오르고 짜증스러웠지만 내색하지 않으려 애쓰며 말했다.

"사실 이곳에서는 올바른 의사 결정이 내려진 적이 없는 것 같으니까요."

＊＊＊

모퉁이를 돌아 새로운 회의실로 들어섰을 때 베넷 라이언 이사와 시선이 마주쳤다. 의자에 앉은 베넷 라이언은 늘 그렇듯이 손끝을 맞대어 텐트 모양을 만들고 있었다. 인내심이 바닥났다는 내색을 숨기지 못하고 있었다. '언제는 안 그랬나?'

그때 옆에서 다른 사람의 인기척을 느꼈다. 엘리엇 라이언이었다.

"이런, 내가 도와주지, 클로에."

두 팔 가득 들고 있던 폴더를 엘리엇이 들어준 덕에 음식으로 가득 찬 카트를 회의실 안으로 끌고 가는 일을 수월하게 할 수 있었다.

"감사합니다, 대표님."

나는 잘난 직속 상사를 흘깃 쏘아봤다.

"클로에."

노신사 라이언이 크게 웃었다. 그리고 인쇄물 더미를 참석자들에게 건네면서 한 부씩 나누어 가지자고 말했다.

"엘리엇이라 부르라고 몇 번이나 말하지 않았나?"

엘리엇은 두 아들 못지않게 잘생긴 외모를 자랑했다. 라이언 일가의 세 남자 모두 큰 키에 다부진 근육질 몸매를 갖추고 조각 같은 이목구비까지 겸비했다. 처음 만났을 때 은발이 희끗희끗 섞여 있던 엘리엇의 머리카락이 이제는 거의 은발이 되었지만 여전히 내가 아는 남자 가운데 가장 잘생긴 남자로 손꼽아도 손색이 없을 정도였다.

나는 감사의 미소를 보내고 자리에 앉았다.

"수전 사모님은 잘 지내시죠?"

"잘 지내지. 자네를 집에 한번 초대하라고 늘 성화를 부리는 것만 빼면 말이야."

마지막 말은 멋들어진 윙크와 함께였다. 막내아들 베넷 라이언 이사가 내 옆에서 짜증스러운 얼굴로 콧방귀 뀌는 것을 감지할 수 있었다.

"사모님에게 제 안부 꼭 전해주세요."

뒤에서 발소리가 들리더니 손 하나가 불쑥 내 귓불을 잡아당겼다.

"안녕?"

헨리 라이언 식의 인사였다. 뒤돌아보니 환한 미소를 띤 잘생긴 얼굴이 보였다. 헨리는 이어서 회의실에 앉아 있던 사람들에게 말을 걸었다.

"늦어서 죄송합니다. 저는 18층에서 만나는 줄 알았거든요."

나는 그 기회를 놓치지 않고 곁눈질로 내 직속 상사의 눈치를 살폈다. 그때 옆 사람이 인쇄물을 내게 건넸다. 나는 인쇄물 한 부를 라이언에게 건넸다.

"여기 있습니다, 라이언 이사님."

베넷 라이언은 고개를 돌리지 않고 그대로 인쇄물을 낚아채 가서 획획 넘겨 보았다.

멍청이.

자리에 앉자마자 헨리의 활기 넘치는 목소리가 크게 울려 퍼졌다.

"아, 클로에, 아까 18층 회의실에서 기다리다가 이걸 바닥에서 발견했는데."

나는 헨리에게 걸어가서 그의 손바닥에 있는 두 개의 앤티크풍 은단추를 보았다.

"클로에가 이 단추를 잃어버린 사람이 누구인지 알아봐줄 수 있겠어요?"

얼굴이 달아올랐다. 블라우스에서 단추가 떨어져 나간 걸 까맣게 잊고 있었다.

"네… 그렇게 하겠습니다."

"헨리, 내가 잠시 봐도 될까?"

얼간이 상사가 갑자기 끼어들어 단추를 가져가면서 능글맞은 미소를 담은 시선을 내게 돌렸다.

"이렇게 생긴 단추가 달린 블라우스를 입지 않았나요?"

나는 얼른 회의실 안을 둘러보았다. 헨리와 엘리엇은 이미 다른 화제로 대화를 나누느라 우리 둘 사이에 무슨 일이 벌어지는지 전혀 감지하지 못하고 있었다.

"아니오."

나는 최대한 무심한 목소리를 내려고 애쓰며 대꾸했다.

"그렇지 않습니다."

"확실한가요?"

라이언은 내 손을 잡고 손가락으로 내 팔 안쪽에서 손바닥까지 쓸어내리다가 문제의 단추를 떨어트리고 내 손가락을 접어 움켜쥐게 만들었다. 숨이 꿀꺽 넘어가고 심장이 격하게 뛰었다. 심장이 갈비뼈를 뚫고 튀어나올 것만 같았다. 나는 불에 댄 듯 화들짝 손을 잡아 뺐다.

"분명합니다."

"며칠 전에 작은 은색 단추가 달린 블라우스를 입었던 것 같은데. 분홍색 블라우스 아니었나? 나를 찾아 위층으로 올라왔을 때 그 단추 하나가 헐거워져 있는 걸 봐서 기억이 나는데요."

내 얼굴이 더 이상 달아오를 수 없을 만큼 뜨거워졌다. 도대체 지금 무슨 장난질이지? 내가 그와 단둘이서 회의실에 있었다고 암시하려는 건가?

몸을 앞으로 숙여 내게 다가온 라이언의 숨결이 귓가에 닿았다. 라이언이 나지막이 속삭였다.

"앞으로는 더 조심해야 할 것 같은데."

나는 단추를 잡은 손을 아래로 내리면서 최대한 침착하려고 노력했다.

"이사님은 정말 개자식이세요."

앙다문 잇새로 거친 말을 뱉었다. 라이언은 깜짝 놀란 얼굴로 뒤로 물러섰다.

지금 누가 놀란 척하는 거지? 규칙을 깬 사람이 누구인데? 나한테 고약하게 굴면서 멍청이 짓을 하는 건 그렇다 치지만 다른 임원들 앞에서 내 평판을 위태롭게 하려는 건 다른 문제다. 나중에 이와 관련해서 한바탕 퍼부어줄 테다.

미팅이 진행되는 내내 우리는 서로를 흘깃흘깃 바라보았다. 내 눈에는 분노가 넘쳐흘렀고 그의 눈동자는 변덕스럽게 변화했다. 나는 앞에 놓인 스프레드시트를 내려다보면서 최대한 그의 시선을 피하려 애썼다.

미팅이 끝나자마자 나는 짐을 챙겨 그곳을 서둘러 빠져나왔다. 하지만 예상대로 베넷 라이언은 엘리베이터로 향하는 내 뒤를 바짝 따라왔다. 우리 두 사람은 말없이 엘리베이터 뒤쪽에 서서 부글부글 끓는 속을 삭이며 사무실로 올라갔다.

엘리베이터가 왜 이리 느려터져? 이 건물에 있는 모든 사람이

하필이면 지금 엘리베이터를 이용하겠다고 마음먹은 건가? 주변 사람들은 전화를 받거나 파일을 뒤적이거나 점심 계획을 세우느라 분주했다. 주변 소음이 점점 커져 심하게 웅웅거리는 소리로 변해가면서, 머릿속으로 베넷 라이언 이사에게 퍼붓던 폭력적 언어를 고갈시키고 있었다. 11층에 도착할 무렵 엘리베이터는 거의 만원에 가까웠다. 엘리베이터 문이 열리자 세 명이 더 비집고 들어왔다. 나는 어쩔 수 없이 라이언에게 더 바짝 기대어 서게 되었다. 내 등에 그의 가슴이 닿는 것을 느꼈다. 내 엉덩이는 그의… 이런 맙소사.

어렴풋이 그의 몸이 뻣뻣하게 경직된 나머지 급히 숨을 들이마시는 것을 느꼈다. 나는 사람들에게 밀려나면서도 그에게 더 밀착되지 않도록 최대한 그와 거리를 두려고 노력했다. 순간 그가 손을 뻗어서 내 엉덩이를 잡으며 다시 자신에게 밀착시켰다.

"아까 그 자세가 마음에 들어."

그가 나지막하게 내 귓가에서 웅얼거렸다.

"언제…."

"정확히 2초 뒤에 지금 신고 있는 하이힐로 이사님을 거세해드릴 생각입니다."

라이언은 몸을 숙여 내게 더 바짝 다가왔다.

"왜 갑자기 평소보다 더 발끈하는 거지?"

나는 고개를 돌려 나직이 말했다.

"부친 앞에서 소파 승진을 노리는 창녀 같은 여자로 보이게 만들려는 그쪽 행동을 생각하면 그리 놀랄 일도 아니죠."

라이언은 입을 딱 벌리며 손을 아래로 떨어트렸다.

"아니, 그러지 않았어."

두 눈을 깜박거리는 그의 모습이 시야에 들어왔다. '이건 또 뭐야?' 당황한 라이언 이사는 놀랄 정도로 섹시했다. '개자식.'

"나는 그냥 장난을 좀 치려던 것뿐이었는데."

"내게 한 말을 다른 사람이 들었다면 어떻게 생각했을 것 같아요?"

"다른 사람은 듣지 않았을 텐데."

"얼마든지 들을 수 있는 상황이었어요."

베넷 라이언은 정말 그런 생각은 하지 못했다는 표정을 지었다. 정말 그런 모양이었다. 꼭대기 자리에 앉아 장난치는 것이 그에게는 별일 아닐 수 있다. 그는 워커홀릭 임원이고 나는 신분 상승 사다리의 절반을 가까스로 올라온 어린 여자일 뿐이다.

왼편에 선 사람이 우리를 흘긋 쳐다보았다. 우리 두 사람은 똑바로 서서 앞을 바라보았다. 나는 팔꿈치로 라이언 이사의 옆구리를 세게 찔렀고, 라이언 이사는 헉 소리가 나게 내 엉덩이를 세게 꼬집었다.

"사과할 생각 없어."

라이언이 숨죽여 속삭였다.

'어련하시겠어요, 멍청이 얼간이 씨.'

라이언 이사는 다시 내게 몸을 밀착시켰다. 그의 남성이 훨씬 더 단단해졌음을 감지할 수 있었다. 내 의지에 반하는 뜨거운 열기가 다리 사이로 퍼져 나갔다.

어느덧 엘리베이터가 15층에 도착했다. 몇 명이 줄지어 엘리베이터에서 내렸다. 나는 뒤로 손을 뻗어서 두 사람 사이를 파고들어 그의 남성을 손에 쥐었다. 라이언 이사의 뜨거운 입김이 내 목덜미에 닿았다. 그가 나직이 속삭였다.

"이런 고마운 일이."

나는 손아귀에 힘을 주었다.

"이런, 제길. 미안해서 어쩌지."

라이언 이사가 내 귓가에 허스키한 음성으로 낮게 속삭였다. 나는 손아귀를 펴서 아래로 떨어트리며 혼자 씩 웃었다.

"어머나, 저는 그냥 장난치려던 것뿐이랍니다."

16층에 도착하자 나머지 사람들이 허겁지겁 내렸다. 모두 같은 미팅에 참석하는 모양이었다.

엘리베이터 문이 닫히고 다시 움직이자 뒤에서 거친 숨소리가 들려오더니 재빠르게 움직이는 기척이 느껴졌다. 베넷 라이언은 엘리베이터 제어판의 정지 버튼을 손으로 거칠게 눌렀다. 그리고 순식간에 내 몸을 엘리베이터 벽에 밀어붙였다. 그는 약간 뒤로 물러서서 무시무시하게 격노한 눈동자로 나를 쏘아보며 거칠게 말했다.

"움직이지 마요."

당장 꺼지라고 말하고 싶은 마음이 들었지만 내 몸은 그의 말에 따르라고 애원하고 있었다. 그는 내가 들고 있던 헝클어진 파일 위로 손을 뻗어 맨 위에 붙은 포스트잇을 떼어 천장에 달린 감시 카메라 렌즈에 붙였다.

그의 얼굴이 바로 코앞에 있었다. 거친 숨결이 내 뺨에 닿았다.

"상사를 꼬셔 소파 승진을 하려는 여자라는 식으로 말하려는 의도는 전혀 없었소."

라이언 이사는 깊은 숨을 내쉬면서 내 목덜미로 고개를 숙였다.

"당신은 생각이 너무 많아."

나는 최대한 고개를 뒤로 젖혀서 어이없는 표정으로 그를 바라봤다.

"당신은 생각이 너무 없어요. 지금 우리는 제 커리어에 관한 이야기를 하고 있는 거예요. 여기서 당신은 모든 권력을 휘두르는 위치에 있으니 잃을 게 없죠."

"내가 권력을 휘두른다고? 엘리베이터에서 내 물건을 눌러댄 사람은 당신이야. 지금 이런 사태를 초래한 사람은 바로 당신이란 말이지."

나도 모르게 얼굴 표정이 누그러지는 것이 느껴졌다. 나에게 약한 모습을 보이는 그가 낯설었다.

"그렇다면 무방비 상태에 있는 사람의 약점을 공격하는 일은 그만두세요."

한참 동안 침묵이 흐른 뒤 그가 고개를 끄덕였다.

우리를 둘러싼 건물 안의 소음이 엘리베이터 안을 가득 메우는 가운데 우리는 서로를 물끄러미 응시했다. 그에게 몸을 밀착시키고 싶은 강력한 욕구가 점점 커져갔다. 배꼽 주변에서 욱신거리던 욕구는 점차 아래로 내려가 다리 사이로 번져갔다.

라이언은 상체를 숙여 내 턱을 입과 혀로 어루만지고는 입술로 내 입술을 덮었다. 나도 모르는 사이에 목구멍 안쪽에서 신음 소리가 터져 나왔다. 단단해진 그의 남성이 내 복부에 닿았다. 내 몸은 본능에 따라 움직이기 시작했다. 두 다리로 그의 몸을 휘감아서 그의 발기한 신체 일부를 더욱 밀착시키고 두 손은 그의 머리카락을 파고들었다. 라이언은 몸을 조금 뒤로 빼어 손가락으로 허리춤에 달린 드레스 걸쇠를 가볍게 쳐서 풀었다. 드레스 앞자락이 벌어지면서 앞가슴이 그의 앞에 그대로 노출됐다.

"유두가 바짝 성이 나 있군."

라이언이 속삭거렸다. 그는 두 손을 내 어깨에 얹고 내 눈동자를 바라보면서 내 몸을 감싸고 있던 드레스를 바닥으로 떨어뜨렸다. 라이언은 내 손을 잡고 그대로 뒤로 돌려서 손바닥으로 엘리베이터 벽을 짚게 만들었다. 피부에 온통 소름이 돋았다.

그는 내 머리로 손을 뻗어 머리를 고정한 은색 핀을 제거했다.

머리카락이 벌거벗은 등으로 흘러내렸다. 라이언이 내 머리채를 움켜쥐고 머리를 옆으로 거칠게 잡아당겨 내 목덜미에 자신의 얼굴을 묻었다. 뜨겁고 축축한 키스가 전하는 감각이 척추를 따라 흘러내리고 어깨를 가로질러 전파되었다. 그의 손길이 닿는 구석구석마다 전기 충격과 같은 흥분이 느껴졌다. 라이언이 내 뒤에서 무릎을 꿇은 채 내 엉덩이를 움켜쥐고 깨물었다. 나는 헉 숨을 몰아쉬었다. 이어서 거친 신음 소리가 내 입에서 흘러나왔다. 라이언이 다시 일어섰다.

'빌어먹을. 어떻게 이런 걸 다 알고 있지?'

"마음에 드나? 엉덩이를 깨물어주면?"

그의 손가락이 내 가슴을 희롱했다.

"그런 모양이에요."

"정말 지독히도 난잡하고 음탕한 여자로군."

나는 깜짝 놀라 비명을 질렀다. 라이언이 깨물었던 엉덩이 부분을 찰싹 때린 것이다. 하지만 그 비명은 쾌락의 신음 소리와 다르지 않았다. 그의 손이 내 속옷의 섬세한 리본을 움켜쥐고 뜯어내는 순간 나는 다시 한 번 숨을 헉 들이마셔야만 했다.

"지긋지긋한 청구서 한 장을 더 받으시겠군요."

음험한 목소리로 껄껄 웃은 라이언은 다시 한 번 나를 벽으로 밀어붙였다. 가슴에 닿는 벽의 차가운 기운이 온몸에 전율을 일으키면서 처음 관계했던 당시 유리창의 기억을 소환했다. 까맣게 잊고 있던 차가움과 뜨거움, 그리고 단단한 남성이 부드러운 내 속에 닿는 느낌이 빚어내는 환상적인 콘트라스트가 생생하게 되살아났다.

"그만한 가치가 있는 일이야."

그의 손이 내 허리를 어루만졌다. 그리고 복부로 미끄러져 내려가는가 싶더니 그 아래 더 깊은 곳으로 미끄러져 들어갔다. 손가락 하나가 나의 클리토리스에 닿았다.

"이런 옷을 입고 오는 건 나를 골탕 먹이기 위해서란 생각이 들거든."

그의 말이 맞는 걸까? 나 자신을 위해서 입었다는 생각은 자기기만에 불과한 것일까?

그의 손길에 나는 더 이상 견딜 수 없게 되었다. 은근한 압박을 가했다가 부드럽게 어루만지며 희롱하는 손가락의 움직임이 욕정에 불을 붙였다. 조금 더 아래로 움직인 그의 손이 내 깊은 곳으로 들어가는 입구에서 멈추어 섰다.

"축축하게 젖었군. 맙소사, 아침 내내 이 생각만 하고 있었던 게 분명한 것 같은데."

"헛소리하지 말아요."

신음 섞인 말을 내뱉는 순간, 갑자기 그의 손가락이 안으로 밀고 들어왔다. 나는 거친 숨을 몰아쉬었고 라이언은 나를 더욱 강하게 밀어붙였다.

"원하는 걸 말해. 원하는 걸 말하면 당장에 주지."

손가락 하나가 더 합류해 내 깊은 곳을 공략하자 참을 수 없는 욕정에 나는 비명을 질렀다. 나는 고개를 내저었지만 육체는 또다시 의지와 다른 반응을 보이고 있었다. 라이언의 목소리는 간절했다. 지분거리며 자신이 상황을 제어하는 듯이 말하고 있었지만 그와 동시에 내게 간청하는 것처럼 들리기도 했다. 나는 눈을 감고 머릿속을 정리해보려 노력했다. 하지만 모든 것이 내가 감당하기에는 벅찬 상황이었다. 내 벗은 피부에 닿은 라이언의 옷 입은 육체가 전하는 감각과 그의 거친 목소리, 그리고 그의 긴 손가락이 내 깊은 곳을 희롱하며 일으키는 느낌은 금방이라도 나를 절정의 순간으로 치닫게 만들 것 같았다. 라이언이 다른 손을 뻗어 얇은 브래지어 속에서 곤두서 있던 젖꼭지를 손가락으로 꼭 집었다. 커다란 신음 소리가 입 밖으로 흘러나왔다. 더 이상은 견딜 수 없었다.

"말해봐."

라이언이 내 귓가에 속삭이며 엄지손가락으로 클리토리스를 어루만졌다.

"하루 종일 당신이 내게 성질부리며 다니게 할 수는 없어."

마침내 나는 두 손을 들고 굴복했다.

"내 안으로 들어와요."

라이언은 가느다란 신음 소리를 나직이 내뱉으며 이마를 내 어깨에 기대고 빠르게 움직였다. 그의 손가락이 맹렬히 요동치며 원을 그리기 시작했다. 그의 둔부가 내 엉덩이를 따라 움직였고 발기한 그의 남성이 내 살에 닿았다.

"오, 맙소사!"

나는 신음 같은 교성을 질렀다. 내 안에 단단히 똬리를 틀고 있던 쾌락이 풀려나기를 간절히 바란다는 사실에만 온 생각을 집중했다. 그 순간 우리 두 사람의 거친 숨소리와 신음 소리가 만들어내는 리듬을 날카로운 전화 벨 소리가 방해했다.

순간 우리가 어디에 있는지에 대한 자각이 일어나면서 우리 두 사람은 그대로 얼어붙었다. 베넷 라이언 이사는 내게서 몸을 떼어내면서 거친 말을 웅얼거리고 엘리베이터의 비상 수화기를 집어들었다.

나는 뒤돌아서 드레스를 집어 들어 머리 위로 뒤집어쓰고 떨리는 손으로 옷매무새를 가다듬었다.

"네."

라이언이 통화를 시작했다. 숨 가쁜 기색이 전혀 없는 침착한 목소리였다. 엘리베이터 양편에 선 우리 시선이 얽혀들었다.

"알았습니다… 아니, 우린 괜찮습니다…."

라이언은 천천히 허리를 굽혀 엘리베이터 바닥에 버려진 내 찢어진 팬티를 치웠다.

"아니, 그냥 멈춰 선 겁니다."

라이언은 수화기 건너편 사람의 이야기를 경청하면서 손가락 사이로 팬티의 실크 원단을 매만졌다.

"그렇게 해주면 되겠습니다."

라이언은 말을 마치고 수화기를 내려놓았다.

엘리베이터가 덜컹 용트림을 하더니 다시 올라가기 시작했다. 라이언은 손에 쥔 레이스 달린 천 조각을 내려다보다가 내게 시선을 돌렸다. 그러다가 갑자기 짓궂은 미소를 짓더니 벽에 기댄 몸을 일으켜 세워 내게 성큼성큼 다가왔다. 한 손을 내 머리에 얹은 채로 상체를 숙여 코로 내 목을 쓰다듬으면서 속삭였다.

"손으로 만지면 전해지는 느낌만큼이나 냄새도 좋군."

짧은 신음 소리가 내 입에서 터져 나왔다.

"그리고 이건 내가 가져가지."

라이언은 손에 든 내 팬티를 고갯짓으로 가리키며 말했다.

사무실이 있는 층에 도착하자 엘리베이터에서 차임벨 소리가 났다. 문이 열리자 라이언은 내게 눈길 한번 주지 않은 채 자기 사무실 쪽으로 성큼성큼 걸어갔다. 실크 천 조각이 그의 양복 재킷 주머니 속으로 미끄러져 들어갔다.

—

4

제정신이 아니다. 이건 공황 상태다. 사무실로 전력 질주하는 내내 나를 사로잡은 감정을 공황 상태라는 말 외에는 표현할 길이 없다. 방금 전에 도저히 믿을 수 없는 일이 벌어졌다. 그 조그만 강철 감옥에 그 여자와 단둘이 남게 되고, 그 여자의 냄새와 음성, 살결을 느끼자 내 자제력은 그대로 증발해버렸다. 그 여자는 지금껏 한 번도 경험하지 못한 지배력을 내게 발휘한다.

마침내 비교적 안전한 내 사무실에 도착해서 가죽 소파에 쓰러지듯 앉았다. 몸을 앞으로 구부리고 머리카락을 움켜쥔 나는 산란한 마음을 가라앉히고 발기한 물건을 진정시키려 애를 썼다. 상황이 갈수록 악화되고 있다.

클로에 밀스가 오늘 아침 미팅을 상기시키던 그 순간부터 나는 그 빌

잘생긴 개자식

어먹을 회의실에서 프레젠테이션을 제대로 할 수 없을 뿐 아니라 논리적인 생각을 하지 못하리란 걸 직감했다. 그 회의실 테이블에서 벌어진 일을 머릿속에서 지울 수가 없었다. 그런데 회의실에 들어선 순간 그 여자가 유리창에 머리를 기대어 생각에 잠긴 모습을 봤다. 그때 내 물건은 단단해져버렸다.

그래서 나는 프레젠테이션 장소가 변경되었다는 말도 안 되는 소리를 지어냈고 그 일로 클로에 밀스는 내게 비난을 퍼부었다. 어째서 그 여자는 늘 내게 적대감을 불러일으키는 걸까? 나는 누가 주도권을 쥐고 있는지 그녀에게 분명히 했다고 생각한다. 하지만 그 여자는 언제나 한마디도 지지 않고 내 면전에서 대들었다.

사무실 밖에서 커다랗게 쿵 울리는 소리가 들려왔다. 나는 화들짝 놀라 몸을 움찔했다. 다시 한 번 더 쿵 하고 뭔가 떨어지는 소리가 들렸고 잠시 후 한 번 더 들려왔다. 도대체 밖에서 무슨 일이 벌어지고 있는 거지? 나는 자리에서 일어나 문가로 걸어가 밖을 내다보았다. 밀스가 파일 더미 위로 파일 폴더를 거칠게 내려놓는 모습이 시야에 들어왔다. 나는 팔짱을 끼고 벽에 기대 서서 잠시 그 모습을 지켜보았다. 잔뜩 골이 난 그녀의 모습을 보고 있어도 바지 속에서 생긴 문제를 해소하는 데에는 전혀 도움이 되지 않았다.

"도대체 뭐가 문제인지 말해주겠소?"

그녀는 고개를 들어 머리 두 개 달린 괴물이라도 보는 눈빛으로 나를 보았다.

"지금 제정신으로 말씀하시는 건가요?"

"정신은 매우 멀쩡한데요."

"조금 짜증스러워서 그러니 양해 구합니다."

클로에 밀스는 화난 어조로 낮게 말하면서 파일 폴더를 움켜쥐고 거칠게 서랍 안에 밀어 넣었다.

"나라고 뭐 그렇게 기분이 좋고 그런 건….."

"베넷."

아버지가 사무실 문을 열고 불쑥 안으로 들어왔다.

"아까는 정말 잘했다. 헨리와 내가 지금 막 도로시, 트로이와 이야기를 나누었단다. 그 사람들은….. "

아버지는 하던 말을 멈추고 책상 가장자리를 꼭 움켜쥐고 서 있는 클로에 밀스를 뚫어져라 바라보았다.

"클로에, 자네 괜찮은가?"

밀스는 몸을 반듯이 세우고 손가락을 천천히 펴면서 고개를 끄덕였다. 얼굴은 아름답게 상기되었고 머리는 조금 헝클어져 있었다. 나때문이다. 나는 침을 꿀꺽 삼키고 고개를 돌려 창밖을 바라보았다.

"안색이 좋지 않은데."

아버지는 그녀에게 다가가 손으로 이마를 짚었다.

"열이 있군."

이를 악문 채 유리창에 비친 두 사람을 봤다. 묘한 감각이 척추를 따라 스멀스멀 퍼져나갔다. '이건 뭐지?'

"사실 컨디션이 약간 좋지 않습니다."

"그렇다면 당장 집에 가게. 그동안의 업무 스케줄이나 학기를 막 끝낸 점을 생각하면 당연한 일이야…."

"유감스럽지만 오늘 일정이 꽉 차 있습니다."

나는 뒤로 돌아 두 사람을 마주했다.

"보몬트 일이 오늘은 마무리될 거라고 기대하고 있는데요, 밀스 양."

나는 이를 악물고 으르렁거리듯 말했다.

아버지가 고개를 돌려 엄격한 눈빛으로 나를 보았다.

"베넷, 필요한 일은 너 혼자서도 다 처리할 수 있으리라고 믿는다."

그리고 다시 고개를 돌려 클로에 밀스를 바라보면서 말했다.

"자네는 먼저 가게."

"감사합니다."

그녀는 완벽한 모양의 눈썹을 아치 모양으로 만들면서 나를 쳐다봤다.

"그럼 내일 뵙겠습니다, 라이언 이사님."

나는 그녀가 사무실을 걸어 나가는 모습을 지켜보았다. 아버지는 그녀 등 뒤에서 문을 닫아주고는 내게 고개를 돌려 불같은 눈으로 쳐다보았다. 내가 물었다.

"왜 그러세요?"

"조금 친절하게 굴어도 죽지는 않을 거다, 베넷."

아버지는 앞으로 다가와 클로에 밀스의 책상 모서리에 걸터앉았다.

"알겠지만 클로에 같은 사람과 함께 일하는 건 운이 좋은 거다."

나는 눈을 희번덕거리며 고개를 절레절레 저었다.

"그 여자의 성격이 파워포인트 다루는 실력만큼만 좋다면 문제가 없을 겁니다."

아버지는 성난 눈빛으로 더 이상 말하지 못하게 막았다.

"네 어머니가 오늘 저녁 집에서 식사하기로 한 일을 잊지 않게 단단히 일러두라고 하더라. 헨리와 미나도 아기를 데리고 오기로 했다."

"가겠습니다."

아버지는 문가로 걸어가다가 걸음을 멈추고 뒤를 돌아보았다.

"늦지 마라."

"늦지 않습니다."

아버지는 내가 가족 식사 자리뿐 아니라 어떤 자리에도 절대로 늦는 법이 없다는 걸 잘 알면서도 저러신다. 헨리 형이라면 자기 장례식에도 늦게 나타날 테지만 말이다.

마침내 온전히 혼자가 된 나는 사무실로 되돌아가서 의자에 무너지듯 주저앉았다. 그래, 어쩌면 내가 조금은 신경이 곤두서 있었던 것도 같다.

재킷 주머니에 손을 넣어 밀스의 속옷 쪼가리를 꺼내 서랍에 있는 다른 천 조각이 있는 곳에 처분하려 했다. 그때 속옷에 붙은 상표가 눈에 들어왔다. 아장 프로보카퇴르. 비비안 웨스트우드의 아들 조지프 코레와 그의 아내 세리나 리스가 론칭한 란제리 브랜드다. 적지 않은 돈을

투자했겠군. 순간 호기심이 발동했다. 서랍을 열어 다른 두 벌의 상표도 살펴보았다. 라 페를라. 이런, 이 여자는 속옷에 대해 진지하군. 언젠가 시내에 있는 라 페를라 매장에 들러서 이 작은 내 수집품들을 그여자가 얼마에 구매했는지 알아볼 필요가 있을 것 같았다. 한 손으로 머리를 빗어 넘기면서 밀스의 속옷들을 다시 서랍에 넣고 쿵 소리가 나도록 세게 닫았다.

아무래도 나는 제정신이 아닌 모양이다.

*　*　*

아무리 노력해도 하루 종일 아무 일에도 집중할 수가 없었다. 점심시간에 스스로 격정적으로 욕구를 해소했는데도 아침 일을 머릿속에서 지울 수가 없었다. 세 시쯤 되었을 때 나는 회사에서 벗어나야만 한다는 결론을 내렸다. 엘리베이터로 걸어가던 나는 낮은 신음 소리를 내면서 계단으로 내려가는 편을 택했다. 하지만 그것도 올바른 선택이 아니었음을 깨닫는 데는 그리 오랜 시간이 걸리지 않았다. 나는 18개 층을 한걸음에 내달렸다.

그날 저녁에 부모님 집에 차를 세우면서야 긴장감을 조금 늦출 수 있었다. 주방에 들어서자마자 익숙한 어머니의 요리 냄새를 맡으며 군침을 삼켰다. 식당에서는 부모님의 행복한 담소가 들려왔다.

"베넷."

식당으로 들어서는 나를 보고 어머니는 노래 부르듯 내 이름을 불렀다. 나는 허리를 숙여 어머니 뺨에 키스하며, 다루기 힘든 내 머리카락을 애써 고정시키려는 어머니의 부질없는 손길을 그대로 내버려두었다. 마침내 어머니는 손을 거두고 커다란 그릇을 내게 건넸다. 그릇을 식탁에 내려놓은 나는 당근 하나를 수수료로 낚아챘다.

"헨리 형은 어디 있어요?"

나는 거실 쪽을 내다보면서 물었다.

"아직 안 왔다."

아버지가 걸어오면서 말씀하셨다. 헨리 형 혼자서도 시간을 못 지키는데, 형수와 아이까지 함께 길을 나서야 하는 상황을 감안하면 그 집에서 빠져나오기만 했어도 다행이라는 생각이 들었다. 나는 식당 밖에 있는 홈 바로 걸어가서 어머니가 드실 드라이 마티니 한 잔을 만들었다.

그로부터 이십 분이 더 지나자 현관에서 무질서와 대혼란의 소리가 들려왔다. 나는 거실로 나가서 형 가족을 맞이했다. 이를 다 드러내고 웃는 조그만 인간이 뒤뚱뒤뚱 불안하게 걸어와 내 무릎을 껴안았다.

"베니 삼촌!"

조카 소피아가 소리를 꽥 질렀다. 나는 조카를 번쩍 안아 올려서 그 보드라운 뺨에 키스 세례를 퍼부었다.

"어이구, 이 한심한 녀석 좀 보게나."

헨리 형이 안으로 들어와 나를 지나치면서 낮은 소리로 이죽거렸다.

　　　　　　　　　　　　　　　　　　　잘생긴 개자식

"자기는 뭐 대단한 사람인 것처럼 말하시는군."

"둘 다 그만하셨으면 좋겠네요. 제 의견을 말하자면 말이죠."

미나 형수가 헨리 형의 뒤를 따라 들어오며 말하고는 식당으로 들어 갔다. 소피아는 첫 번째 조카로서 우리 집안의 공주다. 소피아는 늘 그 랬듯이 식사 내내 내 무릎에 앉아 있었다. 나는 소피아를 피해서 어렵 게 음식을 먹었고 소피아의 '도움'을 받지 않기 위해 갖은 애를 썼다. 소피아는 나를 꼭 붙잡고 있었다.

"베넷, 부탁할 일이 있구나."

어머니가 와인병을 나에게 건네면서 말문을 열었다.

"다음 주에 클로에를 저녁 식사에 초대해주겠니? 초대에 응하도록 진심을 다해서 설득해줘."

나는 작은 소리로 투덜거리다가 아버지에게 정강이를 걷어차였다.

"젠장. 왜 모두 그 여자를 이곳에 불러들이지 못해서 안달인 거죠?"

어머니는 허리를 곧추세우고 엄격한 표정을 지어 보였다.

"클로에는 낯선 도시에서 혼자 지내고 있어. 게다가….."

"어머니, 그 여자는 대학을 졸업한 뒤 내내 이곳에서 지냈어요. 나 이도 스물여섯 살이나 되었고요. 더 이상 이곳이 낯선 도시는 아닐 겁 니다."

"그래, 베넷. 네 말이 맞겠지."

어머니는 날 선 목소리로 말을 이었다.

"클로에는 대학을 최우등으로 졸업하고 곧바로 네 아버지 밑에서 몇 년 동안 헌신적으로 일하다가 네 부서로 옮겨 최고의 직원으로 일하고 있잖니. 야간에 대학원을 다니면서도 말이다. 클로에는 정말 근사하고 멋진 아가씨야. 그래서 좋은 사람을 소개해주고 싶단다."

어머니의 마지막 말에 포크를 든 손이 허공에서 멈췄다. 지금 그 여자를 누군가에게 소개해줄 생각을 하고 계시다는 건가? 나는 머릿속으로 우리가 아는 모든 독신남의 파일을 주르륵 검토하면서 하자가 있는 인물을 한 명씩 제외시켰다. 브래드. 키가 너무 작다. 데미안. 움직이는 거라면 뭐하고든 그 짓을 할 인물이다. 카일. 게이다. 다 어중간하다. 그때 가슴이 조여오는 통증을 느꼈다. 무엇 때문에 통증을 느꼈는지는 알 도리가 없었다. 굳이 설명하자면… 분노라고나 할까?

그렇지만 어머니가 그 여자에게 누군가를 소개해주겠다는 말에 분노할 이유가 뭐지? 이 멍청아, 그 여자랑 잠자리를 하는 사이니까 그렇지. 정확히 말하자면 잠자리를 하는 사이가 아니고 섹스를 하는 사이라고 해야겠지. 아니, 정정한다. 섹스를 했던 사이다… 딱 두 번. '섹스를 하는 사이'라고 하면 지속적으로 관계를 맺는다는 의미가 되니까 적절한 표현이 아니다.

아, 그리고 엘리베이터에서 그녀를 흥분시키고 찢어진 그 여자 팬티를 내 사무실 책상 서랍에 쌓아두고 있기도 한 사이지.

'비열한 놈.'

나는 두 손으로 얼굴을 꾹꾹 눌렀다.

"알겠습니다. 데리고 오죠. 하지만 너무 큰 기대는 하지 마세요. 남자들을 보자마자 무뚝뚝하게 굴 테니까요. 만만한 일이 아닐 겁니다."

"벤, 너 그거 아냐?"

형이 끼어들었다.

"클로에와 잘 지내지 못하는 사람은 네가 유일하다는 데 여기 있는 모든 사람이 동의할 거다."

나는 식탁 주변을 둘러보았다. 모두들 고개를 까닥거리며 멍청이 형의 말에 동의하고 있었다. 인상이 저절로 찌푸려졌다.

식사를 마친 뒤에도 내가 밀스에게 더 친절하게 대해야 한다는 말과 그녀가 얼마나 훌륭한 사람인지에 관한 이야기가 더 이어졌다. 그리고 어머니 친구의 아들, 조엘이 클로에의 마음에 쏙 들 거라는 이야기도 빠트리지 않았다. 조엘이라니. 완전히 잊고 있었다. 착한 녀석인 건 분명하다. 열네 살이 되도록 여동생이랑 바비 인형을 갖고 놀았고 10학년 때 정강이에 야구공을 맞고 아기처럼 큰 소리로 엉엉 울었던 흑역사만 제외하면 말이다. 밀스에게 그런 녀석은 한 입 거리밖에 안 될 거다. 생각만 해도 웃음이 터져 나왔다.

그런 다음에는 다음 주에 줄줄이 잡혀 있는 미팅에 대한 이야기를 나누었다. 중요한 미팅은 목요일 오후에 예정되어 있었다. 형과 아버지를 대동하고 참석해야 하는 자리였다. 밀스라면 이미 모든 것을 준비해놓고 있을 것이다. 인정하고 싶지 않지만 클로에 밀스는 늘 두 걸음 앞서서 일을 준비해놓고 내가 필요한 모든 것을 미리 예측하는 기특한 면이 있다.

가족과 함께한 즐거운 시간을 마치고 본가를 나서면서 밀스 양을 꼭 설득해서 다음 저녁 식사 자리에 데려오겠노라고 약속했다. 하지만 솔직히 다음 주 며칠 동안 그녀를 볼 일이 있을지 장담할 수 없었다. 도시 전역에서 이런저런 미팅에 참여해야 하고 사람들과 만날 약속도 많았다. 실제로 사무실에 머무는 시간이 얼마 안 돼서 제대로 된 대화를 나눌 수나 있을지 의심쩍었다.

* * *

다음 날 오후, 차들이 엉금엉금 기어가는 사우스 미시건 애비뉴 거리를 차창 너머로 노려보고 있자니, 오늘 하루도 일진이 좋지 않을 거란 생각이 들었다. 교통 체증에 갇혀 있는 건 정말 질색이다. 몇 블록만 더 가면 사무실이다. 기사에게 차를 옆으로 대라고 하고 냉큼 차문을 열고 내려서 걸어갈지 정말 진지하게 고려해봤다. 벌써 네 시가 넘어가고 있는데, 이십 분에 겨우 세 블록을 이동하는 지경이다. 정말 지독하군. 나는 눈을 감고 좌석에 기대어 앉아 방금 마친 미팅을 되짚어보았다.

특별히 잘못된 건 없었다. 아니 오히려 그 반대다. 고객은 우리 제안에 감격했고 모든 일이 술술 잘 풀렸다. 문제는 내 불편한 심기가 가시지 않는다는 것뿐이었다.

지난 세 시간 동안 매 십오 분마다 아버지로부터 사춘기 십 대처럼 군다는 지적을 받아야 했다. 계약서에 서명할 즈음에는 아버지에게 폭력을 행사하고 싶다는 생각이 들 지경이 되었다. 아버지는 기회가 생길 때마다 도대체 뭐가 문제냐고 물었다. 솔직히 말하자면 아버지 탓이 아니다. 지난 이틀 동안 내가 멍청이같이 굴었던 면이 있다는 건 인정한다. 따지고 보면 다 그럴 만한 이유가 있는 일이었다. 물론 아버지는 집으로 가겠다고 하시면서 내가 여자와 어울려 지내지 못해서 이렇게 고약하게 구는 거라고 단언하셨다.

아무것도 모르시면서.

하루가 지났지만 엘리베이터에서 있었던 일로 그 여자에 대한 갈망은 더 커졌다. 그녀의 몸 구석구석을 어루만지고 싶어 못 견디겠다. 한여섯 달은 암컷 그림자도 구경하지 못한 수컷처럼 굴고 있지만 사실 그여자를 만지고 느끼지 못한 지 겨우 이틀째다. 하지만 나는 미치광이가 되어가고 있다.

차가 다시 멈춰 섰다. 나는 비명이라도 지르고 싶은 심정이었다. 운전기사가 앞좌석과 뒷좌석 사이에 있는 유리창을 내리더니 미안함이 깃든 미소를 보이면서 말했다.

"라이언 이사님, 죄송합니다. 거기 그렇게 앉아 있자니 미칠 것 같으시죠? 회사까지 네 블록밖에 남지 않았는데 걷는 편이 낫지 않을까요?"

진한 색유리를 끼운 차창 너머를 물끄러미 바라보는데 길 건너편에 라 페를라 매장이 눈에 들어왔다.

"차를 옆에다 댈 테니…."

나는 기사가 말을 끝내기도 전에 차에서 빠져나왔다. 도로 경계석에 서서 길을 건널 기회를 노리던 나는 문득 저 매장에 뭐 하러 가냐고 자문했다. 가서 뭘 할 거지? 뭔가를 살 건가, 아니면 그냥 자학이라도 하려고?

매장에 들어선 나는 프릴이 달린 란제리로 뒤덮인 기다란 테이블 앞에서 걸음을 멈췄다. 바닥은 따스한 벌꿀색 목재로 만들어졌고 천장에는 기다란 실린더형 조명 부착물이 여기저기 무리 지어 설치되어 넓은 매장 곳곳을 비추고 있었다. 흐릿한 조명이 실내 가득 빛 그림자를 드리운 가운데 친근하고 은은한 분위기를 연출하면서 상품이 진열된 테이블과 값비싼 란제리가 걸린 옷걸이를 집중적으로 비추고 있었다. 섬세한 레이스와 새틴 원단을 보고 있자니 그 여자에서 느끼던 욕정이 되살아나는 것 같았다.

매장 입구 근처에 놓인 테이블을 손가락으로 쓸면서 걸어가는 나는 이미 점원들이 주목하는 대상이 되었다. 큰 키의 금발머리 아가씨가 내게 다가왔다.

"라 페를라에 오신 것을 환영합니다."

여점원은 고깃덩어리를 바라보는 사자의 눈을 하고서 고개를 들어 나를 올려다보았다. 이런 일을 하는 사람들이라면 내가 입은 양복이 얼마짜리이고 셔츠 소맷단에 달린 커프스가 진짜 다이아몬드라는 걸 대번에 알아차릴 게 분명하다. 여점원의 두 눈동자는 달러 표시가 번

쩍번쩍거리는 것처럼 보였다.

"특별히 찾는 제품이 있으신가요? 아내분께 드릴 선물이 필요하신
가요? 아니면 여자 친구?"

마지막 말을 덧붙일 때는 추파를 던지는 듯 묘한 목소리를 냈다.

"아닙니다. 필요 없습니다."

나는 순간 이곳에 있는 것 자체가 말도 안 되는 일이라는 사실을 떠
올렸다.

"마음이 달라지시면 언제든지 불러주세요."

점원은 윙크를 던지면서 뒤로 돌아 계산대가 있는 곳으로 갔다. 멀
어지는 점원을 보면서 내게 온갖 사인을 보내는 아름다운 여자를 보고
도 전화번호를 알려달라고 말할 생각을 못했다는 점을 깨달았다. 빌어
먹을. 내가 남창은 아니지만 다른 데도 아닌 속옷 매장에서 일하는 아
름다운 여자가 추파를 던지면서 노골적으로 관심을 보이는데도 그에
걸맞은 응대를 생각하지 못했다니 어이가 없었다. 빌어먹을. 도대체
머리가 어떻게 된 거 아니야?

그대로 뒤로 돌아 매장을 떠나려고 할 때 시선을 사로잡는 뭔가가 있
었다. 나는 옷걸이에 걸린 검은색 레이스 가터벨트를 손가락으로 천천
히 쓸어내렸다. 그 여자와 일하기 전까지는 〈플레이보이〉 잡지 같은 데
나오는 모델이 아닌 멀쩡한 여자들이 이런 속옷을 착용하리라 생각하
지 못했다. 밀스와 같이 일하기 시작한 첫 달에 미팅이 있었다. 그 자리
에서 밀스는 테이블 아래서 다리를 바꾸어 꼬았는데, 그 과정에서 치

맛단이 말려 올라가면서 스타킹에 부착된 하얀색의 섬세한 가터벨트가 모습을 드러냈다. 란제리에 대한 각별한 취미를 갖고 있다는 사실을 직접 목격한 첫 번째 사건이었다. 하지만 점심시간에 그 여자를 생각하면서 마스터베이션을 했던 것은 그날이 처음은 아니었다.

"마음에 드는 게 있나 보죠?"

등 뒤에서 익숙한 목소리가 들렸다. 화들짝 놀란 나는 제자리에 선 채로 뒤돌아섰다.

'이런, 빌어먹을.'

밀스다. 하지만 내가 잘 알고 있는 그 밀스가 아니었다. 언제나처럼 근사한 스타일을 자랑하기는 했지만 완벽하게 캐주얼한 차림새였다. 다리 라인이 드러나는 짙은 색 청바지와 빨간색 탱크톱을 입은 그녀는 섹시한 포니테일 머리에 화장도 하지 않았고 사무실에서 일할 때 가끔 쓰는 안경도 없었다. 아무리 많이 봐줘도 스무 살이 넘지 않을 것처럼 보였다.

"여기서 대체 뭘 하는 거예요?"

밀스는 거짓 미소를 얼굴에서 싹 지우고 냉랭하게 말했다.

"당신이 상관할 일이 아닌 것 같은데."

"그냥 궁금해서요. 내 팬티만으로도 이곳까지 찾을 필요가 없을 정도의 팬티 컬렉션이 완성되지 않았나요?"

밀스는 내 손에 여전히 들려 있는 가터벨트를 고갯짓으로 가리키면서 나를 노려보았다. 나는 들고 있던 것을 후다닥 내려놓았다.

"아니, 그게 아니라….."

"도대체 그걸로 뭘 하려는 거죠? 정복의 기념물로 그런 걸 모아두는 취미라도 있는 거예요?"

밀스가 팔짱을 끼자 봉긋한 가슴이 모아지면서 한층 도드라졌다. 내 눈이 저절로 그녀 가슴골에 꽂혔고 바지 속에 잠자던 내 물건이 요동쳤다.

"제길."

나는 고개를 절레절레 저었다.

"어째서 늘 그렇게 못된 암캐처럼 구는 거요?"

아드레날린이 미친 듯이 분비되어 혈관을 타고 흘러내리는 게 느껴졌다. 욕정과 분노로, 말 그대로 온몸이 떨리면서 근육이 긴장되는 것도 느껴졌다.

"늘 최고의 능력을 발휘하게 해주는 상사이시니까요."

밀스가 몸을 앞으로 구부리며 말했다. 그녀의 가슴이 내 가슴에 닿을락 말락 하는 거리까지 다가왔다. 주변을 둘러보니 매장의 다른 사람들이 우리 둘을 주목하고 있었다. 나는 마음을 가라앉히려 노력하면서 말했다.

"이봐요, 진정하고 목소리를 낮춰요."

뭔 일이 벌어지기 전에 당장 이곳에서 나가야 한다는 생각이 들었다. 어떻게 된 일인지 알 수는 없지만 이 여자와 실랑이를 벌이기만 하면 그 마지막은 내 주머니에 이 여자의 팬티가 들어가는 걸로 마무리가 되곤 했던 것이다.

"그러는 밀스는 도대체 여기서 뭘 하고 있는 겁니까? 업무 시간이 아
닌가요?"

클로에 밀스는 두 눈을 부라리며 말했다.

"이사님 밑에서 근 일 년을 일해오면서 이주일에 한 번씩 대학원 지
도교수님을 만나러 간다는 걸 기억하실 거라 생각합니다. 오늘도 막
교수님을 만나 뵙고 오는 길에 쇼핑을 좀 하려고 이곳에 들렀습니다.
저를 24시간 스토킹하시려면 발찌라도 채워놓으셔야 할 겁니다. 물론
그렇게 하지 않고도 여기서 저를 용케도 잘 찾아내셨지만요."

나는 뭔가 할 말을 찾으려 애쓰면서 매서운 눈으로 클로에 밀스를 노
려보았다.

"나한테 늘 그렇게 화를 내는 건 무슨 이유에서요?"

'잘했어, 벤. 정말 영리한 멘트야.'

"이리 따라오시죠."

클로에 밀스가 내 팔을 덥석 잡고 매장 뒤쪽으로 끌고 가서 모퉁이를
돌아 있는 탈의실 안으로 이끌었다. 그녀는 한동안 이곳에 있었던 모
양이다. 의자에 란제리가 잔뜩 쌓여 있고 정체불명의 레이스 끈이 가
득한 옷걸이가 눈에 들어왔다. 머리 위쪽에 달린 스피커에서 음악이
새어 나왔다. 클로에 밀스의 목을 조르는 동안 목소리를 낮춰야 할 염
려는 없을 것 같아 다행이라는 생각이 들었다.

실크로 뒤덮인 장의자 맞은편에 있는 커다란 거울이 달린 문을 닫고

밀스가 내 눈을 똑바로 바라보며 서 있었다.

"여기는 나를 따라 들어온 건가요?"

"내가 뭐 하러 그런 짓을 하겠나?"

"그럼 갑자기 여성 속옷 매장에 아이쇼핑이라도 하러 왔다는 건가요? 단지 짬이 나서 변태 짓을 하러 왔다?"

"자신을 과대평가하는군요, 밀스 양."

"그 잘난 입에서 나오는 거지 같은 말을 만회할 만큼 바지 속 물건이 쓸 만한 걸 다행으로 여겨요."

나는 앞으로 몸을 숙이고 클로에 밀스의 귓가에 속삭였다.

"내 입에 대해서도 무척 만족스러워했던 걸로 기억하는데."

갑자기 모든 것이 강렬하고 생생하며 분명하게 느껴졌다. 그녀의 가슴이 크게 들썩이고 있었다. 그녀의 시선이 내 입에 머물다가 아랫입술에서 멈췄다. 밀스는 천천히 내 넥타이를 주먹으로 움켜쥐고 나를 잡아당겼다. 입을 벌리자 그녀의 부드러운 혀가 안으로 비집고 들어오는 것이 느껴졌다.

이제는 돌이킬 수가 없었다. 한 손으로 그녀의 턱을 받치고 다른 한 손으로는 그녀의 머리카락을 움켜쥐었다. 포니테일로 땋은 머리를 한데 모았던 핀을 빼 부드러운 머리카락이 물결치는 것을 손으로 느꼈다. 손으로 머리채를 잡아 그녀의 고개를 돌려 키스하기에 적절한 각도로 맞추었다. 하지만 부족했다. 그녀의 모든 것이 필요했다. 밀스는 신음을 내뱉었고 나는 더욱 강하게 밀어붙였다.

"이런 걸 좋아하는군."

"맙소사, 그래요."

그 순간, 그 말을 듣는 순간, 더 이상 다른 아무것도 중요하지 않게 되었다. 우리가 어디에 있고 어떤 관계이고 서로에 대해 어떻게 생각하는지 따위는 신경 쓸 일이 아니었다. 지금껏 살아오면서 이런 화학 반응을 일으키는 상대는 처음 만났다. 이렇게 함께 있으면 그 어떤 것도 문제가 되지 않았다.

내 손은 클로에 밀스의 옆구리로 미끄러져 내려가 탱크톱을 움켜쥐었다. 톱을 걷어 올려 그녀의 머리 위로 벗기는 동안 잠시 키스를 멈춰야 했다. 클로에 밀스는 질세라 내 재킷을 어깨 너머로 밀쳐 내서 바닥에 떨어트렸다.

엄지손가락으로 원을 그리며 그녀의 피부를 어루만지면서 청바지 허리춤으로 손을 옮겼다. 신속하게 허리 버클을 풀자 바지가 그대로 바닥으로 내려갔다. 클로에는 발목에 걸친 바지와 샌들을 서둘러 벗어 던졌다. 나는 그녀의 아름다운 목덜미와 어깨에 키스했다.

"제기랄."

나는 으르렁거리듯 나지막이 웅얼거렸다. 고개를 들어 보니 그녀의 완벽한 뒤태가 뒤에 걸린 전신 거울에 보였다. 그녀의 나신을 상상한 적이 한두 번이 아니지만 밝은 대낮에 육안으로 보는 현실은 상상 그 이상이었다. 상상을 뛰어넘는 아름다움이었다. 엉덩이에 반쯤 걸쳐진 검은색 팬티와 쌍을 이루는 브라만 걸치고 서 있는 그녀의 등을 따라 실크처럼 부드러운 머리카락이 흘러내렸다. 내 목을 휘감아 안으려 까치발을 들고 있어서 그녀의 길고 탄력 있는 다리근육이 한껏 수축되었다. 그녀의 입술이 전해오는 감각과 함께 거울에 비쳐 보이는 시각 정보 때문에 바지 속에 갇힌 내 물건은 고통스러울 정도로 강하게 부풀어 올랐다.

그녀가 내 귀를 강하게 깨물면서 내 셔츠의 단추를 풀었다.

"당신도 거친 걸 좋아하는 걸로 알고 있는데요."

나는 벨트를 풀고 바지와 사각팬티를 벗어 던졌다. 그리고 그녀를 끌어안고 장의자가 있는 곳으로 갔다.

그녀의 갈비뼈가 있는 곳에서 조금 더 손을 움직여 브라의 걸쇠를 만지는 순간 온몸에 전율이 일었다. 그녀의 가슴이 전하는 감각이 나를 재촉했다. 목덜미를 따라 키스 세례를 퍼부으면서 재빨리 브라의 걸쇠고리를 풀고 그녀의 어깨선을 따라 브라 끈을 아래로 미끄러트렸다. 조금 뒤로 물러나서 그녀를 감싼 브래지어가 부드럽게 떨어져 나가게 했다. 처음으로 완벽하게 그녀의 가슴을 볼 수 있었다. '빌어먹게도 완벽한 가슴이다.' 난잡한 상상 속에서 나는 그녀의 가슴을 온갖 방법으로 희롱했다. 어루만지고 키스하고 입술로 강하게 빨고 내 아랫도리로 애무하기도 했다. 지금 눈앞에 펼쳐진 모습은 그 어떤 판타지에도 비견할 수 없을 만큼 자극적이고 관능적이다.

그녀의 둔부가 원을 그리며 움직였다. 우리 둘을 가로막는 유일한 장벽은 조그만 팬티 쪼가리가 전부였다. 나는 그녀의 가슴에 얼굴을 묻

었다. 그녀의 두 손이 내 머리카락을 헤집으며 나를 더욱 강하게 끌어
안았다.

머리카락을 있는 힘껏 잡아당겨 내 머리를 자신에게서 떨어지게 만
든 클로에 밀스가 나를 내려다보며 속삭였다.

"나를 맛보고 싶어요?"

나는 잘난 척 허세를 떨면서 대꾸할 수 없었다. 그녀가 입을 다물고
관계에 집중하도록 할 만한 통렬한 말 따위가 머릿속에 떠오르지 않
았다. 그저 그녀의 살맛을 보고 싶었다. 그 어떤 것보다 더 강렬하게 원
하고 있었다.

"그래."

"그렇다면 정중하게 부탁해야죠."

"빌어먹게 정중하게 부탁하지. 허락해줘."

그녀는 나직하게 신음을 토해 내며 몸을 앞으로 숙여 완벽한 유두를
내 입속에 넣게 해주었다. 내 머리카락을 잡은 그녀의 손에 힘이 더욱
들어갔다. 제기랄, 정말 좋다.

많은 생각이 머릿속을 어지럽혔다. 지금 이 순간 이 여자 안에 온몸
을 맡기는 것보다 더 간절한 일은 없다. 하지만 이 일이 끝나면 우리 둘
은 또다시 서로를 증오할 것이다. 나를 이렇게 허물어트린 그녀가 미
울 것이다. 또 건전한 판단력과 상식을 저버리고 욕정에 몸을 맡긴 나
자신도 혐오스러울 것이다. 하지만 멈출 수 없다. 잘못된 쾌락만을 추
구하며 살아가는 마약중독자나 다름없는 신세다. 지금껏 완벽에 가깝

게 일궈온 내 삶이 와르르 무너져 내리는데도 나는 이 여자를 느끼는 것에 온통 집중하고 있다.

두 손을 그녀의 허리로 미끄러트려 내리고 그녀의 은밀한 곳을 가리고 있는 속옷의 허리춤에 손가락을 디밀었다. 그녀의 온몸이 떨려오고 있었다. 나는 눈을 질끈 감고 손으로 그 천 쪼가리를 움켜쥐고서 의지력을 발휘해 여기서 멈춰야 한다는 생각을 했다.

"어서 찢어버려요… 무얼 원하는지 알잖아요."

그녀가 귓가에 속살거리며 내 귓불을 세게 물었다. 다음 순간 그녀의 팬티는 레이스 조각이 되어 탈의실 구석에 던져졌다. 그녀의 엉덩이를 거칠게 애무하며 한 손으로 그녀를 안아 올린 나는 나머지 손으로 내 물건을 잡아 그녀 안으로 밀어 넣었다.

강렬한 감각이 온몸을 엄습했다. 당장이라도 폭발할 것 같아 그녀의 엉덩이를 꽉 붙잡아야 했다. 지금 자제력을 잃는다면 이 여자는 나중에 내 면전에 대고 비난을 퍼부을 게 뻔하다. 그리고 그녀는 만족하지 못할 것이다.

다시 자제력을 되찾은 나는 그녀의 엉덩이를 들썩이게 했다. 그녀가 위에 올라타고 서로 얼굴을 마주한 이런 체위는 처음이지만 우리의 몸은 완벽히 맞아떨어졌다. 내 두 손이 그녀의 엉덩이에서 아래로 내려가 다리 하나씩을 잡아당겨 내 허리에 휘감았다. 체위의 변화로 나는 그녀 안으로 더욱 깊숙이 침전해 들어갈 수 있었다. 나는 그녀의 목덜미에 얼굴을 묻고 터져 나오려는 신음 소리를 억눌렀다.

주변에서 사람들 목소리가 들렸다. 다른 탈의실에 사람들이 드나들었기 때문이다. 언제라도 남에게 들킬 수 있다는 생각이 관계를 더욱 짜릿하게 만들었다.

그녀는 신음 소리를 억누르며 허리를 활처럼 휘고 머리를 뒤로 젖혔다. 순진한 처녀처럼 입술을 질끈 깨무는 기만적인 그녀의 모습은 나를 더욱 미치게 만들었다. 그녀의 어깨 너머로 거울에 비친 우리 모습을 바라봤다. 이렇게 에로틱한 장면은 평생 처음 보는 것 같았다.

밀스는 다시 한 번 내 머리카락을 움켜쥐고 잡아당겨서 내 입술이 다시 자기한테로 돌아오게 만들었다. 두 개의 혀가 미끄러지듯 움직여 얽혀들면서 엉덩이 움직임과 보조를 맞췄다.

"내 위에 올라탄 모습이 더할 나위 없이 아름다워."

나는 그녀의 입술에 대고 속삭였다.

"뒤돌아서 한 번 봐."

나는 그녀를 일으켜 세우고 뒤로 돌아 거울을 마주하게 했다. 내 가슴에 등을 기댄 채 앉은 그녀는 몸을 아래로 낮추어 다시 나를 자기 안에 가두었다.

"오, 맙소사."

그녀의 입에서 외마디 비명처럼 거친 신음 소리가 흘러나왔다. 머리를 내 어깨에 기대고 리듬을 타며 움직이는 그녀를 감탄하게 만든 것이 그녀 안에서 느끼는 내 물건인지 아니면 거울에 비친 우리 모습인지 알 수 없었다. 어쩌면 두 가지가 모두 작용했는지도 모른다.

나는 그녀의 머리채를 잡아 다시 고개를 들도록 했다.

"아니 저쪽을 똑바로 쳐다봐."

나는 그녀의 귓가에 대고 으르렁거리듯 낮게 속삭이면서 거울에 비친 그녀의 눈동자를 응시했다.

"똑바로 봤으면 좋겠어. 그리고 내일 또다시 내게 성질을 부리게 되면 당신을 이렇게 만든 사람이 누구였는지 분명히 기억해."

"말은 그만해요."

그녀가 온몸을 떨면서 말했다. 하지만 말만 그럴 뿐 내 한 마디 한 마디에 그녀가 전율한다는 걸 알 수 있었다. 밀스는 두 손으로 자기 몸을 어루만지다가 손을 뒤로 돌려 내 머리털을 헤집기 시작했다.

나는 그녀의 몸 구석구석을 어루만지면서 그녀의 어깨 너머를 따라 내려가며 키스를 퍼부었다. 거울 속에 비친 나는 그녀 안으로 미끄러지듯 들어갔다가 나오기를 반복하고 있었다. 이 장면을 기억하고 싶지 않은 마음도 없지 않아 있었다. 하지만 절대로 뇌리에서 사라지지 않을 광경이란 걸 직감했다. 나는 한 손을 아래로 내려 그녀의 클리토리스를 어루만졌다.

"오, 제길."

그녀가 속삭였다.

"제발 만져줘요."

"이렇게?"

나는 부드럽게 압박하고 원을 그리듯 애무하며 물었다.

"네, 제발. 좀 더, 제발, 제발요."

어느새 두 사람의 온몸에서 땀이 배어 나오고 있었다. 그녀의 머리카락이 이마에 살짝 달라붙었다. 그녀는 우리 두 사람이 몸을 섞어 리듬에 맞춰 움직이는 모습을 한시도 놓치지 않고 쳐다보고 있었다. 둘 모두 절정의 순간으로 치닫고 있었다. 나는 거울 속 그녀와 눈을 마주치고 싶었다. 하지만 다음 순간 그렇게 되면 그녀에게 너무 많은 것을 들키게 된다는 생각이 들었다. 그녀가 나에게 어떤 영향력을 발휘하는지 알려주고 싶지 않았다.

사람들 목소리가 주위에서 계속 들려왔다. 이 작은 탈의실 안에서 무슨 일이 벌어지는지 짐작도 못하는 게 분명했다. 어서 일을 치루지 않으면 이 작은 비밀이 발각되는 건 시간문제다. 밀스의 움직임이 한층 더 격해지고 내 머리털을 부여잡은 손에 힘이 들어갔다. 나는 한 손으로 그녀의 입을 막고 쾌락에 젖어 부서져 내리는 그녀에게서 터져 나오는 외마디 비명을 억눌렀다.

나는 그녀의 어깨에 입술을 묻어 신음 소리를 죽였다. 그리고 몇 차례 거친 삽입 끝에 나 역시 그녀 안에서 폭발하고 말았다. 그녀는 내 품 안에서 무너져 내렸고 나는 벽에 몸을 기댔다.

일어나야 했다. 당장 일어서서 옷을 챙겨 입어야 한다. 하지만 떨리는 이 다리가 내 몸을 지탱할 수 있을지 의문스러웠다. 이 섹스가 조금 덜 강렬하고 이 중독 같은 감각을 이겨낼 의지력이 조금만 더 있었다면 좋았을 것이다.

조금씩 이성을 되찾으면서 이렇게 어이없이 욕정에 굴복한 내 약한 모습이 실망스럽다는 생각이 밀려왔다. 그녀를 안아 일으켜 세워서 내 품에서 떼어놓은 뒤 허리를 숙여 바닥에 떨어진 속옷을 집어 들었다.

뒤돌아서 나를 바라보는 그녀의 두 눈에 증오나 무관심이 어려 있으리라 예상했다. 하지만 어딘지 연약해 보인다는 느낌을 받았는데 그녀는 여장부답게 금세 감정을 차단하고 시선을 돌렸다. 우리는 말없이 옷을 입었다. 탈의실 공간이 갑자기 너무나 조용하고 너무나 좁게 느껴졌다. 클로에 밀스가 내쉬는 숨소리가 유난히 크게 들렸다.

넥타이를 매고 바닥에 나뒹구는 팬티를 집어 재킷 주머니에 넣었다. 탈의실 문손잡이를 잡고 문을 열려던 나는 걸음을 멈추고 두 손을 뻗어서 벽 고리에 걸린 레이스천 조각을 천천히 어루만졌다. 나는 뒤로 돌아 클로에 밀스와 눈을 마주치고 말했다.

"가터벨트도 하나 더 사도록 해요."

그리고 그대로 뒤돌아서 탈의실을 빠져나왔다.

5

침대 위 천장에 달린 선풍기에는 전구 네 개와 날개 다섯 개가 달려 있고 스물아홉 개의 나사와 팔십세 개의 구멍이 나 있다. 나는 옆으로 몸을 굴렸다. 근육 일부가 뻐근해지며 나를 비웃었다. 이 근육통은 내가 잠들지 못하는 이유를 설명해주고 있었다.

"똑바로 봤으면 좋겠어. 그리고 내일 또다시 내게 성질을 부리게 되면 당신을 이렇게 만든 사람이 누구였는지 분명히 기억해."

그건 그냥 한 말이 아니었다.

부지불식간에 나는 가슴을 어루만지고 탱크톱 아래 곤두선 젖꼭지를 멍하니 잡아 돌렸다. 눈을 감자 내 손이 전하는 감각은 기억 속 그 남자의 손길로 바뀌었다. 그의 우아하고 긴 손가락이 가슴 아래로 소리 없이 움직이고 그의 엄지손가락이 유두를 쓸어내렸다. 뒤이어 커다란 손바닥이 내 가슴을 덮친다…. 빌어먹을. 나는 크게 한숨을 내쉬고 베개를 발로 걷어찼다. 이런 생각이 꼬리를 물고 이어지다 보면 어떤 지경에 이르는지 매우 잘 알고 있다. 지난 삼 일 밤 동안 계속 똑같은 사태가 벌어졌다. 이제는 그만둬야만 한다. 숨을 크게 내쉰 나는 다시 몸을 돌려 엎드려 누운 다음 눈을 질끈 감았다. 어떻게든 잠을 청해보려 했다. 지금껏 별로 효과를 못 본 방법이지만 달리 선택의 여지가 없었다.

이 모든 사태는 지금으로부터 정확히 1년 6개월 전 그날 시작됐다. 지금도 기억이 생생하다. 엘리엇이 사무실로 와서 잠시 이야기를 나누자고 부탁했다. 나는 대학 재학 시절 엘리엇의 신입 어시스턴트로서 라이언 미디어 그룹에서 일을 시작했다. 어머니가 돌아가셨을 때 엘리엇이 나를 돌봐주었다. 아버지처럼 자상하게 내 마음을 헤아려주었을 뿐 아니라 저녁을 같이 먹자고 집으로 초대하는 따스하고 자상한 멘토였다. 엘리엇은 그의 사무실 문은 늘 열려 있다고 말했다. 하지만 그날은 내게 전화로 연락했고 평소와 다르게 격식을 갖춘 말투로 지시했다. 솔직히 더럭 겁이 났다.

사무실에서 엘리엇은 막내아들이 지난 6년 동안 로레알의 마케팅 이사로 일하며 파리에서 지낸 이야기를 들려주었다. 베넷이라는 이름의 그 아들이 마침내 집에 돌아오기로 했고 6개월 뒤에는 라이언 미디어 그룹에서 최고운영책임자(COO) 자리를 맡을 것이라고도 했다. 엘리엇은 내가 학위를 받으려면 일 년이 더 남았고 그 기간에 중요한 업무 경험을 직접 할 수 있는 인턴십 자리를 찾는다는 사실을 알고 있었다. 엘리엇은 라이언 미디어 그룹에서 석사과정 인턴십을 마치는 편이 좋을 거라고 조언하면서 막내아들 역시 나와 같은 인재를 팀원으로 두면 정말 좋아할 것이라고 말했다. 엘리엇은 회사 전체에 회람할 서류를 건네면서 그다음 주에 회사 조직원 모두에게 베넷 라이언이 온다는 사실을 알려달라고 부탁했다.

'와, 대단하네.' 사무실로 돌아오는 길에 서류를 훑어보며 떠오른 유일한 생각이었다. 파리의 로레알 본사에서 상품 마케팅 담당 부사장에 올랐고, 월스트리트저널에서 발간한 〈크레인스〉에서 선정한 '40대 미만 경영인 40인'에 최연소 인물로 선정된 바도 있었다. 뉴욕대학교 스턴 경영대학원과 파리경영대학 두 곳에서 기업금융과 글로벌 비즈니스를 전공해서 경영학 석사 학위를 취득하고 수석 졸업 경력도 자랑하고 있었다. 그 모든 일을 나이 서른에 이룬 것이다. 맙소사.

그때 엘리엇이 아들을 뭐라고 소개했더라? '매우 의욕 넘치는 사람이라고 했던가?' 돌이켜보면 그건 매우 절제된 표현이라고밖에 말할 수 없다.

헨리는 동생이 자신의 느긋한 기질을 전혀 물려받지 않았다고 솔직히 말했는데 내가 걱정하는 기색을 보이자 위로의 말을 건넸다.

"고집불통에 거만한 데다 가끔은 병적으로 깔끔 떠는 구석도 있지만 그렇게 걱정할 정도는 아니에요, 클로에. 그 녀석이 호통을 쳐댄다고 해도 당신이라면 잘 다룰 수 있을 거요. 두 사람은 아주 훌륭한 팀이 될 겁니다. 진심이에요. 그러니 기운 내요."

그러고 두 팔로 나를 포근히 안아주면서 말했다.

"클로에 같은 사람을 어떻게 좋아하지 않을 수 있겠어요?"

지금은 인정하고 싶지 않지만 베넷 라이언이 회사에 오기 전까지 그에 대해 설레는 마음을 살짝 품고 있었다. 그와 함께 일하게 되어 걱정스러운 면도 있었지만 그토록 젊은 나이에 많은 일을 이룬 사람에게 깊은 인상을 받지 않을 수 없었다. 온라인에서 그의 사진을 찾아봤을 때도 처음 생각은 달라지지 않았다. 하지만 그는 별난 사람이었다. 도착하기 전까지 이메일을 통해서만 연락을 주고받았다. 친절한 사람 같았지만 절대로 선을 넘지 않는 절제된 매너를 보여주었다.

출근 당일에도 베넷은 이사회가 열리는 오후가 되기까지 회사에 오지 않았다. 공식적으로 그를 소개하는 자리에서나 볼 수 있을 것 같았다. 그날 하루 종일 나는 신경이 곤두서 있었다. 절친 세라는 위층으로 올라와 내가 주의를 다른 곳으로 돌릴 수 있도록 도와주었다. 세라는 내 의자에 앉았고 우리는 한 시간 동안 〈점원들〉이라는 영화의 장점에 대해 이야기 나누었다.

얼마 지나지 않아 나는 눈물을 흘릴 정도로 박장대소하고 있었다. 바깥으로 통하는 사무실 문이 열리고 세라가 등을 뻣뻣이 펴고 바로 앉는 것도 눈치채지 못했고, 누군가 내 뒤에 서 있다는 사실도 알아채지 못했다. 세라가 한 손으로 목을 긋는 시늉을 하면서 그만하라고 눈치를 주고 '얼른 입 닥쳐'라는 신호를 보내도 무시하고 크게 웃어댔다. 멍청이 같은 짓이었다.

"그리고 나서 그 여자는 '졸업 무도회 후에 펠라티오를 했던 그 녀석을 당장 쫓아냈어야 했어'라고 말했어. 그러니까 그 남자가 '그래, 나도 네 오빠 시중을 들고 있었어'라고 말했지 뭐야."

다시 한 번 한바탕 웃음보가 터져버린 나는 크게 웃다가 비틀거리며 뒤로 물러서는 바람에 따뜻하고 단단한 뭔가에 부딪쳤다. 빙그르 뒤로 돌아선 나는 내 엉덩이를 새로운 상사의 허벅지에 대고 문질렀다는 사실을 깨닫고 몹시 당황했다.

"라이언 이사님!"

나는 사진으로 본 얼굴을 알아보고 큰 소리로 말했다.

"정말 죄송합니다!"

그는 이 상황을 가볍게 넘어갈 것 같지 않은 얼굴을 하고 있었다. 긴장을 누그러트릴 심산으로 세라는 자리에서 일어나 손을 내밀며 말했다.

"마침내 이렇게 뵙게 되어 반갑습니다. 저는 헨리의 어시스턴트인 세라 딜런입니다."

　　　　　　　　　　　　　잘생긴 개자식

새로운 상사는 세라가 내민 손을 무심히 바라보면서 한쪽 눈썹을 치켜세울 뿐이었다.

"라이언 이사를 상사로 모시고 있다는 말씀이신 거죠?"

세라는 천천히 손을 내리면서 당황한 기색이 역력한 얼굴로 베넷을 쳐다보았다. 그의 무시무시한 존재감은 너무나 위협적이어서 할 말을 잃게 만드는 구석이 있었다. 마침내 정신을 수습한 세라가 더듬거리며 말했다.

"네… 저희는 서로 편하게 지내는 편이라서요. 기본적으로 이름을 부르면서 지내고 있습니다. 여기는 이사님의 어시스턴트인 클로에입니다."

그는 고개를 까닥이는 목례로 나에게 인사를 건넸다.

"밀스 양, 앞으로는 라이언 이사라고 불러주십시오. 그리고 5분 안에 내 사무실로 와서 적절한 업무 예의에 관한 토론을 해야 할 것 같군요."

진지한 목소리로 이렇게 말한 베넷은 세라에게 퉁명스러운 목례를 건네는 것으로 이야기를 마무리했다.

"그럼 이만 실례하겠소, 딜런 양."

새로운 상사는 내 쪽으로 흘깃 시선을 던지고 나서 그대로 뒤돌아 자신의 새 사무실로 걸어갔다. 악명 높은 문 쾅 닫기 신공이 펼쳐지는 무시무시한 현장을 나는 지켜보고 서 있어야 했다.

"저런 개자식이 있니!"

세라는 입을 앙다물고 웅얼거리듯 말했다.

"잘생긴 개자식이네."

내가 대꾸했다. 사태를 원만하게 수습하기 위해 나는 아래층에 있는 카페로 내려가서 커피 한 잔을 들고 왔다. 헨리에게 그의 커피 취향을 미리 파악해둔 터였다. 잔뜩 긴장한 채 그의 사무실 문 앞에 서서 문을 두드리자 "들어오세요"라는 퉁명스러운 응답이 들렸다. 나는 떨리는 손을 진정시키려 애썼다. 입가에 친근한 미소를 띠고 안으로 들어서니 그는 수화기 너머의 누군가와 이야기를 나누면서 앞에 놓인 메모장에 뭔가를 열심히 적고 있었다. 저음의 부드러운 음성으로 유창한 불어를 구사하는 모습은 숨이 멎을 듯이 멋있었다.

"스 세라 파르페. 농. 농. 스 네스파 네세세르. 쉴레망 카트르. 위. 카트르. 메르시, 이반."(Ce sera parfait. Non. Non, ce n'est pas necessaire. Seulement quatre. Oui. Quatre. Merci, Ivan.)

통화를 끝낸 뒤에도 그는 메모장에서 눈을 떼지 않았다. 인사를 건넬 생각 따위는 없는 것 같았다. 책상 앞으로 다가서자 그는 아까와 같은 단호하고 가차 없는 어조로 말을 건넸다.

"밀스 양, 앞으로는 업무 외적인 대화는 사무실 밖에서 하도록 하세요. 급여를 받으면 일을 해야지 잡담을 해서는 안 되죠. 무슨 말인지 알아들었으리라 생각합니다만."

나는 한동안 아무 말도 못하고 서 있었다. 그가 눈을 들어 나를 똑바로 쳐다보면서 한쪽 눈썹을 치켜세웠다. 나는 머리를 살짝 흔들어 멍한 상태에서 벗어나서 베넷 라이언의 진정한 모습을 깨달았다. 사진보다 실물이 훨씬 더 멋있고 근사한 사람인데도 내가 상상했던 그런 인물은 절대 아니었다. 게다가 그의 부모님이나 형과도 전혀 다른 부류의 인간이었다.

"분명히 알아들었습니다, 이사님."

나는 깍듯이 말하고 준비한 커피를 그의 앞에 내려놓으려 책상 옆으로 돌아갔다. 하지만 그의 책상 옆에 가까이 가는 순간 구두 뒤꿈치가 카펫에 걸려서 균형을 잃고 몸이 앞으로 쏠리는 재앙을 맞았다.

"제기랄!"

그의 입술 사이로 거친 말이 터져 나왔다. 상사를 위해 준비한 커피는 이제 그의 값비싼 정장을 온통 얼룩지게 만든 재앙의 씨앗으로 전락했다.

"어머나 세상에. 라이언 이사님, 죄송합니다."

나는 사무실에 딸린 화장실로 달려가서 수건을 움켜쥐고 다시 달려와 그의 앞에 무릎을 꿇고 앉아서 얼룩을 닦아 내려 애를 썼다. 최악의 사태가 벌어져 황망하고 창피한 마음에 당황한 나는 라이언 이사의 가랑이에 대고 수건을 벅벅 문지르고 있는 줄도 몰랐다. 잠시 후 그의 바지 앞섶이 눈에 띄게 불룩 불거진 것을 알아채고 나서야 상황을 파악했다. 얼굴에서 목덜미에 이르는 모든 곳이 화끈 달아오르는 것을 느낀 나는 손을 떼고 고개를 들어 위를 올려다보았다.

"밀스 양, 이제 가도 좋습니다."

나는 고개를 끄덕이고 사무실에서 뛰어나왔다. 새 상사에게 최악의 첫인상을 심어준 내가 한심하고 창피하면서 분하기도 했다. 하지만 다행스럽게도 그 후에는 내 실력을 제대로 증명할 기회를 여러 번 잡을 수 있었다. 몇 번은 내 일 처리를 그가 인상 깊게 받아들인 경우도 있었다. 그럴 때도 늘 퉁명스럽고 까다롭게 굴기는 했지만 말이다. 나는 그가 무지막지한 멍청이에 재수 없는 인간이라는 사실을 받아들이기로 했다. 하지만 나의 무언가가 의도하지 않게 그의 비위를 건드려서 불쾌하게 만드는 게 아닌가 하는 생각이 들기도 했다. 수건으로 그의 남성적 심벌을 건드린 일 말고도 그의 심기를 건드리는 뭔가가 내게 있는 게 아닌가 싶었다.

***

출근해서 엘리베이터를 타려 가는 길에 세라와 마주쳤다. 우리는 다음 주에 같이 점심을 먹기로 약속을 잡았다. 세라는 엘리베이터가 그녀 사무실 층에 도착하자 인사를 건네고 내렸다. 18층에 도착한 나는 라이언 이사의 사무실 문이 평소와 다름없이 굳게 닫힌 것을 보았다. 그가 출근했는지 아닌지를 알 도리가 없었다. 나는 컴퓨터 전원을 켜고 마음속으로 하루 일과를 점검하면서 업무를 시작할 준비를 하려 애썼다. 최근에는 자리에만 앉으면 근심 걱정이 몰아치곤 했다.

오늘 아침에는 그를 만나게 될 게 분명했다. 금요일마다 다음 주 일정을 함께 검토하곤 했기 때문이다. 하지만 그가 어떤 상태인지는 짐작도 할 수 없었다.

최근 들어 성질머리가 날로 고약해져갔지만 어제 그가 내게 마지막 건넨 말은 "가터벨트도 하나 더 사도록 해요"라는 것이었다. 그래서 하나 더 샀다. 사실 지금 그 가터벨트를 착용하고 있다. 어째서냐고? 모르겠다. 도대체 그는 무슨 생각으로 그런 말을 했을까? 내가 입은 걸 보겠다는 뜻일까? 그럴 일은 절대 없다. 그런데 나는 왜 입고 있지? '신께 맹세컨대 이번에도 이걸 찢어버린다면….' 나는 더 이상 생각을 진전시키지 않기로 했다. 그가 이걸 또 찢어버릴 일은 결코 없을 것이다. 그럴 기회를 절대로 허락하지 않을 생각이니까.

'밀스 양, 그걸 잊지 않게 자신에게 계속 상기시켜야 할 거야.'

마음속 목소리가 속살거렸다. 업무 이메일에 회신하고 지적 재산권과 관련한 파파다키스 계약서 문항을 편집하고 호텔 몇 곳에 문의하는 등 바삐 움직이다 보니 복잡한 일을 잠시 잊을 수 있었다. 그로부터 한 시간 뒤에 마침내 라이언 이사의 사무실 문이 열렸다. 나는 고개를 들어 매우 업무적인 태도의 라이언 이사를 마주했다.

흠 잡을 데 없는 완벽한 투버튼 정장에 붉은색 넥타이의 생생한 색감이 더해져 완벽한 스타일을 이루고 있었다. 얼굴 표정도 완벽하게 침착하고 편안해 보였다. 약 18시간 36분 전에(시간을 계수하고 있었던 건 아니다. 그냥 대충… 그럴 것 같다는 것이다) 라 파를레 탈의실에서 나와 격렬한 섹스를 나누던 거친 남자의 흔적은 찾아볼 수 없었다.

"시작할까요?"

"네, 이사님."

라이언 이사는 고개를 한 번 까닥이고는 자기 사무실로 되돌아갔다.

좋아. 이런 식이란 말이지. 나도 좋다. 무엇을 기대하는지 정확히 말할 수는 없지만 상황이 크게 달라지지 않은 것 같아서 안심이 되었다. 우리 둘 사이의 일이 심각해질수록 피해를 보는 건 내 쪽이다. 이런 식의 관계가 끝나버리면 모두 엉망이 되면서 내 경력은 산산조각이 나버릴 것이다. 어떻게든 이번 일을 잘 끌고 나가서 더 이상 엉망진창으로 꼬이는 일 없이 학위를 무사히 받게 되기를 바랄 뿐이다.

나는 라이언 이사의 뒤를 따라 사무실로 들어가 자리를 잡고 앉았다. 그리고 그가 유념해야 하는 업무 일정과 약속 목록을 살폈다. 그는 아무 말도 없이 묵묵히 들으면서 메모하거나 필요하면 컴퓨터에 메모 내용을 입력했다.

"오늘 오후 세 시에 레드호크 출판사와 미팅이 있습니다. 이사님의 아버님과 형님께서도 참석하실 예정입니다. 오후 내내 미팅이 진행될 것 같아서 다른 일정은 잡지 않았습니다. …"

그렇게 일정을 검토해 나가다가 드디어 내가 가장 두려워하는 부분에 이르렀다.

"마지막으로 샌디에이고에서 열리는 JT 밀러 마케팅 인사이트 콘퍼런스가 다음 달에 예정되어 있습니다."

나는 캘린더에 말도 안 되는 걸 끼적였다.

'도대체 뭐라고 쓰는 거야?'

내 말이 끝난 뒤 잠시 침묵이 이어졌다. 잠깐의 침묵이 영원처럼 느껴졌다. 나는 눈을 들어서 왜 그렇게 오랜 침묵이 이어지는지 확인했다. 라이언은 완벽하게 무표정한 얼굴로 나를 뚫어져라 쳐다보면서 황금색 펜으로 책상을 탁탁 치고 있었다.

"콘퍼런스에는 밀스 양이 동행하나요?"

그가 물었다.

"네."

나의 외마디 대답 후 사무실은 숨막히는 정적에 휩싸였다. 이렇게 서로를 쳐다보는 지금 그가 무슨 생각을 하는지 짐작도 할 수가 없었다.

"장학금 심사에도 좋은 영향을 미칠 수 있는 일이고, 그… 그러니까 제가 이사님이 업무를 처리하는 데 도움이 되기도 하니까…
그렇게 하는 게 좋을 거라고 생각했습니다."

"필요한 예약을 모두 하도록 하세요."

뭔가 단단히 결심한 듯한 어조로 라이언이 말했다. 그리고 컴
퓨터에 뭔가를 다시 입력하기 시작했다. 그만 자리에서 물러나도
좋다는 의미로 받아들인 나는 일어나서 문가로 걸어갔다.

"밀스 양."

나는 뒤로 돌아 라이언을 보았다. 그는 내 쪽을 쳐다보지 않
았다. 하지만 왠지 긴장한 것처럼 보였다. 이건 뭐지? 어딘가 달라
보였다.

"우리 어머니가 다음 주에 당신을 우리 집 저녁 식사 자리에 초
대하고 싶다는 말을 전해달라고 하셨소."

"아."

두 뺨이 발그레 달아오르는 게 느껴졌다.

"일정을 살펴보고 연락드리겠다고 어머님께 말씀 전해주세요."

나는 뒤돌아서 다시 걸음을 옮겼다.

"어머니는 내가… 강력히 말해서 반드시 당신이 저녁 식사에
참석하도록 하라고 부탁하셨어."

다시 천천히 뒤로 돌아섰다. 이번에는 그가 고개를 들어 불편한
기색이 역력한 얼굴로 나를 응시하고 있었다.

"어째서 그렇게 해야 하는데요?"

"그게 그러니까."

라이언은 헛기침으로 목소리를 가다듬고 말했다.

"아마도 우리 어머니가 당신에게 누군가를 소개하시려는 것 같더군."

이건 처음 있는 일이다. 라이언 일가 사람들과 몇 년 동안 알고 지냈고, 수전이 지나가는 말처럼 남자 이야기를 한 적은 있지만 이렇게 적극적으로 누군가와 나를 엮어주려고 애를 쓴 적은 없었다.

"어머니께서 제게 남자를 소개해주시려고 한다고요?"

나는 그의 책상으로 다시 걸어가서 가슴에 팔짱을 끼고 섰다.

"그런 것 같더군."

무관심한 어투로 대꾸하는 그의 목소리와 달리 얼굴 표정은 그리 태연하지 못한 것 같았다.

"어째서요?"

나는 한쪽 눈썹을 치켜세우며 물었다.

라이언은 짜증을 감추지 못하고 미간을 찡그렸다.

"내가 어떻게 알겠어요. 우리 식구들이 둘러앉아 당신에 관한 이야기를 나누지는 않아."

베넷은 성난 말투로 퉁명스럽게 말했다.

"어쩌면 그 불꽃 튀는 성격 때문에 노처녀로 늙어서 헐렁한 드레스를 뒤집어쓰고 고양이가 가득한 집에서 살게 될까 봐 걱정하는지도 모르지."

나는 손바닥으로 그의 책상을 짚고 상체를 앞으로 숙여 그를 노려보며 말했다.

"그보다는 막내아드님이 여자 팬티나 몰래 모으고 속옷 가게에서 여자들을 스토킹하면서 시간을 보내는 지저분한 늙다리로 늙어갈지도 모른다는 걱정을 하시는 편이 좋을 텐데요."

베넷은 의자를 박차고 일어나서 내게 다가와 상체를 들이밀었다. 몹시 화난 얼굴이었다.

"당신이 얼마나…."

그때 전화벨이 울렸다. 베넷은 말을 멈추었다. 우리는 책상을 가운데 두고 잡아먹을 듯한 시선을 교환하며 씩씩거렸다. 순간 그가 책상 위에 나를 거칠게 쓰러트릴지도 모른다는 생각이 들었다. 그러다가 다음 순간 그가 그렇게 해주면 좋겠다는 생각이 들었다. 나는 제정신이 아닌 것 같다. 매서운 눈으로 나를 노려보던 베넷이 손을 뻗어 수화기를 들었다.

"네."

그가 내게 시선을 고정한 채 사나운 어투로 수화기를 향해 짖어댔다.

"조지! 잘 지냈습니까? 그럼요, 시간 있습니다."

그는 몸을 낮춰 의자에 앉았다. 나는 그대로 서서 파파다키스 씨와 통화하는 그에게 필요한 것이 있는지 알아보았다. 베넷은 검지를 들어 올려 내게 대기하라고 지시한 후 그 손으로 펜을 잡고 수화기 너머 목소리를 들으면서 책상 위에 펜을 굴렸다.

"계속 있으란 말씀인가요?"

내가 물었다.

베넷은 한 번 고개를 끄덕여 보이고 수화기에 대고 말을 이어 갔다.

"지금 단계에서는 그렇게 구체적일 필요는 없을 것 같습니다, 조지."

깊은 울림을 주는 테너 음역의 목소리를 듣고 서 있자니 척추를 따라 전율이 흘렀다.

"대략적인 윤곽만 잡는 정도로 충분합니다. 이번 제안이 어느 정도 범위까지 해당되는지 살펴봐야 초안을 작성하는 단계로 넘어갈 수 있습니다."

나는 제자리에 서서 자세를 바꾸었다. 정말 자기중심적이고 이기적인 사람이다. 자기가 통화하는 동안 포도 올린 접시를 들고 옆에서 부채질이라도 해주는 사람 모양으로 이렇게 서 있게 만들다니.

베넷은 고개를 들어 나를 보고는 깜짝 놀라서 잠시 멍해 있다가 반응을 보였다. 그의 시선이 내 치맛자락으로 떨어졌다. 다시 시선을 올려 나를 바라보는 그의 입술이 살짝 벌어져 있었다. 마치 뭔가를 해도 되느냐고 묻는 사람 같았다. 그리고 앞으로 손을 뻗어 손가락 사이에 긴 펜으로 내 치맛자락을 허벅지까지 들춰보았다. 가터벨트를 본 그의 두 눈이 휘둥그레졌다.

"알겠습니다."

그는 내 치맛자락을 내려놓고 수화기에 대고 웅얼거리듯 말했다.

"그렇게 되면 긍정적으로 발전하는 것이라고 우리 모두 동의할 수 있을 것 같습니다."

그의 눈이 내 몸을 훑어 위로 올라가면서 점점 짙은 색을 띠었다. 내 심장이 박동치기 시작했다. 그가 그런 식으로 나를 쳐다보니 당장 그의 무릎 위로 올라타고 앉아서 그의 넥타이를 이용해서 그를 의자에 묶어버리고 싶었다.

"아니, 아닙니다. 이 시점에서는 개괄적일 수밖에 없습니다. 아까도 말했듯이 지금은 예비 단계이니 윤곽만 잡을 뿐입니다."

나는 그의 책상 주변을 천천히 돌아서 그의 건너편에 놓인 의자에 앉았다. 그가 한쪽 눈썹을 치켜 세우고 흥미롭다는 표정을 지었다. 그리고 들고 있던 펜의 끝을 이 사이에 밀어 넣고 질근질근 씹었다.

뜨거운 열기가 다리 사이에서 피어나는 게 느껴졌다. 나는 치맛자락을 잡고 천천히 허벅지까지 올려서 내 피부가 차가운 사무실 공기와 책상 너머에 있는 굶주린 시선에 노출되도록 했다.

"네, 알겠습니다."

태연한 듯 말했지만 베넷의 목소리는 한층 가라앉았고 심지어 갈라지기까지 했다. 나는 손끝으로 가터벨트의 끈을 천천히 더듬 었다. 이어서 내 손은 속옷의 새틴 원단이 있는 곳에 이르렀다. 지 금껏 느껴보지 못한 관능의 물결이 밀려왔다. 그 무엇도 그 어떤 사람도 나를 이 지경에 이르게 한 적이 없었다. 일이나 일상생활, 인생 목표에 관한 생각을 모조리 잊게 만드는 그가 나에게 말하 는 것만 같았다.

'모두 중요한 일이지. 하지만 내게서 얻을 수 있는 다른 것들을 생각해 봐. 변태적이고 위험하겠지만 그걸 간절히 원하게 될 거 야. 나를 열망하고 갈망하게 될 거야.'

정말 이런 말을 그가 한다고 해도 이의를 제기할 수 없을 것 같 았다.

"네."

다시 그가 말을 이어갔다.

"그렇게 하는 게 가장 이상적인 대책이 될 것 같습니다."

'그래, 이것도 가장 이상적인 대책이 될까요?' 나는 그에게 미 소를 지어 보이고 입술을 질경질경 씹었다. 그의 입술에도 사악 한 미소가 반쯤 어렸다. 나는 한 손으로 내 가슴을 움켜쥐고 비틀 었다. 다른 한 손으로는 팬티 한가운데를 옆으로 젖히고 손가락 두 개로 촉촉하게 젖은 부드러운 살갗을 어루만졌다. 라이언은 사 레가 들렸는지 기침을 연신 해대며 손을 더듬거려 물컵을 찾았다.

"괜찮습니다, 조지. 저희가 검토해보겠습니다. 그 일정에 맞출
수 있을 겁니다."

나는 펜을 굴리는 그의 기다란 손가락을 떠올리며 손을 움직이
기 시작했다. 속옷 매장에서 저 손이 내 엉덩이와 허리를 움켜쥐
고 나를 미치게 만들었다.

나는 점점 더 빨리 손을 움직였다. 눈을 감고 머리를 뒤로 젖혀
의자에 기댔다. 조용히 있으려고 애를 썼지만 어느새 작은 신음이
흘러나와서 입술을 세게 깨물어야만 했다. 그의 손과 탄탄한 팔뚝
그리고 살갗 아래서 팽팽하게 조여오던 그의 근육을 상상하면서
내 안으로 손가락을 더 깊이 집어넣었다. 그날 밤 회의실에서 내
얼굴 앞에 드러난 탄탄한 그의 다리를 떠올리자 더욱 거칠게 내
안으로 파고들고 싶다는 충동이 일었다. 애원하는 듯한 그의 짙은
눈동자도 생각났다.

고개를 들어 내가 상상했던 그의 눈동자가 실제와 같은지 살펴
보았다. 나를 아득한 쾌락의 나락으로 한없이 떨어트리는 건 내
손이 아니라 그의 굶주린 표정이었다. 절정의 순간은 압도적으로
강렬했지만 한편으로는 불만족스러웠다. 내 손이 아닌 그의 손길
로 이 느낌을 받고 싶었다.

어느 순간 베넷은 전화 통화를 마쳤고, 내 가쁜 숨소리만 조용
한 사무실에서 크게 메아리치고 있었다. 건너편에 앉은 베넷의 이
마에는 땀이 송골송골 맺혀 있었다. 책상 의자 팔걸이를 두 손으

로 꼭 부여잡은 모양이 마치 거센 바람을 정통으로 맞은 사람처럼 보였다.

"지금 나한테 무슨 짓을 한 거지?"

그가 가라앉은 목소리로 물었다. 나는 씨익 웃으면서 이마로 흘러내린 앞머리를 입으로 불어 뒤로 넘겼다.

"저한테 무슨 짓을 한 것 같은데요."

베넷이 한쪽 눈썹을 치켜세웠다.

"그건 맞는 말이군."

나는 자리에서 일어나 치맛자락을 허벅지 아래로 내리고 옷매무새를 바로잡았다.

"더 이상 지시할 일이 없으시면 제 자리로 되돌아가도록 하겠습니다, 라이언 이사님."

***

화장실에서 몸단장을 하고 자리로 돌아오니 라이언 이사의 문자메시지가 와 있었다. 미팅 장소로 이동하기 위해 시내 쪽으로 나가는 주차장에서 만나자는 내용이었다. 레드호크 미팅에 다른 임원진과 어시스턴트들도 동행해서 정말 다행이었다. 지금까지 전례를 보면 그 남자와 단둘이서 리무진에 장장 이십 분 동안 앉아 있게 된다면… 더군다나 조금 아까 그런 짓거리까지 했으니…

예상 가능한 결말은 두 가지다. 섹스하거나 싸우거나.

리무진이 건물 바로 앞에 서 있었다. 차로 다가가자 운전기사가 환한 미소를 띤 얼굴로 문을 열어주었다.

"안녕, 클로에. 일은 어때요?"

"바쁘고 재미있고 끝이 없죠. 학교는 어때요?"

나는 미소로 응대했다. 스튜어트는 내가 가장 좋아하는 기사였다. 여자들에게 치근덕거리는 구석이 있지만 나를 늘 웃게 만드는 사람이다.

"물리학을 포기하고 생물학 학위를 받고 졸업할 수만 있다면 그렇게 하고 싶어요. 클로에가 과학 전공을 하지 않아서 정말 유감이에요. 그랬다면 내 과외 선생님으로 모셨을 텐데 말이죠."

능청스럽게 눈썹을 꿈틀거리며 스튜어트가 말했다.

"둘이 노닥거리는 건 끝났나? 우리가 꼭 가봐야 할 곳이 있어서 말이지. 밀스 양과 시시덕거리고 싶다면 다른 때 시간 내서 하면 좋겠군."

베넷 라이언 이사는 먼저 리무진을 타고 기다리고 있었던 모양이었다. 그는 눈알을 부라리며 우리 둘을 쳐다보고는 차 안쪽으로 물러났다. 나는 싱긋 웃으며 스튜어트에게 눈짓을 하고 차 안으로 들어갔다. 베넷 라이언 이사 외에는 아무도 없었다.

"다른 사람들은 다 어디 있죠?"

차가 출발하자 당황한 내가 물었다.

"이따가 저녁에 식사 모임이 있어서 다들 각자 차를 몰고 오기로 했더군."

베넷 라이언은 통명스럽게 대꾸하고 인쇄물을 분주히 살펴보기 시작했다. 하지만 그의 멋들어진 이탈리아제 옥스퍼드화가 신경질적으로 까딱이는 모습을 눈여겨보지 않을 수 없었다.

나는 미심쩍은 눈으로 그를 쳐다봤다. 평소와 크게 다르지 않은 모습이다. 아니 사실은 더 섹시해 보였다. 그의 머리는 언제나처럼 완벽하게 헝클어져 있었다. 조금 전 사무실에서 그랬듯이 손에 든 황금색 펜을 무심코 입가로 가져가는 모습을 지켜보던 나는 불편한 심기를 덜기 위해 앉은 자세를 바꿔야 했다. 베넷이 고개를 들었다. 능글맞게 웃는 얼굴을 보니 내가 그를 자세히 살펴보는 것을 눈치채고 있었던 것 같았다.

"어떻게, 마음에 드는 게 있나?"

그가 물었다.

"여기에서는 아니라고 하네요."

나 역시 능청스러운 미소를 지어 보였다. 그렇게 하면 그가 발끈할 것을 알았다. 나는 의도적으로 꼬고 앉은 다리를 풀었다가 다시 꼬면서 치맛자락이 약간 부적절하게 말아 올라가게 만들었다. 이 게임에서 누가 주도권을 쥐고 있는지 상기시킬 필요가 있는 것 같았다. 곧 베넷은 잔뜩 찌푸린 얼굴로 매섭게 쏘아봤다. 미션 완수!

이십 분 되는 거리를 가려면 아직도 십팔 분하고도 삼십 초가 남았다. 그동안 우리는 자동차 안에서 마주 앉아 음험한 눈빛을 교환했다. 나는 그의 아름다운 머리를 내 다리 사이로 밀어 넣는 난잡한 상상을 하지 않는 척 연기해야만 했다.

차가 목적지에 도착할 무렵 나는 심기가 불편해졌다. 그로부터 세 시간은 달팽이가 기어가는 것처럼 천천히 흘렀다. 다른 임원들이 도착하면서 사람들은 서로 소개하고 소개받느라 분주하게 움직였다. 릴라라는 이름의 굉장히 매력적인 여성은 내 상사를 보자마자 각별한 관심을 표명했다. 삼십 대 초반에 풍성한 붉은 머리를 자랑하는 그녀는 선명한 검은 눈동자와 죽여주는 몸매도 갖추고 있었다. 물론 여자가 속옷을 스스로 내리게 만드는 베넷 라이언의 강력한 미소가 십분 효과를 발휘해 그날 오후 내내 그 여자는 베넷의 매력에 홀려 있었다.

지긋지긋한 얼간이 같으니라고.

일과를 마무리하고 아까보다 더 긴장된 리무진 드라이브를 마친 우리는 사무실로 돌아왔다. 그런데 라이언 이사가 뭔가 더 할 말이 있는 모양이었다. 게다가 그가 어서 말하지 않는다면 내가 폭발할 것만 같았다. 입을 다물고 있었으면 할 때는 그놈의 입을 계속 놀리더니만 정작 말을 해주었으면 할 때는 벙어리가 되어버리다니.

거의 모든 사람이 퇴근한 불모지 같은 건물로 들어서서 엘리베이터를 향하는 순간 기시감과 두려움이 엄습해왔다. 황금빛 엘리베이터 문이 닫히자마자 지금 이곳에서 이 남자와 단둘이 있을 게 아니었다는 생각이 들었다. '갑자기 산소가 부족해졌나?' 광나는 엘리베이터 문에 비친 베넷 라이언의 모습을 곁눈질로 흘깃 보았다. 무슨 생각을 하는지 가늠할 수가 없었다. 베넷은 넥타이를 느슨하게 풀고 정장 재킷을 벗어 팔에 걸쳤다. 미팅을 진행하는 동안 드레스셔츠 소매를 팔뚝까지 걷어 올려서 피부 아래 힘찬 근육 라인이 도드라져 보였지만 나는 눈길을 주지 않으려 애썼다. 계속 턱 근육에 힘을 주며 이를 앙다물고 눈을 내리깔고 있는 것을 제외하면 그의 모습은 완벽하게 차분해 보였다.

18층에 도착하자 나도 모르게 큰 한숨을 내쉬었다. 내 생애 가장 길었던 사십이 초였다. 베넷의 뒤를 따라 엘리베이터를 빠져나온 나는 사무실로 서둘러 들어서는 그의 뒷모습에 시선을 빼앗기지 않으려 노력했다. 그런데 놀랍게도 그가 사무실 문을 닫지 않았다. 베넷은 늘 사무실 문을 꼭꼭 닫아두는 사람이었다.

나는 재빨리 메시지를 확인하고 마무리 세부 사항을 챙기며 주말을 맞이할 준비를 했다. 평소에 나는 퇴근을 서두르는 사람이 아니다. 아니, 정확하게 말하면 꼭 그런 것만은 아니다. 지난번 베넷과 둘만 이 층에 남아 있을 때는 도주하듯 회사를 빠져나가기도 했으니 말이다. 젠장. 그 사건은 생각하지 않는 게 좋겠다. 특히 지금처럼 텅 빈 사무실에 그와 나 두 사람만 남아 있을 때는 절대 삼가야 할 생각이다.

짐을 챙기고 있는데 베넷이 사무실에서 나왔다. 그는 내 책상에 상아색 봉투 하나를 내려놓고는 그대로 문 쪽으로 걸어 나갔다. '도대체 이게 뭐지?' 재빨리 봉투를 열어 보니 우아한 상아색 종이 몇 장에 내 이름이 적혀 있었다. 라 페를라에서 사용할 수 있는 개인신용 계정 관련 서류였다. 계정 개설인은 베넷 라이언이었다. '나를 위해서 신용 계정을 열었어?'

"도대체 이게 뭐죠?"

나는 부글부글 끓어오르는 속내를 드러내며 말했다. 그리고 자리에서 벌떡 일어나 물었다.

"지금 신용거래를 하라는 건가요?"

성큼성큼 내딛던 발걸음을 멈춘 베넷이 조금 주저하는 기색을 띠며 뒤돌아서 나와 얼굴을 마주했다.

"오늘 내 사무실에서 있었던 쇼를 감상한 후 전화를 걸어서 필요한 것은 뭐든지… 구매할 수 있도록 해놓았어. 물론 한도는 없고."

단조로운 어조로 말하는 그의 얼굴에는 어느새 불편한 기색이 싹 지워져 있었다. 이러니 이 사람은 어떤 일이든 달인이나 명인 수준으로 해내는 것이다. 베넷은 어떤 상황에서도 주도권을 회복하는 묘한 재주가 있었다. 하지만 나와 얽힌 상황에서도 주도권을 쥘 수 있을 거라고 정말 믿는 건 아니겠지?

"그러니까, 내게 속옷을 사주려고 이걸 마련했다는 거군."

나는 겉으로 침착성을 유지하려 애쓰면서 고개를 설레설레 저으며 말했다.

"그러니까 내가… 손상 입힌 것들을 대체하라는 의미이지. 원하지 않는다면 사용하지 않으면 될 일 아닌가."

그는 성난 목소리로 말하고 그대로 뒤돌아서서 밖으로 나가려 했다.

"야, 이 자식아."

나는 당장 달려 나가 그의 앞을 가로막고 섰다. 빳빳하던 서류는 엉망으로 구겨진 채 내 손아귀에 들려 있었다.

"이게 재미있니? 너 좋을 대로 옷을 사서 입히고 데리고 놀 만한 장난감으로 날 생각하는 거야?"

솔직히 지금 내가 누구에게 화를 내는 건지 잘 모르겠다. 그런 식으로 날 생각한 이 남자에게 화가 난 건지 아니면 애초에 그렇게 생각할 여지를 준 나에게 화가 난 건지 구분이 되지 않았다.

베넷이 코웃음을 쳤다.

"지금 보니 정말 우습고 재미있군."

"이 엿 같은 거 당장 가져가."

나는 상아색 종이를 그의 가슴팍에 찔러 넣듯 던진 뒤 내 지갑을 집어 들고 돌아서서, 말 그대로 전력 질주로 엘리베이터가 있는 곳으로 달려갔다. '이 독선적이고 이기적인 호색한 같으니라

고.'

논리적으로 따지면 그가 모욕감을 주려는 의도로 한 일은 아님을 나도 안다. 그러지 않았을 것이다. 하지만 이건 아니다. 이래서 상사와 성관계를 맺어서는 안 되는 거다. 상사의 사무실에서 볼일이 없다면 냉큼 물러나야지 쇼를 벌이고 그러면 안 되는 거였다. 신입 사원 오리엔테이션에서 이런 이야기를 해주었던 것도 같은데 내가 깜빡했다.

"클로에 밀스!"

베넷이 소리쳤지만 나는 못 들은 척 무시하고 엘리베이터를 잡아탔다. '제발.' 나는 주차장 층 버튼을 누르고 엘리베이터의 닫힘 버튼을 계속 눌렀다. 문이 거의 닫힐 무렵 베넷의 얼굴이 보였다. 나는 흐뭇한 얼굴로 그를 쳐다보면서 가운뎃손가락을 힘차게 추켜올렸다. '클로에, 언제 철들래.'

"제길, 제길."

나는 혼자 남은 엘리베이터 안에서 소리를 지르며 아이처럼 발을 동동 굴렀다. 이제 그 자식이 내 팬티를 찢어버리는 일은 절대로 없을 거다.

엘리베이터는 내가 원하는 주차장 층에 도착했음을 알리는 벨소리를 냈다. 나는 혼잣말을 중얼거리며 차를 세워둔 곳으로 걸어갔다. 주차장 조명이 희미하게 비추는 가운데 주차된 차는 내 것뿐이고 나는 외딴 곳에 혼자 있었지만 몹시 화가 나서 길길이 날

뛰던 터라 무섭다는 생각 따위 할 겨를이 없었다. 지금 나를 건드리는 사람이 있다면 운도 지지리 없는 거다. 그때 계단으로 통하는 문이 벌컥 열리고 베넷 라이언이 나타나 큰 소리로 나를 불렀다.

"이 빌어먹을 여자야, 거기 좀 있어 봐!"

그가 소리쳤다. 가쁜 숨을 몰아쉬는 그의 모습이 눈에 들어왔다. 18층을 전력 질주해서 내려오면 저렇게 되는 모양이다.

차 문을 열고 지갑을 조수석에 던져 넣으며 말했다.

"도대체 뭘 원하는 거예요, 베넷 라이언?"

"그 빌어먹을 못된 여자 노릇은 잠시 멈추고 내 말 좀 들어주면 안 되겠어?"

나는 뒤로 돌아 그를 마주 보았다.

"나를 창녀로 생각하는 건가요?"

베넷의 얼굴에 온갖 감정이 스치고 지나갔다. 분노, 충격, 혼란, 증오. 그래도 빌어먹게 섹시하고 관능적으로 보였다. 셔츠는 풀어 헤쳐 있었고 머리는 그야말로 엉망으로 헝클어져 있었다. 그의 턱을 타고 땀방울이 흘러내리는 모습조차 내 판단력 회복에는 도움이 되지 않았다. 내가 너무 화가 나서 제정신이 아닌 게 분명했다.

어느 정도 거리를 유지한 채 걸음을 멈추고 베넷이 고개를 가로저었다.

"맙소사."

그는 고개를 들어 주차장을 둘러보며 말했다.

"내가 당신을 창녀로 생각한다고? 아니! 그렇지 않아. 이건 그냥 만약을 위해서…."

베넷이 말을 멈췄다. 생각을 정리하려 애쓰는 모양이었다. 하지만 도저히 정리가 안 되는지 입을 앙다물고 서 있었다.

화가 치밀어 오르는 걸 참아내지 못한 나는 나도 모르는 사이 앞으로 걸어 나가 그의 뺨을 세게 후려갈겼다. 날카로운 파찰음이 텅 빈 주차장 안을 관통했다. 베넷은 충격과 분노가 어린 시선으로 나를 쏘아보며 내 손이 거칠게 닿은 부위를 만졌다.

"당신이 내 상사지만 우리 사이에 벌어진 일을 어떻게 처리할지에 관한 의사 결정권을 당신이 쥐고 있는 건 아니에요."

둘 사이에 한동안 침묵이 흘렀다. 바깥에서 차량이 지나가는 소리나 이런저런 소음이 전해졌지만 거의 의식되지 않았다. 베넷은 한층 짙어진 눈동자로 나를 응시하며 한 걸음 성큼 다가오며 말했다.

"잘 알겠지만 당신은 한 번도 불편을 호소하거나 항의하지 않았어."

'아, 저 자식은 이런 순간에도 빌어먹게 침착하네.'

"창문에 기대어 할 때나 엘리베이터에서나 계단에서도 그랬지."

그가 한 걸음 더 다가왔다.

"탈의실에서 나와 섹스하는 당신 모습을 거울로 지켜보는 동안

잘생긴 개자식

에도 마찬가지였지."

또다시 한 걸음 그가 다가왔다.

"오늘 내 사무실에서 당신이 두 다리를 벌렸을 때도 당신의 그 빌어먹을 입에서는 단 한마디 저항이나 불평이 나오지 않았어."

나는 가슴을 크게 들썩이며 숨을 내쉬었다. 얇은 드레스 천 너머로 자동차의 차가운 금속이 느껴졌다. 굽 있는 구두를 신었는데도 베넷은 나보다 머리 하나가 더 크다. 그런 그가 몸을 숙여 다가오자 머리카락으로 쏟아지는 그의 뜨거운 숨결이 느껴졌다. 고개를 들어 올리면 우리의 입은 그대로 마주칠 것이다.

"이제 나는 다 끝내기로 했어요."

나는 앙다문 잇새로 말했다. 하지만 힘들게 숨을 들이마시면서 잠시 마음을 진정시키는가 싶었는데 그때 내 가슴이 그의 가슴에 가볍게 닿았다.

"당연히 그래야지."

베넷은 고개를 가로저으며 한층 더 가까이 다가왔다. 그의 발기한 남성이 내 복부를 눌렀다. 베넷은 두 손으로 차를 짚어 나를 가두었다.

"완전히 끝내야지."

"어쩌면… 한 번은….""

마음속 이야기가 입 밖으로 튀어나왔다.

"한 번은 더?"

그의 입술이 내 입술에 닿을락 말락 애를 태우고 있었다. 너무나 부드럽고 생생한 감각이 느껴졌다. 고개를 치켜든 나는 그의 입술에 대고 속삭였다.

"이걸 원하는 내가 싫어요. 나한테 좋을 게 없거든요."

베넷의 콧구멍이 살짝 벌름거렸다. 이대로 가다가는 미쳐버릴 것 같다는 생각이 들 즈음 그가 내 아랫입술을 거칠게 빨아들이며 나를 끌어안았다. 내 입술에 대고 으르렁거리듯 낮은 소리로 중얼거린 베넷은 더욱 깊게 키스하며 나를 자동차에 대고 밀어붙였다. 지난번 그때처럼 그는 손을 뻗어 내 머리에 꽂힌 핀을 빼버렸다.

애태우는 듯한 키스가 어느덧 거칠어졌다. 두 입술은 포개어졌다가 떨어지기를 반복했고 우리 손은 서로의 머리털을 움켜쥐었다. 혀와 혀가 엉키며 부딪쳤다. 그가 무릎을 살짝 구부려 자신의 남성을 내게 대고 비비기 시작했다. 숨이 턱 막혔다.

"맙소사."

나는 두 다리로 그를 휘감았다. 구두 굽이 그의 허벅지를 파고들었다.

"그래, 맙소사야."

베넷은 내 입에 대고 깊은 숨을 내쉬었다. 내 다리를 내려다보던 베넷은 한 손으로 내 엉덩이를 거칠게 움켜쥐고 웅얼거리듯 말했다.

"이 빌어먹을 구두가 얼마나 섹시한지 말했나? 이 사악한 작은 리본으로 나를 어떻게 하려고 하는 거야?".

"다른 곳에도 리본이 있는데 그 리본은 운이 아주 좋아야 찾을 수 있어요."

베넷은 뒤로 물러나 몸을 뗐다.

"차에 타자."

베넷은 목구멍 깊숙이 울려 나오는 섹시한 목소리로 말하며 차 문을 홱 잡아당겼다.

나는 눈을 부릅뜨고 그를 쳐다보면서, 안개가 낀 듯 흐릿한 머릿속에 이성적인 생각이 침투하도록 애를 써봤다. 어떻게 해야 할까? 내가 원하는 것은 무엇인가? 또다시 이런 식으로 나를 가지게 해도 될까? 하지만 격한 감정에 휩싸여 온몸을 떨고 있는 상황에서 이성적인 생각은 머릿속에 그리 오래 머물지 못했다. 베넷의 손이 내 목덜미를 지나 머리털 속으로 파고드는 게 느껴졌다. 머리를 움켜쥐고 내 고개를 자기 쪽으로 향하게 조정한 베넷은 내 눈을 뚫어져라 응시했다.

"지금 당장."

의사 결정은 끝났다. 나는 또다시 그의 넥타이를 손목에 감아쥐고 그를 자동차 뒷좌석으로 끌어당겼다. 문이 닫히자 베넷은 지체 없이 내 드레스 앞에 달린 매듭을 공략했다. 천을 가르고 들어온 그의 두 손이 내 맨살을 쓰다듬자 신음 소리가 흘러나왔다. 나를 뒤로 밀쳐서 차가운 가죽 시트에 누인 베넷은 내 다리 사이에 무릎을 꿇고 앉아 손바닥으로 가슴골에서부터 복부를 훑고 아래로 천천히 내려가 레이스 가터벨트를 찾았다. 그의 손가락이 섬세한 리본 윤곽을 따라 움직이는가 싶더니 스타킹 가장자리로 내려갔다. 그리고 다시 올라와 팬티 가장자리에서 움직거렸다. 그가 움직일 때마다 복부의 근육이 조여졌다. 나는 거칠어지는 숨을 제어하려 노력했다. 조그만 하얀색 리본을 만지작거리던 베넷은 고개를 들어 나를 쳐다보며 말했다.

"운이 좋아야 이걸 찾는 건 아닌 것 같은데."

나는 셔츠를 잡고 그를 다가오게 했다. 내 혀가 그의 입안으로 미끄러져 들어갔다. 그의 손바닥이 나를 압박해오자 내 입술에서는 다시 한 번 신음이 터져 나왔다. 우리 입술은 탐색을 이어나갔다. 키스가 깊어지고 길어졌다. 맨살이 샅샅이 드러나면서 우리는 더욱 절박해졌다. 베넷의 셔츠 자락을 바지에서 빼내고 갈비뼈를 덮고 있는 부드러운 살결과 탄탄한 엉덩이 근육 그리고 부드러운 털을 마구 탐했다. 어느새 내 손이 그의 배꼽과 그 아랫부분을 향했다.

그가 나를 애태웠던 것처럼 그를 애태우고 싶은 나는 그의 허리띠를 손가락으로 어루만지다가 바지 속에서 단단하게 일어선 그의 남성을 찾았다. 베넷이 내 입술에 대고 신음 소리를 냈다.

"지금 내게 무슨 짓을 하고 있는지 모르는군."

"분명히 말해요."

나는 귓속말로 대꾸했다. 그가 했던 말을 그대로 되돌려주었다. 전세가 역전되었다는 사실이 한층 자극적으로 느껴졌다.

"말하면 원하는 걸 줄게요."

베넷은 불만스러운 신음 소리를 내고 입술을 깨물었다. 이마를 내 이마에 대고 온몸을 떨며 그가 말했다.

"해줘."

베넷은 떨리는 손으로 새로 산 팬티를 움켜쥐었다. 미친 것 같지만 그가 팬티를 찢어버렸으면 하는 마음이 들었다. 우리 둘 사이의 거친 열정은 그 전에는 한 번도 경험하지 못한 것이다. 그가 주저하는 걸 원하지 않았다. 베넷은 아무 말도 없이 팬티를 찢어버렸다. 천이 찢어질 때 내 맨살이 쓸리면서 느껴지는 고통스러움은 흥분과 쾌락을 배가할 뿐이었다.

나는 다리를 앞으로 뻗어 베넷을 밀어내고 떨어져 앉았다. 그러고 허리를 펴고 앉아서 베넷의 셔츠를 움켜쥐고 잡아당겼다. 셔츠 단추가 의자 위로 후드득 떨어졌다.

지금 나는 베넷과의 섹스에만 집중하고 있다. 내 맨살에 닿는 공기의 느낌과 우리의 거친 숨소리, 키스의 열기, 그리고 앞으로 닥칠 절정의 순간만을 생각했다. 미친 듯이 서둘러 베넷의 허리띠를 풀고 바지를 벗겼다. 그의 도움으로 간신히 바지를 다 벗길 수 있었다. 그의 발기한 그곳의 끄트머리가 나의 질 입구에 살짝 닿

왔다. 나는 눈을 감고 천천히 그의 위에 올라타서 아래로 미끄러
져 내려갔다.

"맙소사!"

나는 신음을 뱉었다. 내 안에 들어온 그의 남성이 전해주는 감
각은 희비가 엇갈리는 고통을 한층 강렬하게 만들었다. 엉덩이를
들어 올렸다가 내리기를 반복하면서 그를 다루기 시작했다. 몸을
움직일 때마다 강렬한 감각이 전해왔다. 내 엉덩이를 거칠게 움켜
쥔 그의 손끝으로 전해지는 통증은 내 뜨거운 욕정에 기름을 끼
얹는 격이었다. 베넷은 눈을 감고 내 가슴에 얼굴을 묻고 터져 나
오는 신음 소리를 억누르고 있었다. 내 레이스 브라를 입술로 어
루만지던 베넷은 한쪽 브라 컵을 아래로 잡아당기고 단단해진 유
두를 가볍게 깨물었다. 나는 그의 머리카락을 꽉 움켜잡았다. 그
가 입을 벌리고 신음 소리를 토해 냈다.

"깨물어줘요."

내가 속삭였다. 그가 세게 깨물자 나는 교성을 지르며 그의 머
리털을 더욱 세게 잡아당겼다.

내 몸은 그의 몸과 조화를 이루며 하나의 리듬을 만들어 내고
있었다. 그의 시선과 손길, 그리고 그가 내는 모든 소리에 내 몸
이 반응했다. 이런 감각을 느끼게 해주는 그가 사랑스러우면서도
동시에 정말 싫었다. 전에는 이런 식으로 자제력을 잃는 일이 없
었다. 하지만 그가 이렇게 나를 만지면 나는 자제력 따위는 당장

창밖으로 던져버리게 된다.

"내가 깨물어주는 게 마음에 드나?"

거친 숨을 토해 내며 베넷이 물었다.

"내가 어디를 깨물지 상상을 하기도 하나?"

나는 그의 가슴을 밀치고 고개를 들어 그를 쏘아보았다.

"당신은 입을 닥치고 있을 때가 언제인지 정말 모르는군요. 그렇죠?"

베넷은 나를 번쩍 안아 올려 뒷좌석에 내동댕이쳤다. 그는 내 다리를 벌리고 안으로 거칠게 밀고 들어왔다. 내 차는 좁아서 이런 일을 하기에 적절하지 않다. 하지만 지금 세상 무엇도 우리를 막을 수 없었다. 베넷은 다리를 어색하게 구부리고 있었고 나는 차 문에 부딪치지 않기 위해 두 팔로 머리를 감싸야 했지만 끓어오르는 욕정을 참을 수 없었다.

베넷은 무릎을 꿇어 좀 더 편안한 자세를 취한 다음 내 다리 하나를 번쩍 들어 올려 자기 어깨에 얹었다. 그의 남성이 내 안으로 좀 더 깊이 들어왔다.

"오, 세상에! 좋아요."

"그래?"

베넷은 다른 쪽 다리도 들어서 다른 어깨에 얹었다. 그리고 손을 뻗어 차 문틀을 잡고 한층 더 깊이 내 안으로 파고들었다.

"이런 걸 좋아하는 건가?"

각도를 바꾸자 숨을 제대로 쉬지 못할 만큼 짜릿한 감각이 전해졌다. 달콤하기 그지없는 감각이 온몸에 번져나갔다.

"아뇨."

나는 두 손을 차 문에 대고 버티면서 그의 엉덩이 움직임에 맞춰 내 엉덩이를 들어 올렸다.

"더 세게 하는 걸 좋아해요."

"젠장."

베넷은 낮은 목소리로 투덜거리고 고개를 살짝 돌렸다. 입을 벌려 내 다리 위아래에 촉촉한 키스를 남겼다. 우리 몸은 땀으로 번들거렸다. 차창에는 입김이 뿌옇게 끼었고 거친 신음 소리만이 고요한 실내를 가득 채우고 있었다. 주차장 조명의 희미한 불빛이 나를 올라탄 신의 걸작품이 보유한 근육과 얼굴 윤곽을 강조하고 있었다. 나는 경외심을 느끼며 그를 보았다. 그의 몸이 힘껏 움직이고 있었다. 헝클어진 머리카락은 젖은 이마에 달라붙어 있고, 목덜미의 힘줄이 팽팽해졌다. 한껏 뻗은 두 팔 사이에 얼굴을 묻은 그가 눈을 질끈 감고 고개를 가로저었다. 그는 숨을 헐떡였다.

"아, 멈출 수가 없어."

나는 몸을 활처럼 휘어 그에게 더욱 밀착시켰다. 그를 내 안에 더 깊이 끌어당겨 완벽하게 느낄 수 있기를 바랐다. 그가 내 안에 들어오면 나는 미친 듯이 그의 몸에 열중했다. 이런 적은 처음이다. 이런 상황에서조차 나는 더 가까이 다가가 그를 느끼고 싶었다. 생각이 여기에 이르자 내 살갗과 배 속에 달콤한 긴장감이 번지다가 묵직한 통증으로 구체화되었다. 나는 두 다리를 그의 어깨에서 미끄러트려 내려서 내 위에 올라탄 그의 체중을 온전히 느끼며 애원하는 투로 계속 말했다.

"제발 어서요. 제발."

절정의 순간이 눈앞에 있었다. '다 왔어.' 내 둔부가 둥글게 원을 그리듯 움직이자 베넷의 둔부 역시 거칠지만 안정적인 몸짓으로 화답했다. 가차 없고 맹렬했다.

"아, 다 왔어요. 제발."

"얼마든지."

그는 나지막이 으르렁거리듯 대꾸하고 몸을 숙여 내 입술을 깨물고 웅얼거렸다.

"원한다면 얼마든지."

나는 황홀한 절정에 이르러 교성을 질렀다. 내 손톱이 그의 등을 파고들었고 입술로 그의 땀을 맛보았다. 베넷은 갈라진 목소리로 나직이 웅얼거리며 마지막으로 힘차게 공략하고 몸에 힘을 주었다.

전력 질주를 끝낸 그는 온몸을 떨며 내 목덜미에 얼굴을 묻고 허물어졌다. 떨리는 손으로 그의 젖은 머리카락을 쓰다듬고 싶은 욕구를 떨칠 수가 없었다. 우리는 거친 숨을 몰아쉬며 포개어 있었다. 내 가슴에 닿은 그의 심장이 요동치고 있었다. 그렇게 몇 분이 지나는 사이 오만 가지 생각이 머릿속을 관통했다.

천천히 숨결이 차분해졌다. 이 남자가 이대로 잠든 건 아닐까 의심하려는 순간 그가 머리를 들었다.

그는 옷을 챙겨 입기 시작했다. 땀에 젖은 몸에서 한기가 느껴졌다. 잠시 베넷을 지켜보던 나는 반듯이 앉아 드레스를 입으며 양면적인 감정에 시달렸다. 육체적인 만족감 이상을 주는 그와의 섹스는 지금껏 경험했던 그 어떤 일보다 쾌락적이다. 하지만 그 쾌락에 지지 않을 정도로 그는 지긋지긋한 얼간이였다.

"그 신용 계정은 그냥 무시해. 이런 일이 다시는 없도록 하지."

멍하니 생각에 잠겨 있던 나는 그의 말에 깜짝 놀랐다. 고개를 돌려 그를 보았다. 찢어진 셔츠를 입은 그가 어깨를 으쓱여 보였다. 눈은 정면을 향하고 있었다. 잠시 후 그가 고개를 돌려 나를 보았다.

"무슨 말이든 하지. 내 말은 했으니까."

"어머니께 저녁 식사 자리에 가겠다고 말하세요, 라이언 이사님. 그리고 당장 내 차에서 내려요."

6

가슴에 타는 통증이 일었다. 엉망으로 헝클어진 머릿속을 잊을 정도의 극심한 통증이다. 이렇게 해서라도 잊을 수 있으면 좋을 것 같다.

러닝머신의 경사도를 올리고 나를 더 극한으로 밀어붙였다. 쿵쾅거리며 뛰었고 근육은 불붙은 듯 화끈거렸다. 언제나 효과가 있는 방법이다. 이게 내 방식이다. 나는 늘 이렇게 살았다. 세계 밀어붙이지 않으면 아무것도 성취할 수 없다. 학업, 경력, 가족, 여자. 모두 애써 노력해서 얻었다.

빌어먹을. 여자.

넌더리가 난다. 나는 고개를 가로저으며 아이팟의 볼륨을 한층 더 높였다. 이렇게라도 주의를 돌려서 빌어먹을 마음의 평화를 얻을 수 있기를 바랐다.

하지만 애석하게도 효과가 없었다. 아무리 노력해봐도 그 여자는 사라지지 않았다. 눈을 감으면 모든 것이 되살아났다. 그 여자를 내려다보는 내 모습이 보이고, 나를 휘감은 그녀의 다리가 느껴졌다. 땀에 젖은 나는 멈추고 싶었지만 멈출 수가 없었다. 그녀 안에 들어가는 것은 가장 완벽한 고문이었다. 당장에는 갈망과 욕정을 충족시키지만, 한바탕 일을 치르고 나도 곧바로 더 강한 욕구가 나를 집어삼킨다. 마약 중독자가 따로 없었다. 이건 무시무시한 일이다. 그 순간에는 그 여자가 시키는 건 뭐든지 하게 되기 때문이다. 그 느낌은 지금 같은 순간에도 스멀스멀 피어오른다. 그 여자와 함께 있지 않는데도 그 여자가 필요로 했던 것을 주고 싶다는 생각을 하고 있다. 말도 안 되게 웃기는 일이다.

누군가 이어폰을 잡아 뺐다. 나는 짜증스러움의 근원지를 향해 고개를 돌렸다.

"뭐야?"

나는 형을 노려보며 말했다.

"그렇게 계속하다가는 바닥에 나가떨어지겠다. 이 녀석아, 이번에는 또 그녀가 어떻게 했기에 그렇게 열 받은 거야?"

"누구 말이야?"

헨리 형이 눈을 희번덕거리며 말했다.

"클로에 말이야."

그 이름을 듣는 것만으로도 복부 근육이 단단히 죄어왔다. 다시 러닝머신에 정신을 집중시켰다.

"왜 그 여자와 관계가 있을 거라고 생각하는 거야?"

"난 눈 뜬 장님이 아니거든."

"신경 쓰이는 일 따위 없어. 그런 일이 있다고 해도 그 여자랑 상관이 있을 턱이 없잖아?"

헨리 형은 고개를 가로저으며 크게 웃었다.

"네게 그런 반응을 끌어낸 사람은 본 적이 없어. 왜 그러는지 알아?"

헨리 형은 러닝머신에서 달리기를 멈추고 온전히 내게 집중하고 있었다. 조금 불안했다. 형은 직관력이 뛰어난 사람이다. 때로는 지나치게 뛰어나다. 형에게 절대로 들키고 싶지 않은 것이 있다면 지금 클로에와 벌이는 일이다.

나는 앞만 바라보고 계속 달리면서 헨리 형과 눈을 마주치지 않으려 노력했다.

"왜 그러는데?"

"너희 두 사람이 매우 비슷한 부류여서 그러는 거다."

헨리 형은 의기양양하게 말했다.

"뭐라고?"

몇 명이 고개를 돌려 나를 보았다. 사람 많은 피트니스 센터 한가운데서 내가 소리치는 이유가 궁금했을 것이다. 나는 정지 버튼을 소리가 나도록 세게 눌러 끄고 고개를 돌려 헨리 형을 쳐다보았다.

"어떻게 그런 생각을 하지? 우리는 전혀 비슷하지 않아."

20마일을 달린 후유증으로 나는 땀범벅에 숨을 헐떡거렸다. 하지만 당장 내 혈압을 상승시키는 건 운동과는 하등 관계가 없는 일이었다. 헨리 형은 물병을 집어 들고 쭉 들이켜면서 계속 히죽거렸다.

"지금 누구랑 이야기하는지 잊었어? 나야, 네 형, 헨리. 나는 너희 두 사람처럼 닮은꼴 커플을 본 적이 없어. 무엇보다 말이지."

헨리 형은 잠시 말을 멈추고 헛기침으로 목소리를 고른 다음 과장된 손짓으로 허공에 체크 표시를 해 보였다.

"두 사람 모두 지적이고 의지력이 대단해서 마음먹으면 반드시 해내지. 열심히 일하는 충직한 조직원이기도 하고. 그리고…."

헨리 형은 내게 손가락질하며 말을 이었다.

"클로에는 불꽃 같은 여자야. 길 잃은 강아지처럼 네 뒤를 졸졸 따라다니지 않고 너에게 용감히 맞서는 클로에 같은 여자는 처음이잖아? 네게 그런 사람이 필요하다는 사실을 인정하기는 죽기만큼 싫겠지만."

모두 정신이 나갔나? 물론 클로에 밀스에게 그런 면이 있다. 믿을 수 없이 지적이고 능력 있는 커리어우먼이라는 점은 인정하지 않을 수 없다. 또 열심히 일하는 것도 맞다. 많은 일을 능숙하게 해내서 놀랄 때가 종종 있다. 의지력이 대단하고 마음먹은 일은 반드시 해내는 것도 사실이다. 뭐 나라면 그런 점을 고집불통에 외골수라고 말하겠지만. 충직한 조직원이라는 점에도 동의한다. 우리 사이에 그 빌어먹을 일이 벌어지면서 그 여자가 나를 팔아버릴 기회는 백 번도 넘게 있었지만 그녀는 그 기회를 이용하지 않았다.

나는 형을 노려보며 어떤 반응을 보여야 할지 고심했다.

"뭐, 그렇기는 하지만 클로에 밀스는 어처구니없는 암캐 같은 구석도 있어."

잘했어, 베넷. 생각을 분명하게 잘 표현했어.

러닝머신에서 내려선 나는 재빨리 내 물건을 챙겨서 센터를 가로질러 걸어갔다. 자리를 피하려는 심산이었다. 헨리 형은 내 뒤에서 만족스러운 웃음소리를 냈다.

"내 말이 맞지? 클로에가 너를 괴롭히고 있잖아."

"그냥 좀 꺼져줄래?"

윗몸일으키기를 하려고 자리를 잡고 있는데 형이 다가왔다. 위에서 나를 굽어보는 형의 얼굴에는 카나리아를 꿀꺽 삼킨 고양이 같은 사악한 미소가 번졌다.

"뭐, 여기서 볼일은 다 본 것 같으니 이만 물러가지."

두 손을 탁탁 털어대는 형은 자신에게 아주 만족스러워하는 것 같았다.

"그럼 나는 집에 간다."

"잘됐네. 어서 가."

형은 큰 웃음을 터트리고 뒤로 돌아 나가다가 걸음을 멈추고 말했다.

"아, 잊어버리기 전에 말해두는데 네 형수가 클로에를 저녁 식사 자리에 오게 설득했는지 궁금해하더라."

나는 고개를 끄덕이고 일어나 앉아 운동화 끈을 만지작거렸다.

"온다고 했어."

"나만 그런 건지 모르겠는데 어머니가 조엘 치뇰리를 클로에에게 소개해주고 싶어 한다는 게 웃기지 않아?"

다시 가슴이 죄어오는 듯한 통증을 느꼈다. 헨리와 나는 어린 시절부터 조엘과 함께 어울려 지냈다. 괜찮은 녀석이기는 하지만 클로에와 함께 있는 모습을 떠올리니 뭔가를 주먹으로 치고 싶다는 생각이 일었다.

"물론 조엘은 훌륭한 친구지."

헨리 형이 말을 이었다.

"하지만 클로에는 그 녀석이 감당할 수 없는 여자란 말이지. 그렇게 생각하지 않아?"

형이 나를 물끄러미 바라보는 게 느껴졌다.

"뭐 하지만 조엘이 기회를 잡는다면 좋은 일이기는 할 거다."

나는 다시 누워서 필요 이상으로 빠른 속도로 윗몸일으키기를 다시 했다.

"그럼 이따 보자, 베니."

"그래, 이따가 봐."

나는 웅얼거리듯 대꾸했다.

* * *

일요일 밤, 잠자리에 누운 나는 머릿속으로 내 계획의 성공 여부를 점검해보았다. 그 여자에 대한 엉뚱한 생각을 너무 많이 하며 지냈다. 이제는 냉정을 찾고 그 여자의 털끝 하나도 건드리지 않아야 한다. 이번 일주일을 해독 기간으로 정하기로 했다. 7일만 잘해내면 된다. 7일 동안 그 여자를 만지지 않으면 이런 생각이나 감정은 완전히 떨쳐버릴 수 있을 것이다. 그러면 다시 정상적인 생활을 되찾을 수 있을 것이다. 단 두 개의 예방 조치를 취하기만 하면 된다.

첫 번째는 절대로 격노하거나 자극을 받아 그녀와 말싸움을 벌이지 않아야 한다. 어떻게 된 일인지 우리의 말싸움은 일종의 전희 같은 역할을 한다. 두 번째는 그녀를 주인공으로 하는 성적 상상의 나래를 펴는 일을 더 이상 하지 않아야 한다. 그녀와의 성적 접촉을 회상하거나 새로운 섹스를 상상하는 일은 더 이상 하지 않는다. 그녀의 나체를 머릿속에서 그리거나 내 신체 일부가 그녀의 신체 일부와 접촉하는 모습을 떠올리는 것도 이제는 끝이다.

대체적으로 계획대로 잘된 것 같다. 계속 마음이 편치 않고 일주일이 지독히도 더디게 지나가는 것 같기는 했지만 온갖 추잡한 성적 상상을 그만두고 나니 자제력을 유지할 수 있었다. 사무실 밖에서 바쁘게 지내려고 최선을 다했다. 하지만 어쩔 수 없이 그 여자와 함께 있어야 할 때는 계속 거리를 유지했다. 대체적으로 우리는 전과 마찬가지로 예의 바르게 서로에 대한 혐오감을 표현하면서 잘 지냈다고 볼 수 있다.

하지만 그 여자는 나를 무너뜨리려는 노력을 했던 것 같다. 아니 분명 그랬다. 그 여자는 날이 갈수록 더 섹시해졌다. 그녀가 입는 옷이나 행동거지가 나로 하여금 가터벨트를 떠올리게 만들었다. 나는 점심시간에 사무실 문을 잠그고 헛짓거리를 하지 않기로 굳게 마음먹었다. 그 여자를 떠올리며 마스터베이션을 하거나 그 여자가 마스터베이션 하는 모습을 상상하는 건 그만둬야 했다. 이 사태에 전혀 도움이 되지 않았다.

월요일에 클로에 밀스는 머리를 풀고 출근했다. 미팅을 하는 동안 그녀가 내 건너편에 앉아 있는 통에 그 머리털을 내 손에 말아 쥐고 그녀를 무릎 꿇게 해서 펠라티오를 받는 생각만 하고 있었다.

화요일에 클로에 밀스는 몸에 꼭 맞는 무릎까지 오는 스커트와 문제의 스타킹을 착용하고 왔다. 화끈한 비서로 분장한 핀업 걸처럼 보였다.

수요일에는 바지 정장을 입었다. 하지만 예상을 빗나가는 최악의 의상이었다. 그 긴 다리를 감싼 바지를 손으로 어루만지면 어떤 느낌인지 상상하는 걸 멈추기가 힘들었다.

목요일에 그녀는 완전 평범한 V 네크라인 블라우스를 입었다. 떨어진 내 펜을 줍기 위해 그녀가 몸을 숙이는 일이 두 번 있어서 운 좋게도 그녀의 셔츠를 내려다볼 수 있었다. 그중에 한 번은 내가 고의로 그랬다.

금요일에는 정말 폭발해버릴 것만 같았다. 나는 일주일 내내 단 한 번도 마스터베이션을 하지 않았다. 하지만 최악의 블루 볼스 증상을

잘생긴 개자식

견디며 돌아다녀야 했다.

금요일 아침에 사무실에 들어서면서 나는 그녀가 아파서 결근이라도 하기를 기도했다. 하지만 그런 행운이 따라줄 리 없다는 생각이 들었다. 나는 발정 난 수캐처럼 으르렁거리며 사무실 문을 열었다. 순간 심장마비를 일으킬 뻔했다. 클로에 밀스는 차콜 그레이 컬러의 스웨터 드레스에 허벅지까지 올라오는 부츠를 신고 몸을 구부린 채로 화분에 물을 주고 있었다. 그녀 몸의 곡선이 모조리 드러났다. 아무래도 하늘에 사는 저 양반이 나를 정말 미워하는 것 같았다.

"좋은 아침입니다, 라이언 이사님."

클로에 밀스의 달콤한 인사말에 그녀를 지나쳐 가려던 내 발걸음이 멈췄다. 이건 이상하다. 뭔가 있다. 저렇게 달콤하고 상냥한 말을 내게 하지 않는 여자다. 나는 미심쩍은 눈으로 클로에 밀스를 바라봤다.

"좋은 아침이네요, 밀스 양. 오늘은 유난히 우호적인 모습이군요. 누가 죽기라도 했나?"

클로에 밀스의 입가에 사악한 미소가 걸렸다.

"아, 아니에요. 내일 저녁 식사에서 이사님 친구분이신 조엘을 만날 일을 생각하니 신이 나서요. 헨리가 조엘에 대해 다 이야기해줬거든요. 우리 둘은 정말로 공통점이 많은 것 같더라고요."

'이 거지같은 형.'

"오 그렇지. 저녁 식사. 까맣게 잊고 있었군요. 그래요, 당신과 조엘… 마마보이에 고압적이고 잔소리 심한 녀석이니까 두 사람이 천

생연분이 되겠군요. 혹시 커피를 마실 거라면 내 것도 한 잔 부탁합니다."

나는 뒤로 돌아 내 사무실로 걸어갔다. 문득 그녀에게 커피를 부탁한 게 득이 될 것이 없다는 생각이 들었다. 요즘 같은 상황에서는 이 여자가 커피에 뭔가를 탈 수도 있을 것 같았다. 예를 들면 비소 같은 것 말이다. 자리에 미처 앉기도 전에 문 두드리는 소리가 들렸다.

"들어오세요."

클로에 밀스는 커피를 가져와 맞춤 제작한 15만 달러짜리 책상에 커피 일부가 쏟아지도록 힘차게 내려놓고 고개를 돌려 나를 바라보았다.

"오늘 아침에 미팅 일정을 조정하나요?"

클로에 밀스는 햇빛을 듬뿍 받으며 내 책상 가까이에 서 있었다. 빛 그림자가 그녀의 드레스에 드리워져서 가슴의 곡선미를 더욱 강조했다. 빌어먹을. 나는 그녀의 단단한 유두를 내 입속에 집어넣고 싶었다. 여기가 추운가? 나는 진땀이 나는데 이 여자는 어떻게 추울 수가 있지? 어서 빨리 여기서 벗어나야 한다.

"아니오. 오늘 오후에 시내에서 미팅 약속이 있는 걸 깜빡했네요. 십분 이내에 준비하고 나갈 겁니다. 오늘은 이대로 퇴근하겠습니다. 세부 사항은 모두 이메일로 전해줘."

나는 재빨리 대꾸하고 안전지대인 책상 의자로 물러났다.

"오늘 외부 미팅이 있으신지 몰랐는데요."

클로에 밀스는 미심쩍다는 어투로 말했다.

"그쪽이 알 리가 없죠. 개인적인 미팅이니까."

클로에 밀스는 더 이상 대꾸하지 않았다. 나는 흘깃 위를 올려다보았다. 그녀가 묘한 표정을 짓고 있었다. 저 표정은 뭐지? 화가 나 있는 것 같기는 하지만, 뭔가 더 있는 얼굴이다. 저 여자… 질투하나?

"아, 그러세요."

클로에 밀스는 아랫입술을 질겅질겅 씹었다.

"제가 아는 사람과 만나시는 건가요?"

전에는 내 개인적 행선지를 물어본 적이 없었다.

"아버님이나 형님께서 연락을 취하고 싶어 하실지도 몰라서 여쭤어보는 겁니다."

"음….."

나는 그녀를 고문하는 의미에서 한참 뜸을 들이다 말했다.

"요즘 같은 세상에 내게 연락을 취하고 싶은 사람들은 휴대전화로 연락하면 됩니다. 뭐 더 이야기할 게 있나요, 밀스 양?"

그녀는 잠시 머뭇거리다가 턱을 치켜들고 어깨를 펴며 말했다.

"이사님이 자리를 비우신다면 저도 좀 일찍 퇴근할까 합니다. 내일 밤을 위해 쇼핑 좀 하면 좋을 것 같아서요."

"그렇게 하세요. 그럼 내일 봅시다."

책상을 가로질러 두 사람의 시선이 얽혀들었다. 극도의 긴장과 흥분이 만들어 낸 전류가 대기 중에 흐르는 게 느껴졌다. 내 심장박동 수도 올라갔다.

"미팅 잘 하세요."

클로에 밀스는 이를 악물고 말하고는 사무실을 성큼성큼 나가서 등 뒤로 문을 닫았다. 그로부터 십오 분 후 그녀가 퇴근하는 소리가 들리자 마침내 안도의 숨을 내쉴 수 있었다. 이제는 안전하게 갈 수 있다고 판단한 나는 물건을 챙겨 사무실을 나서려고 했다. 그런데 거대한 꽃바구니를 배달하는 사람이 들어왔다.

"무슨 일이시죠?"

내가 물었다. 배달원은 손에 든 클립보드에서 눈을 떼고 주위를 힐긋 둘러보고 나서 대답했다.

"클로에 밀스 양에게 배달 왔는데요."

'뭐? 도대체 어떤 자식이 꽃을 보낸 거야? 우리 사이에 그런 일을 벌이는 중에도 다른 놈을 만나고 있었던 거야?'

"밀스는 점심 식사를 하러 갔습니다. 한 시간 뒤에 돌아올 겁니다."

나는 거짓말을 했다. 꽃바구니에 꽂힌 카드를 봐야만 했다.

"제가 대신 서명하고 전해주죠."

배달원은 꽃바구니를 클로에 밀스의 책상에 내려놓았다. 클립보드에 재빨리 서명하고 배달원에게 팁을 건넨 나는 웅얼거리듯 잘 가시라는 인사말을 건넸다. 그리고 장장 삼 분 동안 가만히 서서 꽃을 바라봤다. 남에게 온 카드를 훔쳐보는 유치한 짓은 하지 않아야 한다고 생각했다.

'장미로군.' 클로에 밀스는 장미를 경멸한다. 나는 숨죽여 웃었다. 이 꽃을 보낸 녀석은 클로에 밀스에 대해 아무것도 모르는 모양이다. 그녀가 장미를 싫어하는 걸 나도 알고 있는데 말이다. 언젠가 데이트 상대가 꽃다발을 보낸 이야기를 세라에게 하는 걸 우연히 들었다. 자극적인 향을 싫어하는 그 여자는 당장 꽃을 다른 사람에게 주었다고 했다. 결국 호기심을 이기지 못한 나는 꽃바구니에서 카드를 떼어 냈다.

저녁 약속 기대하고 있습니다.
조엘 치뇰리

낯선 감각이 천천히 가슴에 번졌다. 어느새 카드는 내 손아귀에서 꼬깃꼬깃 구겨졌다. 클로에의 책상에서 꽃바구니를 집어든 나는 밖으로 나가 사무실 문을 걸어 잠그고 복도를 지나 엘리베이터로 향했다. 엘리베이터에서 내린 나는 거대한 크롬 쓰레기통을 지나면서 한 치의 망설임도 없이 바구니와 그 안에 든 내용물을 모두 처넣었다.

내가 왜 이러는지 도무지 알 수 없었다. 하지만 클로에 밀스가 조엘 치뇰리 자식과 데이트하는 건 절대 안 된다. 그것만은 분명하다.

7

토요일 대부분을 호숫가에서 조깅을 하며 보냈다. 바람을 쐬면서 머리를 맑게 해서 상황을 객관적으로 보려는 노력의 일환이었다. 하지만 한 시간 동안 차를 몰아 부모님 집으로 가는 동안 내 머릿속은 좌절과 불만족으로 뒤엉킨 엉망인 상태로 되돌아갔다. 클로에 밀스. 나는 그녀를 증오한다. 그리고 갈망한다. 그런데 조엘이 그녀에게 꽃을 보냈다. 운전석에 기대어 앉아 자동차엔진의 잔잔한 소음을 들으며 마음을 진정시키려 노력했다. 하지만 소용이 없었다.

그렇다면 본격적으로 따져보자. 나는 클로에 밀스에게 소유욕을 느끼고 있다. 로맨틱한 방식이 아니라 '그녀의 머리채를 휘어잡고 섹스하는' 방식의 소유욕이다. 이건 마치 장난감을 뺏기기 싫은 아이 같은 마음이다. 클로에 밀스와 모래놀이를 하고 있는데 다른 남자아이가 끼지 못하게 하려는 거다. 정말 한심하다. 이런 고약한 심보를 그녀가가 눈치챈다면 대번에 내 아랫도리의 일부분을 잘라 내 입에 처넣으려 할 거다.

이제 문제는 앞으로 이 상황을 어떻게 끌고 나갈지 하는 거다. 조엘은 클로에에게 관심이 있는 모양이다. 당연한 일이다. 그 녀석은 우리 가족에게 들은 이야기만 알고 있을 것이다. 그러면 클로에 밀스에게 호감을 갖는 게 당연하다. 분명 사진 같은 것도 한 장쯤 보여줬을 것이다. 나도 그 여자에 대해 그 정도 정보만 갖고 있다면 관심을 가지지 않을 수 없었을 것이다. 하지만 클로에 밀스와 실제로 만나서 대화를 나눠보면 조엘도 더 이상 그 여자가 매력적이라고 생각하지 않을 것이다.

'그 여자와 섹스를 하고 싶어 한다면 상황은 달라질 수도 있겠지만…'

가죽 커버를 입힌 운전대를 쥔 손에 힘이 들어갔다. 가죽에서 뽀드득 소리가 났다. 그런 생각은 그만하는 게 좋겠다는 신호처럼 들렸다.

조엘이 원하는 게 단순한 섹스라면 우리 부모님 집에서 그 여자를 만나는 데 동의했을 리가 없다는 점을 감안해야 한다.어쩌면 정말로 클로에 밀스에게 관심이 있어서 잘 알아보고 싶어 하는지도 모른다. 사실 나도 실제 대화를 나누기 전까지는 그 여자가 궁금하고 흥미로웠다. 물론 그런 생각은 그리 오래가지 않았다. 클로에 밀스는 내가 아는 한, 사람 약 올리는 데 소질이 다분한, 짜증 나는 여자다. 그리고 불

행히도 내가 겪은 어떤 여자보다도 멋지고 근사한 최고의 섹스 파트너
이기도 하다.

빌어먹을. 조엘은 그 정도까지 진도를 나가지 않는 게 좋을 거다. 이
근처에 송장을 묻어버릴 만한 장소를 알아보는 수가 있다.

＊＊

처음 그 여자를 만났을 때가 지금도 생생하게 기억난다. 해외에서 지
내는 동안 부모님이 크리스마스를 맞이해 나를 찾아온 적이 있다. 그
때 선물로 디지털 액자를 받았다. 어머니와 함께 사진을 훑어보다가
부모님이 웬 아름다운 갈색 머리 여자 옆에 서 있는 슬라이드가 눈에
들어왔다.

"여기 어머니 아버지와 함께 사진 찍은 여자가 누구죠?"

내가 물었다. 어머니는 그녀 이름이 클로에 밀스이고 아버지의 어시
스턴트로 일하고 있다고 말하면서 그녀에 대한 칭찬을 늘어놓았다. 갓
스물을 넘은 앳된 얼굴이지만 자연스럽게 배어나오는 아름다움이 매
력적이었다.

그 후 몇 년 동안 어머니가 보내주시는 사진 속에 이따금 그 얼굴이
있었다. 회사 행사나 크리스마스 파티, 심지어 집에서 열리는 파티 사
진에도 있었다. 그녀 이름은 가족이 모여 업무 이야기를 할 때나 이런
저런 사소한 이야기를 나눌 때도 심심찮게 언급됐다.

집에 돌아와 아버지 회사의 COO로 일하기로 결정하자 아버지는 클로에 밀스가 노스웨스턴대학에서 경영학 석사 학위를 취득할 예정이고 현장 실무 경험이 필요한 장학금을 받고 있다고 설명했다. 그리고 그녀가 일 년 동안 나와 함께 일한다면 그녀에게 큰 도움이 되고 내게도 좋을 것이라고 말씀하셨다. 우리 가족은 클로에 밀스를 사랑하고 신뢰하고 있었다. 아버지와 헨리 형은 그녀의 능력에 관해 일말의 의구심도 갖지 않았다. 아무리 많은 일도 능히 처리해낼 여자라고 생각하고들 있었다. 나는 곧바로 동의했다. 그녀의 외모에 대한 내 호감이 그녀의 상사로 일하는 데 방해가 될지도 모른다는 우려가 약간 있었지만 세상에 넘쳐나는 게 아름다운 여성들이니 일과 여자를 구분하는 건 그리 어렵지 않을 거라고 스스로를 안심시켰다.

정말 어리석은 생각이었다. 지난 몇 달 동안 얼마나 많은 실수를 저질렀는지 모른다. 심지어 첫날부터 엉망이었다. 그런 작은 실수와 잘못된 판단이 모여서 지금의 상황에 이른 것이다. 엎친 데 덮친다고 다른 여자를 만나서도 그녀를 떠올린다. 다른 여자와 마지막으로 섹스를 시도했던 일은 생각만 해도 몸이 움찔거릴 정도다.

유리창 사건이 있기 며칠 전의 일이었다. (그녀와의 첫 경험은 앞으로 '유리창 사건'이라 부르기로 했다) 당시 나는 자선 행사에 참석하게 되어 있었다. 사무실에 들어선 나는 멍하니 서 있어야 했다. 클로에 밀스가 한 번도 본 적 없는 아찔하고 섹시한 드레스를 입고 있었다. 순간 나는 그녀를 책상에 올려놓고 정신없이 섹스를 나누고 싶었다.

트로피처럼 자랑할 만한 아름다운 금발 여자와 데이트하는 중에도 마음은 엉뚱한 곳으로 흘렀다. 동아줄에 매달려 버티고 있었지만 언젠 가는 끊어질 게 분명했다. 그 언제가가 이렇게 빨리 올지도 모른다는 예상을 했어야 했다.

클로에 밀스가 내 마음속에 있지 않다는 걸 나 자신에게 증명하기 위 해서 그 금발 여자의 집에 함께 갔다. 그녀의 아파트에 들어서서 서둘 러 키스하고 옷을 벗었다. 하지만 모든 것이 시들했다. 그녀가 화끈하 고 섹시하지 않아서가 아니었다. 충분히 흥미롭고 아름다운 여자였다. 하지만 그녀를 침대에 누이는 순간 진한 갈색 머리가 베개 위에 흐트 러져 있는 모습이 떠오르고 말았다. 금발 미녀의 가슴에 키스할 때도 (실리콘이 아닌 풍성하고 부드러운 진짜 가슴이었다) 나는 다른 것을 갈망 했다. 몸을 옆으로 굴려 콘돔을 착용하고 다시 그녀 안으로 들어가는 순간 나는 미안했다. 그녀는 내 이기적인 욕구를 채우기 위해 이용하 는 얼굴 없는 육체가 되어 있었다.

어떻게든 클로에를 머릿속에서 지우려 노력했다. 하지만 떠올려서 는 안 되는 이미지가 자꾸 생각났다. 내 몸 아래 그녀를 가두고 소유하 는 모습이 자꾸 떠올랐다. 절정의 순간에 이른 나는 재빨리 몸을 일으 켰다. 나 자신이 혐오스러웠다. 그때 기억을 더듬자니 정말 내가 역겨 운 인간이라는 생각이 들었다. 그때부터 클로에 밀스는 내 머리와 마 음에 자리 잡고 있었던 것이다.

오늘 밤을 잘 넘긴다면 형편이 조금 나아질 것 같다. 차를 세우고 노

래를 부르듯 되뇌었다. '베넷, 너는 할 수 있어. 너는 할 수 있어.'

"어머니?"

집 안으로 들어가 방마다 돌아다니며 어머니를 불렀다.

"여기야, 베넷."

집 뒤편에 있는 파티오에서 어머니 목소리가 들려왔다. 파티오로 이어지는 프렌치 도어를 열고 밖으로 나갔다. 옥외 테이블 세팅의 마지막 손질을 하던 어머니가 따스한 미소로 맞아주셨다. 나는 몸을 숙여 어머니의 키스를 받았다.

"오늘은 밖에서 식사하게요?"

"아름다운 저녁이잖니. 그리고 모두들 딱딱한 식당에 앉아 있는 것보다 여기에 있는 걸 더 편안하게 여길 것 같아서. 괜찮겠지? 불편해할 사람이 있을까?"

"그런 사람 없을 겁니다. 여기는 정말 아름답네요. 걱정 마세요."

정말 아름다웠다. 거대한 백색 퍼걸러가 지붕을 이루고 기둥에는 무성한 식물들이 드리워 있었다. 중앙에는 거대한 직사각형 식탁이 놓여 있고 여덟 명의 자리가 마련되어 있었다. 은은한 상아색 식탁보 위에 어머니가 가장 좋아하는 자기 그릇이 세팅되어 있었다. 양초와 푸른색을 띤 꽃들이 자그만 은색 단지에 가득 담겨 식탁을 장식했고 연철로 만든 나뭇가지 모양의 촛대도 머리 위에서 깜빡거리고 있었다.

"그런데 어머니, 소피아가 테이블에 놓인 것들을 잡아당기지 못하게 말리기가 쉽지 않을 것 같아요. 아시죠?"

나는 포도 한 알을 떼어 입에 집어넣으며 말했다.

"아, 소피아는 오늘 사돈어른 댁에 있단다. 다행이지 뭐니. 오늘 소피아가 이 자리에 있으면 모두 그 아이만 쳐다볼 테니 말이야."

이런 제길. 소피아가 내 맞은편에 앉아서 인상을 쓰고 있다면 조엘에게 신경 쓰지 않을 수 있을 것 같은데.

"오늘 주인공은 클로에가 되어야 해. 클로에랑 조엘이 서로를 마음에 들어 했으면 정말 좋겠다."

어머니는 파티오 주변을 돌아다니면서 마무리 손질에 여념이 없었다. 촛불을 켜고 마지막으로 자리를 정돈하느라 내 고민을 전혀 눈치채지 못하고 있었다.

나는 망했다. 도저히 맨정신으로 오늘 저녁을 잘 넘길 수 없을 것 같았다. 어떻게 하면 이 재난을 모면할지 곰곰이 생각하는데 헨리 형의 목소리가 들렸다. 오늘따라 늦지도 않고 정각에 도착했다.

"모두 어디 있어요?"

형이 크게 소리쳤다. 굵고 낮은 목소리가 텅 빈 집 안에 울려 퍼졌다. 어머니를 위해 문을 열어드리고 같이 안으로 들어갔다. 형은 주방에 있었다.

"어이, 벤."

형은 호리호리한 몸을 조리대에 기대고 서 있었다.

"오늘 밤, 재미있을 것 같지 않냐?"

일단 어머니가 주방을 나갈 때까지 기다렸다. 그리고 미심쩍은 눈으로 형을 바라보았다.

"그럴 것 같네."

나는 아무렇지 않은 척 대꾸했다.

"어머니가 내가 제일 좋아하는 레몬 스퀘어를 만드신 것 같아."

"엉뚱한 소리는 그만해라. 오늘 모든 사람 앞에서 치뇰리가 클로에를 얻으려 노력하는 게 기대된다는 말이잖아. 정말 흥미진진하고 신나는 저녁이 될 것 같지 않냐?"

헨리 형은 조리대에 놓인 커다란 빵 한 조각을 뜯었다. 그때 형수가 들어와서 형의 손을 찰싹 때려 빵을 내려놓게 했다.

"어머니가 세심하게 준비하신 저녁 식사를 망쳐서 졸도하시는 모습을 보고 싶은 거예요? 오늘은 얌전하게 굴어요, 헨리. 클로에에게 장난을 치거나 놀리는 일은 금지예요. 그러지 않아도 클로에는 오늘 이 모든 일이 부담스럽고 걱정스러울 거란 말이죠. 여기 있는 어떤 사람이 지껄이는 헛소리를 지금까지 잘 참아낸 걸 생각하면 뭐든 잘해낼 것 같기는 하지만요."

미나는 내 쪽을 향해 손짓하며 말했다.

"지금 무슨 이야기를 하는 건가요, 형수님?"

클로에 밀스 팬들에게 둘러싸여 일방적인 비난을 받는 일에 넌덜머리가 난 나는 사나운 어조로 말했다.

"저는 그 여자에게 아무 짓도 하지 않았습니다."

"베넷."

아버지가 주방 문가에 서서 이리 오라는 몸짓을 하셨다. 나는 아버지를 따라 주방을 나가서 서재로 갔다.

"오늘 밤에는 최대한 진중하게 행동하기 바란다. 너랑 클로에가 사이좋지 않은 건 알고 있다. 하지만 여기는 내 집이지 네 사무실이 아니다. 네가 클로에를 존중해주기를 기대한다."

나는 이를 앙다물고 동의한다는 의미로 고개를 끄덕였다. 하지만 지난 몇 주 동안 그녀에게 저지른 온갖 무례하고 거친 행동을 떠올리지 않을 수 없었다.

내가 화장실에 내려간 사이 와인 한 병과 여러 버전의 열렬한 인사를 준비한 조엘이 도착했다. 그 녀석은 어머니에게는 "오늘 정말 멋지세요"를 연발했고, 미나에게는 "아기는 잘 크나요?"라고 인사를 건넸다. 손을 꼭 잡고 멋지게 악수하고 포옹을 건네는 남자들의 인사는 헨리와 아버지를 위한 것이었다. 나는 복도를 서성이며 다가올 저녁 시간을 위한 만반의 준비를 마쳤다.

조엘은 어릴 적부터 친하게 지낸 친구이고 학교도 같이 다닌 사이다. 하지만 내가 해외에서 지내다가 귀국한 뒤로는 한 번도 만나지 못했다. 나보다 키가 조금 더 작고 마른 체형에 칠흑 같은 머리색에 파란 눈동자를 지닌 친구다. 어떤 여자들은 그런 녀석을 매력적이라고 생각할 것도 같았다.

"베넷."

악수와 남자들의 포옹 콤비네이션이 내게 건네졌다.

"세상에, 이게 얼마 만이냐?"

"오랜만이다, 조엘. 고등학교 졸업하고 처음인 것 같다."

나는 그의 손을 꼭 붙잡고 세차게 흔들면서 대꾸했다.

"어떻게 지냈어?"

"잘 지냈지. 일이 잘 풀렸어. 너는 어때? 잡지에서 네 사진 몇 번 봤다. 아주 열심히 해서 성공한 것 같던데."

녀석은 정겨운 몸짓으로 내 어깨를 두들겼다.

'재수 없는 놈.'

나는 살짝 고개를 끄덕이고 억지 미소를 얼굴에 걸었다. 아무래도 생각할 시간이 필요한 것 같다. 나는 양해를 구하고 계단을 올라가서 어릴 적 내 방으로 갔다.

방문을 열고 들어가자 마음이 가라앉는 게 느껴졌다. 열여덟 살 때 봤던 모습과 조금도 다르지 않았다. 내가 해외에 나가 있는 동안에도 부모님은 이곳을 고스란히 지켜주고 계셨던 것이다. 대학에 진학하기 위해 이곳을 떠났던 그때 그 모습 그대로였다. 오래된 침대에 걸터앉아 클로에 밀스가 조엘과 사귄다면 어떤 기분이 들지 생각했다. 조엘은 정말 괜찮은 친구다. 인정하고 싶지 않지만 두 사람이 잘 어울릴 것도 같다. 하지만 다른 남자가 그녀에게 손을 댄다는 걸 생각하는 것만으로도 온몸의 근육에 힘이 들어갔다. 멈출 수 없다고 그녀에게 털어놓았던 차 안의 그 순간이 떠올랐다. 허세로 무장한 지금도 멈출 수 있을지 알 수가 없었다.

아래층에서 다시 한 번 떠들썩한 인사말이 오가는 모양이다. 계단참에 울려 퍼지는 조엘의 목소리가 들렸다. 이제는 남자답게 나가서 상황을 직면해야 할 때가 된 것 같았다. 계단을 내려가자 그녀가 보였다. 내게 등을 돌리고 서 있었다. 깊은 숨이 허파를 빠져나갔다.

또 빌어먹을 흰색 드레스였다. 하필이면 어째서 흰색이지?

무릎 바로 위까지 내려오는 여성스러운 서머 드레스 스타일은 그녀의 길고 날씬한 다리를 한층 돋보이게 했다. 같은 소재의 상의는 어깨 부분이 작은 리본으로 묶여 있었다. 그 작은 리본을 모두 풀어서 상의가 허리로 흘러내리게 하고 싶다는 생각이 들었다. 아니, 아예 바닥으로 떨어트리고 싶었다.

저만치 맞은편에 선 클로에 밀스와 시선이 부딪쳤다. 그녀는 진심 어린, 심지어 행복해 보이는 미소를 지었다. 나조차도 잠시 그 미소가 진짜라고 생각할 정도였다.

"안녕하세요, 라이언 이사님."

이거 재미있군. 가족들 앞에서 역할놀이를 시작한 그녀를 바라보자니 나도 모르게 입술이 씰룩거렸다.

"왔습니까, 밀스 양."

나는 고개를 까닥이며 대꾸했다. 우리는 서로를 응시한 시선을 거두지 못하고 있었다. 어머니가 식전 음료를 마시기 위해 파티오로 오라고 모두를 불렀다. 클로에 밀스가 나를 지나쳐 가려 했다. 나는 고개를 돌려 그녀만 들을 수 있는 나지막한 목소리로 말했다.

"어제 쇼핑은 성공적이었나?"

클로에는 내 눈을 응시했다. 얼굴에는 예의 그 천사 같은 미소가 어려 있었다.

"가르쳐드릴 수 없습니다."

클로에 밀스는 나를 스치듯 지나쳤다. 내 온몸이 뻣뻣하게 굳었다.

"그건 그렇고 새로운 가터벨트 라인이 입고되었더라고요."

클로에는 내 귓가에 속삭인 뒤 사람들을 따라 밖으로 나갔다. 나는 입을 벌리고 걸음을 멈췄다. 라 페를라 탈의실에서 있었던 밀회 장면이 주마등처럼 뇌리를 스쳤다.

앞서가던 조엘이 클로에에게 가까이 다가가 말하는 소리가 들렸다.

"어제 사무실로 보낸 꽃이 마음에 드셨는지 모르겠습니다. 조금 오버하는 것 같다는 생각도 들었습니다만 오늘 만남을 정말 기대하고 있다는 사실을 알려드리고 싶었거든요."

조엘의 말에 추잡한 몽상이 휙 날아가버렸다. 내장이 꼬이는 것 같았다. 클로에 밀스가 고개를 돌려 나를 보았다.

"꽃이요? 저한테 꽃 배달이 왔었나요?"

나는 어깨를 으쓱이며 고개를 가로저었다.

"나도 일찍 퇴근했습니다. 기억하죠?"

나는 두 사람을 지나쳐서 밖으로 나가 벨베데르 보드카 칵테일을 만들어 마셨다.

밤이 깊어질수록 나의 주변 시야가 클로에의 일거수일투족을 추적

하는 걸 막을 도리가 없었다. 마침내 저녁 식사가 끝났다. 조엘과 클로에 사이가 비교적 잘 풀려가는 것 같았다. 심지어 클로에 밀스는 조엘에게 알랑거리기까지 했다.

"클로에, 베넷의 부모님께 노스다코타 출신이라고 들었는데 그런가요?"

조엘의 목소리에 나의 또 다른 판타지가 깨졌다. 이번 판타지의 주인공은 조엘이었다. 그 녀석의 턱에 주먹을 날리는 통쾌한 장면을 그리고 있었다. 고개를 빼고 보니 조엘 녀석은 온화한 얼굴로 클로에 밀스에게 미소를 보내고 있었다.

"맞아요. 아버지는 비즈마크에서 치과 의사로 일하고 계세요. 저는 원래 대도시에 살아본 적이 한 번도 없는 시골 여자였어요. 파고(Fargo) 정도만 되어도 저한테는 무척 큰 도시였죠."

내 입술 사이로 피식피식 웃음이 새어 나왔다. 클로에가 매서운 눈으로 나를 봤다.

"재미있으세요, 라이언 이사님?"

나는 실실 웃으면서 들고 있던 술을 한 모금 마시며 잔 너머로 그녀를 응시했다.

"미안합니다, 밀스 양. 도시를 싫어하면서 미국에서 세 번째로 큰 대도시에서 대학을 다니기로 하고 그 후에도 계속 머문다는 게 흥미로워서요."

나를 바라보는 그녀의 표정에서 내게 양자택일의 옵션이 있음을 감

잘생긴 개자식

지했다. 옷이 모두 벗겨진 채 바닥에 뻗어 있고 그 위에 그녀가 올라타 있거나 아니면 내 피가 흥건하게 흐른 양탄자 위에 뻗어 있는 것이다.

"라이언 이사님, 정확하게 말씀드려야겠네요."

어느새 미소를 되찾은 클로에 밀스가 입을 열었다.

"아버지가 재혼하셨거든요. 그리고 제 친어머니 고향은 여기예요. 어머니가 돌아가시기 전에 함께 지내려고 여기로 왔던 거예요."

클로에 밀스는 한동안 나를 뚫어져라 쳐다봤다. 가슴 한편에서 죄책 감이 꿈틀거렸다. 하지만 클로에가 조엘에게 고개를 돌리고 순진한 표 정으로 입술을 깨물며 빌어먹게 섹시한 모습을 연출하는 모습을 보는 순간 죄책감은 그대로 사라져버렸다.

'저 자식에게 알랑거리지 말라고.'

주먹을 불끈 쥐었다. 두 사람은 아랑곳하지 않고 대화를 이어나갔다. 하지만 그로부터 몇 분 후 나는 그대로 얼어붙고 말았다. '이게 뭐지? 설마?' 나는 칵테일 잔을 입가에 대고 소리 없이 씨익 웃었다. 내 바짓 가랑이 한쪽으로 스멀스멀 올라오는 이건 클로에 밀스의 발이 분명 했다. 이 앙큼한 여자가 다른 남자와 대화를 나누면서 나를 건들고 있 는 것이다. 그 자식과의 대화는 절대로 그녀를 만족시키지 못하리란 걸 둘 다 잘 알고 있었다. 나는 포크를 물고 음식물을 삼키는 클로에 밀 스의 입술을 바라보았다. 혀를 천천히 움직여 생선 요리의 양념을 닦 아 내는 그녀 모습에 내 물건이 단단해지고 있었다.

"노스웨스턴대학에서 상위 5퍼센트 성적이었다니 대단하네요!"

조엘은 내 쪽을 쳐다보면서 말을 이어갔다.

"이렇게 뛰어난 인재를 밑에 두고 일해서 정말 좋겠어. 그렇지?"

클로에는 살짝 헛기침을 하고 무릎 위에 있던 냅킨을 집어 들어 입을 가렸다. 나는 흘깃 그녀를 보며 미소 짓고 나서 조엘을 보고 말했다.

"그렇지. 밀스 양을 밑에 두는 건 정말 환상적이고 근사한 일이야. 언제나 일을 제대로 해내거든."

"어머, 베넷. 그렇게 말해주니 얼마나 좋니."

어머니가 기쁜 낯을 숨기지 못한 채 말했다. 밀스 양의 얼굴이 붉게 물드는 것이 보였다. 하지만 내 얼굴은 더 이상 미소를 짓지 못하게 되었다. 내 가랑이에 닿은 그녀의 발을 느꼈기 때문이다. 이제 클로에 밀스는 발기한 내 물건을 살짝 누르기까지 했다. '빌어먹을.' 이번에는 내가 헛기침을 할 차례인 모양이다. 꿀꺽 삼킨 칵테일에 사레가 들어서 기침을 연신 해댔다.

"괜찮으세요, 라이언 이사님?"

클로에 밀스는 짐짓 걱정스러운 양 물었다. 나는 눈을 부라리며 고개를 끄덕였다. 클로에는 어깨를 으쓱이고는 다시 조엘에게 고개를 돌렸다.

"그럼 이제는 당신 이야기를 해주세요. 시카고 출신인가요?"

클로에는 구두코로 부드럽게 내 물건을 계속 비벼댔다. 나는 숨을 고르면서 아무렇지도 않은 표정을 유지하려 갖은 애를 썼다. 조엘이 어린 시절 이야기로 시작해서 나와 함께 지낸 학창 시절 이야기를 늘어놓았다. 그리고 마지막을 자신의 성공적인 회계 사업으로 장식하고 있었다. 짐짓 흥미로운 척하던 그녀 얼굴에 진심 어린 관심이 어리기 시작했다. 조엘의 이야기를 정말 재미있게 듣는 것 같았다.

'말도 안 돼.'

나는 왼손을 식탁보 아래로 내려서 그녀의 발목을 잡았다. 내 손길에 그녀가 움찔했다. 나는 손끝으로 가볍게 원을 그리고 엄지손가락으로는 그녀 발의 곡선을 음미했다. 그녀는 조엘의 말을 제대로 듣지 못해 다시 한 번 이야기해달라고 청했다. 나는 한층 의기양양해졌다. 그때 조엘이 이번 주에 점심을 같이 먹자고 클로에에게 말했다. 나는 클로에의 발등을 감싸 쥐고 내 물건에 강하게 밀어붙였다. 클로에가 억지웃음을 지어 보였다.

"베넷, 클로에가 점심시간을 조금 여유 있게 보내도록 해줄 거지?"

조엘은 쾌활한 미소를 지으며 내게 물었다. 녀석은 클로에의 의자 등받이에 팔을 두르고 있었다. 테이블 너머로 손을 뻗어 그 녀석의 팔을 떼어 내고 싶은 충동을 억누르는 데 모든 의지력을 발휘했다.

"아, 점심시간 데이트 이야기가 나온 김에 할 말이 있어요, 베넷."

형수가 내 팔을 손으로 토닥이며 끼어들었다.

"내 친구 메건 기억하죠? 지난달에 집에서 만났잖아요. 스물 중반에 나 정도 키에 금발 머리이고 푸른색 눈동자를 지닌 여자 말이에요. 그녀가 베넷 전화번호를 물어보더라고요. 베넷도 관심 있어요?"

클로에 발에 있는 힘줄이 불거지는 걸 느낀 나는 힐긋 클로에를 쳐다봤다. 내 대답을 기다리면서 클로에는 침을 꿀꺽 삼켰다.

"그럼요. 나는 원래 금발 머리 아가씨를 좋아하잖아요. 기분 전환할 기회로나 삼아볼까요?"

큰 소리로 비명을 지를 뻔한 걸 간신히 참아야 했다. 클로에 밀스가 구두 굽으로 가랑이 사이를 파고들어 내 고환을 의자에 짓이기려 하고 있었다. 내 급소를 잠시 누르고 있던 그녀가 무릎에서 냅킨을 집어 들고 입술을 톡톡 두드렸다.

"실례합니다. 화장실에 좀 다녀와야겠어요."

클로에가 집 안으로 들어가자 온 가족이 인상을 쓰면서 나를 노려 봤다.

"베넷."

아버지가 비난조로 말했다.

"이 문제에 대해 우리가 이야기를 좀 해야 할 것 같구나."

나는 잔을 움켜잡고 입술에 가져다 댔다.

"무슨 말씀을 하시는 건지 모르겠네요."

"베넷."

어머니가 거들고 나섰다.

"어서 가서 사과해야 하지 않겠니?"

"무슨 사과요?"

나는 조금 거칠게 잔을 내려놓았다.

"벤!"

아버지의 날카로운 호통은 더 이상의 논쟁은 없다는 걸 의미했다. 나는 냅킨을 접시 위에 던져놓고 테이블에서 물러났다. 나는 집으로 돌진해 들어가서 1층과 2층 화장실을 모두 확인했다. 그리고 마침내 3층 화장실에서 그녀를 찾았다. 화장실 문이 닫혀 있었다.

화장실 밖에 서서 문손잡이에 손을 얹고 곰곰이 생각했다. 안으로 들어가면 무슨 일이 벌어질까? 내가 관심 있는 건 오로지 하나였다. 그건 사과와는 거리가 먼 일이었다. 문을 두드릴까 생각하다가 그녀가 순순히 나를 들어가게 해줄 리 없다는 데 생각이 미쳤다. 나는 귀를 기울인 채 안에서 어떤 기척이나 소리가 들리는지 알아보기로 했다. 아무것도 감지되지 않았다. 마침내 나는 손잡이를 돌렸다. 놀랍게도 문은 잠겨 있지 않았다.

어머니가 집을 리모델링한 후에 몇 번밖에 와보지 않은 화장실이었다. 맞춤 대리석 세면대가 있고 커다란 거울이 한쪽 벽면을 가득 메운 아름다운 공간이었다. 화장대 위에 난 작은 창문에서 파티오가 내려다보였다. 클로에는 화장대 앞에 놓인 장의자에 앉아서 하늘을 쳐다보고 있었다.

"굽신거리러 왔나요?"

클로에가 물었다. 그녀는 립스틱 뚜껑을 열고 신중하게 입술에 발랐다.

"당신의 섬세한 감정이 다치지 않았는지 확인하라고 보내서 왔어."

나는 뒤로 손을 뻗어 화장실 문을 잠갔다. 달칵 문이 잠기는 소리가 조용한 화장실 안에 울려 퍼졌다. 클로에는 거울에 비친 내 눈을 응시하면서 크게 웃었다. 완벽하게 침착을 되찾은 듯 보였지만 가슴이 크게 들썩이는 게 눈에 들어왔다. 그녀 역시 나 못지않게 흥분해 있었다.

"안심하세요. 저는 괜찮아요."

클로에는 립스틱 뚜껑을 닫아 손가방에 집어넣고 자리에서 일어나더니 내 곁을 지나 문가로 걸어갔다.

"당신은 정말 지긋지긋한 사람이지만 조엘은 착한 사람 같네요. 이만 아래로 내려가야겠어요."

나는 문에 손을 대고 앞으로 몸을 숙여 클로에 얼굴 가까이로 다가갔다.

"나는 그렇게 생각하지 않는데."

내 입술이 그녀의 귀 아래쪽을 살짝 스치고 지나갔다. 그 작은 접촉에도 클로에는 온몸을 떨었다.

"저 녀석이 내 것을 갖고 싶어 하는데 그냥 보고만 있을 수 없지."

클로에가 나를 노려봤다.

"지금이 몇 년도인지 몰라요? 이거 놔요. 난 당신 것이 아니에요."

"당신 머리는 그렇게 생각하는 것 같지만."

나는 클로에의 목덜미에 닿을락 말락 입술을 가져다 대고 속삭였다.

"당신 몸은 생각이 다른 것 같은데."

나는 두 손을 그녀 치마 속으로 집어넣고 다리 사이에서 축축해진 레이스를 압박했다. 그녀는 눈을 감고 낮은 신음 소리를 토해 냈다. 내 손가락이 그녀의 클리토리스에서 천천히 원을 그렸다.

"엿이나 먹어요."

"다른 걸 먹을 생각이야."

나는 클로에의 목덜미에 대고 말했다. 클로에는 떨리는 목소리로 웃었다. 나는 그녀를 화장실 문 쪽으로 밀어붙였다. 두 손으로 클로에의 손을 결박한 채 머리 위로 들어 올리고 고개를 숙여 키스했다. 내 손아귀에 갇힌 그녀가 약하게 몸을 비틀어 저항하는 게 느껴졌다. 나는 고개를 내저으며 손아귀에 힘을 더 주었다.

"먹어줄게."

나는 다시 속삭이고 단단해진 물건으로 그녀의 몸을 압박했다.

"맙소사."

클로에는 머리를 옆으로 기울여 목덜미를 내게 허락했다.

"여기서 이러면 안 돼요."

내 입술의 애무는 그녀의 목덜미에서 쇄골을 지나 어깨로 이어졌다. 한 손으로 클로에의·팔목을 쥐고 다른 한 손으로는 천천히 상의를 지탱하고 있는 어깨 위의 작은 리본들을 풀었다. 그리고 서서히 드러나는 그녀의 맨살에 키스를 퍼부었다. 반대편 어깨에도 같은 동작을 했다. 상의가 아래로 미끄러져 내려가고 하얀색 레이스가 달린 끈 없는 브라가 모습을 드러냈다. '제길.' 이 여자가 입는 옷은 모조리 자극적이다. 바지 속에 갇힌 내 물건은 이제 부풀 대로 부풀어 마지막 순간만 고대하고 있었다. 입으로 그녀의 가슴을 더듬으면서 브라 고리를 풀었다.

그녀의 온전한 가슴을 제대로 볼 수 있을 것 같았다. 고리는 쉽게 풀렸고 레이스 달린 천 조각은 맥없이 아래로 떨어졌다. 내 음란한 판타지를 모두 충족하고도 남을 아찔한 광경이 눈앞에 펼쳐졌다. 분홍색 유두를 입속에 넣자 클로에는 신음을 토해 내며 다리에 힘이 풀린 듯 살짝 비틀거렸다.

"쉬."

클로에의 살에 대고 속삭였다.

"더 해줘요."

클로에가 말했다.

"다시 한 번 더."

나는 그녀를 들어올렸다. 그녀의 두 다리가 내 허리를 휘감았다. 우리 몸이 더욱 단단히 얽혀들었다. 내 손아귀에서 풀려난 클로에의 손이 내 머리털을 헤집고 들어와 거칠게 잡아당겼다. 빌어먹게 좋다. 나는 클로에를 문에 밀어붙였다. 하지만 우리를 방해하는 옷가지가 너무 많았다. 그녀의 뜨거운 살결을 내 몸으로 느끼고 싶었다. 그녀 안에 깊이 나를 파묻고 모든 사람이 잠들 때까지 실컷 그녀를 탐하고 싶었다. 내 마음을 읽었는지 그녀의 손이 내 옆구리로 다가오더니 바지에 끼워 넣은 폴로셔츠를 미친 듯이 잡아 올려 내 머리 위로 벗겼다.

열린 창문을 통해 사람들의 웃음소리가 들려왔다. 내게 기댄 클로에의 몸이 긴장하는 게 느껴졌다. 한참이 지난 후 그녀가 눈을 들어 나를 응시했다. 뭔가 말하려고 애쓰는 게 분명했다.

잘생긴 개자식

"우리는 이러면 안 돼요."

클로에가 고개를 내저으며 말했다.

"조엘이 기다릴 거예요."

클로에는 내키지 않는 손길로 나를 밀쳐 내려 했다. 하지만 나는 꿈쩍도 하지 않았다.

"정말 그 자식을 원해?"

나는 소유욕이 끓어오르는 걸 느꼈다. 내 시선을 받아내면서도 클로에는 아무 말도 하지 않았다. 나는 그녀를 내려주고 화장대로 끌고 가서 세워놓고 그 뒤에 섰다. 그곳에서는 파티오가 전부 보였다.

나는 클로에를 뒤에서 끌어안고 입술을 그녀의 귀에 댔다.

"조엘이 보이지?"

그녀의 가슴을 어루만지며 물었다.

"그를 봐."

나는 클로에의 복부를 어루만지다가 드레스 자락을 따라 내려가 허벅지를 쓰다듬었다.

"저 자식이 이런 느낌을 줄 수 있을 것 같아?"

내 손가락은 그녀의 허벅지를 스치듯 지나 팬티 아래로 파고들었다. 촉촉하게 젖은 음부가 느껴지자 안으로 파고들었다. 내 입에서 거친 신음이 흘러나왔다.

"저 자식이 당신을 이렇게 젖게 만들 수 있을 것 같아?"

클로에는 신음하며 엉덩이를 내게 디밀었다.

"아니오….”

"내게 원하는 것을 말해.”

나는 그녀의 어깨에 대고 속삭였다.

"모… 모르겠어.”

"저 자식을 봐.”

그녀 안에 손가락을 넣었다 뺐다를 반복하며 말했다.

"자신이 뭘 원하는지 알잖아.”

"내 안에서 당신을 느끼고 싶어요.”

그런 부탁은 두 번 들을 필요가 없었다. 나는 재빨리 바지를 벗어 엉덩이 아래로 내리고 그녀의 엉덩이에 비벼대다가 치맛단을 들어 올려 그녀의 팬티를 부여잡았다.

"찢어버려요.”

클로에가 속삭였다.

이렇게 원초적이고 거친 관계는 처음이다. 하지만 클로에와 함께라면 빌어먹게도 옳은 일 같다. 나는 손에 힘을 주어 그녀의 얇은 팬티를 찢어버렸다. 팬티 조각을 바닥에 내동댕이치고 다급한 손길로 그녀의 살을 어루만졌다. 손가락으로 그녀의 팔을 쓰다듬다가 손을 잡았다. 그녀가 손바닥으로 우리 앞에 놓인 화장대를 짚고 몸을 지탱하게 했다.

이 여자는 환장하게 아름답다. 허리를 숙이고 치마를 한껏 올려 둔부를 드러낸 모습이 관능적이다. 나는 자리를 잡고 그녀 안으로 깊숙이 밀고 들어갔다. 우리는 신음을 토해 냈다. 몸을 앞으로 숙여 그녀의 등에 키스하면서 다시 한 번 "쉿" 하고 속삭였다.

다시 커다란 웃음소리가 밖에서 들려왔다. 조엘이 저기 아래 있다. 좋은 녀석이지만 이 여자를 내게서 빼앗아가려는 놈이다. 생각이 거기에 미치자 나는 더욱 거칠게 그녀를 밀어붙였다.

클로에의 숨 가쁜 비명이 나를 미소 짓게 했다. 나는 더욱 빠른 템포의 움직임으로 그녀에게 보상했다. 내가 클로에의 입을 막았다는 사실이 묘한 정당성을 느끼게 해줬다.

거친 숨을 헐떡이는 클로에의 손가락이 움켜쥘 것을 찾고 있었다. 그녀 안에 침입한 내 단단한 물건은 그녀가 뭔가 소리를 내려다가 실패할 때마다 더욱 단단해졌다.

그녀의 귓가에 입을 대고 섹스해주기를 원하느냐고 물었다. 음란한 말을 해주는 게 좋은지도 물었다. 지금처럼 음란하고 추잡한 나를 보는 게 좋은지도 물었다. 멍이 들도록 거칠게 그녀를 안는 것이 좋은지도 물었다. 그녀는 더듬거리며 좋다고 말했다. 내가 더 강하고 빠르게 움직일 때마다 클로에는 더 해달라고 애걸했다.

화장대 위에 있는 용기들이 덜컹거리다가 우리의 움직임을 못 이기고 넘어졌다. 나는 클로에의 머리채를 휘어잡아 끌어당겼다. 그녀의 등이 가슴에 닿았다.

"저 자식이 이런 느낌을 갖게 해줄 수 있을 것 같아?"

나는 클로에가 창밖을 내려다보게 해놓고 끊임없이 그녀 안으로 들어갔다 나오기를 반복했다.

지금 하는 일이 잘못이라는 걸 알고 있다. 나를 둘러싸고 있던 견고한 벽이 모조리 무너져 내리고 있었다. 하지만 상관없다. 오늘 밤 클로에가 잠자리에 누워 나를 생각하기를 바랄 뿐이다. 그녀가 눈을 감고 자기 몸을 어루만지면서 나를 느끼기를 바란다. 내가 그녀를 만족시킨 방식을 기억하기를 바란다. 자유로운 손으로 그녀의 옆구리를 쓰다듬다가 가슴을 덮쳤다. 가슴을 움켜쥐고 유두를 비틀었다.

"아니."

클로에가 신음을 토했다.

"이런 식은 한 번도 없었어."

내 손을 그녀의 옆구리로 미끄러트려 무릎 뒤로 보낸 다음 그녀를 번쩍 안아 화장대에 올려놓았다. 그녀의 다리를 더욱 넓게 벌려서 깊이 파고들었다.

"내 물건을 조이는 당신의 이 느낌이 얼마나 완벽한지 알아?"

나는 그녀의 목덜미에 대고 신음을 토하며 말했다.

"당신은 빌어먹을 정도로 근사해. 아래층에 내려가도 이걸 기억해. 당신이 내게 무슨 짓을 했는지 기억해."

감당하지 못할 정도로 압도적인 감각이 엄습했다. 절정의 순간이 임박했음을 직감했다. 이제는 어쩔 수 없다. 그녀는 마약이다. 이런 느낌은 모든 각성과 이성적인 생각을 앗아간다. 나는 한 손으로 그녀의 손을 잡고 다른 손으로는 그녀의 몸을 어루만지다가 클리토리스를 찾았다. 둘 모두 서로의 몸을 정신없이 탐했다. 그녀 안으로 밀고 들어 갔다 나오기를 반복하면서 신음을 토했다.

"느껴져?"

나는 클로에의 귓가에 속삭이면서 손가락을 펴서 클로에와 손깍지를 꼈다. 클로에는 고개를 돌려 내 목덜미에 얼굴을 대고 흐느꼈다. 아직 충분치 않다. 더 하려면 그녀가 조용하도록 만들어야 한다. 그녀의 머리채를 움켜쥔 손을 풀어서 그녀의 입을 조심스레 막고 상기된 볼에 키스했다. 억눌린 교성이 흘러나왔다. 내 이름을 부르는 것 같았다. 클로에의 몸이 팽팽하게 긴장되면서 나를 조여오는 걸 느낄 수 있었다.

눈을 감고 만족스러운 숨을 내쉬는 그녀를 보면서 나는 필요한 것을 취하기 시작했다. 더 빠르게 움직이면서 거울에 비친 그녀를 봤다. 내가 빠르게 삽입을 반복하자 그녀의 가슴이 더 크게 출렁거렸다. 절정의 감각이 거칠게 나를 관통했다. 클로에가 내 머리털을 잡고 있던 손을 풀어 내 입을 막았다. 나는 눈을 감고 황홀경의 파도가 나를 집어삼키도록 무방비 상태가 되었다. 마지막으로 거세게 그녀의 깊은 곳으로 파고들어 그녀 안에 모든 것을 쏟아냈다.

눈을 뜨고 클로에의 손바닥에 키스한 뒤 이마를 그녀의 어깨에 기대고 섰다. 아래층에서 불분명한 소리가 계속 들려왔다. 클로에가 내게 기댔다. 우리는 잠시 동안 아무 말 없이 그렇게 서 있었다.

천천히 클로에가 몸을 떼었다. 나는 느닷없는 상실감에 얼굴을 찡그렸다. 그녀가 스커트 매무새를 바로잡고 브라를 다시 착용하는 모습을 지켜보았다. 클로에는 상의를 다시 걸치고 어깨 리본 끈을 묶으려고 애를 썼다. 나는 바닥에 떨어진 바지를 집어 들고 찢어진 레이스 속옷 조각도 주워 주머니에 찔러 넣었다. 클로에는 아직도 옷과 씨름하고 있었다. 나는 성큼 걸어가서 그녀의 손을 치우고 리본을 매주었다. 그녀와 눈을 마주치지는 않았다.

갑자기 화장실이 너무 좁게 느껴졌다. 불편한 침묵 속에서 우리는 서로를 응시했다. 나는 문고리를 잡고 뭔가 말하려 했다. 이 상황을 타개하기 위한 말이 필요했다. 나하고만 섹스를 해야 한다고 주장하면서 다른 상황은 전혀 달라지지 않게 하자는 말을 할 수는 없었다. 그런 말을 했다가는 당장에 정강이를 세게 걷어차이게 될 것이다. 하지만 그녀가 조엘과 함께 있을 때 내가 느낀 감정을 설명할 다른 말을 찾을 수가 없었다. 정신이 멍해져서 아무 생각도 나지 않았다. 문을 열었다. 우리 앞에 사람이 서 있었다. 우리 둘은 그대로 멈춰 섰다.

문 바로 앞에는 팔짱을 끼고 다 알고 있다는 듯 눈썹을 치켜세운 미나 형수가 서 있었다.

8

베넷이 문을 열었는데 그 앞에 미나가 서 있었다. 나는 그대로 얼어버렸다.

"도대체 두 사람 거기서 뭘 하고 있었죠?"

미나는 우리 두 사람을 번갈아 보며 물었다. 그녀가 무슨 소리를 들으며 문 앞에 서 있었을지 생각하니 온몸이 화끈 달아올랐다. 베넷 라이언을 흘깃 보았다. 그 역시 나와 비슷한 반응을 보이고 있었다. 나는 미나를 보고 고개를 가로저었다.

"별일 아니에요. 그냥 좀 할 이야기가 있었거든요. 그게 다예요."

나는 아무렇지도 않은 듯 말하려 노력했다. 하지만 의도와는 다르게 목소리가 미세하게 떨렸다.

"여기서 나는 소리를 들었는데, 이야기 나누는 것 같지는 않았어요."

미나는 능글맞게 웃으며 말했다.

"말도 안 되는 소리 하지 마요, 형수. 업무 관련 이야기를 나눴어요."

베넷은 앞을 가로막은 미나를 지나가려 하면서 말했다.

"화장실에서요?"

미나가 물었다.

"그럼요. 나보고 클로에를 찾아보라고 보냈잖아요. 찾아보니 여기 있더라고."

미나는 옆으로 걸음을 옮겨 베넷의 앞을 가로막았다.

"내가 바보인 줄 알아요? 두 사람이 다정하게 이야기 나누는 사이가 아니라는 건 모르는 사람이 없어요. 베넷은 늘 소리 지르잖아요. 그런데 지금은 뭐죠? 두 사람 지금 사귀는 사이인 거예요?"

"아니요."

우리는 동시에 소리 질렀다. 그리고 잠시 눈을 맞췄다가 곧바로 시선을 돌렸다.

"그러면… 그냥 섹스만 하는 사이인가 보네."

미나가 말했다. 우리 둘 중 아무도 적절한 대꾸를 생각해 내지 못하고 있었다. 복도에 무거운 긴장감이 흘렀다. 순간 3층 창문에서 뛰어내리면 어떻게 될지 머릿속으로 재빨리 계산해보았다.

잘생긴 개자식

"두 사람 얼마나 오래된 거예요?"

"미나···."

베넷이 고개를 저으며 말을 꺼냈다. 처음으로 그의 거북한 처지가 안쓰러웠다. 이런 모습은 처음이다. 우리가 벌인 이 소동이 알려지면 어떤 결과가 닥칠지 한 번도 생각해본 적이 없는 것처럼 보였다.

"얼마나 오래된 거예요, 베넷? 클로에?"

미나는 우리를 번갈아 쳐다보며 물었다.

"저는··· 우리는···"

내가 말문을 열었다. 하지만 도대체 뭐라고 말해야 할지 알 수 없었다. 이 일을 어떻게 설명해야 하지?

"우리는···"

"우리가 실수를 저질렀어요. 실수한 겁니다."

베넷의 목소리에 머릿속 생각이 정지되었다. 놀란 나는 고개를 들어 베넷을 보았다. 그의 말에 신경 쓸 게 뭐람? 맞는 말이잖아. 이건 실수였어. 하지만 그의 입으로 그 이야기를 들으니··· 마음이 아팠다.

베넷에게서 시선을 떼지 못하고 있는 사이 미나가 말했다.

"실수든 아니든 지금 당장 멈추세요. 내가 아니고 어머니가 오셨으면 어떡할 뻔했어요? 그리고 베넷, 당신은 클로에의 상사잖아요! 그 사실을 잊은 건 아니겠죠?"

미나는 깊은 한숨을 내쉬었다.

"두 사람 모두 성인이고 여기서 무슨 일이 있었는지 나는 몰라요. 하지만 무슨 일을 하든 아버님이 모르게 하세요."

순간 욕지기가 밀려왔다. 엘리엇이 이 사실을 알면 얼마나 실망할까. 정말 못 견딜 것 같았다.

"그건 문제가 안 될 거예요."

나는 베넷의 시선을 의도적으로 피하면서 말했다.

"저는 실수를 통해 배워가는 사람이니까요. 그럼 이만 실례합니다."

나는 두 사람을 지나쳐서 계단을 향해 걸어갔다. 마음속 깊은 곳에 납덩이처럼 묵직한 분노와 상처가 자리 잡았다. 나의 근면성과 높은 성취동기는 어려운 시기를 헤치고 나아가게 해주는 부표가 되어주었다. 부모님의 이혼과 어머니의 죽음, 친구와 얽힌 어려운 일들도 모두 잘 넘겨왔다. 그런데 라이언 미디어 그룹 직원으로서의 내 가치는 현재 회의적이다. 베넷과 섹스를 하면서 뭔가 특별 대접을 받았나? 이제 베넷은 나와의 일을 다른 사람이 알면 자신에게 해가 된다는 걸 알았으니 내 판단력에 대해 전반적으로 의구심을 품을까?

나는 그렇게 멍청한 사람이 아니다. 스마트한 커리어우먼이다. 이제는 그에 걸맞은 행동을 해야 한다. 나는 심란한 마음을 가라앉히고 밖으로 나가서 조엘 옆에 마련된 내 자리에 다시 앉았다.

"괜찮은가요?"

조엘이 물었다. 고개를 돌려 잠시 조엘을 봤다. 정말 귀여운 남자다. 깔끔하게 빗어 넘긴 검은 머리털과 친절한 얼굴, 그리고 누구보다 아름다운 파란 눈동자를 지녔다. 내가 남자에게 기대할 수 있는 모든 것을 갖췄다. 잠시 후 라이언 이사가 미나와 함께 테이블로 돌아왔다. 잠시 그들을 바라보다가 서둘러 시선을 거두었다.

"저, 제가 몸이 좀 안 좋은 것 같아요."

나는 조엘을 보며 말했다.

"오늘은 그만 돌아가야 할 것 같아요."

"그러세요."

조엘은 자리에서 일어나 내 의자를 잡아 빼주었다.

"차가 있는 곳까지 같이 가드리죠."

나는 사람들에게 작별 인사를 고했다. 집 안으로 걸어가는데 등에 살짝 조엘의 손바닥이 어색하게 닿는 걸 느꼈다. 차가 있는 곳에 도착하자 조엘은 수줍은 미소와 함께 내 손을 잡았다.

"오늘 만나서 정말 반가웠어요, 클로에. 괜찮다면 전화도 하고 아까 말한 점심도 함께하면 좋겠어요."

"전화기 줘보세요."

내가 말했다. 이런 행동을 하는 내가 썩 마음에 들지 않았다. 불과 십이 분 전까지만 해도 이 집 3층에서 다른 남자와 있어놓고는 또 다른 남자에게 전화번호를 알려주고 있는 것이다. 하지만 이제는 정리해야 한다. 친절한 남자와 점심 데이트를 하는 것이야말로 새로운 시작으로 적절할 것 같았다.

전화기를 다시 건네자 조엘이 활짝 웃었다. 그는 내게 자신의 명함을 내밀었다. 그리고 내 손을 잡아 자신의 입가에 들어 올렸다.

"그러면 월요일에 전화할게요. 내가 보낸 꽃이 완전히 시들어버리지 않았으면 좋겠네요."

"중요한 건 마음이죠. 고맙습니다."

나는 웃으면서 말했다.

조엘은 나를 다시 만날 수 있다는 것만으로도 진실로 기뻐하는 것 같았다. 어지럽거나 현기증이 나는 척이라도 해야 하는 게 아닌가 하는 생각이 들었다. 사실 속을 게우고 싶기도 했다.

"그만 가야겠어요."

조엘은 고개를 끄덕이고 나를 위해 차 문을 열어주었다.

"그러셔야죠. 컨디션이 어서 나아지기를 바랍니다. 조심해서 운전하세요. 잘 가요, 클로에."

"네."

조엘이 문을 닫자 나는 자동차 시동을 걸었다. 앞을 똑바로 바라보며 차를 몰아 상사의 가족들이 사는 집을 벗어났다.

***

다음 날 아침, 요가 수업을 받으면서 줄리아에게 모든 일을 사실대로 털어놓을지 숙고했다. 전에는 이 모든 일을 혼자서도 잘 감당할 수 있다고 생각했지만, 밤새 천장만 바라보고 거의 미칠 지경이 되도록 지쳐버린 지금은 누군가에게 털어놓을 필요가 있음을 인정하지 않을 수 없었다.

세라도 있었다. 세라라면 이 잘생긴 상사가 얼마나 사람을 미치게 만드는지 이해할 것 같았다. 하지만 그녀 역시 헨리 밑에서 일하고 있으니 이런 엄청난 비밀을 털어놓고 입을 다물어달라는 부탁을 해서 그녀를 곤란하게 하고 싶지는 않았다. 미나라면 기꺼이 내 이야기를 들어줄 것도 같았지만 라이언 일가의 사람이라는 점이 걸렸다. 게다가 불편한 이야기를 편하게 할 수 있는 상대는 아닌 것 같았다.

엄마가 살아 있으면 얼마나 좋을까, 간절해지는 요즘이다. 엄마를 떠올리니 가슴을 옥죄는 고통이 일고 눈물이 흘렀다. 엄마의 마지막 시간을 함께하기 위해서 이곳으로 왔던 일은 지금껏 살아오면서 내린 최고의 결정이었다. 아버지와 친구들을 멀리 떠나 산다는 게 가끔은 힘들지만 세상 모든 일에는 뜻이 있다고 믿고 있다. 그 뜻이 무엇인지 어서 알게 되었으면 좋겠다는 바람이다.

줄리아에게 말할까? 줄리아가 나를 어떻게 볼지 걱정된다. 사실 이 이야기를 다른 사람에게 털어놓는 것 자체가 걱정된다.

"너 아까부터 계속 나를 쳐다보는데, 뭔가 할 말이 있는 거야? 그게 아니라면 땀투성이 나로서는 곤란하고 당혹스러운 일이다."

나는 아무런 말도 하지 않으려 했다. 그냥 별일 아닌 걸로 난리를 친다고 면박을 주는 걸로 넘기려 했다. 하지만 그럴 수 없었다. 지난 몇 주간 나를 짓누른 압박감과 무게감이 한꺼번에 몰려오면서 제어할 수 없게 되었다. 나는 턱을 떨면서 말을 꺼내다가 아이처럼 엉엉 울기 시작했다.

"내 이럴 줄 알았어. 이리 와."

줄리아는 손을 내밀어 나를 일으켜 세웠다. 그리고 우리 물건을 챙겨 들고 나를 데리고 문 밖으로 나왔다. 이십 분의 시간과 두 잔의 미모사 칵테일, 그리고 한 번의 격한 감정의 붕괴가 있었다. 우리가 가장 좋아하는 레스토랑에서 탁자 건너편에 앉은 줄리아의 충격 받은 얼굴이 나를 향했다. 베넷이 팬티를 찢은 일이며 그 일을 내가 좋아한다는 것, 그리고 다양한 장소에서 섹스를 벌인 일, 그러는 사이에도 서로 싫어하는 기색을 숨기고 예의를 차리며 지내는 일 등 나는 모든 것을 털어놓았다. 미나에게 우리 관계를 들킨 것이나 엘리엇과 수전을 배반한 것 같은 심정도 이야기했다. 조엘과 관련된 베넷 라이언의 소유욕 가득한 선언도 빠트리지 않았다. 마지막으로 역사상 가장 건강하지 못한 관계에 속수무책으로 빠져들었다고도 말했다. 고개를 들어 줄리아를 쳐다본 나는 움찔하며 놀랐다. 줄리아는 자동차 충돌 사고라도 목격한 것 같은 얼굴이었다.

"좋아. 내가 제대로 이야기를 이해한 건지 정리를 한번 해볼게."

나는 고개를 끄덕이며 줄리아가 이야기를 이어가기를 기다렸다.

"너는 상사와 잤어."

나는 살짝 몸을 움츠려 보였다.

"그게 엄밀하게 말하자면…."

줄리아는 한 손을 들어 내 말을 가로막았다.

"그래, 그래. 알았어. 그런데 그 상사가 네가 '잘생긴 개자식'이라고 부르던 그 사람과 동일인이다?"

나는 무거운 한숨을 내쉬고 고개를 끄덕였다.

"하지만 너는 그 작자를 싫어하잖아."

"맞아."

나는 줄리아의 시선을 피하며 웅얼거렸다.

"싫어해. 아주 많이 싫어하지."

"그 사람하고 함께 있고 싶지는 않지만 그 사람에게 끌린다?"

"맙소사. 다른 사람 입으로 말하니까 훨씬 더 끔찍하다."

나는 두 손에 얼굴을 묻고 신음 소리를 냈다.

"정말 말도 안 된다."

"하지만 섹스는? 좋다?"

줄리아의 목소리에서 약간의 장난기가 느껴졌다.

"줄리아, 그냥 좋다는 말로는 설명할 수 없는 정도야. 경이롭고 강렬하고 정신이 아득해지면서 몇 번이고 절정에 이르는 오르가슴적 놀라운 경험이라고 말해도 모자랄 정도니까."

"'오르가슴적'이라는 말은 원래 있는 말이야?"

나는 두 손으로 얼굴을 비비며 다시 숨을 내쉬었다.

"그만해."

"뭐, 어쨌거나 그의 못된 성질머리는 물건이 작아서 생긴 문제가 아닌 건 분명해졌구나."

줄리아는 헛기침으로 목소리를 고르고 신중한 표정으로 말했다. 나는 탁자에 두 팔을 올려놓고 그 위에 고개를 묻었다.

"당연하지. 그건 정말 아니야."

줄리아가 큭큭 웃어대는 소리가 들려 고개를 살짝 들었다.

"줄리아! 웃자고 하는 이야기가 아니야! 하나도 재미없다고!"

"유감스럽지만 내 생각은 달라. 너도 생각 좀 해봐. 이게 얼마나 말도 안 되는 이상한 일인지. 무엇보다 내가 아는 너는 이런 일에 절대로 휘말릴 사람이 아니야. 너는 언제나 진지한 사람이잖아. 인생 계획과 목표를 정하고 거기에 맞춰 한 걸음씩 신중하게 나아가는 게 네 스타일이지. 그동안 사귄 남자들도 몇 명 안 되잖아. 그때도 남들은 이해하지 못할 만큼 오랫동안 만나다가 겨우 잠자리를 했을 정도였잖아. 그런데 이번 남자는 뭔가 다르네."

"육체적인 측면으로만 누군가를 만나는 게 잘못된 건 아니라고 생각해. 그럴 수도 있지. 때로 내가 지나친 통제광이 될 때가 있다는 것도 알아. 하지만 그와 함께 있을 때면 나를 전혀 제어할 수 없다는 게 문제야. 나는 그를 좋아하지도 않는데… 계속 같은 일을 되풀이하고 있어."

줄리아는 미모사 칵테일을 한 모금 마셨다. 내가 말한 모든 것을 곰곰이 검토하느라 줄리아의 머릿속이 바쁘게 움직이는 것 같았다.

"그래서 지금 문제가 되는 건 뭐야?"

나는 고개를 들어 분별력 있는 얼굴로 줄리아를 보았다.

"내 일. 이 상황이 종료된 후의 내 삶. 직원으로서의 내 가치. 내가 회사 기여도에 부합하는 인정을 받을지 하는 문제가 중요해."

"그런 것들을 신경 쓰지 않고 계속 그와 섹스할 수 있겠어?"

나는 어깨를 으쓱였다. 사실 그 문제에 관한 내 생각을 정리할 수가 없었다.

"모르겠어. 모든 걸 분리해서 본다면 가능할지도 몰라. 하지만 우리가 대화하고 상호작용하는 경우는 일할 때뿐이야. 그러니까 일과 섹스밖에 존재하지 않는 관계지."

"그렇다면 그 섹스를 그만둘 방법을 찾아야겠네. 거리를 유지할 필요가 있겠다."

"그렇게 간단하지가 않아."

나는 고개를 설레설레 내저으며 대꾸하고 횡설수설하기 시작
했다.

"그는 나의 직속 상사야. 그와 단둘이 있는 경우를 피하는 게
쉽지 않아. 다시는 그와 섹스하지 않겠다고 결심했다가 몇 시간
이 안 지나서 섹스를 하고 마는 일이 도대체 몇 번인지 몰라. 무엇
보다 2주 후에는 콘퍼런스에 함께 참석해야 해. 같은 호텔에서 늘
같이 있어야 하는 거야!"

"클로에, 너 도대체 어떻게 된 거야? 이런 관계를 계속 유지하
고 싶은 거니?"

줄리아가 놀란 어조로 물었다.

"아니! 당연히 아니야."

줄리아는 미심쩍다는 눈으로 나를 봤다.

"그러니까 내 말은… 그 사람과 함께 있으면 내가 다른 사람이
되는 것 같아. 전에는 한 번도 원하지 않던 것을 원하게 돼. 어쩌
면 그게 잘못이 아닌지도 몰라. 다만 내가 갈망하는 사람이 그가
아닌 다른 사람이면 좋겠다는 거야. 조엘처럼 착하고 다정한 사
람. 내 상사는 친절이나 다정과는 거리가 먼 사람이야."

"상사라는 그 남자 때문에 뭘 원하게 된다는 거야? 엉덩이 때리
기 같은 거?"

줄리아는 싱긋 웃으며 장난스럽게 말했다. 하지만 내가 시선을
돌리자 짧은 숨을 들이마셨다.

"어머, 진짜 엉덩이도 때리고 그러는 거야?"

나는 두 눈을 부릅뜨고 줄리아를 쏘아봤다.

"더 크게 말하지 그러니. 그래서야 뒤에 있는 남자한테 제대로 들리겠니?"

아무도 우리를 쳐다보지 않는다는 걸 확인한 나는 이마로 흘러내린 머리카락을 바로잡았다.

"나도 이 일을 그만둬야 한다는 걸 알아. 하지만…."

잠시 말을 멈추었다. 온 몸에 소름이 돋는 게 느껴졌다. 나는 숨을 죽이고 천천히 고개를 돌려 문가를 바라보았다. 검은색 티셔츠와 청바지, 운동화를 신고 평소보다 더 섹시하게 헝클어진 헤어스타일을 한 그가 있었다. 나는 다시 고개를 돌려 줄리아를 쳐다봤다. 얼굴에서 핏기가 싹 가시는 게 느껴졌다.

"클로에, 왜 그래? 유령이라도 본 것 같은 얼굴이잖아."

줄리아가 내 팔을 잡아주었다. 나는 힘들게 침을 삼켜서 목소리를 냈다.

"저기 문 옆에 있는 남자 보여? 키 크고 잘생긴?"

줄리아가 고개를 살짝 들어 그쪽을 보았다. 나는 탁자 아래에서 줄리아의 다리를 걷어찼다.

"그렇게 빤히 보지 마! 그 사람이 내 상사야."

줄리아는 눈을 동그랗게 뜨고 입을 크게 벌렸다.

"뭐라고!"

줄리아는 짧은 숨을 몰아쉬고 그를 위아래로 훑어본 후 고개를 절레절레 저었다.

"클로에, 장난 아니다. 정말 잘생긴 개자식 맞네. 나라도 저런 남자라면 절대 못 놔주겠다. 침대든 자동차든 탈의실이든 엘리베이터든 무슨 상관이겠어."

"줄리아, 너 정말 도움 안 된다."

"그런데 저 금발 머리는 누구야?"

줄리아가 고갯짓으로 그쪽을 가리키며 말했다. 베넷 라이언은 키가 크고 다리가 긴 금발 머리 여자의 등에 살짝 손을 대고 종업원이 안내한 자리로 가고 있었다. 강렬한 질투심이 가슴에 비수처럼 꽂혔다.

"비열한 놈."

나는 씩씩거리며 말했다.

"어젯밤 일은 어쩌고 저러는 거지? 정말 믿을 수 없는 인간이야."

줄리아가 뭔가 말하려는데 휴대전화가 울렸다. 가방에서 전화기를 집어든 줄리아가 "안녕, 자기야!"라고 말문을 열었다. 약혼자인 것 같았다. 통화가 짧지 않을 것이다.

나는 다시 라이언 쪽을 흘깃 보았다. 금발 머리 여자와 이야기 나누며 웃고 있었다. 시선을 돌릴 수가 없었다. 편안한 그의 모습은 어느 때보다 매력적이었다. 미소를 머금은 얼굴에, 크게 웃으면 눈동자가 춤을 췄다. '빌어먹을 자식!' 내 생각을 듣기라도 했는지 그가 고개를 들어 내 쪽을 보았다. 우리 둘의 시선이 얽혔다. 나는 이를 앙다물고 고개를 돌려 무릎에 펴놓은 냅킨을 탁자 위에 던졌다. 여기서 벗어나야만 한다.

"줄리아, 금방 돌아올게."

줄리아가 고개를 끄덕이며 나가보라고 손을 흔들면서 전화 통화를 이어나갔다. 자리에서 일어선 나는 베넷 라이언의 시선을 피한 채 그의 곁을 지나쳤다. 모퉁이를 돌아서 안전지대가 되어줄 여자 화장실을 찾았다. 그 순간 내 팔을 강하게 잡는 손이 있었다.

"잠깐만."

그의 목소리다. 온몸에 전율이 일었다.

'좋아, 클로에. 너는 할 수 있어. 뒤로 돌아서서 그를 쳐다보고 엿이나 먹으라고 말해주자. 어젯밤에 너와의 일이 실수라고 말했던 그 개자식이 오늘 금발 머리 백치미 여자랑 돌아다니고 있잖아.'

어깨를 펴고 뒤로 돌아 그를 마주 보았다. '빌어먹을.' 가까이서 보니 훨씬 더 멋있었다. 늘 완벽하게 차려입은 모습만 보여준 그였다. 하지만 오늘 아침에는 면도도 하지 않은 것 같았다. 까칠하게 자란 그의 수염을 내 볼에서 느끼고 싶다는 생각이 불쑥 일었다. 아니면 허벅지에서 느껴도 좋을 것 같았다.

"왜 그러시죠?"

나는 그의 손아귀에서 팔을 빼내면서 앙칼지게 쏘아붙였다. 하이힐을 신었는데도 그가 나를 내려다보는 꼴이 연출되고 있었다. 고개를 치켜들고 그의 얼굴을 보는데 눈 밑에 희미한 다크서클이 보였다. 피곤한 얼굴이었다. 다행이네. 내가 어젯밤에 힘들었던 것의 절반만큼이라도 그가 힘들었다면 좋겠다.

두 손으로 머리를 쓸어 올리며 베넷 라이언은 주변을 둘러보았다.

"이야기 좀 합시다. 어젯밤 일에 대해 설명할 게 있어."

"뭘 더 설명하시게요?"

나는 식당 쪽으로 고갯짓을 하며 물었다. 금발 머리 여자는 여전히 앉아 있었다. 가슴이 고통스럽게 조여오는 게 느껴졌다.

"기분 전환 중이신 모양이에요. 이러고 계시는 모습을 보게 되어 다행스럽네요. 우리 사이 일이 얼마나 끔찍한 것인지 깨닫는 데 정말 큰 도움이 되었어요. 이사님의 다른 여자들을 속이는 일에 도움을 드릴 생각은 전혀 없습니다."

"지금 무슨 소리를 하는 거야?"

베넷 라이언이 나를 쏘아보며 말했다.

"지금 에밀리를 두고 하는 말인가?"

"그게 저 여자 이름인가요? 그럼 에밀리와 함께 즐거운 식사 하시기를 빕니다, 라이언 이사님."

나는 뒤로 돌아 걸음을 옮겼다. 하지만 곧 그가 내 팔을 잡아 돌려세웠다.

"이거 놔요."

"당신이 신경 쓸 일 아니지 않나?"

우리가 실랑이를 벌이는 모습이 주방을 오가는 직원들의 이목을 끌기 시작했다. 주위를 휙 둘러본 베넷 라이언은 나를 여자 화장실로 끌고 가서 문을 잠갔다.

'환상적이네. 또 화장실이야.'

그가 내게 바짝 다가섰다. 나는 온 힘을 다해 그를 밀쳐냈다.

"지금 뭐하는 짓이에요? 그리고 내가 신경 쓸 일이 아니라니요? 당신은 어젯밤에 나랑 섹스를 했고, 조엘과 사귀는 걸 원치 않는다고 말했죠. 그런데 정작 당신은 다른 사람이랑 이곳에 왔잖아요! 당신이 얼마나 헤픈 남자인지 깜빡하고 있었네요. 이럴 사람이란 건 얼마든지 예견 가능했는데 말이죠. 멍청한 나한테 화가 나네요."

"내가 지금 데이트하러 여기에 왔다고 생각하는 건가?"

그는 긴 한숨을 내쉬며 머리를 내저었다.

"정말 믿을 수 없군. 에밀리는 내 친구야. 라이언 미디어가 후원하는 자선단체를 운영하고 있지. 그게 다야. 월요일에 만나서 몇 가지 서류에 서명해야 하는데 에밀리의 비행기 표가 갑자기 바뀌어서 오늘 오후에 출국하게 되었단 말이지. 나는 우리가 처음 그런 뒤로는 다른 사람하고 어울려본 적이 없어."

그는 잠시 말을 멈추고 적절한 표현을 찾는 것 같았다.

"그러니까 우리가 처음… 그런 다음에 말이지."

베넷 라이언은 우리 둘 사이를 손짓으로 가리키며 말을 맺었다.

'뭐?'

우리는 서로를 응시하며 그대로 서 있었다. 나는 그의 말을 하나하나 되짚어보았다. 그는 다른 사람과 관계를 맺지 않고 있다. 그게 가능한가? 내가 아는 한 그는 유명한 바람둥이다. 회사 행사에 대동한 수많은 여자를 직접 목격한 바도 있고 회사에 떠도는 그에 대한 이야기도 들었다. 백번 양보해서 그가 지금 진실을 말하고 있다 한들 그가 내 상사이고 이 모든 일이 잘못이란 사실은 바뀌지 않는다.

"당신에게 몸을 던지는 그 모든 여자 중에 한 명을 골라잡지 않으셨단 말씀인가요? 정말 감동적이네요."

나는 뒤로 돌아서 화장실 문 쪽으로 걸음을 옮겼다.

"내 말을 믿기가 그렇게 어려운 거야?"

베넷 라이언은 으르렁거리듯 말했다. 내 등 뒤에 꽂히는 그의 시선이 뜨거웠다.

"그런 건 중요한 게 아니에요. 우리는 그냥 실수한 거예요. 맞잖아요?"

"그 문제에 대해 이야기 좀 하자는 거야."

베넷이 가까이 다가왔다. 벌꿀과 세이지 향이 뒤섞인 그의 체취

잘생긴 개자식

가 나를 엄습했다. 갑자기 덫에 갇혀버린 것 같았다. 이 공간에 산소가 부족한 것 같았다. 여기서 당장 나가야 한다. 불과 오 분 전에 줄리아가 뭐라고 했지? 그와 단둘이 있지 말라고 했던가? 거리를 두라고 했던가? 좋은 충고다. 게다가 나는 지금 특별히 아끼는 팬티를 입고 있다. 그 팬티가 갈가리 찢어져서 그의 주머니에 들어가는 꼴은 정말로 보고 싶지 않다.

'솔직히 그건 아니지 않아? 거짓말하지 마.'

마음속에서 작은 목소리가 속삭였다.

"조엘을 다시 만날 건가?"

베넷 라이언이 물을 때 나는 그와 등지고 화장실 문손잡이를 잡고 있었다. 손잡이를 돌리기만 하면 안전해진다. 하지만 나는 얼어붙은 듯 그대로 서서 빌어먹을 문을 한참 뚫어져라 바라봤다.

"그게 문제가 되나요?"

"그 점에 대해서는 어젯밤에 정리한 것 같은데."

베넷 라이언의 따스한 숨결이 머리에 닿았다.

"그래요, 어젯밤에 참 많은 걸 이야기했죠."

그의 손끝이 내 팔 위로 스치듯 올라가더니 탱크톱의 얇은 끈을 어깨에서 흘러내리게 했다.

"우리가 이러는 게 실수라고 말한 게 아니야."

그의 속삭임이 내 살갗에 닿아 부서졌다.

"당황스러워서 어쩔 줄 모르다 툭 내뱉은 말이었어."

"그렇다고 해도 진실은 진실이죠."

내 육체는 본능적으로 뒤로 기대어 섰다. 고개를 살짝 옆으로 기울여 그의 접근을 한층 용이하게 만들었다.

"우리 둘 다 알고 있잖아요."

"그런 말을 하는 게 아니었다고 생각해."

베넷은 땋아 내린 내 머릿결을 쓰다듬으면서 부드러운 입술을 내 등에 댔다.

"뒤로 돌아."

단 두 마디. 단 두 마디 말로 내 모든 생각을 뒤흔들어놓는 게 가능하다니! 나를 벽에 밀어붙이거나 강하게 잡는 식으로 나를 뒤흔들기도 하지만 이번에는 단 두 마디 말로 내게 공을 넘겨버렸다. 선택은 내 몫이 되었다. 나는 입술을 세게 깨물고 어떻게든 문손잡이를 돌리려 했다. 경련이 일 정도로 손에 힘을 주었지만 곧 맥없이 아래로 떨어지고 말았다. 나는 뒤로 돌아서서 그의 두 눈을 똑바로 쳐다봤다.

그는 두 손으로 내 볼을 감쌌다. 그의 엄지손가락이 내 아랫입술을 스쳤다. 둘의 시선이 얽혀들었다. 더 이상은 참을 수 없을 것 같다는 생각이 드는 순간 그가 나를 와락 껴안고 내 입술을 덮쳤다.

키스를 하자 내 몸은 더 이상의 저항을 멈추었다. 그를 더 가까이서 느끼고 싶었다. 나는 들고 있던 손가방을 화장실 타일 바닥

잘생긴 개자식

에 떨어트렸다. 내 두 손이 그의 머리카락 속을 파고들어 그를 내쪽으로 잡아당겼다. 베넷은 나를 벽 쪽으로 물러서게 한 다음 두 손으로 내 몸을 훑고 내려가 나를 살짝 안아 올렸다. 요가 바지 속으로 그의 손이 들어와 내 엉덩이를 움켜쥐었다.

"이런 제길. 지금 뭘 입은 거야?"

그가 내 목덜미에 대고 신음하듯 말했다. 그의 손바닥이 분홍빛 새틴 위에서 미끄러지듯 움직였다. 베넷은 나를 번쩍 안아 올려서 내 다리로 자신의 허리를 감았다. 그리고 더욱 강하게 나를 벽 쪽으로 밀어붙였다. 그의 귓불을 깨물자 그의 입에서 거친 신음이 흘러나왔다.

윗옷의 한쪽을 완전히 내리자 수줍게 드러난 내 가슴이 그의 입 속으로 빨려 들어갔다. 수염이 까슬까슬하게 난 그의 얼굴이 가슴에 닿았다. 나는 머리를 뒤로 젖히는 바람에 벽에 찧었다. 그때 날카로운 소리가 내 흐릿한 의식을 관통해 지났다. 베넷 라이언이 거친 말을 내뱉고 있었다. 내 휴대전화가 울린 것이다. 베넷은 나를 내려놓고 뒤로 몇 걸음 물러섰다. 평상시의 찌푸린 얼굴 표정을 되찾고 있었다. 나는 재빨리 옷매무새를 고치고 떨어진 손가방을 집었다. 얼굴을 찡그리며 휴대전화 화면에 뜬 사진을 봤다.

"줄리아."

나는 숨을 죽이고 대답했다.

"클로에, 너 지금 그 맛있게 생긴 남자랑 화장실에서 하는 거야?"

"곧 갈게. 알았지?"

나는 통화를 끊고 서둘러 전화기를 가방에 넣었다. 고개를 들어 베넷을 보았다. 잠깐의 중단으로 이성적 사고가 다시 가능해진 것 같았다.

"가야 해요."

"이것 봐, 그러니까 나는…."

다시 내 휴대전화가 울리는 통에 베넷은 말을 멈췄다. 나는 휴대전화 화면을 확인하지 않고 전화를 받았다.

"줄리아! 나는 그 빌어먹을 맛나게 생긴 남자랑 화장실에서 하고 있지 않아!"

"클로에?"

조엘의 당황한 목소리가 전화기 너머에서 들려왔다.

"아… 안녕하세요."

'빌어먹을.' 어떻게 이런 일이 있을 수 있지?

"그 맛있게 생겼다는 남자랑… 하지 않는다니 저로서는 정말 다행인데요?"

조엘은 조금 긴장한 듯한 목소리로 애써 웃으며 말했다.

"누구?"

베넷이 으르렁거리듯 말했다. 나는 한 손으로 베넷의 입술을 누르고 최대한 무시무시한 얼굴로 노려보았다.

"저기, 지금은 제가 통화할 수 없어요."

"아, 그래요. 일요일에 갑자기 연락해서 미안해요. 클로에 생각이 자꾸 나서요. 그리고 괜히 문제 삼자는 건 아닌데요, 어제 헤어지고 나서 이메일을 확인했는데 꽃 배달이 완료되었다는 확인 메일이 왔거든요."

"정말요?"

나는 흥미로운 일인 척하며 말했다. 하지만 시선은 베넷과 얽혀 있는 그대로였다.

"수신자 서명이 베넷 라이언으로 되어 있다고 하네요."

9

그 순간 그녀 얼굴에는 몇 가지 감정이 복잡하게 스치고 지나갔다. 당혹감, 분노, 그리고 … 호기심? 전화기 너머에서 들리는 목소리가 남자라는 걸 알게 되자 내 안의 원시인이 다시 깨어났다. 어떤 자식이 전화질이야? 갑자기 클로에가 두 눈을 가늘게 떴다. 내 머릿속 작은 목소리가 긴장해야 한다고 말해주었다.

"알려줘서 정말 고마워요. 네, 네. 그렇게 할게요. 네. 결정되면 전화할게요. 전화 고마워요, 조엘."

조엘? 빌어먹을 조엘 치뇰리.

통화를 마친 클로에는 전화기를 천천히 손가방에 넣었다. 그리고 고개를 숙이고 절레절레 흔들면서 큭큭 소리 내어 웃었다. 장난기 넘치는 미소가 입가에 걸렸다.

"라이언 이사님, 저에게 다른 할 말은 없으신가요?"

클로에는 상냥한 어조로 물었다. 왠지 더 불안해졌다. 나는 빠르게 뇌를 회전시키며 상황을 파악하려 했다. 하지만 도무지 무슨 일인지 알 수가 없었다. '지금 무슨 말을 하는 거지?'

"정말 이상한 일이 일어났어요. 조엘이 메일을 확인했는데 꽃 배달이 완료되었다는 메일이 있다는 거예요. 그리고 거기에 뭐라고 적혀 있는지 알아요?"

클로에가 내게 한 걸음 다가왔다. 나는 본능적으로 뒷걸음질을 쳤다. 이런 상황 전개는 원치 않았다.

"누군가 꽃을 받았다고 서명했다는 거예요."

'이런, 빌어먹을.'

"그 수신자 이름이 베넷 라이언이라고 하네요."

젠장. 어쩌자고 내 이름으로 서명했던 걸까? 뭔가 적절한 대꾸를 생각해봤지만 머릿속은 이미 새하얗게 변해 있었다. 내 침묵은 그녀가 원하는 모든 것을 말해주고 있었다.

"정말 구제 불능이군요. 꽃을 받고 서명까지 하고서는 거짓말을 해요?"

클로에는 내 가슴을 거칠게 쳤다. 내 급소를 보호해야 하는 게 아닌가 하는 생각이 갑자기 들었다.

"대체 왜 그랬어요?"

등에 벽이 닿았다. 뭔가 탈출구를 찾아야만 했다.

"내가… 뭘 어쨌다고?"

나는 더듬거리며 말했다. 누군가 내 심장을 할퀴어 밖으로 끄집어내려는 것 같았다.

"나 지금 진지하게 말하는 거예요. 도대체 왜 그랬어요?"

뭔가 답해야 한다. 그것도 빨리. 연신 머리를 쓸어 넘기며 생각을 정리했다. 이럴 때는 그냥 실토하고 인정하는 편이 나을 것 같았다.

"나도 왜 그랬는지 모르겠어."

나는 소리를 빽 질렀다.

"나는 그냥… 젠장!"

클로에는 전화기를 꺼내 누군가에게 문자메시지를 보냈다.

"지금 뭐 하는 거야?"

내가 물었다.

"당신이 신경 쓸 일은 아니에요. 친구에게 먼저 가라고 했어요. 당신이 진실을 말하기 전까지 여기서 나가지 않을 거예요."

클로에는 매서운 눈으로 나를 노려봤다. 넘쳐 오르는 그녀의 분노를 느낄 수 있었다. 에밀리에게 무슨 일이 있다고 말해야 하나 잠시 생각했다. 내가 클로에를 따라가는 걸 보았으니 지금쯤이면 대충 무슨 일이 벌어지는지 알고 있을 것 같았다.

"자, 어떻게 된 일이죠?"

클로에의 시선을 받으며 나는 깊은 한숨을 토해 냈다. 제정신이 아니었다고밖에는 그때 내 행동을 설명할 길이 없을 것 같았다.

"좋아, 그래, 내가 꽃을 받았고 서명도 했어."

클로에는 가슴을 크게 들썩이고 손가락 관절이 하얗게 될 정도로 두 주먹을 불끈 쥐었다.

"그러고요?"

"그러고… 버렸어."

나는 어깨를 펴고 클로에를 마주 보았다. 그녀의 분노가 생생하게 느껴졌다. 내가 잘못했다. 불공평한 일이었다. 클로에에게 아무것도 약속하지 않은 채 그녀를 행복하게 해줄지도 모를 누구와 만나는 일을 방해한 것이다.

"정말 믿을 수가 없네요."

클로에는 앙다문 잇새로 말을 내뱉었다. 당장 내게 달려들어 주먹으로 내리치고 싶은 걸 간신히 참고 있다는 걸 알 수 있었다.

"왜 그런 짓을 했는지 설명해봐요."

드디어 내가 답할 수 없는 이야기가 나왔다.

"그건…."

나는 고개를 뒤로 젖혔다. 이런 상황을 초래한 나 자신이 미웠다.

"그건 당신이 조엘과 사귀는 걸 원치 않기 때문이었어."

"정말 어처구니없는 남성 우월주의자군요. 도대체 자기가 뭐라고 생각하는 거예요? 우리가 섹스를 했다고 해서 당신이 내 인생에 대해 이러쿵저러쿵 할 수 있는 건 아니잖아요. 우리는 사귀는 사이도 아니고 연인도 아니에요. 빌어먹게도 서로 싫어하는 사이죠!"

클로에가 소리쳤다.

"내가 그걸 모른다고 생각하나? 말이 안 되는 일이란 건 나도 알아. 하지만 그 꽃은… 빌어먹을 장미였다고!"

클로에는 나를 어디론가 끌고 가서 죽여버리고 싶다는 표정을 하고 있었다.

"무슨 약이라도 먹었어요? 그 꽃이 장미인 게 지금 이 일하고 무슨 상관이죠?"

"당신은 장미를 싫어하잖아!"

내가 소리 지르듯 말하자 클로에의 안색이 달라졌다. 나는 주절주절 떠들기 시작했다.

"그 꽃을 보자마자 그냥 그렇게 했어. 차분하게 생각하고 그럴 수가 없었어. 그 자식이 당신에게 손을 댄다고 생각만 해도…."

나는 두 주먹을 불끈 쥐고 목소리를 흐렸다. 어떻게든 침착하려고 애써보았다. 하지만 약한 내 모습과 감정이 과해진 나 자신에게 자꾸만 화가 났다. 그리고 설명할 수 없는 강한 영향력을 내게 발휘하며 앞에 서 있는 여자에게도 화가 났다.

"좋아요."

클로에가 숨을 고르며 말했다.

"당신이 한 행동을 납득하지는 못하겠지만 이해되는 점이 있네요."

나는 놀란 눈으로 클로에를 보았다.

"나도 당신과 비슷한 소유욕 같은 걸 느꼈으니까요."

잘생긴 개자식

클로에는 내키지 않는 어투로 말했다. 방금 내가 제대로 들은 게 맞는지 의심스러웠다. 지금 이런 감정을 클로에 자신도 느꼈다고 솔직히 인정하는 건가?

"하지만 그렇다고 해도 내게 거짓말한 일이 없어지는 건 아니에요. 당신은 내 면전에 대고 거짓말을 했어요. 오만하고 재수 없는 남자라고 생각했지만 그래도 늘 솔직하게 대해주는 정직한 사람이라는 믿음은 있었는데 말이죠."

나는 움찔했다. 그녀의 말이 맞았다.

"미안해."

내 사과의 말이 허공을 맴돌았다. 말을 내뱉은 나나 그 말을 들은 클로에나 모두 화들짝 놀랄 일이었다.

"얼마나 미안한지 증명해봐요."

침착하기 그지없는 얼굴로 클로에가 말했다. 무슨 생각을 하는지 전혀 알 수 없는 표정을 하고 있었다. 무슨 뜻으로 하는 말이지? 그러다가 문득 깨달음이 왔다. 증명하라는 건 행동을 의미한다. 우리는 말로 통하는 사이가 아니다. 말을 섞어봐야 늘 문제만 생겼다. 하지만 다른 방식으로는 통했다. 그게 우리 사이의 핵심이다. 내가 저지른 일에 대해 만회할 기회를 준다면 기꺼이 받아들이겠다.

그 순간 클로에가 미웠다. 그녀의 말이 맞고 내가 틀렸다는 점이 싫었다. 공을 내게로 돌리고 내가 선택하게 만드는 것도 미웠다. 무엇보다 밉고 싫은 건 내가 그녀를 간절히 원하고 있다는 사실이다.

나는 둘 사이의 거리를 좁힌 뒤 한 손으로 그녀의 뒷목을 잡았다. 그녀를 강하게 끌어안고 눈을 바라보면서 입술을 그녀 입술에 가져다 댔다. 말하지 않았지만 우리는 서로에게 도전하고 있었다. 둘 다 물러서거나 굽히지 않을 것이다. 그리고 지금 뭐라고 설명할 수 없는 이 일이 우리의 통제를 벗어나고 있다는 사실도 인정하지 않을 것이다. 아니 어쩌면 둘 모두 맥없이 두 손 들고 항복한 것인지도 모른다.

두 입술이 부딪치는 순간 내 온몸을 빠르게 관통하는 익숙한 떨림이 감지되었다. 그녀의 머리털을 쥐고 고개를 뒤로 젖히게 했다. 그녀의 모든 것을 차지하기 위해 그녀를 압박해 들어갔다. 이건 클로에가 원해서 하는 일이지만 전적으로 내 통제 아래 진행할 것이다. 그녀 몸의 모든 굴곡이 내 몸에 딱 맞아떨어지는 게 느껴졌다. 신음 소리가 절로 흘러나왔다. 이 터무니없는 욕정과 욕구를 한껏 만족시키고 나면 제어가 가능해질 것이다. 하지만 진실은 그녀를 느끼고 소유할 때마다 그 이전보다 더 크고 강렬한 욕구가 생겨나고 더 격렬한 감각이 일어난다는 것이다. 매번 기억한 것보다 늘 더 좋았다.

무릎을 꿇고 앉아 그녀의 엉덩이를 움켜쥐어 끌어당겼다. 내 입술은 그녀의 바지 허리춤을 따라 움직였다. 바지에 넣은 셔츠 자락을 잡아 빼고 드러난 살갗에 키스했다. 나의 탐험이 깊어짐에 따라 그녀의 몸이 긴장되는 걸 느낄 수 있었다. 고개를 들어 그녀를 쳐다보면서 손가락을 그녀의 허리춤에 찔러 넣었다. 클로에는 눈을 감고 아랫입술을 질끈 깨물었다. 앞으로 펼쳐질 사태를 예견한 나의 물건이 단단해졌다.

클로에의 바지를 허벅지까지 끌어 내렸다. 닭살이 돋은 그녀의 피부를 손끝으로 스치듯 어루만졌다. 내 손길은 그녀의 다리로 이어졌다. 클로에가 내 머리를 거칠게 잡아당겼다. 나는 다시 고개를 들어 클로에를 보면서 거친 숨을 토해 냈다. 그녀의 섬세한 새틴 속옷 가장자리를 훑다가 엉덩이에 걸쳐 있는 가느다란 끈에서 손길을 멈추었다.

"너무 예뻐서 망치기 좀 아깝군."

두 손으로 팬티 끈을 말아 쥐었다.

"좀 아까워."

살짝 잡아당기는 것만으로도 쉽게 찢어진 분홍 천 조각을 주머니에 구겨 넣었다. 다급한 갈망에 사로잡힌 나는 재빨리 그녀의 다리 하나를 바지에서 빼서 내 어깨 위에 올리고 허벅지 안쪽의 부드러운 살에 키스했다.

"맙소사."

그녀가 거친 탄성을 내지르며 두 손으로 내 머리를 잡았다.

"오, 제발."

그녀의 클리토리스를 입으로 비벼대다가 천천히 혀로 핥았다. 그녀의 손아귀에 힘이 들어가고 엉덩이가 움직이며 내 입에 닿았다. 알아들을 수 없는 말들이 그녀의 입술에서 흘러나왔다. 허스키한 그 속삭임은 그녀가 온몸을 쾌락의 파도 속에 맡겼음을 알려주었다. 나처럼 클로에 역시 어쩔 수 없는 욕구에 무너졌다는 사실을 알 수 있었다. 클로에는 나에게 잔뜩 화가 나 있었다. 그래서 다리로 내 목을 졸라 죽여 버리고 싶다는 생각을 할지도 모른다. 하지만 클로에는 단순한 섹스 이상의 행위를 해줄 수 있는 기회를 나에게 주었다. 나는 무릎을 꿇고 있지만 그녀 역시 무방비 상태로 내게 온몸을 맡겼다.

따뜻하고 축축한 그녀는 달콤한 맛이 났다. 아름다운 겉모습에 지지 않을 정도로 그녀의 깊은 곳은 달콤했다. 나는 몸을 살짝 뒤로 떼어 클로에의 얼굴을 흘깃 살피면서 속삭였다.

"당신을 탈진시켜버리겠어."

그녀의 엉덩이에 키스하면서 웅얼거리듯 말했다.

"당신을 눕힐 수 있다면 더 좋겠어. 회의실 탁자 같은 곳 말이지."

클로에가 내 머리털을 잡아당겼다. 미소 띤 얼굴로 나를 다시 바짝 당겨 안은 그녀가 말했다.

"지금도 충분히 좋아요. 멈추지 말아요."

하마터면 나도 멈출 수 없다고 큰 소리로 말할 뻔했다. 그런 말을 할 생각을 했던 내가 혐오스럽기까지 했다. 하지만 곧 그녀의 살에 취해 모든 생각을 지워버렸다. 나는 클로에의 입에서 흘러나오는 애원 섞인 신음과 탄성을 모두 기억하고 싶었다. 그녀를 그렇게 만든 게 나라는 사실이 좋았다. 그녀의 살갗에 대고 신음을 내뱉었다. 클로에는 몸을 뒤틀며 내게 바짝 다가오면서 교성을 질렀다. 두 손가락을 그녀의 깊은 곳으로 질러 넣으며, 다른 손으로 그녀의 엉덩이를 움켜쥐고 내 리듬에 맞추게 했다. 클로에는 천천히 엉덩이를 돌리면서 내게 다가왔다. 리듬이 점차 빨라졌다. 그녀의 온몸이 팽팽해졌다. 다리와 복부 근육이 긴장하며 팽팽해졌고, 내 머리를 부여잡은 손길이 절박해졌다.

"거의 다 왔어요."

거친 숨을 몰아쉬는 그녀의 움직임이 불안정해졌다. 다리에 힘이 풀린 듯 비틀거리기까지 했다. 나도 더 이상 참기 힘들었다. 그녀를 깨물고 빨아들이고 싶었다. 그녀 안에 내 손가락을 묻고 그녀를 완전히 무장해제시키고 싶다. 내가 지나치게 거칠게 대하는 건 아닌지 걱정되었지만 그녀가 숨을 할딱이며 단단히 조여오는 게 느껴졌다. 손목을 비틀어 좀 더 안으로 들어가자 클로에는 교성을 질렀다. 다리로 전해지는 미세한 떨림은 그녀가 절정의 순간에서 쾌락으로 신음하고 있음을 알려주었다.

클로에의 엉덩이를 쓰다듬으면서 어깨에 올린 다리를 천천히 내려놓았다. 그 순간에도 그녀의 발을 예의 주시했다. 나를 걷어찰 수도 있는 일이다. 나는 손가락으로 내 입술을 쓰다듬으면서 그녀의 눈에 초점이 돌아오는 걸 지켜보았다.

클로에는 나를 밀쳐 내고 재빨리 옷매무새를 가다듬었다. 그리고 무릎을 꿇고 앉아 있는 나를 내려다봤다. 갑자기 현실감이 되살아났다. 문 건너편에서 식사하러 온 사람들이 만들어 내는 다양한 소리와 우리 두 사람의 묵직한 숨소리가 뒤엉켰다.

"당신을 용서한 건 아니에요."

클로에는 손을 뻗어 바닥에 떨어진 손가방을 주워 들더니 화장실 문을 열고 그대로 나가버렸다. 나는 천천히 일어나서 그녀의 등 뒤에서 닫히는 문을 바라보았다. 이게 어떻게 된 일인지 생각을 정리하려 애썼다. 화를 내야 하는 상황이었다. 그냥 화를 내는 정도가 아니라 격노해야 했다. 하지만 내 입가에는 작은 미소가 걸렸다. 이 어처구니없는 상황의 부조리함에 웃음이 터질 것만 같았다.

또다시 그녀에게 당했다. 내가 시작한 게임이었지만 그녀가 이겼다.

***

그날 이후 지옥 같은 밤을 보냈다. 자지도 못하고 먹지도 못했다. 어제 레스토랑에서 나온 뒤로 수그러들 줄 모르는 내 물건을 달래느라 진땀을 빼야 했다. 출근길에 나서면서 골치 아프게 되었다고 생각했다. 클로에는 내가 거짓말했다는 이유로 벌주고 고문하기 위한 모든 조치를 취할 것이다. 그런데 더 미치겠는 것은… 그런 상황을 고대하고 있다는 것이다. 나는 정말 제정신이 아니다.

사무실에 도착했는데 놀랍게도 클로에의 책상이 비어 있었다. 이상하다. 그녀는 지각하는 법이 거의 없는 사람이다. 걸음을 재촉해 내 사무실로 들어온 나는 하루 업무를 시작할 채비를 했다. 그로부터 십오분 뒤 전화 통화를 하던 나는 밖에 있는 문이 크게 소리 내며 닫히는 소리를 들었다. 역시 클로에는 실망시키지 않는 여자다. 서랍을 요란하게 열고 파일을 책상에 내려놓는 소리가 오늘 하루도 재미있으리라는 것을 말해주고 있었다.

열 시 십오 분에 인터폰이 울렸다.

"라이언 이사님."

클로에의 차가운 목소리가 방 안 가득 메아리쳤다. 응답 버튼을 누르자 짜증스러움을 감추지 못한 목소리가 들려왔다. 나도 모르게 실실 웃음이 나왔다.

"무슨 일이죠, 밀스 양?"

싱긋 웃음이 담긴 목소리로 대꾸했다.

"이사님께서는 저와 함께 십오 분 안에 회의실로 가셔야 합니다. 그리고 켈리 인더스트리의 회장님과 열두 시 삼십 분 점심 약속을 지키기 위해서는 열두 시 정각에 출발하셔야 합니다. 스튜어트가 주차장에서 대기하고 있을 겁니다."

"그 미팅에는 동석하지 않나요?"

나와 단둘이 있는 걸 피하려는 게 아닌가 하는 의심이 들었다. 그게 사실이라면 어떻게 받아들여야 할지 모르겠다.

"네. 저는 관리만 해드립니다."

종이를 뒤적이는 소리가 잠시 들리고 나서 클로에의 목소리가 이어졌다.

"그리고 저는 오늘 샌디에이고 출장을 위한 예약을 해야 합니다."

"곧 나가겠습니다."

나는 응답 버튼을 눌러 통화를 끝내고 넥타이와 재킷 매무새를 고쳤다. 사무실을 나선 나는 즉시 클로에를 찾았다. 클로에가 나를 괴롭히기로 작정했으리라는 내 예상은 적중했다. 클로에는 파란색 실크 드레스를 입고 책상 너머로 몸을 구부려서 길고 가느다란 다리를 보란 듯이 자랑하고 있었다. 머리를 얌전하게 말아 올린 그녀가 몸을 돌려 나를 보았다. 안경을 쓰고 있었다. 저 여자 옆에 앉아서 논리 정연하게 말을 할 수 있을까?

"준비되셨나요, 라이언 이사님?"

클로에는 내 대답을 기다리지 않고 물건을 챙겨서 복도로 나갔다. 오늘따라 엉덩이를 더 크게 흔들며 걸어가는 것 같았다. 저 건방진 여자가 여우 짓으로 나를 괴롭히고 있었다.

사람이 가득한 엘리베이터 안에서 우리는 의도하지 않은 접촉을 해야 했다. 나는 터져 나오는 신음 소리를 억눌러야 했다. 거의 발기하기 직전에 놓인 내 물건이 클로에 손에 '우연히' 스치고 난 뒤 그녀가 싱긋 웃는 것처럼 보인 것은 내 상상의 결과물이 분명하다. 그 우연한 스침이 두 번이나 있었다.

그리고 두 시간 동안 나는 내가 만든 지옥에서 허우적거렸다. 클로에는 나와 눈이 마주칠 때마다 내 다리에 힘이 풀리게 만들었다. 음흉한 시선이 그랬고 아랫입술을 혀로 핥는 행동이 그랬다. 다리를 꼬았다 풀었다 하기를 반복하고 무심한 얼굴로 머리카락을 손가락에 걸어 빙글빙글 돌렸다. 한 번은 펜을 탁자 아래에 떨어뜨리기도 했다. 클로에는 무심히 내 허벅지에 한 손을 대고 몸을 숙여 펜을 주웠다.

곧바로 이어진 점심 식사 미팅에서는 클로에의 고문에서 벗어났다는 안도감을 느꼈다. 하지만 동시에 그 고문 상태로 돌아가고 싶다는 절박한 갈망을 느끼기도 했다. 나는 적절한 타이밍에 고개를 끄덕이며 이야기하고 있었지만 사실 몸뚱이만 그곳에 있을 뿐 내 마음은 다른 곳에 가 있었다. 물론 아버지는 내가 필요 이상으로 퉁명스럽게 굴고 조용하다는 사실을 모두 눈치채고 계셨다. 사무실로 돌아오는 차 안에서 아버지가 말문을 열었다.

"앞으로 삼 일 동안 너와 클로에는 샌디에이고에서 함께 지내야 한다. 사무실 문이라는 완충지대 없이 함께 다녀야 해. 두 사람 사이를 중재할 게 아무것도 없다는 의미지. 클로에를 존중해주기 바란다."

내가 냉큼 반박하려 들자 아버지는 두 손을 들어 나를 제어하고 말했다.

"그리고 네 입장을 옹호하기 전에 미리 말해두겠는데, 이 점에 대해서는 클로에와 이미 말을 나눴다."

나는 눈을 부릅뜨고 아버지를 쏘아보았다. 내 업무 태도와 관련한 이야기를 클로에와 나누셨단 말인가?

"물론 이게 너만의 문제가 아니라는 걸 안다."

아버지는 텅 빈 엘리베이터를 향해 앞장서 걸으면서 말했다.

"클로에도 최선을 다하겠다고 말했다. 애초에 이 인턴십 프로그램에 너를 멘토로 지정한 이유가 뭐라고 생각하니? 클로에라면 너를 잘 견뎌낼 수 있으리라고 생각했기 때문이야."

헨리 형은 아무 말 없이 내 옆에 서서 히죽거리며 웃고 있었다.

'재수 없는 형 같으니라고.'

나는 살짝 얼굴을 찡그렸다. 문득 클로에가 나를 변호해서 말했다는 사실이 떠올랐다. 내가 폭군처럼 굴었다고 말할 수도 있었는데 자신에게도 책임이 있다고 받아들였다는 것이다.

"아버지, 클로에와 제가 평범한 관계를 맺고 있지 않은 것은 인정합니다."

나는 이 말의 이면에 어떤 뜻이 있는지 아무도 알아차리지 못하기를 바라면서 말을 이었다.

"하지만 그것이 업무 수행 능력에는 아무런 지장을 주지 않을 거라는 점은 분명히 말씀드릴 수 있습니다. 걱정하지 않으셔도 됩니다."

"다행이구나."

사무실에 도착해서 안으로 걸어 들어가자 클로에가 통화하는 모습이 눈에 들어왔다. 무슨 말을 하는지는 잘 들리지 않았다.

"이만 끊어요, 아빠. 제가 좀 알아보고 알려드릴게요. 잠을 좀 주무셔야 하잖아요. 그렇죠?"

부드러운 말투였다. 전화기를 귀에 대고 있던 그녀가 잠시 말을 멈추고 크게 웃었다. 하지만 다시 말없이 가만히 있었다. 나나 옆에 서 있는 두 남자 모두 감히 뭐라 말을 꺼낼 수 없었다.

"저도 사랑해요, 아빠."

떨리는 목소리로 전해지는 그녀의 마지막 말에 복부 근육이 긴장하

면서 단단하게 죄어오는 게 느껴졌다. 의자를 뒤로 돌려 앉은 클로에
는 우리가 서 있는 모습을 발견하고 화들짝 놀랐다. 하지만 곧 책상에
놓인 서류를 정리하기 시작했다.

"미팅은 어떠셨어요?"

"언제나처럼 원활하고 순조로웠지."

아버지가 대꾸했다.

"자네와 세라가 모든 일을 잘 처리해주니까 말이야. 자네 둘이 없
었다면 내 아들 둘이 어쩌고 있었을지 상상도 못하겠어."

클로에가 한쪽 눈썹을 살짝 치켜세우는 게 보였다. 내 쪽을 바라보고
고소하다는 표정을 짓고 싶어 안달 났음을 알 수 있었다. 하지만 클로
에는 곧 어리둥절한 표정을 지었다. 내가 입을 크게 옆으로 찢으면서
히죽거렸기 때문인 것 같았다. 그녀 특유의 건방진 태도를 보고 싶다
는 생각을 하면서 히죽거렸던 것이다. 나는 서둘러 표정을 바꿨다. 최
대한 인상을 찡그리고 사무실로 걸어갔다. 사무실 문을 닫는데 우리가
돌아와서 통화하는 걸 들은 뒤로 그녀가 웃는 모습을 한 번도 보지 못
했다는 사실이 문득 떠올랐다.

10

이제 내 머리는 가망이 없는 것 같다. 라이언이 퇴근하기 전에 보여줄 것이 몇 가지 있었고, 서명을 받아야 하는 법률 서류도 몇 가지가 있었다. 하지만 나는 젖은 모래를 헤치고 걷는 사람처럼 돌아다녔다. 아버지와의 전화 통화가 머릿속에서 맴돌았다. 라이언 이사의 사무실로 걸어가면서 내 팔에 낀 서류를 내려다보다가 오늘 얼마나 많은 일을 처리해야 하는지를 깨달았다. 비행기 표를 예매하고 내 우편물을 대신 받아줄 사람을 찾아서 부탁해야 한다. 내가 자리를 비우는 동안 임시로 일할 사람을 찾아야 할지도 모른다. 나는 얼마 동안이나 자리를 비우게 될까?

라이언 이사가 뭔가 이야기하고 있다는 것을 그제야 깨달았다. 그가 내 쪽을 바라보고 큰 소리로 말하고 있었다. 뭐라고 하는 걸

잘생긴 개자식

까? 그가 불쑥 내 앞으로 다가왔다. 나는 눈의 초점을 되찾고 그의 말끝을 간신히 알아들었다.

"… 다른 생각을 하느라 정신이 없군. 밀스 양, 어디 종이에 적어주기라도 할까요?"

"오늘은 좀 그만하면 안 될까요?"

나는 지친 목소리로 말했다.

"도대체… 지금 무슨 이야기죠?"

"재수 없는 상사의 판에 박힌 일상이요."

베넷 라이언은 두 눈을 크게 뜨고 미간을 찡그렸다.

"지금 뭐라고 했습니까?"

"내게 못되게 구는 걸 진짜로 즐긴다는 걸 잘 알고 있어요. 솔직히 그러는 게 정말 섹시할 때도 있고요. 하지만 오늘 저는 소름 끼치게 끔찍하고 힘들어요. 오늘 하루는 제게 아무 말도 안 해주시면 정말 고맙겠어요."

나는 금방이라도 울 것 같은 얼굴이 되었다. 가슴이 고통스럽게 죄어왔다.

"제발요."

베넷 라이언은 나의 느닷없는 발언에 놀랐는지 눈을 껌뻑거리며 쳐다보았다. 그리고 잠시 후 다급하게 말했다.

"무슨 일이 있나요?"

나는 침을 꿀꺽 삼켰다. 이렇게 성질부릴 일이 아니었다. 이 남자랑 있을 때는 빈틈을 보이면 안 된다.

"소리를 치시니까 제가 과민반응을 했어요. 죄송합니다."

베넷은 자리에서 일어나 나에게 걸어왔다. 하지만 마지막 순간에 그는 책상 모퉁이에 걸터앉아 크리스털 서진(書鎭)을 어색하게 만지작거렸다.

"아니, 내 말은… 무슨 일로 그렇게 소름 끼치게 끔찍하고 힘든 거지? 무슨 일이 있나?"

섹스를 하지 않고도 이렇게 부드럽고 나직한 음성을 듣게 될지 몰랐다. 그 전의 나직하고 부드러운 음성은 은밀한 행위를 은밀하게 하기 위해서였다. 하지만 이번에 나지막이 말하는 건 진심으로 나를 걱정해서인 것 같았다.

마음 한편에서 그와 이런 이야기를 하고 싶지 않다는 생각이 들었다. 그가 놀리고 조롱할지도 모를 일이다. 하지만 그러지 않으리라는 생각이 더 커지고 있었다.

"아버지가 병원에서 이런저런 검사를 받으셔야 한대요. 요즘 식사를 잘 못하셨어요."

라이언의 안색이 어두워졌다.

"식사를? 궤양이 있으신가?"

나는 아버지에게 들은 내용을 담담히 털어놓았다. 증상이 갑자기 나타나서 정밀 검사를 했더니 식도에 조그만 혹이 있더라는 내용이었다.

잘생긴 개자식

"집에 가야 하지 않아?"

나는 베넷을 물끄러미 바라보았다.

"모르겠어요. 가도 되나요?"

베넷은 당혹스러운 표정을 하고 눈을 깜빡거렸다.

"내가 그렇게 못되고 멍청한 상사라고 생각해?"

"가끔은 그래요."

아무 생각 없이 대꾸했지만 곧 후회했다. 사실은 아니다. 편찮은 아버지를 찾아뵙지 못하게 할 정도로 못되고 고약하게 군 적은 한 번도 없었다.

베넷은 고개를 끄덕이며 마른침을 삼켰다. 그리고 창밖으로 시선을 돌렸다.

"필요하면 언제든지 시간을 내도록 해요."

"고맙습니다."

나는 바닥을 내려다보면서 베넷이 오늘의 업무 목록을 계속 읊어주기를 기다렸다. 하지만 침묵이 사무실 공간을 집어삼켰다. 흘깃 눈을 들어 보니 어느새 베넷이 나를 보고 있었다.

"괜찮아?"

너무나 나지막한 음성으로 말하는 바람에 내가 제대로 들은 건지 의심이 들 지경이었다.

나는 적당히 둘러대면서 이 어색하고 또 어색한 대화를 마무리 지어야 한다고 생각했다. 하지만 나도 모르게 "사실은 안 괜찮아요"라고 말하고 말았다.

베넷이 자신의 머리채를 부여잡았다.

"사무실 문을 좀 닫아줘요."

그가 말했다. 나는 고개를 끄덕이고 묘한 실망감에 사로잡힌 채 조용히 자리에서 물러났다.

"서명을 받아야 하는 법률 서류를 가지고 오겠습니다…."

"문을 닫으라고 했지 나가라고는 안 했어요."

'아.'

나는 더 이상 말하지 않고 두툼한 카펫을 가로질러 걸어갔다. 사무실 문이 묵직한 소리를 내며 닫혔다.

"문을 잠가요."

나는 문손잡이를 돌렸다. 베넷이 내게 가까이 다가오는 기척이 느껴졌다. 어느새 그의 따스한 숨결이 내 목덜미에 닿았다.

"내 손길을 허락해줘. 당신을 위해 뭔가 하고 싶어."

그는 알고 있었다. 자신이 내게 무엇을 줄 수 있는지. 온몸을 휩싸는 고통스러움에 맞서기 위해 안도감이 필요했다. 머리를 식히고 싶었다. 나는 아무런 대답도 하지 않았다. 굳이 말하지 않아도 된다는 걸 알고 있었다. 문을 닫아건 걸로 모든 걸 말했다.

그때 그의 입술이 내 어깨에 닿았다. 부드럽게 압박하며 피부에 닿은 입술이 천천히 목덜미로 올라왔다.

"당신한테서… 근사한 냄새가 나."

목 뒤에서 묶은 드레스 끈을 풀면서 그가 말했다.

"당신이 가고 나도 몇 시간 동안 당신 냄새를 맡을 수 있어."

그게 좋다는 건지 나쁘다는 건지 모르겠다. 하지만 상관없다는 생각이 들었다. 내가 가고 나서도 그가 나의 냄새를 맡고 있다는 게 마음에 들었다.

베넷은 손을 아래로 미끄러트려 내 엉덩이를 잡았다. 그러고 나를 돌려세워 자신을 바라보게 하고 허리를 굽혀 키스했다. 능숙하고 매끄럽게 진도를 빼고 있었다. 이번에는 뭔가 달랐다. 그의 입술이 부드러웠다. 마치 뭔가를 묻고 있는 것 같았다. 한 번도 머뭇거리며 키스한 적이 없는 그다. 베넷 라이언은 무슨 일이든 머뭇거리는 법이 없는 사람이다. 하지만 이 키스는 전투라기보다는 흠모하는 연인의 것처럼 느껴졌다.

내 드레스를 어깨에서 밀어내 발치까지 떨어트린 베넷은 한 걸음 뒤로 물러났다. 사무실의 차가운 공기가 내 피부에 전해진 그의 열기를 식혀주었다.

"당신은 아름다워."

처음 듣는 이 말을 뇌가 제대로 처리하기도 전에 베넷은 장난기 어린 얼굴로 싱긋 웃으며 몸을 숙여 키스했다. 그리고 내 팬티를 움켜쥐고 비틀어서 찢어버렸다.

이거다.

나는 베넷의 바지를 잡으려 했다. 하지만 베넷은 뒤로 물러서며 고개를 절레절레 저었다. 그는 한 손을 내 다리 사이로 집어넣어 부드럽고 축축한 음부를 찾았다. 내 뺨에 닿는 그의 숨결이 점차 거칠고 빨라졌지만 손가락은 신중하고 세심하게 움직였다. 음란한 어조로 그는 내가 아름답다고 말했다. 나보고 음란한 여자라고도 말했다. 남자를 안달나게 만든다고도 했다. 그리고 나 때문에 자신이 얼마나 기분이 좋아지는지도 말해주었다. 내가 절정에 이를 때 내는 교성을 얼마나 간절히 듣고 싶은지도 말해주었다.

절정의 순간에 이르러 그의 양복 어깨를 움켜쥐고 가쁜 숨을 몰아쉬는 내 머릿속은 오로지 그를 만지고 싶다는 것뿐이었다. 나와 마찬가지로 그 역시 내 안에서 정신을 잃고 신음하는 걸 보고 싶었다. 그런 생각을 하는 나 자신이 놀라웠다.

베넷은 손가락을 거두면서 예민해진 내 클리토리스를 어루만졌다. 나도 모르게 온몸에 전율이 일었다.

"미안, 미안해."

베넷은 내 턱과 입가에 키스했다. 그리고….

"하지 마요."

나는 입술을 옆으로 돌려 그를 피했다. 오늘 하루 일어난 일로도 이미 벅차고 복잡한데 친근하고 다정한 베넷이 나를 당황스럽게 했다. 도무지 감당할 수가 없었다.

베넷은 이마를 마주 댄 채 가만히 있다가 고개를 끄덕였다. 순간 머리를 한 대 얻어맞은 것 같았다. 나는 우리 관계에서 주도권을 쥐고 행사하는 게 베넷이라고 생각했다. 하지만 이 순간 내가 원한다면 그에 못지않은 주도권을 행사하고 영향력을 발휘할 수 있다는 걸 깨달았다. 내가 용기를 내서 이 상황을 받아들이기만 하면 가능한 일이었다.

"이번 주말에 고향에 갈 거예요. 얼마나 있을지는 모르겠어요."

"원하는 만큼 있다가 돌아와요, 밀스 양."

11

목요일 아침이 밝았다. 오늘은 뭔가 이야기를 나눠야 한다. 금요일
에는 내가 하루 종일 사무실을 비울 예정이다. 그러니 클로에가 고향
으로 가기 전에 함께할 수 있는 시간은 오늘뿐이다. 아침에는 지도교
수를 만나러 가서 회사에 나오지 않을 것이다. 점점 불안해졌다. 모든
것이 불안하고 걱정된다. 그 전날 내 사무실에서 있었던 우리의 상호
작용을 통해 그녀가 조금씩 나를 장악하고 있다는 사실이 여실히 드
러났다. 이제 나는 하루 종일 그녀와 함께 있고 싶다. 발가벗고 거칠게
몸으로 대화 나누기만을 원하는 게 아니었다. 그저 그녀 곁에 있고 싶
었다. 하지만 보호 본능이 이런 나의 바람을 막아서며 나를 괴롭혔다.

그녀가 뭐라고 했지? '이걸 원하는 내가 싫어요. 나한테 좋을 게 없
거든요'라고 했다. 미나에게 우리 사이를 들켰을 때에야 비로소 나는

클로에가 무슨 뜻으로 그 말을 했는지 이해했다. 그녀를 원하는 나 자신이 혐오스럽고 싫은 건 살면서 처음으로 누군가를 머릿속에서 떨쳐버리지 못하기 때문이었다. 일에 집중할 수 없었다. 그래도 우리 가족을 포함해서 그 누구도 내가 클로에에게 매료되었다고 비난할 수는 없을 것이다. 하지만 클로에는 상사와 잠자리를 해서 경력을 쌓아 올렸다는 오명을 평생 짊어질 수도 있다. 그녀처럼 명석하고 성취동기가 높은 사람이라면 나와 이런 관계를 맺는 것이 성가시고 아픈 눈에 박힌 가시 같은 일이 될 것이다.

우리 사이에 거리를 두어야 한다는 그녀 말이 옳았다. 우리가 함께 있을 때 서로에게 끌리는 건 절대적으로 해롭다. 이 관계는 전혀 유익하지 않다. 서로 떨어져 있는 이번 기회를 이용해 다시 중심을 잡아야 한다. 점심을 마치고 사무실로 들어서는데 놀랍게도 클로에가 컴퓨터 앞에 앉아 바쁘게 일하고 있었다.

"이렇게 일찍 나올 줄은 몰랐는데."

나는 감정이 실리지 않도록 조심하면서 말했다.

"네, 샌디에이고 출장 일정을 최종적으로 조정해야 해서요. 그리고 제가 없는 동안 일처리 문제로 의논할 것도 있고요."

클로에는 컴퓨터 모니터에서 눈을 떼지 않은 채 말했다.

"그러면 내 사무실로 좀 들어오겠어요?"

"아니요."

클로에는 재빨리 대답했다.

"여기서도 얼마든지 일처리를 할 수 있을 것 같습니다."

어느새 장난기를 품은 내 얼굴을 흘깃 바라본 클로에는 건너편에 있는 의자를 고갯짓으로 가리켰다.

"라이언 이사님, 좀 앉으시겠어요?"

'아, 홈그라운드의 이점을 누리시겠다!'

나는 클로에의 건너편에 앉았다.

"내일 하루 종일 외근하실 예정이니 제가 출근할 필요는 없을 것 같습니다. 어시스턴트 두는 걸 좋아하지 않는 줄 압니다만, 제가 없는 이 주일 동안 일할 임시 직원을 구해놓았습니다. 이사님께 필요한 것들과 세부 일정도 이미 세라에게 인계해놓았고요. 문제되는 일은 없을 거라고 생각합니다만 혹시 몰라서 세라에게 이사님 일을 지켜봐달라고 부탁했습니다."

클로에는 도전적으로 한쪽 눈썹을 치켜세웠고 나는 눈을 희번덕거리는 것으로 답례했다. 그녀는 아랑곳하지 않고 말을 이었다.

"제 전화번호는 아실 테고, 비상연락망에 있는 아버지 집 전화번호도 아실 테니 필요한 일이 있으면 연락주세요."

클로에는 앞에 놓인 목록을 훑어보았다. 정말 냉정하고 유능해 보였다. 익히 알고 있는 바이지만 새삼스럽게 더 분명히 드러났다. 나와 눈이 마주쳤는데도 클로에는 흔들림 없는 목소리로 말을 이어나갔다.

"제가 몇 시간 먼저 캘리포니아에 도착할 예정이므로 공항에 픽업하러 나가겠습니다."

우리는 잠시 서로를 물끄러미 바라보았다. 클로에도 나와 같은 생각을 하고 있으리란 확신이 들었다. 샌디에이고 출장은 중요한 테스트가 될 것이다.

사무실의 공기 흐름이 점차 느려졌다. 침묵은 그 어느 때보다 더 많은 이야기를 전하고 있었다. 나는 주먹을 꼭 쥐고 클로에의 호흡이 거칠어지는 모습을 바라보았다. 책상을 돌아 그녀에게 다가가 키스하지 않기 위해서 나는 모든 의지력을 발휘해야만 했다.

"여행 잘 하길 바라요, 밀스 양."

내 머릿속의 혼돈을 전혀 드러내 보이지 않는 목소리를 낼 수 있어서 다행이었다. 나는 자리에서 일어나 잠시 머뭇거리다가 한마디 덧붙였다.

"그러면 샌디에이고에서 봅시다."

"네."

나는 고개를 끄덕이고 사무실로 걸어 들어가 문을 닫았다. 그 이후로 클로에를 보지 못했다. 퉁명스러운 작별 인사를 건넨 건 아무래도 잘못한 일 같았다.

***

주말 내내 클로에가 없는 이주일이 어떨지 생각했다. 한편으로는 방해 요소 없이 하루 종일 일에 집중할 수 있을 테니 좋을 듯했다. 하지만 다른 한편으로는 클로에가 없으면 이상한 기분이 들 것 같았다. 근 일

년 동안 그녀는 내 삶의 상수였다. 우리의 차이점에도 불구하고 그녀가 주위에 있으면 안심이 되는 지경에까지 이른 것이다.

세라는 월요일 아홉 시 정각에 내 사무실로 왔다. 밝게 웃으며 다가온 세라 뒤에는 흑갈색 머리가 매력적인 이십 대 여자가 있었다. 켈시라고 본인을 소개한 그녀는 임시 어시스턴트였다. 켈시는 수줍은 듯한 미소를 지으며 나를 쳐다보았고 세라는 안심하라는 의미로 그녀 어깨에 손을 얹었다.

나는 이번 일을 기회로 삼기로 했다. 클로에처럼 옹고집에 못 말리는 고약한 성격의 여자와 일한 결과로 내 악명이 생겨났다는 걸 모든 사람에게 증명해 보일 것이다.

"만나서 반갑습니다, 켈시."

나는 활짝 웃으며 손을 내밀어 악수를 청했다. 켈시는 나를 묘한 시선으로 바라보았다. 멍해 보이기까지 하는 얼굴이었다.

"뵙게 되어 반갑습니다, 이사님."

켈시는 세라 쪽을 흘깃 보았다. 세라는 약간 놀란 듯한 얼굴로 내 손과 나를 번갈아 보더니 켈시에게 말했다.

"좋아요. 클로에가 남겨두고 간 일들은 이미 모두 검토했으니 일을 시작하면 될 것 같네요. 여기가 켈시 자리예요."

세라는 임시직 직원을 클로에의 의자로 안내했다. 그녀의 자리에 다른 사람이 앉아 있다. 묘한 기분이 스멀스멀 피어났다. 더 이상 미소 띤 얼굴을 유지하기가 힘들어지는 것 같았다. 세라에게 고개를 돌려 말

잘생긴 개자식

했다.

"필요한 게 있으면 세라에게 말하라고 할 게요. 저는 사무실에 있겠습니다."

켈시는 점심시간 전에 일을 그만두고 뛰쳐나갔다. 그녀가 휴게실에 있는 전자레인지에 작은 화재를 냈을 때 내가 좀 '퉁명스럽게' 말했기 때문인 모양이다. 내가 마지막으로 본 켈시의 모습은 눈물이 그렁그렁한 얼굴로 내 사무실 문을 열고 뛰쳐나가면서 부당한 근무 환경에 대해 울부짖는 것이었다.

두 번째 임시직은 아이작이라는 청년이었다. 그는 두 시쯤 사무실로 왔다. 대단히 지적으로 보이고 감성적인 여자가 아니어서 기대해도 좋을 것 같았다. 갑작스러운 상황 변화가 오히려 반가웠다. 하지만 섣부른 기대였다.

아이작의 옆을 지날 때마다 온라인에 접속해서 고양이 사진을 보거나 뮤직비디오를 보고 있는 걸 목격했다. 인터넷 접속 창을 최소화해 놓았지만 나는 바보가 아니다. 나는 최대한 예의를 갖춰 내일은 굳이 출근하지 않아도 된다고 통보했다.

세 번째 임시 직원도 별다르지 않았다. 질이라는 여자는 너무 말이 많고 너무 꽉 끼는 옷을 입었다. 펜 뚜껑을 물어뜯는 모습은 덫에 걸린 동물이 빠져나가려고 안간힘을 쓰는 장면을 연상시켰다. 클로에가 깊은 생각에 잠길 때 이 사이에 펜 끝을 물고 있는 것과는 완전히 달랐다. 클로에는 묘하게 섹시했지만 이 여자는 음란물이나 다름없었다. 허용 불가 수준이다. 질은 목요일 오후에 집에 갔다.

그렇게 일주일이 지나갔다. 일주일 동안 다섯 명의 임시 어시스턴트를 겪었다. 내 사무실 밖 복도에서 기세 좋게 웃어대는 헨리 형의 목소리를 재차 들었다. '멍청이 형.' 사람들이 내 불행을 즐기고 있는 모양이다. 심지어 내가 뿌린 대로 거두고 있다고 고소해들 하는 것 같다.

클로에는 세라에게 악몽 같은 임시 직원에 대한 이야기를 전해 들었을 것이다. 그런데도 첫째 주에 클로에는 별일 없느냐는 문자메시지를 몇 번 보냈다. 어느새 나는 클로에의 문자메시지를 기다리게 되었고, 정기적으로 문자메시지를 확인해서 문자 도착 알람을 놓치지 않았는지 살피는 지경에 이르렀다. 인정하고 싶지 않지만 내 차를 팔아서라도 이 잔인한 여자를 돌아오게 하고 싶다는 생각까지 했다.

그녀의 육체에 대한 갈망도 있었지만 둘 사이에서 불꽃 튀던 상황도 그리웠다. 내가 개자식이라는 걸 알면서도 클로에는 참아주었다. 왜 그러는지는 모르지만 그녀는 그렇게 했다. 떨어져 지내는 일주일 동안 그녀의 프로다운 업무 태도에 대한 존경심이 한층 커졌다.

둘째 주에는 클로에에게서 문자메시지가 오지 않았다. 무얼 하면서 지내고 누구와 함께 있는지 궁금해졌다. 조엘과 전화 통화를 하는지도 문득 궁금해졌다. 두 사람이 다시 만나지는 않을 것 같고 꽃 배달 사건과 관련해서는 위태로운 휴전 상태를 유지하고 있었다. 하지만 조엘이 어떻게 된 일이냐면서 전화를 걸었을 수도 있고 그녀가 집에 있을 때 뭔가를 해보려고 시도할 수도 있는 일이다.

집. 그녀는 지금 아버지와 함께 집에 있을까? 아니면 이곳 시카고를 집이라고 생각할까? 아버지 병환이 심각한 상황이라면 클로에는 노스다코타로 돌아가서 아버지와 함께 지내려고 할지도 모른다는 생각이 들었다.

제길.

일요일 밤에 나는 여행 짐을 챙기다가 침대에 던져놓은 서류 가방 옆에서 휴대전화가 울리는 소리를 들었다. 전화기 화면에 클로에의 이름이 떠 있었다. 살짝 설레었다.

'내일 아침 11시 30분에 픽업하러 가겠습니다. 도착 알림 전광판 옆에 있는 터미널 B에서 뵙겠습니다. 도착하시면 문자 주세요.'

나는 잠시 꼼짝 않고 멈춰 서서 내일이면 함께 있을 수 있다는 생각을 했다.

'그러죠. 감사합니다.'

'천만에요. 별일 없으시죠?'

나는 지난 일주일 동안 내가 어떻게 지냈는지를 묻는 그녀의 문자를 보고 몸을 움찔했다. 이건 우리에게 미지의 영역이다. 업무를 같이하는 동안 문자메시지나 이메일을 자주 주고받았지만 단답식의 사무적인 내용이 전부였다. 개인적인 내용은 한 번도 없었다. 혹시 클로에도 나처럼 짜증스러운 일주일을 보내지는 않았을까?

'잘 지냈죠. 그쪽은 어때요? 아버지는 어떠신가요?'

나는 메시지 전송 버튼을 누르고 웃음을 터트렸다. 상황이 점점 묘해지고 있다. 1분이 채 지나기 전에 회신 문자가 왔다.

'아버지는 잘 지내세요. 아버지가 그립지만 집에 돌아갈 생각을 하니 기분은 좋아요.'

집. 클로에가 그 단어를 선택했다는 점에 주목한 나는 침을 꿀꺽 삼켰다. 갑자기 가슴이 조여오는 느낌이 들었다.

'내일 봅시다.'

나는 전화기의 알람 기능을 켜놓고 협탁에 올려놓은 다음 침대 위에 놓은 짐 꾸러미 옆에 앉았다. 앞으로 열두 시간 후면 그녀를 본다. 그것에 대해 내가 어떻게 생각하고 어떤 느낌을 갖고 있는지 정확히 설명할 수는 없었다.

12

샌디에이고로 가는 비행기에서 생각할 시간을 가질 수 있었다. 아버지와 함께 지내는 동안 사랑을 듬뿍 받으며 편히 쉬었다. 아버지는 위장병 전문의의 진찰을 받고 양성종양이라는 진단을 받았다. 아버지와 나는 한시름 놓고 이런저런 이야기를 나누며 함께 시간을 보냈다. 엄마에 대한 추억담을 나누기도 했다. 아버지는 시카고에 한번 오시겠다며 여행 계획도 세우셨다.

아버지에게 작별 키스를 받으면서 나는 마음의 준비가 되었다는 생각을 했다. 라이언 이사를 다시 본다는 생각만으로도 긴장됐지만 끊임없는 격려와 응원을 마음속에서 되뇌었다. 온라인 쇼핑을 통해 새로운 파워 팬티를 잔뜩 마련해놓았다. 그리고 내가 선택할 수 있는 길이 무엇인지에 대해 오랫동안 열심히 생각하면서 철저하게 점검했다.

첫 번째 단계는 우리 두 사람이 가까이 있다는 이유로 서로에게 끌리는 게 아니었음을 인정하는 것이었다. 천 마일이 넘는 거리를 떨어져 있어도 내 마음은 진정되지 않았다. 거의 매일 밤 그에 관한 꿈을 꾸었고 거의 매일 아침 불만족스럽고 외로운 심정으로 잠에서 깨어났다. 지나치게 많은 시간을 그가 무얼 하고 있을지 생각하며 보냈다. 그도 나처럼 혼란스러워하며 지내는지 궁금했다. 그래서 세라를 통해 회사가 어떻게 돌아가는지 정보를 얻으려고 노력했다.

세라와 통화했을 때 흥미로운 사실을 알았다. 세라는 나를 대신한 사람들 상태에 대해 알려줬다. 임시 직원이 끊임없이 교체되었다는 이야기를 들으면서 격하게 웃었다. 베넷이 주위 사람들과 잘 지내지 못하는 것도 당연하다. 그는 지긋지긋한 멍청이다.

나는 그의 변덕스러운 성질머리와 고약하고 퉁명스러운 태도라면 익숙하다. 업무적인 면에서 우리 관계는 시계 장치처럼 정확하고 원활했다. 악몽은 개인적인 측면에 있었다. 우리는 인간적인 면에서는 거의 맞는 게 없었다. 거의 모든 사람이 이 사실을 알고 있었다. 하지만 그런 상황이 지금 어떤 국면으로 전개되었는지는 아직 아무도 모른다.

이주일 전 마지막으로 같이 있던 상황을 되짚어봤다. 우리 관계는 조금 달라져 있었다. 그 상황을 어떻게 봐야 할지 모르겠다. 다시는 이런 일 없도록 하자고 서로 다짐했지만 늘 같은 상황이 반복되었다. 나와 전혀 어울리지 않는 이 남자가 내 육체를 지배하는 상황이 두렵기까지 하다. 아무리 다짐해도 번번이 무너지게 만드는 이 남자가 무섭다. 남자 때문에 일에 대한 야망을 포기하는 그런 여자가 되고 싶지 않다.

공항의 도착 구역에 서서 마지막으로 스스로를 격려했다. '클로에, 넌 할 수 있어. 아니, 제발 할 수 있기를 바라.' 시간이 지나면서 속이 울렁거리기 시작했다. 잠깐 동안 정말 구토를 하면 어쩌지 싶었다.

그가 탄 비행기는 시카고에서 출발이 지연되는 통에 샌디에이고에 여섯 시 삼십 분이 지나서 도착했다. 비행기를 타고 오는 동안은 생각하기에 좋은 시간이었지만 그로부터 일곱 시간을 더 기다리게 되자 신경이 온통 곤두서버렸다.

나는 까치발을 딛고 쏟아져 나오는 사람들을 더 잘 살펴보려 노력했다. 하지만 그가 보이지 않았다. 휴대전화를 다시 보고 문자 메시지를 한 번 더 확인했다.

'막 착륙했습니다. 잠시 후에 봅시다.'

감성적인 구석이라고는 전혀 없는 문자메시지였지만 그것만으로도 내 속은 울렁거리기 시작했다. 지난밤에 주고받은 문자메시지 역시 마찬가지였다. 특별할 것 없는 내용의 메시지였다. 그저 잘 지냈는지 안부를 묻는 평범한 글이었다. 다른 사람들이라면 별다를 게 없는 그런 것이었다. 하지만 우리에게는 완전히 색다른 일이었다. 어쩌면 그동안의 끝 모를 적대감을 이겨내고… 우리는 친구가 될 수도 있지 않을까?

위가 단단히 뭉치는 느낌이 들었다. 나는 주위를 서성이면서 감성을 가라앉히고 이성의 힘을 발휘하려 노력했다. 무심코 걸음을 멈추고 낯선 얼굴들을 탐색했다. 사람들 사이에서 낯익은 얼굴 하나가 눈에 들어왔다. 숨이 턱 막혔다.

'정신 차려, 클로에.'

나는 다시 내 육체를 엄격하게 제어하면서 고개를 들었다.

'빌어먹을. 난 망했어.'

그 어느 때보다 근사한 모습의 베넷이 눈앞에 있었다. 9일 만에 사람이 더 근사해질 수도 있나? 방금 비행기에서 내렸는데도 말이지.

주위의 다른 사람보다 머리 하나는 더 큰 그가 군중 속에 우뚝 서 있었다. 이런 상황에서는 다행스러운 일이었다. 그의 검은 머리털은 늘 그랬듯이 엉망으로 헝클어져 있었다. 수백 번도 넘게 손으로 머리를 쓸어 넘긴 게 분명하다. 검은색 슬랙스에 차콜 블레이저를 입고 안에 받쳐 입은 하얀색 드레스셔츠의 단추는 몇 개가 풀려 있었다. 피곤해 보이고 수염도 까칠하게 자란 모습이었지만 쉴 새 없이 고동치는 내 심장에는 아무런 영향을 미치지 못했다. 바닥만 바라보고 걷던 그가 고개를 들었다. 눈이 마주치는 순간 그의 얼굴에는 진심 어린 행복한 미소가 떠올랐다. 나도 어느새 화답하는 듯 환하게 미소 지었다.

베넷은 내 앞에 와서 조금 긴장한 듯한 표정으로 멈춰 섰다. 우리는 상대가 먼저 말을 꺼내기를 기다리며 서 있었다.

"안녕하세요."

내가 어색하게 말문을 열었다. 이 긴장된 분위기를 어떻게든 풀고 싶었다. 내 온몸은 당장에라도 그를 여자 화장실로 끌고 가라고 외치고 있었다. 하지만 그건 상사를 맞이하는 적절한 방법이 아니다. 전에는 개의치 않고 그렇게 하기는 했지만 말이다.

"아, 안녕."

베넷은 미간을 살짝 찡그리면서 말했다.

'빌어먹을. 클로에, 당장 그만둬!' 우리는 그대로 돌아서서 수하물 수취소를 향해 걸었다. 그의 곁에 가까이 있는 것만으로도 온몸에 소름이 돋는 게 느껴졌다.

"비행은 어떠셨어요?"

나는 베넷이 민간항공기를 타고 여행하는 걸 극도로 싫어한다는 걸 잘 알고 있었다. 일등석을 타도 소용이 없을 정도였다. 그런 걸 다 알면서도 이런 질문을 하다니. 참 어처구니가 없다. 베넷이 말도 안 되는 소리를 해주었으면 좋겠다. 그럼 원래대로 그에게 악다구니를 부릴 수 있을 테니 말이다.

베넷은 잠깐 생각하고 나서 답했다.

"꽤 쾌적했어. 이륙한 후에는 말이지. 사람이 붐비는 비행기는 싫으니까."

우리는 걸음을 멈추고 짐이 나오기를 기다렸다. 분주한 사람들 사이에 둘러싸였지만 우리 사이의 긴장감은 계속 고조되고 있었다.

"아버지 건강은 어떠신가?"

잠시 후 베넷이 내게 물었다.

나는 고개를 끄덕였다.

"양성종양이라고 해요. 신경 써 주셔서 고마워요."

"당연히 신경 써야지."

몇 분간 불편한 침묵이 흘렀다. 그의 짐이 컨베이어 벨트 위를 미끄러져 내려오자 크게 안심이 되었다. 우리는 동시에 손을 뻗어 가방 손잡이를 잡았다. 나는 화들짝 놀라 손을 뗐다. 고개를 들어 보니 그가 나를 지켜보고 있었다.

그의 눈에서 익숙한 갈망의 기운이 느껴져 순간 심장이 쿵 내려앉았다. 우리는 웅얼거리듯 사과의 말을 주고받았다. 나는 시선을 돌려 먼 곳을 바라보았지만 그의 얼굴에 장난스러운 미소가 어린 것을 알아챘다. 다행히도 렌트한 차를 가지러 갈 시간이 되어서 주차장으로 서둘러 가야 했다.

메르세데스 벤츠의 슈퍼 스포츠카인 SLS AMG를 인수한 베넷의 표정이 밝아졌다. 그는 운전하는 걸 좋아한다. 스피드를 즐기는 사람이다. 그래서 차를 빌릴 필요가 있을 때면 늘 그가 흥미를 보일 만한 차종을 선택하곤 했다.

"정말 좋은데, 밀스 양."

베넷은 차의 보닛을 한 손으로 쓸어내리면서 말했다.

"봉급을 올려줘야겠다는 생각이 들게 만드는 훌륭한 선택이야."

순간 주먹으로 한 대 때려주고 싶은 욕구가 온몸에 퍼져나갔지만 애써 잠재웠다. 노골적으로 건방지게 구는 저런 모습을 보니 모든 게 훨씬 더 분명해지는 것 같았다.

비난하는 듯한 얼굴로 그를 바라보면서 트렁크를 열어주고 옆으로 비켜서서 짐을 정리하는 걸 기다렸다. 베넷은 재킷을 벗어서 내게 건넸다. 나는 냉큼 재킷을 트렁크에 넣었다.

"조심해서 다뤄야 하는데."

그가 나무라는 듯 말했다.

"저는 짐 나르는 사환이 아닙니다. 빌어먹을 웃옷은 직접 정리하시죠."

베넷은 껄껄 웃으면서 몸을 숙여 여행 가방을 집었다.

"맙소사, 그 고약한 성질머리를 조금만 참아주면 좋겠는데."

"아, 네."

지나치게 과민 반응했다는 생각에 볼이 붉어졌다. 나는 손을 뻗어 코트를 집어서 내 팔에 얌전히 걸쳐놓았다.

"죄송합니다."

"어째서 늘 내가 세상 물정 모르는 멍청이라고 생각하지?"

"그게 사실이니까 그러는 게 아닐까요?"

베넷은 다시 한 번 호탕하게 웃으면서 여행 가방을 들어 올려 트렁크에 넣었다.

"내가 많이 보고 싶었던 모양이군."

나는 뭔가 대꾸하려 했지만 가방을 트렁크에 넣느라 움직이는 그의 모습을 넋 놓고 바라보게 되었다. 그의 등 근육이 셔츠를 팽팽히 땅기고 있었다. 가까이서 보니 그의 드레스셔츠에 미묘한 회색 프린트가 새겨 있었다. 넓은 어깨와 좁은 허리에 빈틈없이 들어맞게 재단된 셔츠였다. 짙은 회색 바지는 다림질이 잘되어 있었다. 이 남자가 직접 세탁을 할 리가 없다. 맞춤 재단해서 드라이클리닝을 한 옷을 입은 모습이 성적 충동을 일으킨다고 해서 그를 비난할 수는 없는 일이다.

'그만, 클로에!'

베넷은 트렁크를 쿵 소리 나게 닫았다. 덕분에 멍하니 있던 나는 정신을 차릴 수 있었다. 자동차 열쇠를 그의 손에 건넸다. 베넷은 성큼성큼 걸어와 나를 위해 문을 열어주고는 내가 조수석에 앉기를 기다렸다가 예의 바르게 문을 닫아주기까지 했다. '정말

엄청난 젠틀맨이시군.'

침묵의 드라이브가 이어졌다. 가르랑거리는 자동차엔진 소리와 호텔로 가는 길을 알려주는 GPS 안내만이 들렸다. 나는 옆에 앉은 남자를 애써 무시하면서 부산스럽게 앞으로의 일정을 점검했다.

베넷을 바라보고 그의 얼굴을 찬찬히 살펴보고 싶었다. 손을 뻗어 고집스러운 그의 턱을 쓰다듬고 싶었다. 당장 차를 세우고 나를 만져달라고 말하고 싶었다.

이런 생각이 머릿속에서 어지럽게 오가는 중이니 눈앞에 있는 서류에 정신을 집중하기가 거의 불가능했다. 서로 떨어져 지낸 시간이 아무 소용이 없는 것 같았다. 내게 미치는 그의 엄청난 영향력은 조금도 쇠퇴하지 않았다. 오히려 더 강해진 것 같았다. 지난 이주일이 어땠는지 묻고 싶었다. 사실 정말 알고 싶은 건 그가 어떻게 지냈는지였다.

나는 한숨을 내쉬면서 서류 폴더를 덮어 무릎에 내려놓았다. 그러고 고개를 돌려 창밖을 보았다.

바다를 지나면서 군함이며 거리의 사람들을 지나친 게 분명했지만 하나도 눈에 들어오지 않았다. 머릿속에는 이 차 안에서 벌어지는 일에 대한 생각뿐이었다. 그의 움직임 하나하나, 숨결 하나하나가 생생하게 느껴졌다. 그가 손가락으로 운전대를 톡톡 쳤다. 앉은 자세를 바꿀 때 가죽 시트에서 소리가 났다. 그의 체취가 밀폐된 공간을 가득 메웠다. 그의 매력에 내가 저항해야 하는 이유가 무엇인지 기억해낼 수 없는 지경이 되었다. 나는 그에게 포위당했다.

정신을 차리고 힘을 내야 한다. 나다운 모습을 유지하고 내 인생 경로를 통제할 수 있는 사람이란 걸 증명해야 한다. 하지만 내 온몸은 그를 느끼고 싶다고 울부짖고 있었다. 콘퍼런스에 참석하기 전에 호텔에 가서 전열을 가다듬고 마음의 준비를 해야 했다. 하지만 베넷 가까이 있으니 최선의 계획들이 모두 물거품이 되어버리고 있었다.

"괜찮아요, 밀스 양?"

베넷의 목소리에 화들짝 놀라 정신을 차렸다. 고개를 돌려 그의 암갈색 눈동자를 마주했다. 격렬한 그의 눈빛에 속이 울렁거렸다. 이 남자 원래 이렇게 속눈썹이 길었나?

"다 왔어요."

베넷이 호텔 쪽을 가리켰다. 차가 멈춰 선 것도 전혀 모르고 있었다니 당황스러웠다.

"별일 없는 거죠?"

"네."

나는 재빨리 대답했다.

"그냥 오늘 하루가 좀 기네요."

"아."

그는 입속에서 뭔가를 웅얼거리며 나를 계속 쳐다봤다. 그의 시선이 내 입술에 머무는 걸 느낄 수 있었다. '맙소사.' 그가 키스해주기를 원했다. 내 입술을 장악하는 그의 입술이 그리웠다. 이 세상에 다른 아무것도 없는 듯 내 입술을 탐하는 그 입술을 원했다. 가끔은 그가 진심으로 나만을 원하는 것 같다는 생각이 들 정도였다.

나는 자석에 이끌리듯 몸을 앞으로 기울였다. 둘 사이에 전기가 통하는 듯했다. 그의 시선이 내 눈동자를 스치고 지나갔다. 그 역시 내게 몸을 기울였다. 그의 뜨거운 숨결이 내 입술에 닿는 게 느껴졌다.

순간 차문이 덜컥 열렸다. 나는 깜짝 놀라며 똑바로 앉았다. 대리 주차 요원이 한 손을 쭉 뻗어 차에서 내리도록 안내하고 있었다. 나는 차에서 내려 숨을 크게 들이마셨다. 사람을 취하게 만드는 그의 체취가 스며들지 않은 맑은 공기가 필요했다. 대리 주차 요원이 짐을 꺼내 들었다. 베넷 라이언은 양해를 구하고 전화 통화를 했고 나는 체크인을 했다.

호텔은 우리와 마찬가지로 콘퍼런스에 참석하러 온 사람들로 붐볐다. 몇몇 낯익은 얼굴도 보였다. 이번 여행에서는 나와 같은 인턴십 프로그램에 참여하는 학생들과도 만날 계획을 세워뒀다. 호텔 객실에 혼자 앉아서 그 남자에 대해 공상이나 하는 짓은 절대로 하지 않을 것이다.

객실 열쇠를 건네받은 나는 사환에게 우리 짐을 객실로 운반해달라고 부탁하고 라운지로 향했다. 라이언 이사를 찾기 위해서였다. 콘퍼런스의 환영 리셉션이 본격적으로 시작됐다. 넓은 연회장을 훑어보다가 키 큰 흑갈색 미녀 옆에 서 있는 베넷을 발견했다. 두 사람은 바짝 붙어 서 있었다. 베넷이 살짝 고개를 숙여서 여자의 말을 경청하고 있었다.

그에게 가려서 여자 얼굴은 제대로 볼 수 없었다. 나는 실눈을 뜨고 그 여자가 팔을 뻗어 베넷의 팔을 잡는 모습을 보았다. 베넷이 뭐라고 말하자 여자가 크게 웃었다. 베넷이 살짝 뒤로 물러서서 여자를 조금 더 잘 볼 수 있었다.

어깨까지 내려오는 흑갈색 생머리가 아름다운 여자였다. 가만히 지켜보자니 여자가 뭔가를 베넷 손에 쥐어주었다. 묘한 표정을 한 베넷은 고개를 숙여 손바닥에 놓인 것을 바라봤다.

'저 사람들 지금 뭐하는 거지? 저 여자 설마… 객실 열쇠를 준 건가?'

좀 더 지켜보는데 머릿속에서 뭔가 뚝 끊어지는 느낌을 받았다. 베넷은 주머니에 챙겨 넣을지 말지를 고민하는 얼굴로 열쇠를 바라보고 있었다. 나를 보던 격렬한 눈빛으로 다른 누군가를 바라보고 다른 누군가를 품에 안을 수도 있다는 생각을 하는 것만으로도 화가 치밀었다. 속이 완전히 뒤틀리는 것 같았다. 어느새 나는 연회장을 가로질러 두 사람 옆에 서 있었다. 나는 베넷의 팔을 잡왔다. 그는 놀란 얼굴로 눈을 깜빡이며 나를 보았다. 무슨 일인지 영문을 모르겠다는 표정이었다.

"베넷, 위층으로 갈 준비됐죠?"

나는 조용히 물었다.

베넷은 눈을 크게 뜨고 입을 헤 벌린 채 놀란 얼굴을 하고 있었다. 그렇게 당황해하면서 할 말을 못 찾는 모습은 처음 봤다. 순간 뭐가 그를 놀라게 했는지 파악되었다. 내가 처음으로 그의 이름을 부른 것이다.

"베넷?"

내가 다시 재촉하자 그의 얼굴빛이 달라졌다. 천천히 입가에 미소가 걸렸다. 잠시 우리 둘의 시선이 뒤엉켰다. 베넷은 흑갈색 머리 여자 쪽으로 고개를 돌리고 사람 좋은 미소를 지어 보이면서 부드러운 목소리로 말했다. 그 부드러운 목소리에 내 몸에는 전율이 일었다.

"실례하겠습니다. 보시다시피 제게 동행이 있어서요."

베넷은 천천히 여자에게 열쇠를 건네주었다.

승리감에 의기양양해 가슴이 격하게 고동치면서 앞으로 전개될 경악스러운 상황을 잊게 해줬다. 베넷은 따스한 손을 내 등에 살짝 대고 라운지를 빠져나와 복도를 따라 걷도록 나를 안내했다. 엘리베이터에 가까워질수록 의기양양함은 사라지고 다른 감정이 밀려왔다. 내가 얼마나 비이성적으로 행동했는지를 깨닫고 더럭 겁이 났다.

쥐와 고양이처럼 쫓고 쫓기는 게임을 해야 하는 이 상황이 나를 지치게 했다. 이 남자는 일 년에 몇 번이나 여행을 할까? 얼마나 자주 여자 호텔 방 열쇠를 받는 걸까? 그때마다 그 옆에 지키고 서서 끌어당겨야 할까? 내가 그러지 않는다면 이 남자는 기꺼이 다른 여자와 함께할까? 그나저나 내가 뭐라고 이런 생각을 하는 거지? 내가 상관할 바가 아니잖아!

심장이 질주하듯 뛰었다. 피가 몰리는 소리가 귀에 들리는 것 같았다. 엘리베이터 안에 남녀 세 쌍이 더 있었다. 호텔 객실에 가기 전까지 폭발하지 않고 참을 수 있기를 기도했다. 방금 내가 무슨 짓을 저질렀는지 믿을 수가 없다. 나는 베넷을 흘깃 쳐다보았다. 의기양양한 미소가 그의 입가에 걸려 있었다.

나는 깊은 한숨을 내쉬면서 이래서 이 남자 곁에 있으면 안 되는 거라고 다시 한 번 자신에게 상기시켰다. 아래층 라운지에서 벌인 일은 정말 나답지 않았다. 공적인 업무를 보는 장소에서 우리 둘은 프로답지 못한 모습을 보였다. 나는 그에게 소리 지르고 상처 입히고 싶었다. 그가 나에게 했던 것처럼 크게 화내고 싶었다. 자제심을 찾는 게 점차 어려워지고 있었다.

긴장감이 감도는 침묵에 싸인 채 우리는 엘리베이터를 타고 올라갔다. 마지막 남녀 한 쌍이 내리자 둘만 남았다. 나는 눈을 감고 숨을 쉬려 했다. 하지만 그의 체취가 느껴졌다. 다른 여자와 그

　　　　　　　　　　　　　　　　　　　　잘생긴 개자식

가 함께 있는 걸 보고 싶지 않았다. 그런 모습을 떠올리기만 해도 몸이 격렬하게 반응해서 숨이 막힐 지경이 되었다. 한편으로 보면 이건 무시무시한 일이다. 그 때문에 내가 마음에 상처를 입을 수도 있다는 의미다. 그는 나를 산산이 부숴버릴 수 있는 힘을 가졌다.

엘리베이터가 멈추자 나직한 딩동 소리가 났다. 문이 열리고 우리가 묵을 객실이 있는 복도가 눈에 들어왔다.

"클로에?"

베넷이 내 등을 지그시 누르며 재촉했다. 나는 서둘러 엘리베이터에서 내려 내달렸다.

"어디로 가는 거지?"

뒤에서 베넷이 소리쳤다. 그의 발소리가 들렸다. 골치 아픈 일이 벌어질 거란 걸 직감할 수 있었다.

"클로에, 기다려!"

그의 눈을 피해 영원히 달아날 수는 없는 노릇이다. 정말 그러고 싶은지도 잘 모르겠다.

13

순간 오만 가지 생각이 머릿속을 스쳤다. 이런 식으로 계속 지낼 수는 없다. 우리 관계를 지속시킬지 멈춰야 할지를 결정해야 한다.

'지금 당장 결정해야 해.'

일에도 지장이 있고 수면에도 지대한 지장을 초래한다. 머릿속도 엉망이다. 삶이 온통 엉망이 되어버렸다. 하지만 아무리 나 자신을 속이려 해도 내가 무얼 원하는지는 자명하다. 나는 그녀를 떠나보낼 수 없다.

클로에는 그야말로 전력 질주해서 복도를 달려갔지만 나는 그녀를 따라잡을 수 있었다.

"그런 일을 해놓고 가버리려고? 내가 그냥 놔둘 거라고 생각해?"

"그럴 리가요!"

클로에가 어깨 너머로 소리쳤다. 클로에는 객실 문을 잡고 열쇠를 더 듬거리다가 열쇠 구멍에 간신히 끼워 넣었다. 클로에가 문을 여는 찰나에 나는 손을 내밀어 문을 붙잡았다. 잠시 그녀와 눈이 마주쳤다. 하지만 곧 클로에는 객실 안으로 달려 들어가 문을 닫으려 했다. 나는 손을 불쑥 내밀어서 문을 거칠게 밀었다. 문은 쾅 소리를 내면서 벽에 부딪쳤다.

"지금 뭐 하는 거예요?"

클로에가 소리쳤다. 그러고 문 맞은편에 있는 욕실로 들어가 나를 쳐다봤다.

"나한테서 도망가는 것 좀 그만하면 안 되나?"

나는 그녀 뒤를 따라가며 말했다. 작은 화장실 공간에 내 목소리가 메아리쳤다.

"아래층에서 만난 그 여자 때문에 이러는 거라면….."

클로에는 내 말에 발끈했는지 화를 내면서 한 걸음 내게 다가왔다.

"그 이야기는 꺼내지도 마요. 나는 질투심에 불타는 애인처럼 행동하지 않았어요."

클로에는 진절머리가 난다는 듯 고개를 내젓고는 화장대가 있는 곳으로 가서 손가방을 뒤적였다. 나는 짜증이 점점 심해지는 클로에를 뚫어져라 바라봤다. 그게 아니면 뭐란 말인가? 나는 그야말로 어안이 벙벙했다. 그녀가 화를 내면 대개 나는 문 같은 것을 쾅 소리가 나게 닫고 반쯤 옷을 벗은 상태가 되곤 했다. 그런데 이번에 그녀는 진심으로 속상해하는 것 같았다.

"호텔 방 열쇠를 내 손에 쥐어주는 잘 모르는 여자에게 내가 관심을 가질 거라고 생각한 건가? 도대체 나를 어떤 놈이라고 생각하는 거야?"

클로에는 브러시를 꺼내 화장대에 올려놓고 격노한 시선으로 나를 올려다봤다.

"지금 농담하는 거 아니죠? 전에도 그런 적이 있다는 걸 제가 잘 알고 있거든요. 부대조건 없는 단순한 섹스를 즐기시는 분이잖아요. 여자들의 호텔 방 열쇠라면 언제든 환영이겠죠."

나는 뭔가 대꾸하려 입을 벌렸다. 솔직히 섹스만 하는 관계를 맺은 적이 없는 것은 아니다. 하지만 최근 클로에와의 일은 섹스만을 위한 것이 아니었다. 하지만 클로에는 내 말을 들어줄 생각이 없었다.

"나는 원래 이런 식으로 부대조건 없는 섹스를 하는 사람이 아니에요. 한 번도 경험해본 적이 없죠. 그래서 더 이상 어떻게 다뤄야 할지 모르겠어요."

클로에의 언성이 점점 높아졌다.

"하지만 당신과 함께 있으면 다른 게 다 문제가 안 되는 것 같아요. 우리 사이에 있는… 이런 일은…."

클로에는 우리 둘을 손짓으로 가리키며 말을 이었다.

"전혀 나답지 않아요! 당신과 함께 있으면 내가 아닌 다른 사람이 되는 것 같아요. 그런 게 나는 싫어요. 베넷, 나는 이럴 수 없어요. 이런 내가 마음에 들지 않아요. 나는 근면 성실하게 일하고 일을 사랑하는 사람이에요. 나는 머리를 쓸 줄 아는 여자예요. 하지만 우리 사이에 일어나는 일을 다른 사람들이 알게 되면 그런 것 따위는 모두 중요하지 않게 될 거예요. 제발 다른 상대를 찾아보세요."

"이미 말한 바 있지만 나는 일이 이렇게 된 뒤로는 다른 사람하고 어울린 적이 한 번도 없어."

"그렇다고 해서 손에 쥐어주는 호텔 방 열쇠를 마다하지는 않을 거잖아요? 내가 거기에 없었다면 어떻게 되었겠어요?"

나는 주저 없이 말했다.

"다시 돌려줬겠지."

하지만 클로에는 전혀 믿지 못하겠다는 웃음을 터트렸다.

"이거 봐요. 이런 모든 일이 나를 힘들게 하고 지치게 만들어요. 이제는 샤워나 하고 잠자리에 들고 싶네요."

이렇게 상황이 꼬인 상태에서 그녀를 혼자 있게 하는 건 상상할 수도 없는 일이었다. 클로에는 욕실 안쪽으로 들어가서 샤워기를 틀었다. 복도로 난 문을 향해 걸어가던 나는 그녀가 서 있는 곳을 흘깃 보았다. 수증기가 가득 찬 욕실에서 클로에는 내가 나가는 모습을 지켜보고 있었다. 이런, 제길. 그녀도 나만큼이나 마음속에서 갈등을 겪고 있는 게 분명했다.

나는 더 이상 생각하지 않기로 하고 성큼성큼 욕실로 들어가서 두 손으로 그녀의 얼굴을 감싸 끌어당겼다. 입술이 부딪치자 클로에는 억눌린 듯한 신음 소리를 내며 항복의 뜻을 표했다. 그녀의 손이 내 머리 속을 파고들었다. 나는 더욱 강하게 키스하면서 그녀의 신음 소리를 온통 차지했다. 그녀의 입술은 내 것이다. 그녀를 느끼고 맛볼 수 있는 사람은 나뿐이다.

"하룻밤만 휴전하자."

이렇게 말하고 그녀 입술에 세 차례 가볍게 입맞춤했다. 입술 양쪽에 살포시 키스한 다음 한가운데에 망설이는 듯한 키스를 전했다. 그러고 그녀의 입술에 대고 말했다.

"하룻밤만 당신을 온전히 내게 줘. 망설이지 말고 억제하지 말고 그냥 내게로 와. 제발, 클로에. 그런 다음에는 당신을 내버려두겠어. 하지만 거의 이주일 동안 당신을 보지 못했으니… 나는 오늘 밤이 필요해."

클로에는 고통스러운 내 심장박동 소리를 들으며 잠시 나를 바라보았다. 이성을 되찾으려 안간힘을 쓰는 게 분명했다. 그러다가 클로에는 나직하게 애원하는 듯한 소리를 내면서 두 손을 뻗어 나를 끌어안았다. 까치발을 하고 몸을 쭉 뻗은 그녀는 있는 힘껏 나를 안고 몸을 밀착했다.

나는 입술을 거칠게 움직이면서 더욱 강하게 밀어붙였다. 하지만 그녀는 꼼짝도 하지 않고 더욱 내게 몸을 밀착했다. 그녀 몸의 모든 곡선이 내 몸과 그대로 맞아떨어져 하나로 녹아내리기 시작했다. 이제 내 머릿속에는 그녀뿐이다. 우리는 벽과 화장대, 샤워실 문에 부딪치면서 절박한 몸짓으로 서로를 끌어안았다. 수증기가 가득 피어올랐다. 모든 것이 비현실적으로 느껴졌다. 그녀의 체취를 맡고 그녀를 맛보고 그녀를 느낄 수 있다니. 하지만 아무리 그녀를 안아도 부족하기만 했다.

키스는 점점 깊어지고 우리 손길은 거칠어져갔다. 나는 클로에의 엉덩이와 허벅지를 움켜잡았다. 그리고 분주하게 위로 이동해서 그녀의 가슴을 위아래로 훑었다. 그녀의 몸을 모두 내 손바닥 안에 움켜쥐고 싶었다. 클로에가 나를 벽으로 밀쳤다. 뜨거운 것이 어깨를 따라 흐르다가 가슴을 따라 아래로 내려갔다. 몽롱한 상태에 젖어 있던 나는 화들짝 놀랐다. 우리는 옷을 입은 채로 샤워기 아래 서 있었다. 둘 다 흠뻑 젖어버렸다. 하지만 상관없었다.

클로에의 손이 내 몸을 미친 듯이 탐색하더니 바지 속에 넣은 셔츠 자락을 홱 잡아당겼다. 그녀는 떨리는 손으로 내 셔츠 단추를 풀었다. 서두르는 손길 아래 단추 몇 개가 떨어져 축축이 젖은 옷감을 타고 내려가 샤워실 문 밖으로 굴러갔다.

물에 젖은 클로에의 실크 드레스는 몸의 곡선을 한층 도드라지게 하고 있었다. 나는 그녀의 가슴을 뒤덮은 천을 손으로 더듬으면서 단단히 곤두선 유두를 느꼈다. 클로에는 신음을 내뱉으며 내 손을 잡고 손길을 이끌었다.

"원하는 걸 말해줘."

나는 욕정에 젖은 거친 목소리로 말했다.

"내가 해주기 바라는 걸 말해."

"모르겠어요."

클로에가 내 입가에 속삭였다.

"당신이 감정을 억제하지 않는 모습을 보고 싶어요."

지금 내가 그런 모습이라고 말해주고 싶었다. 솔직히 지난 몇 주 동안 그녀는 그런 내 모습을 남김없이 보았다. 하지만 그녀의 옆구리를 어루만지다가 아래로 손을 떨어트려 드레스 속으로 파고들면서 할 말을 잃고 말았다. 우리는 서로의 입을 희롱하고 구속했다. 샤워기의 물줄기 소리가 우리 신음 소리를 들리지 않게 도와주고 있었다. 나는 두 손을 그녀 팬티 속으로 집어넣었다. 그곳의 따스함이 손가락에 느껴졌다.

좀 더 그녀를 보고 싶다는 생각에 손을 빼내 치맛단을 잡고 위로 올렸다. 단숨에 드레스를 그녀의 머리 위로 잡아챘다. 그 아래 드러나는 광경에 넋을 잃고 서 있었다. '세상에!' 이 여자 때문에 죽을 것만 같았다.

나는 한 걸음 뒤로 물러서 샤워실 벽에 기대어 섰다. 그녀는 양옆을 새틴 리본으로 묶어 고정한 하얀 레이스 속옷만 입은 채 물에 흠뻑 젖어 있었다. 그녀의 단단해진 유두는 팬티와 한 세트를 이루는 브라 밑에서 꼿꼿하게 존재감을 뽐내고 있었다. 나는 참지 못하고 두 손을 뻗어 그녀의 유두를 어루만졌다.

"미치게 아름다워."

팽팽하게 부풀어 오른 그녀의 가슴을 손끝으로 어루만지면서 말했다. 클로에는 몸을 부르르 떨었다. 이제 내 손은 위쪽을 향했다. 쇄골을 가로질러 그녀의 목덜미를 어루만지다가 마침내 그녀의 턱을 잡았다.

지금 당장 여기서 끝내버릴 수도 있다. 미끌거리는 젖은 타일에 기대어 나누는 섹스도 나쁘지 않을 것 같다. 이따가 그렇게 해보는 것도 좋을 것 같다. 하지만 지금은 천천히 공을 들이고 싶었다. 오늘 밤을 온전히 둘이 함께할 수 있다고 생각하자 심장박동이 빨라졌다. 서두르거나 숨을 필요 없다. 맹렬히 싸울 필요도 없고 죄책감을 느낄 일도 없다. 온전히 하룻밤을 차지했으니 그 모든 시간을 그녀와 함께… 침대에서 보낼 것이다.

나는 클로에의 뒤로 손을 뻗어 샤워기를 잠갔다. 클로에가 내게 몸을 던졌다. 그녀의 몸이 내 안으로 녹아들었다. 나는 두 손으로 그녀의 얼굴을 감싸고 깊고 진한 키스를 전했다. 내 혀는 그녀의 혀와 어울려 매끄럽게 움직였다. 그녀의 엉덩이가 내 몸에 격렬하게 부딪쳤다. 나는 클로에를 안은 채 샤워실 문을 밀고 밖으로 나왔다.

그녀의 몸에서 손을 뗄 수가 없었다. 내 손길은 그녀의 등을 따라 내려가다가 완만한 곡선을 이루는 엉덩이를 어루만지고, 다시 옆구리를 스쳐 가슴에 이르렀다. 그녀의 살을 모조리 느끼고 맛봐야 했다.

키스를 멈추지 않은 채 욕실을 나온 우리는 비틀거리면서도 남아 있는 서로의 옷가지를 찢어버리려고 필사의 노력을 기울였다. 나는 젖은 신발을 벗어버리고 클로에를 침실로 밀었다. 클로에의 손이 갈고리 모양을 하고 내 복부를 할퀴고 아래로 내려가 벨트에 닿았다. 클로에의 도움을 받아 나는 바지와 팬티를 재빨리 벗고 발치에 걸린 옷가지를 옆으로 차버렸다. 젖은 옷가지들이 여기저기 무더기를 이루었다.

나는 손가락 마디로 클로에의 갈비뼈를 더듬어보았다. 그리고 브라의 고리를 냉큼 풀어버렸다. 그녀의 몸에서 속옷을 뜯어내듯 없애버렸다. 그녀를 바짝 끌어안은 나는 그녀의 입안에 신음을 토해 냈다. 단단한 유두가 내 가슴에 닿았다. 그녀의 젖은 머리카락이 내 손을 간질였다. 발가벗은 그녀의 등 뒤로 늘어진 머리카락은 내 살갗에 전기 자극을 일으켰다.

방 안은 어두웠다. 욕실 문틈 사이로 살짝 새어 나온 은빛 광선과 밤하늘에 떠 있는 달빛이 유일한 조명이었다. 클로에의 오금이 침대에 부딪쳤다. 내 두 손은 우리 사이를 가로막는 마지막 옷가지로 달려갔다. 클로에의 입술에서 입술을 떼어 목덜미 아래로 내려갔다가 가슴에서 시작해 상반신을 맛보았다. 그녀의 복부를 가볍게 깨물면서 조금씩 아래로 내려가 마침내 그녀의 은밀한 부분을 가리고 있는 하얀색 레이스에 도달했다.

그녀 앞에 무릎을 꿇고 앉은 나는 고개를 들어 올려서 시선을 마주했다. 그녀의 손이 내 머리에 머물렀고 온통 젖은 채 헝클어진 내 머리카락을 어루만졌다.

나는 섬세한 새틴 리본 하나를 손가락 사이에 끼워 잡아당겼다. 맥없이 풀어진 리본은 미끄러지듯 그녀의 엉덩이로 흘러내렸다. 클로에의 얼굴에 당혹감이 스쳤다. 나는 계속 손가락을 움직여서 하얀 레이스의 반대편에 있는 리본을 집어 똑같이 잡아당겼다. 그 천 조각은 온전한 모습 그대로 클로에 몸에서 떨어져 나갔고 내 앞에 클로에의 완전한 나신이 드러났다. 이번에는 팬티를 훼손하지 않았지만 그 아름다운 천 조각을 내가 가질 거라는 걸 클로에는 잘 알고 있을 것이다.

클로에가 쿡쿡 웃었다. 내 마음을 읽은 것 같았다. 나는 클로에의 손을 잡아서 침대 가장자리에 앉히고 그 앞에 무릎을 꿇은 채로 앉아서 그녀의 다리를 벌렸다. 종아리의 실크 같은 피부를 손으로 쓰다듬어 내려가 허벅지와 다리 사이를 따라 키스를 퍼부었다. 그녀를 맛보는 동안에는 머릿속이 하얗게 지워져버리는 것 같았다. 이 여자는 내게 무슨 짓을 하는 거지?

클로에를 뒤로 넘어트려 침대 시트에 눕히고 그 위로 올라가면서 내 입술과 혀로 그녀의 온몸을 애무했다. 클로에의 두 손이 내 머리를 헝클어뜨리면서 자신이 원하는 곳으로 나를 안내했다. 나는 엄지손가락을 그녀 입에 넣었다. 그녀가 나를 빨아주었으면 하는 바람에서였다. 내 입도 그녀의 가슴과 갈비뼈, 턱을 차례로 빨아댔다.

그녀의 신음과 거친 호흡이 방 안 가득 메아리치며 내 신음 소리와 얽혀들었다. 내 물건은 크게 부풀어 단단해져 있었다. 나는 그녀 안에 파묻히고 싶었다. 끊임없이 그녀 안으로 들어가고 싶었다. 나는 손을 뻗어 그녀의 입을 어루만지고 젖은 엄지손가락으로 그녀의 뺨을 어루만졌다. 클로에가 나를 끌어안았다. 우리의 나신은 하나로 얽혀들었다.

우리는 미친 듯이 키스했다. 서로를 끊임없이 갈구하는 두 손이 서로를 움켜잡고서 어떻게든 가까이 다가가려 애쓰고 있었다. 우리의 둔부는 같은 리듬을 타고 나의 물건은 그녀의 축축하고 뜨거운 중심부를 배회하고 있었다. 클리토리스에 내 손길이 스칠 때마다 거친 신음이 터져 나왔다. 조금만 더 움직이면 그녀의 깊은 곳을 느낄 수 있었다.

그 어떤 것보다 간절히 원하던 것이 눈앞에 있었다. 하지만 그녀 입으로 직접 듣고 싶은 말이 있었다. 아래층에서 그녀가 내 이름을 부르는 순간 내 안에서 무언가가 툭 끊어져버리는 느낌이 들었다. 사실 그게 무엇인지 아직은 모르겠다. 그게 무슨 의미인지 차분하게 따져볼 준비를 아직 못했다. 하지만 나는 그녀에게 듣고 싶었다. 그녀가 원하는 것이 나인지 확인하고 싶었다. 오늘 밤 그녀가 내 것인지 알아야 한다.

"지금 당장 당신 안으로 들어가고 싶어 죽을 지경이야."

나는 클로에의 귓가에 속삭였다. 클로에는 숨을 죽였다. 곧 나직한 신음이 그녀의 입술 사이로 흘러나왔다.

"그걸 원해?"

"네."

거의 흐느낌처럼 들리는 그녀의 목소리는 애원하는 듯했다. 엉덩이를 한껏 추켜세운 클로에가 나를 찾고 있었다. 그녀의 안으로 들어갈 준비를 마친 내 물건이 뜨거운 곳에 가볍게 닿았다. 나는 이를 악물었다. 조금 더 기다리고 싶었다. 클로에의 뒤꿈치가 내 다리를 쓰다듬으며 움직이더니 마침내 내 허리를 휘감았다. 그녀의 두 손을 잡아 머리 위로 올렸다. 우리 둘의 손가락이 뒤엉켰다.

"제발, 베넷."

클로에가 간절한 목소리로 말했다.

"나 정신을 잃을 것 같아요."

나는 고개를 숙였다. 이마가 맞닿았다. 마침내 나는 그녀의 깊은 곳으로 밀고 들어갔다.

"오, 세상에."

클로에가 신음을 내뱉었다.

"다시 말해봐."

나는 그녀 안에서 점차 빨리 움직이면서 가쁜 숨을 몰아쉬었다.

"오, 베넷."

그 말을 듣고 또 듣고 싶었다. 나는 무릎을 세우고 앉아 더욱 집요하게 그녀 안으로 밀고 들어갔다. 우리 두 사람의 손은 여전히 뒤엉켜 있었다.

"당신과의 섹스는 아무리 해도 성이 차지 않아."

절정의 순간이 다가오고 있음을 직감했지만 좀 더 계속하고 싶었다. 너무나 오랫동안 그녀와 떨어져 있었다. 그녀가 없는 사이 내 머릿속을 어지럽힌 판타지는 지금 이 현실에 비하면 아무것도 아니다. 나는 이 순간을 더 누리고 싶다.

"당신과 매일 하고 싶어."

그녀의 젖은 살에 입술을 대고 나지막이 말했다.

"이렇게 해도 좋고. 내 책상 위에 몸을 굽히고 해도 좋아. 무릎을 꿇고 내 물건을 빨아주는 것도 좋겠지."

"뭐요?"

클로에는 이를 악문 채 허스키한 목소리로 말했다.

"그런 식으로 말하는데 내가 그런 걸 좋아할 이유가 뭐죠? 당신은 지긋지긋한 얼간이야."

나는 다시 그녀에게 몸을 숙이고 다가가서 그녀 목덜미에 입을 대고 웃었다. 우리는 자연스럽게 하나의 리듬을 타면서 움직였다. 땀에 젖어 번들거리는 살갗이 맞닿았다. 내가 그녀 안으로 밀고 들어갈 때마다 클로에는 엉덩이를 추켜세워 나를 맞이했고 내 허리를 휘감은 그녀의 다리에는 한층 힘이 들어가 나를 더욱 깊이 끌어당겼다. 클로에에게 완전히 취해버린 지금은 시간이 멈춘 것 같다. 우리의 손은 클로에의 머리맡에서 단단히 얽혀 있었다. 클로에는 마주 잡은 손에 힘을 주었다. 클로에가 황홀경의 절정에 다가가고 있었다. 그녀의 교성이 점점 커졌다. 내 이름이 그녀 입에서 계속 흘러나왔다. 나도 더 이상은 참을 수 없는 지경에 이르고 있었다.

"느끼는 대로 해버려."

절박감에 사로잡힌 내 목소리가 거칠어졌다. 나는 거의 다 왔지만 클로에를 기다리고 싶었다.

"클로에, 내게 다 맡기고 느껴."

"오, 맙소사. 베넷."

클로에는 거친 신음을 토해 냈다.

"뭔가 말해봐요."

'이런, 내 여자는 음란한 말에 흥분하는군.'

"어서요."

"절정에 이른 당신은 빌어먹게 축축하고 뜨거워."

내가 숨을 헐떡이며 말했다.

"몸 구석구석은 열정으로 빨갛게 익었고, 목소리는 갈라져 있지. 절정의 순간에 당신 얼굴은 이 세상 무엇보다 완벽해."

나를 휘감은 클로에의 다리에 한껏 힘이 들어가고 숨결이 거칠어졌다. 나를 에워싼 그녀의 은밀한 곳이 강하게 죄어오는 것을 느꼈다.

"그 도톰한 입술은 빌어먹게 부드러워. 그 입은 벌려 가쁜 숨을 몰아쉬고 두 눈은 내게 해달라고 애원하지. 젠장. 절정의 순간에 당신이 내뱉는 소리보다 더 좋은 것은 세상에 없어."

그것으로 충분했다. 나는 더욱 깊이, 더욱 강렬하게 그녀 안에서 움직였다. 거칠게 밀고 들어갈 때마다 그녀의 몸이 번쩍 들렸다. 금방이라도 폭발할 것 같은 순간에 클로에가 내 이름을 크게 외쳤다. 더 이상은 견딜 수 없었다.

클로에는 내 목덜미에 입을 대고 날카로운 교성을 억눌렀다. 내 밑에서 거칠게 죄어오는 그녀가 오르가슴을 느끼고 있음을 알 수 있었다. 세상에 이보다 더 좋은 느낌은 없다. 우리 안에 쌓여가던 감각이 쇄도

하며 우리를 덮쳤다. 나도 절정의 쾌감에 몸을 떨었다.

　잠시 뒤 나는 얼굴을 클로에게 가져가 댔다. 우리는 코를 비볐다.
거친 숨결이 가파르게 터져 나왔다. 내 입은 바짝 마르고 온 근육은 뻐
근해 있었다. 완전히 탈진한 나는 클로에의 손과 엉켜 있던 손을 풀고
클로에의 손가락을 살며시 어루만졌다. 피가 다시 돌게 만들어야 할
것 같았다.

　"이건 정말….."

　모든 것이 달라진 것 같았다. 하지만 확실하지는 않다. 몸을 굴려 클
로에 옆에 누운 나는 눈을 감고 뒤엉킨 머릿속을 정리하려 애썼다. 옆
에 누운 클로에의 몸이 떨려왔다.

　"추워?"

　내가 물었다.

　"아뇨."

　클로에는 고개를 저었다.

　"그냥 너무 복잡해진 것 같아서."

　나는 클로에를 끌어안고 아래로 밀려난 담요를 잡아당겨 둘의 몸을
덮었다. 클로에 곁을 떠나고 싶지 않지만 이렇게 계속 있도록 허락받
을 자신이 없었다.

　"나도 그래."

　침묵이 흘렀다. 그렇게 몇 분이 지나서 클로에가 잠든 게 아닌가 싶
었다. 나는 살짝 몸을 뒤척였다. 그 순간 클로에의 말소리가 들려 깜짝

놀랐다.

"가지 말아요."

클로에가 어둠 속에서 말했다. 나는 고개를 숙여 그녀 머리에 키스하고 이제는 익숙해진 그녀의 달콤한 체취를 깊이 들이마셨다.

"아무 데도 가지 않을게."

***

'빌어먹을, 이거 정말 좋군.'

따뜻하고 축축한 뭔가가 내 물건을 다시 감쌌다. 나는 나직한 신음을 내뱉었다. '최고의 꿈이군.' 꿈속의 클로에가 신음 같은 소리를 냈다. 그 소리는 내 물건과 온몸을 전율하게 만들었다.

"클로에."

내 목소리가 내 귓가에 들렸다. 나는 흠칫 놀라 몸을 꿈틀거렸다. 클로에가 등장하는 꿈을 수백 번도 넘게 꾸었지만 이번은 꼭 진짜 같다. 따스한 기운이 사라졌다. 나는 인상을 찡그렸다. '벤, 깨지 마라. 이 꿈에서 깨는 건 안 돼.'

"다시 말해봐요."

목이 잠긴 듯 갈라져 나오는 목소리에 정신이 번쩍 났다. 나는 겨우 눈을 떴다. 어두운 호텔 방이다. 나는 낯선 침대에 누워 있었다. 따스한 기운이 다시 느껴졌다. 눈을 크게 뜨고 무릎 쪽을 바라보았다. 아름다운 갈색 머리가 벌어진 내 다리 사이에서 움직이고 있었다. 클로에가 내 물건을 삼켜 빨고 있었다. 밤에 있었던 일들이 주마등처럼 머릿속을 스치자 나른한 잠기운이 순식간에 사라졌다.

"클로에?"

이런 일이 진짜로 일어나다니 믿을 수가 없다.

클로에가 잠에서 깨어나 욕실 불을 끈 모양이다. 방이 칠흑 같은 어둠에 갇혀 있어서 클로에의 모습을 간신히 볼 수 있었다. 내 손이 허공을 헤매다가 클로에에게 닿았다. 나는 내 물건을 집어삼킨 클로에의 입술 주위를 더듬었다.

클로에의 입술이 내 물건을 품고 위아래로 움직였다. 그녀의 혀는 빠르게 움직였고 치아가 내 급소를 살짝 긁었다. 클로에는 두 손으로 내 고환을 살며시 잡았다. 나는 거칠고 큰 신음 소리를 냈다. 클로에가 손바닥으로 내 고환을 살살 어루만졌다.

매우 강렬한 감각이 일었다. 꿈이 현실이 된 아찔한 상황이었다. 얼마나 더 버틸 수 있을지 알 수 없을 만큼 강렬한 자극이 나를 괴롭혔다. 클로에는 몸을 살짝 움직여 손가락으로 성기의 뿌리 부분을 가볍게 문질렀다. 앙다문 이 사이로 거친 신음이 새어 나왔다. 이런 적은 처음이다. 그만두라고 하고 싶을 정도였다. 하지만 믿을 수 없이 아찔한 감각에 압도당한 나는 꼼짝도 할 수 없었다.

어둠에 익숙해진 나는 손가락으로 클로에의 머리털을 헤집었다. 그리고 손을 더 아래로 내려서 그녀의 얼굴과 턱을 쓰다듬었다. 클로에는 눈을 감고 더욱 강하게 나를 빨아 삼켰다. 쾌락의 파도가 덮쳐왔다. 절정에 가까워지고 있었다. 나를 빨아 삼킨 그녀의 입과 나를 압박하는 그녀의 손가락은 이 세상의 것이 아닌 감각을 전해주었다. 나는 그녀를 끌어 올려서 입술을 맞대고 싶었다. 그녀가 내 입술을 빨아 삼키는 동안 나는 그녀 안에 깊이 빠져들고 싶었다.

상체를 일으켜 앉은 나는 클로에를 끌어당겨 무릎에 앉혔다. 클로에의 다리가 내 엉덩이를 휘감았다. 벌거벗은 가슴이 맞닿았다. 두 손으로 클로에의 얼굴을 잡고 눈을 들여다보았다.

"이제껏 받은 모닝콜 중에서 가장 근사한 모닝콜이야."

클로에는 살짝 웃으면서 입술을 핥았다. 나는 아랫도리를 잡아 클로에의 축축한 그곳 입구에 맞춰놓고 그녀를 살짝 안아 올렸다. 순식간에 그녀 깊은 곳으로 들어갔다. 클로에는 이마를 내 어깨에 대고 엉덩이를 흔들어 나를 한층 더 깊이 받아들였다.

그녀와 한 침대에 있는 지금 이 순간이 현실이라니 도무지 믿기지 않았다. 나를 올라탄 클로에가 느긋한 얼굴로 엉덩이를 조금씩 움직였다. 그리고 내 오른편 목덜미에 가벼운 키스를 퍼부었다. 그녀의 엉덩이가 한 바퀴 원을 그릴 때마다 탄성 같은 말이 터져 나왔다.

"당신 위에 있는 것… 좋아요."

클로에는 거친 숨을 몰아쉬었다.

"느껴져요? 당신도 좋아요?"

"좋아."

"더 빨리?"

나는 고개를 가로저었다. 정신이 아득해지는 것 같았다.

"아니, 아니야."

잠시 동안 클로에는 천천히 움직이면서 엉덩이를 조금씩 돌렸다. 그녀의 치아가 내 목덜미를 깨물어댔다. 그러다가 갑자기 바짝 다가와 속삭였다.

"베넷, 나 지금 느끼려고 해."

그 말을 듣고 내가 어떤 지경에 이르렀는지 설명하는 대신 클로에의 어깨를 깨물고 강하게 빨아들였다. 나를 끝까지 밀어붙일 속셈인지 이제 클로에는 작정하고 말을 쏟아 냈다. 정신이 혼미해질 것 같은 상황이어서 정확한 표현은 기억할 수 없지만 그녀 안에 들어간 나의 육체 일부에 관한 이야기와 나를 원한다는 이야기였다. 내게서 어떤 맛이 나는지도 말했고 자기가 얼마나 젖었는지도 말했다. 내가 절정의 순간에 이르기를 원한다는 말도 있었다.

그녀의 엉덩이가 들썩이며 원을 그릴 때마다 한층 더 강하게 조이는 느낌을 받았다. 나는 클로에를 꼭 부여잡았다. 내 거친 손길에 그녀의 연약한 피부가 멍이 들지도 모른다는 걱정이 잠시 들었지만 내 하체는 한층 더 집요하게 그녀 안으로 파고들었다. 클로에는 신음을 내면서 내 위에서 온몸을 비틀었다. 더 이상 견딜 수 없을 것 같은 순간에 클로에가 내 이름을 또 외쳤다. 그녀의 깊은 곳에 경련이 일면서 나를 더욱 강하게 죄어오는 것이 느껴졌다. 클로에의 강렬한 오르가슴은 내게도 강렬한 절정의 순간을 안겨주었다. 나는 고개를 돌려 클로에의 목덜미를 찾았다. 그녀의 살갗에 입술을 대고 터져 나오는 신음 소리를 억눌렀다.

클로에는 내게 기대어 허물어졌다. 나는 클로에를 안고 침대에 누웠다. 땀에 젖어 거친 숨을 토해 내는 우리는 완전히 탈진해 있었다. 이 여자는 정말 완벽하다.

클로에를 끌어안자 그녀의 등이 내 가슴에 닿았다. 두 팔로 클로에를 휘감아 품었다. 내 다리가 그녀의 다리와 얽혔다. 클로에가 뭔가 중얼거렸다. 무슨 말인지 되물었지만 클로에는 어느새 잠들어 있었다.

오늘 밤은 뭔가 달랐다. 눈을 감으면서 내일은 이야기할 시간이 많을 것이라 생각했다. 하지만 이른 아침 햇살이 검은색 커튼 아래에서 스멀스멀 기어드는 걸 깨닫는 순간, 이미 내일이 와버렸다는 사실에 마음이 불안했다.

14

잠에 취한 내 의식 일부가 깨어나려 하고 있었다. 나는 잠에서 깨어나고 싶지 않았다. 따뜻하고 편안하며 만족스러운 상태였다. 맑은 정신 따위는 필요 없었다.

눈을 감은 상태에서 꿈속 이미지들이 어렴풋이 스치고 지나 갔다. 나는 지금껏 한 번도 느끼지 못했을 정도로 따뜻하고 냄새가 좋은 담요 안으로 파고들었다. 그런데 담요도 내게 파고들 었다.

따스한 뭔가가 나를 지그시 누르고 있었다. 두 눈을 끔뻑거리며 떴다. 낯익은 헝클어진 머리카락이 내 얼굴 앞에 있었다. 순간 수 백 가지 이미지가 머릿속을 관통했다. 지난밤에 벌어진 일들이 엉 망으로 뒤엉켜 내 두뇌로 쏟아져 들어왔다.

잘생긴 개자식

이런, 빌어먹을.

꿈이 아니다. 진짜였다.

심장박동이 빨라졌다. 고개를 살짝 들어보니 그 잘생긴 남자가 나를 꽁꽁 휘감고 있었다. 머리는 내 가슴에 올려놓고, 완벽한 입술을 살짝 벌려 내 벗은 가슴에 따스한 입김을 쏟아 내고 있었다. 내게 기댄 장신의 몸이 달아올라 있었다. 우리 다리는 얽혀 있었고 그의 강한 팔은 내 상반신을 단단히 휘감고 있었다.

그가 나와 밤을 보냈다.

우리가 다정하게 누워 있다는 사실을 지각하는 순간 숨이 멎는 것만 같았다. 베넷은 그냥 나와 함께 밤을 보낸 정도가 아니라 내게 달라붙은 채로 있었다.

나는 애써 숨을 고르면서 당황하지 않으려 노력했다. 살이 맞닿은 부분이 느껴졌다. 내 가슴에 맞닿은 그의 심장에서 강력한 심장박동이 느껴졌다. 잠결에 단단해진 그의 남성이 허벅지에 닿았다. 내 손가락은 애타게 그를 어루만지고 싶어 했다. 내 입술은 그의 머리카락에 키스하고 싶어 안달이 났다. 이런 일은 내가 감당하기에 너무 벅차다. 이 남자는 내게 너무 벅차다.

지난밤 이후로 뭔가 달라졌다. 이 변화를 내가 감당할 준비가 되었는지는 잘 모르겠다. 이 변화로 인해 어떤 일이 일어날지 알 수가 없다. 하지만 달라졌다는 것은 분명한 사실이다. 몸을 움직일 때마다, 서로를 어루만질 때마다, 말 한마디를 건넬 때마다, 키스할 때마다 우리는 함께였다. 어떤 사람도 내게 이런 느낌을 준 적이 없었다. 내 몸은 그의 몸에 맞춰 만들어진 퍼즐 짝 같았다.

다른 남자와 달리 그와 함께 있으면 보이지 않는 물결에 휩쓸리는 것 같았다. 물결에 휩쓸려 가는 통에 다른 쪽으로는 움직일 수가 없다. 나는 눈을 감고 점점 커지는 당혹감과 공포심을 잠재우려 노력했다. 어젯밤 일을 후회하지는 않는다. 늘 그랬지만 강렬하고 근사한 최고의 섹스였다. 하지만 베넷의 얼굴을 마주하기 전에 혼자서 생각할 시간이 좀 필요할 것 같다.

베넷의 머리를 한 손으로 받치고 다른 손으로 그의 등을 밀어 옆으로 밀쳐 냈다. 베넷이 몸을 움직였다. 나는 그대로 얼어붙어서 베넷을 꼭 붙잡고 다시 잠들도록 옆에 가만히 있었다. 베넷은 내 이름을 웅얼거리더니 다시 새근새근 고른 숨을 내쉬었다. 나는 베넷에게 깔려 있던 몸을 살짝 빼냈다.

잠이 든 베넷을 잠시 바라보았다. 당혹스러움은 어느 정도 약해지면서 다시 한 번 그가 얼마나 근사한지 감탄했다. 잠에 취해 누워 있는 그는 평온하고 고요해 보였다. 늘 보던 모습과는 완전히 달랐다. 굵은 고수머리 한 올이 이마 위로 흘러내려 있었다. 그 머리카락을 쓸어 올려주고 싶어서 손가락이 근질거렸다. 기다란 속눈썹, 완벽한 광대뼈, 도톰한 입술, 밤새 수염이 자라 까칠해진 턱.

'세상에, 이 남자는 정말 잘생겼다.'

나는 욕실로 걸어가다가 침실 화장대 거울에 비친 모습을 무심코 바라봤다.

'이런, 방금 섹스한 여자네.'

지금 내 모습이 딱 그랬다. 몸을 앞으로 숙여 목덜미와 어깨, 가슴, 복부 여기저기에 붉게 긁힌 부분을 살펴보았다. 왼편 가슴 아래 살짝 물린 자국이 보였고, 어깨에는 키스 마크가 있었다. 아래를 내려다보면서 허벅지 안쪽에 난 붉은 표식들을 어루만졌다. 유두가 단단해졌다. 수염이 까칠하게 난 그의 얼굴이 내 살갗을 스치듯 지나던 감각이 떠올랐다.

머리카락은 엉망으로 엉켜 있었다. 나는 입술을 깨물었다. 그의 손이 머리털을 휘감았던 것이 기억났다. 처음에 그의 손이 내 얼굴을 자신의 입술 쪽으로 잡아당겼다. 그런 다음에 아래로….

'도움이 안 돼.'

잠에 취한 목소리가 들려왔다. 나는 깜짝 놀라 상념에서 벗어났다.

"벌써 잠에서 깨어 기겁하는 건가?"

뒤로 돌아서자 그의 나신이 시선을 사로잡았다. 베넷은 침대 시트를 몸에 휘감고 일어나 앉았다. 시트를 엉덩이까지 끌어당겼지만 상반신은 그대로 드러나 있었다. 아무리 봐도 질리지 않을 비주얼과 감각을 전해주는 육체다. 근육질의 넓은 가슴, 빨래판 복근, 그리고 사람을 애태우는 복부의 잔털이 하체로 이어졌다. 마침내 내 시선이 그의 얼굴에 닿았다. 그는 입술 한쪽으로만 씨익 웃고 있었다.

"나를 어떻게 보고 있었는지 다 봤어."

그는 웅얼거리듯 말하면서 한 손으로 턱을 쓰다듬었다. 웃어야 할지 눈을 부라려야 할지 알 수 없었다. 잠에서 완전히 깨어나지 않아 무방비하고 헝클어진 그의 모습을 바라보자니 혼란스러워 졌다. 어젯밤에 두꺼운 커튼을 쳐놓지 않아 방 안으로 흘러든 햇빛이 헝클어진 리넨 시트에 부딪쳐 밝게 빛났다. 그는 정말 달라보였다. 여전히 지긋지긋한 얼간이 상사이지만 동시에 전혀 다른 사람이었다. 내 침대에 있는 그 남자는 다시 한 판 할 준비를 마친 얼굴이었다. 그러면 몇 번째지? 네 번? 다섯 번? 기억이 잘 나지 않는다.

그의 시선이 내 몸 구석구석을 훑고 있는 것이 느껴졌다. 그제야 나도 벌거벗은 채로 있다는 걸 기억했다. 그의 시선은 손길만큼이나 강렬했다. 계속 저런 식으로 나를 쳐다보면 내 몸이 활활타오르지 않을까 하는 생각이 들었다. 앞으로는 그의 손이 내게 닿기만 해도 내 맨살에 닿았던 손길을 떠올리지 않을까?

나는 애써 생각을 얼굴에 드러내지 않으려 노력했다. 머릿속으로는 그의 몸 구석구석을 정리해 저장하고 있지만 짐짓 아무렇지도 않은 표정을 하고 허리를 숙여서 바닥에 떨어진 베넷의 하얀색 언더셔츠를 냉큼 집어 들었다. 밤새 에어컨 앞에 있어서 조금 차가웠지만 다행히도 거의 다 말랐다. 부드러운 코튼 셔츠를 머리부터 뒤집어 입었다. 베넷의 살갗에서 풍기는 세이지 향을 한껏 들이마시고 고개를 셔츠에서 빼냈다. 베넷이 짙은 눈동자로 나를 바라봤다.

베넷이 혀를 내밀어 입술을 적셨다.

"이리 와."

그가 거친 음성으로 나지막이 말했다. 나는 베넷 곁에 앉으려고 침대로 다가갔다. 하지만 그가 나를 잡아당기는 바람에 그의 허벅지에 올라앉게 되었다. 베넷이 말했다.

"무슨 생각을 하는지 말해줘."

지금 내 머릿속을 맴도는 오만 가지 생각을 단 한 문장으로 말해달라는 거야? 이 남자는 제정신이 아니다. 그래서 나는 입을 떼어 처음으로 떠오른 생각을 말했다.

"우리가 처음… 함께한 이후로는 다른 사람하고 어울린 적이 없다고 했잖아요."

나는 베넷의 쇄골을 쳐다보면서 그와 눈을 마주치지 않고 말했다.

"그게 사실인가요?"

나는 한참 만에 고개를 들었다.

베넷은 고개를 끄덕이고 내가 입은 셔츠 아래로 손가락을 슬며시 집어넣었다. 그의 손이 천천히 내 엉덩이에서 허리로 미끄러지듯 이동했다.

"왜요?"

내가 물었다. 베넷은 눈을 감고 고개를 한 번 내저었다.

"다른 사람은 원하지 않았으니까."

그 말을 어떻게 해석해야 할지 알 수 없었다. 자신이 원하는 사람을 만나지 못했기 때문에 그랬지만, 다른 사람을 만날 가능성은 열려 있다는 의미인가?

"잠자리를 같이하는 사람이 있는 동안은 그 사람만 상대하는 편인가요?"

베넷은 어깨를 으쓱였다.

"상대가 원한다면."

베넷은 내 어깨를 따라 키스를 퍼붓다가 쇄골을 지나 목덜미로 입술을 이동해갔다. 나는 그의 옆으로 손을 뻗어 협탁에 놓인 서비스 물병을 집어 들고 한 모금 마신 뒤 베넷에게 건넸다. 베넷은 몇 모금만에 남은 물을 모두 마셔버렸다.

"목말랐어요?"

"그랬어. 이제는 조금 시장하네."

"당연해요. 우리 아무것도 안 먹었잖아요⋯."

나는 말을 더 이어갈 수가 없었다. 베넷은 눈썹을 꿈틀거리며 싱긋 웃었다.

나는 눈을 부라려 보였다. 하지만 그가 앞으로 몸을 구부려 내 입술에 달콤한 키스를 퍼붓는 통에 눈에 주었던 힘은 맥없이 풀리고 말았다.

"우리 관계에서도 서로에게만 충실해야 하나요?"

내가 물었다.

"어젯밤 일도 있으니 그 질문에 대한 답은 내가 들어야 할 것 같은데."

베넷이 말했다. 어떻게 답해야 할지 알 수 없었다. 사실 서로에게만 충실할지 말지가 문제는 아니다. 베넷과 함께 있어도 되는지에 대한 답도 알 수 없었다. 이렇게 함께 있으면 어떻게 될지를 생각하니 머리가 어지러웠다. 우리는… 서로에게 친절하게 대할까? 앞으로 베넷이 '좋은 아침'이라는 인사를 건네면 액면 그대로 받아들여도 되는 걸까? 베넷이 앞으로도 내 업무에 관한 평가를 제대로 할 수 있을까?

베넷은 손가락을 쫙 펴서 내 등의 아랫부분에 대고 나를 자기 옆으로 바짝 끌어안았다. 그의 손길을 느끼자 두서없이 장황한 생각들을 머릿속에서 떨쳐버릴 수 있었다.

"이 옷 절대로 벗지 마."

그가 속삭였다.

"좋아요."

나는 뒤로 몸을 젖혀서 그의 입술이 내 목덜미에 닿기 좋은 자세를 잡았다.

"오늘 아침에는 이 옷만 입고 아래층에서 열리는 포스터 세션에 참가할게요."

베넷은 나지막한 웃음소리를 냈다.

"퍽이나 그러겠다."

"지금 몇 시죠?"

나는 그의 뒤편에 있는 시계를 보려고 몸을 움직이며 물었다.

"그런 거 신경 쓰지 마."

그의 손가락이 내 가슴을 찾았고 부드러운 아랫부분을 쓰다듬기 시작했다. 나는 그에게서 몸을 떼려고 애쓰다가 베넷의 치골 근처까지 시트를 내려버리고 말았다. '저게 뭐지?' 문신이 눈에 들어왔다.

"뭐예요?"

글자가 적혀 있었다. 베넷을 옆으로 살짝 밀어 내면서 그의 눈동자를 바라보다가 다시 그의 몸에 적힌 표식에 시선을 주었다. 그의 치골 바로 아래에 검은색 잉크로 쓰인 글씨는 프랑스어 같았다. 어째서 한 번도 보지 못했지? 그동안 우리가 함께 있었던 경우를 떠올려보니 그럴 만도 했다. 우리는 늘 서둘러 관계하거나 어둠 속에서 허우적거리거나 아니면 옷을 반쯤만 벗은 채였다.

"문신이야."

베넷이 뒤로 몸을 살짝 빼내며 생각에 잠긴 얼굴로 내 배꼽 근처를 어루만졌다.

"문신인 건 알겠는데… 무슨 말이에요?"

'진지함과 엄숙함의 궁극을 보여주던 미스터 비즈니스맨에게 문신이 있다니.' 내가 알지 못하는 베넷의 모습을 또 하나 발견한 것 같았다.

"'주 느 르그레테 리앵(Je ne regrette rien, 나는 아무것도 후회하지 않는다)'이라고 적혀 있어."

베넷과 눈을 마주쳤다. 완벽한 프랑스어 억양이 묻어난 그의 목소리가 내 피를 뜨겁게 만들었다.

"지금 뭐라고 했어요?"

베넷이 능글맞게 웃으며 말했다.

"주 느 르그레테 리앵."

베넷은 음절 하나하나를 강조해 천천히 말했다. 세상에서 가장 섹시한 말 같았다. 그 말과 문신, 그리고 완전히 벌거벗은 나신인 그의 위에 내가 앉아 있는 상황이 나를 뜨겁게 했다.

"그거 노래 제목 아니에요?"

베넷은 고개를 끄덕였다.

"맞아. 노래야."

그리고 나직이 웃으면서 덧붙였다.

"집에서 수천 마일 떨어진 낯선 파리에서 친구 하나 없이 지내다가 술에 취한 어느 날 밤, 문신을 하기로 결심했지. 하지만 그때의 결정 역시 후회하지 않아."

"다시 말해줘요."

내가 속삭였다.

베넷이 바짝 다가왔다. 내 엉덩이에 닿은 그의 엉덩이가 원을 그리기 시작했다. 그의 뜨거운 숨결이 내 귓가에서 느껴졌다. 그가 다시 속삭이듯 말했다.

"주 느 르그레테 리앵. 무슨 말인지 알아?"

나는 고개를 끄덕였다.

"다른 말도 해줘요."

어느새 나는 가슴을 들썩이며 가쁜 숨을 몰아쉬고 있었다. 민감한 내 젖가슴이 그의 면 셔츠에 가볍게 닿았다. 베넷은 고개를 살짝 숙여서 내 귀에 키스하며 말했다.

"주 쉬자 투아(Je suis à toi, 나는 당신 거야)."

목이 잠긴 듯 갈라진 목소리가 흘러나왔다. 베넷은 나를 안고 몸을 꼿꼿이 지탱했다. 나는 신음 소리와 함께 그를 올라타고 본격적으로 움직였다. 그를 깊은 곳에서 느낄 수 있는 이 체위가 좋았다. 베넷은 상스러운 단음절을 반복해서 속삭이며 나를 올려다봤다. 그리고 내 엉덩이를 움켜쥐는 대신 내가 입은 셔츠 자락을 움켜쥐었다.

자연스럽고 편안한 일이었지만 낯선 장소가 주는 불안감을 완전히 떨쳐버릴 수 없었다. 하지만 그 점은 더 생각하지 않고 내 입속에서 그가 거칠게 내는 신음 소리에만 집중하기로 했다. 그가 갑자기 몸을 일으켜 셔츠 아래 있는 내 가슴을 빨아 삼켰다. 분홍빛 유두가 셔츠 아래서 수줍게 모습을 드러냈다. 다급하게 내 엉덩이와 허벅지를 어루만지는 그의 손가락 움직임에 정신이 아득해졌다. 그가 이마로 내 쇄골을 누르면서 점점 다가왔다. 내 밑에서 단단하게 뭉친 그의 허벅지가 느껴졌다. 그의 엉덩이는 빠르고 강렬하게 움직여 나와 하나의 리듬을 타고 있었다. 정신이 다시 아득해졌다.

베넷은 나를 뒤로 밀어 눕힌 뒤 커다란 손을 활짝 펴서 내 가슴을 덮고 거친 움직임을 멈추었다.

"심장이 미친 듯이 뛰는군. 지금 얼마나 좋은지 말해줘."

본능적으로 긴장을 푼 나는 고개를 들어 거만한 미소를 띤 베넷의 얼굴을 보았다. 내가 원래 알고 있던 베넷 라이언을 하루도 안 걸려서 다시 만나게 된 모양이다.

"또 그놈의 입으로 일을 그르치려는군요. 그만해요."

베넷이 활짝 웃었다.

"내가 말하는 거 좋아하잖아. 내가 당신 안에 있을 때 특히 더 좋아하는 것 같던데."

나는 눈을 부라렸다.

"왜 그런 생각을 하게 됐죠? 내가 오르가슴을 느껴서? 아니면 내가 오르가슴을 느끼게 해달라고 애원해서? 대단한 탐정님 나셨네요."

베넷은 윙크를 한 뒤 내 한쪽 발을 자기 어깨 위에 올리고 발목

안쪽에 키스했다.

"늘 이런 식이었어요?"

나는 그의 엉덩이를 잡아당기며 말했다. 인정하기 싫지만 나는 그가 다시 움직이기를 바라고 있었다. 그가 가만히 있으니 애가 타고 화가 났다. 불충분하고 불완전했다. 그가 다시 움직이고 시간이 이대로 멈추었으면 좋겠다고 생각했다.

"자존심도 버리고 엉망으로 사는 여자들이 안됐다고 생각해요."

베넷은 고개를 가로젓고 내게 몸을 기울이면서 자기 손으로 몸을 지탱했다. 그러고 다시 움직이는 자비를 베풀었다. 그의 엉덩이가 위아래로 들썩이면서 내 깊은 곳으로 거세게 밀고 들어왔다. 나는 눈을 감았다. 베넷은 내 성감대를 정확하게 찾아내 계속 자극했다.

"나를 봐."

베넷이 속삭였다.

나는 고개를 들어 베넷의 눈썹에 맺힌 땀방울을 보았다. 입술을 살짝 벌린 채 베넷이 내 입술을 응시했다. 그가 움직일 때마다 어깨 근육이 불끈불끈 솟아올랐다. 그의 상반신에서 땀이 배어 나오고 있었다. 나는 내 안으로 밀고 들어왔다가 나가기를 반복하는 그의 모습을 지켜봤다. 그의 남성이 내 몸에서 거의 빠져나갈 듯 움직이다가 다시 강하게 밀고 들어오는 순간 내가 무슨 말을 한 모양이다. 하지만 음란한 그 속삭임은 베넷의 강렬한 움직임에 까무룩 넘어가는 순간 완벽하게 잊혀졌다.

"내가 으스대고 잘난 척하는 건 당신 때문이야. 당신이 이런 반응을 보이니까 내가 무슨 신이라도 된 양 으쓱해진다고. 그런데 왜 당신은 그걸 몰라?"

나는 아무 대꾸도 하지 않았다. 내가 뭔가 말해주기를 기대해서 한 말이 아닌 게 분명하다. 그의 시선과 함께 손 하나가 내 목덜미에서 가슴으로 이동하고 있었다. 베넷은 나의 민감한 부위를 찾아냈고 나는 신음 소리를 토해 냈다.

"누군가 여기를 깨문 모양이야."

그의 엄지손가락이 어젯밤의 흔적으로 남은 자국을 어루만졌다.

"좋았어?"

나는 침을 꿀꺽 삼키고 몸을 활처럼 휘어 그를 한층 더 깊이 받아들였다.

"좋았어요."

"정말 요사스러운 여자네."

내 손이 그의 어깨 근처를 헤매다가 가슴을 찾아 아래로 내려갔다. 다시 복근을 지나 엉덩이 근육을 잡고 엄지손가락으로 그의 문신을 어루만졌다.

"이것도 좋아요."

베넷의 움직임이 한층 강력해지고 거칠어졌다.

"아, 클로에… 더 이상은 … 오래 못 버틸 것 같아."

통제되지 않은 필사적인 목소리 때문에 그를 향한 나의 갈망은 한층 강렬해졌다. 눈을 감고 기분 좋은 감각이 온몸으로 번져나가는 걸 느끼는 데 집중했다. 절정의 순간에 거의 이른 나는 클리토리스를 천천히 어루만지기 시작했다. 베넷은 고개를 기울여 내 손을 쳐다보며 거친 말을 토해 냈다.

"이런, 제기랄."

그의 목소리는 절박했고 호흡은 가빴다.

"그렇게 만져. 그리고 내가 보게 해줘."

그의 말이 방아쇠가 되었다. 내 손가락이 클리토리스를 스치는 순간 강렬한 오르가슴이 나를 사로잡았다. 절정에 이른 내가 그를 움켜잡았고 다른 한 손의 손톱이 그의 등을 파고들었다. 베넷은 울부짖는 듯한 소리를 내며 내 안으로 깊이 들어왔다. 온몸이 떨려왔다. 오르가슴이 희미해지는 동안에도 약한 떨림이 계속 이어졌다. 내게 몸을 기댄 채 가만있는 베넷에게 매달렸다. 베넷은 내 어깨와 목덜미에 키스하고 내 입술에도 입을 맞췄다. 둘의 시선이 잠시 마주쳤다. 그다음 베넷은 몸을 굴려 내게서 떨어져 나갔다.

"세상에, 이 여자야. 당신 때문에 죽겠어."

크게 숨을 들이마신 베넷이 헛웃음을 지었다.

우리는 팔베개를 하고 나란히 누웠다. 베넷과 시선이 마주치자 눈을 뗄 수가 없었다. 시간이 지나고 횟수가 거듭되면 이 강렬함이 덜해질 것이라는 기대는 이제 버리는 게 좋을 것 같았다. 욕구를 충족시키고 나면 우리가 만나는 일이 자연히 뜸해지리라 바라는 것도 부질없을 것 같다. '휴전' 상태로 어젯밤을 보냈지만 아무것도 흐려지거나 덜해지지 않았다. 지금 이 순간에도 그에게 더 가까이 다가가고 그의 까칠한 턱에 키스한 다음 그를 다시 끌어안고 싶었다. 베넷을 바라보던 나는 이 관계를 정리하게 되면 내 마음이 아플 것이란 사실을 분명히 깨달았다.

순간 두려움에 가슴이 옥죄는 느낌이 들었다. 어젯밤의 당혹감과 공포감이 되살아나면서 불편한 침묵을 끌어냈다. 나는 일어나 앉아 이불을 턱까지 끌어당겼다.

"이런."

베넷이 손을 불쑥 내밀어 내 팔을 꽉 잡았다.

"클로에, 나는 … "

"이제는 준비해야 할 것 같네요."

그의 말을 가로막았다. 그의 말이 가슴 찢어지는 상처의 시작이 될 것 같았다.

"이십 분 뒤면 포스터 세션에 참석해야 해요."

잠시 곤혹스러운 표정을 짓던 베넷이 입을 뗐다.

"내가 입을 마른 옷이 없어. 내 방이 어디인지도 모르겠고."

어젯밤에 모든 일이 갑작스레 일어났다는 사실을 떠올린 나는 얼굴이 붉어지는 것을 겨우 참아냈다.

"그러네요. 제가 가서 조금 챙겨 올게요."

나는 재빨리 샤워하고 두툼한 수건으로 몸을 감싸면서 호텔 목욕 가운 하나 안 챙기고 샤워실로 들어온 센스 없음을 한탄했다. 긴 한숨을 내쉰 나는 욕실 문을 열고 한 걸음 내딛었다. 베넷이 침대에 앉아서 고개를 들었다. 방 안에 들어서자 그와 눈이 마주쳤다.

"저기…."

나는 말꼬리를 흐리며 가방을 가리켰다. 베넷은 고개를 끄덕였지만 아무런 말도 하지 않았다. 평소에는 남의 시선을 의식하거나 내 몸에 대해 특별히 생각하지 않는다. 하지만 수건 한 장 외에는 아무것도 걸치지 않은 채 이렇게 서서 베넷의 시선을 받고 있자니 나답지 않게 부끄럽다고 느꼈다.

나는 가방에서 몇 가지 필요한 물건을 챙겨서 부리나케 베넷 옆을 지나갔다. 한걸음에 욕실로 다시 들어가 문을 닫고서야 안심이 되었다. 나는 평소와 비교하면 믿을 수 없을 정도의 속도로 옷을 갈아입고 머리를 뒤로 질끈 묶었다. 나머지 채비는 이따가 마저 하는 게 좋을 것 같았다. 화장대에 있는 호텔 객실 키 카드를 집어 든 나는 침실로 돌아왔다.

베넷은 꼼짝도 하지 않고 있었다. 침대 가장자리에 앉아서 허벅지에 팔을 올리고 생각에 잠겨 있었다. 무슨 생각을 하고 있을까?

아침 내내 나는 신경이 곤두서서 만신창이가 되다시피 했다. 감정이 극과 극으로 치달았다. 하지만 그는 침착해 보였다. 확신에 찬 모습이라고나 할까? 도대체 뭘를 그렇게 확신하는 거지? 무슨 결정을 내린 거지?

"특별히 가져다주었으면 하는 게 있어요?"

베넷이 고개를 들었다. 조금 놀란 표정이었다. 거기까지는 미처 생각하지 못한 모양이다.

"음… 오늘 오후에 미팅이 몇 건 있지 않나?"

나는 고개를 끄덕였다.

"알아서 가져다주면 좋을 것 같은데."

나는 곧바로 베넷 방으로 갔다. 바로 옆방이었다. 아이고. 이제 벽 하나를 사이에 두고 침대에 든 베넷의 모습을 상상할 수 있겠군. 그의 가방이 보였다. 나는 잠시 그대로 멈춰 서 있었다. 그의 짐을 뒤져봐야 한다는 걸 그제야 깨달았다.

가장 큰 가방을 들어서 침대 위에 놓고 열어보았다. 그의 체취가 강렬하게 느껴졌다. 고통스럽도록 묵직한 욕망이 내 온몸을 관통했다. 얌전하게 챙겨놓은 여행 짐을 하나씩 살펴봤다.

베넷과 관련 있는 모든 것은 단정하고 체계적이다. 그의 집은 어떨지 궁금했다. 전에는 이런 생각을 별로 해본 적이 없었다. 하지만 갑자기 그의 집이 아니 그의 침대가 궁금했다.

나는 순간 멈칫했다. 그의 집을 보고 싶다는 생각이 들었다. 그런데 베넷은 나를 자기 집으로 데리고 갈까?

이런, 정신 차리자. 이렇게 꾸물거릴 때가 아니다. 나는 그의 옷가지들을 살펴서 오늘의 의상 아이템을 결정했다. 차콜 컬러의 헬무트 랭 슈트와 하얀색 드레스셔츠, 검은색 실크 넥타이, 사각팬티, 양말, 구두를 챙겼다.

다른 물건들을 제자리에 정돈해놓은 나는 베넷의 옷가지를 모아들고 내 방으로 향했다. 복도로 나왔는데 이 터무니없는 상황에 고개를 절레절레 내젓다가 신경질적인 웃음을 터트리고 말았다. 다행히 내 방문 앞에 도착할 즈음에는 정신을 수습할 수 있었다. 문을 열고 두 걸음 정도 걸어 안으로 들어서던 나는 그대로 얼어붙었다.

베넷은 창문을 활짝 열고 그 앞에 서서 아침 햇살을 온몸으로 받고 있었다. 깎아놓은 듯 윤곽이 뚜렷한 그의 육체가 그려 내는 아름다운 라인이 햇살이 그려 내는 그림자와 대조를 이루며 강조되고 있었다. 그의 엉덩이에 간신히 걸쳐 있는 수건 한 장 위쪽으로 문신이 빼꼼히 드러났다.

"마음에 드는 게 있었어?"

나는 억지로 시선을 돌려 그의 얼굴에 집중하기로 했다.

"그게…."

하지만 어느새 내 눈은 자석에 끌린 듯 그의 엉덩이 근처를 향하고 있었다.

"마음에 드는 게 있었느냐고 물었는데 못 들었어?"

베넷은 방을 가로질러 걸어와 내 앞을 가로막고 섰다.

"뭐라고 한지는 알아요."

나는 베넷을 노려보며 말했다.

"그렇지만 무슨 말을 했는지 못 들었어요. 딴 생각을 하느라."

"무슨 생각을 하고 있었는데?"

베넷은 손을 불쑥 내밀어 내 젖은 머리카락을 귀 뒤로 넘겨주었다. 그 간단한 접촉만으로도 속이 울렁거렸다.

"오늘 소화해야 하는 스케줄을 생각했죠."

베넷은 한 걸음 더 가까이 다가왔다.

"그 말이 안 믿기는 건 왜일까?"

"그건 당신이 자기 생각만 하는 사람이라서 그러죠."

나는 그의 시선을 맞받아치며 말했다.

베넷은 한쪽 눈썹을 치켜세우며 잠시 나를 바라보다가 내 손에 들린 옷가지를 냉큼 채 가서 침대 위로 던졌다. 그리고 미처 내가 움직이기도 전에 엉덩이에 걸친 수건을 잡아 빼서 한쪽으로 던졌다. '정말 미쳐버리겠네.' 이 지구상에 이보다 더 섹시한 남자가 있을까? 있다면 거금을 주고라도 보러 가겠다.

사각팬티를 집어든 베넷은 발을 하나씩 집어넣다가 갑자기 동작을 멈추고 나를 바라봤다.

"오늘 소화해야 하는 스케줄이 있다고 하지 않았어?"

베넷은 장난스러운 눈으로 나를 보았다.

"물론 마음에 드는 게 있어서 그러는 거라면 상관없지만."

'이런… 개·자·식.'

나는 실눈을 뜨고 재빨리 뒤로 돌아 욕실로 갔다. 몸단장을 마무리해야 했다. 머리를 말리고 있는데 기분이 심란했다. 그가 '내 벗은 몸을 더 보라'고 하는 것 이상의 뭔가 더 중요한 이야기를 하려던 게 아닌가 하는 생각이 들었다.

복잡하게 엉킨 내 머릿속도 아직 풀어내지 못했는데 그의 머릿속을 궁금해하고 있다니. 잠깐, 나 지금 베넷이 여기 계속 머물지 아니면 자기 방으로 갈지를 걱정하는 거야?

침실로 돌아오니 베넷은 이미 옷을 다 차려입고 커다란 창문 밖을 내다보고 있었다. 베넷이 뒤돌아서 내게 걸어왔다. 그리고 그 따뜻한 손을 내 얼굴에 가볍게 대고 나를 뚫어져라 쳐다봤다.

"지금부터 내 말 잘 들어."

나는 마른침을 꿀꺽 삼켰다.

"알았어요."

"나는 저 문을 열고 밖으로 나가면서 어젯밤 이 방에서 우리가 찾아낸 것을 잃고 싶지 않아."

그 말은 내게 큰 충격을 주었다. 미래를 약속하거나 장담하지 않았지만 정확히 내가 들어야 할 이야기를 하고 있었다. 우리 둘 모두 지금 무슨 일이 벌어지고 있는지 영문을 알지 못하지만 이번에는 제대로 정리하지 않은 채 넘겨버리지는 않을 것이다.

가만히 숨을 내쉰 나는 두 손을 베넷 가슴에 올려놓았다.

"나도 마찬가지예요. 하지만 나는 당신의 지위와 경력이 내 일과 일자리를 집어삼키는 걸 원치 않아요."

"나도 그런 건 원하지 않아."

나는 고개를 끄덕였다. 복잡한 머릿속에서 뭔가 더 말해야 한다고 신호를 보냈지만 덧붙일 말을 생각해 낼 수가 없었다.

"좋아."

베넷은 나를 위아래로 훑어보고 말했다.

"가자."

15

올해 콘퍼런스 테마는 '차세대 마케팅 전략'이다. 콘퍼런스 조직위원회에서는 새로운 세대를 포용하는 방법으로, 학위를 받을 학생들을 위한 포스터 세션을 마련했다. 클로에와 마찬가지로 인턴십 프로그램에 참여하는 학생 대부분이 자신들이 준비한 포스터 보드 옆에서 열의에 찬 얼굴로 허리를 곧추세우고 서 있었다. 이곳에서의 프레젠테이션은 클로에가 신청한 장학금 심사에 중요한 부분을 차지한다. 하지만 나는 클로에가 맡고 있는 파파다키스 프로젝트의 규모와 기밀을 유지해야 하는 특성을 감안해 예외를 신청해두었다. 이곳에 모인 다른 학생들은 백만 달러 규모의 거래를 핸들링하는 일을 하지 않는다.

장학위원회에서는 기꺼이 예외를 인정해주었다. 사실 프로젝트의 설계안이 완성되고 계약이 체결되어 공개적으로 발표되는 시점에 자신들의 프로그램 브로슈어에 클로에의 성공 사례를 게재할 생각에 군 침을 흘리는 중이다.

그래서 클로에는 이번 행사에서 프레젠테이션을 하지는 않는다. 그 렇지만 클로에는 모든 포스터를 살펴보기를 원했다. 열시 전까지는 예 정된 다른 일정이 없는 데다 클로에와 잠시도 떨어질 수 없게 된 나는 행사 내내 클로에를 따라다니면서 포스터가 모두 몇 개인지 세어보고 (576개였다) 클로에의 엉덩이를 뚫어져라 바라보았다. (검은색 모직 원 단이 휘감고 있는 그녀의 생기 넘치는 엉덩이는 스팽킹에 적합해 보였다.)

엘리베이터에서 나는 그토록 증오하는 동시에 사랑하는 의상을 대 부분 절친한 친구 줄리아가 제공했다는 말을 들었다. 오늘 아침 클로 에가 선택한 꽉 끼는 펜슬 스커트와 남색 블라우스 역시 나의 증오와 애정 의상 리스트에 등재됐다. 나는 몇 번이고 클로에에게 객실로 돌 아가서 요기를 좀 하자고 설득했다. 하지만 클로에는 한쪽 눈썹을 치 켜세우며 "정말 요기를 원하는 건가요? 다른 걸 원하는 건 아니고?"라 고 되묻기만 했다.

나는 클로에의 말을 무시했지만 콘퍼런스가 본격적으로 진행되 기 전에 한 판 더 벌이고 싶다는 생각이 있음을 솔직히 말하고 싶기도 했다. 솔직히 말하면 클로에도 동의하지 않을까?

"객실로 돌아갈까?"

클로에의 귓가에 대고 물어보았다. 클로에는 중소 휴대전화 서비스 회사의 브랜드 이미지 쇄신과 관련된 아이디어를 선보인 한 학부생의 포스터를 신중하게 읽고 있었다. 맙소사, 그래프를 포스터 위에 테이프로 붙여놓다니!

"쉿."

"클로에, 이런 포스터에서는 배울 게 아무것도 없어. 커피 한잔하고 욕실에서 입으로 한번 하는 건 어떨까?"

"이사님 아버님이 말씀하셨어요. 최고의 아이디어를 어디서 어떻게 얻게 될지 모르는 일이니 보이는 건 모조리 읽으라고요. 게다가 여기는 같이 공부하는 친구들도 있어요."

나는 커프스단추를 만지작거리며 그녀의 답변을 기다렸지만 내 말의 뒷부분에 대해서는 언급할 생각이 없는 모양이었다.

"아버지는 아무 뜻 없이 그런 말을 하셨을 텐데."

클로에는 어이없다는 듯 웃었다. 아버지는 내가 태어났을 때부터 전 세계 최고경영자 25위 안에 늘 꼽히신 분이다.

"꼭 입으로 할 필요는 없겠지. 벽에 기대서 할 수도 있으니까."

나는 헛기침으로 목소리를 고르고 주위에 엿듣는 사람이 없는지 확인한 후 나지막이 말했다.

"아니면 당신이 바닥에 누워서 다리를 벌리고 내가 혀로 확실하게 느끼게 해줄 수도 있어."

클로에는 몸서리를 치고 나서 옆 포스터 쪽에 서 있는 학생들에게 미소를 지으면서 가까이 다가가 포스터 내용을 읽기 시작했다. 학생이 내게 손을 내밀며 말했다.

"실례합니다만, 베넷 라이언 씨죠?"

나는 고개를 끄덕였다. 학생의 손을 잡고 악수하느라 잠시 한눈을 판 사이 클로에는 저만치 멀어졌다.

우리가 있던 통로는 포스터 옆에 서 있는 학생들 외에 다른 사람은 거의 없어 그야말로 황량했다. 그 학생들마저 좀 더 흥미로운 행사를 찾아 자리를 뜨고 있었다. 콘퍼런스 후원사를 주축으로 대기업들이 콘퍼런스의 첫 행사인 학생 주도 세션의 성공적 운영을 돕기 위해 트레이드마크가 가득한 근사한 포스터를 만들어놓았던 것이다. 클로에는 허리를 숙여 메모지에 뭔가를 적었다. '지금 젠킨스 파이낸셜의 브랜드 이미지 쇄신이라고 적은 건가?'

나는 클로에의 손을 뚫어져라 바라보다가 시선을 그녀의 얼굴로 옮겼다. 생각에 잠긴 모양이었다. 젠킨스 파이낸셜 프로젝트는 그녀가 맡은 일이 아니었다. 심지어 나도 관여하지 않은 일이다. 사실 중견간부가 맡았는데 일이 제대로 진행되지 않아 고민하고 있던 작은 프로젝트다. 클로에는 우리 회사에서 고심하는 마케팅 캠페인에 대해서도 알고 있는 건가?

내가 질문을 던지기도 전에 클로에는 뒤돌아서 옆에 있는 다른 포스터를 향해 걸어갔다. 나는 열심히 일하는 클로에의 모습을 넋을 잃고 바라보았다. 클로에가 일하는 모습을 이렇게 대놓고 관찰한 적은 처음이다. 은근슬쩍 스토킹에 가깝게 훔쳐본 것을 근거로 판단해도 클로에는 명석하고 의욕이 넘치는 인재다. 하지만 그녀가 우리 회사 일을 이렇게 폭넓게 파악하고 있는지는 미처 몰랐다.

뭔가 칭찬의 말을 해주고 싶었지만 머릿속에서만 맴돌 뿐 입 밖으로 나오지 않았다. 묘한 방어기제가 불쑥 튀어나오는 것 같았다. 그녀를 칭찬하면 전략에 문제가 생길 것 같다는 생각이 들었다.

"필체가 많이 좋아졌군."

클로에는 나를 올려다보고 펜 끝을 꾹 누르며 말했다.

"꺼져주실래요?"

바지 속에 잠자고 있던 물건이 꿈틀거렸다.

"나한테 여기는 시간 낭비야."

"그렇다면 리셉션 홀에 가서 임원들이랑 정다운 악수를 나누면서 인사치레를 좀 하지 그러세요? 임원급들은 거기서 아침을 하고 있어요. 당신이 싫어하는 척하면서 사실은 좋아하는 초콜릿 머핀도 있을걸요?"

"지금은 뭔가를 먹고 싶은 기분이 아니라서."

클로에의 입가에 작은 미소가 걸렸다. 클로에가 내 표정을 살피고 있는데 또 다른 학생이 내게 다가와 자기소개를 했다.

"어릴 때부터 존경했어요."

그 여학생은 숨을 못 쉴 정도로 감격한 얼굴로 말을 이었다.

"작년에 여기서 한 연설도 경청했습니다."

나는 미소를 지으며 무례가 되지 않을 정도로 잠깐 악수를 했다.

"고맙습니다."

우리는 통로 끝 쪽으로 이동했다. 나는 클로에의 팔꿈치를 한 손으로 움켜잡았다.

"내가 참석해야 하는 미팅이 시작되기 전까지 한 시간이 남았어. 그 시간 동안 당신이 내게 해줄 수 있는 일이 있다는 걸 알고 있나?"

마침내 클로에가 고개를 들어 나를 바라봤다. 한층 확대된 클로에의 동공은 거의 검은색으로 보였다. 클로에는 입술을 핥아 적시고 나서 뿌루퉁하게 내밀어 퇴폐적인 분위기를 연출했다.

"나를 위층으로 데리고 가서 무슨 일인지 알려주면 되겠네요."

＊＊＊

클로에는 여전히 새 팬티를 찾고 있었다. 한 시 예정인 미팅에 오 분이나 늦은 상황이었다. 미니애폴리스의 중소기업에서 일하는 마케팅 이사, 에드 구글리오티와 만나기로 되어 있었다. 에드의 회사는 소규모 마케팅 프로젝트를 진행하는 하청업체이지만 현재 우리가 중요하게 여기는 프로젝트를 추가적으로 맡겨도 좋을지 살펴볼 예정이었다. 바지 지퍼를 올리면서 에드가 원래 비정상적으로 약속에 늦게 나타나곤 했다는 사실을 떠올렸다.

하지만 이번에는 예외였다. 그는 약속 장소에 이미 나와서 우리를 기다리고 있었다. 그의 옆에는 열의를 적당히 담은 미소를 띠고 있는 부하 직원 두 명이 동석했다.

나는 지각을 극도로 싫어하는 사람이다.

"에드."

나는 이름을 부르면서 악수를 청했다. 에드는 자기 팀원인 대니얼과 샘을 소개했다. 두 사람과 차례로 악수하고 샘에게 고개를 돌렸다. 샘은 내 뒤에 있는 문에 주목하고 있었다.

클로에가 걸어오고 있었다. 머리털을 늘어뜨린 그녀는 미치도록 아름다웠다. 방금 전 객실에 있는 책상 위에서 오르가슴에 젖은 교성을 내질렀다는 사실을 놀랍도록 완벽히 숨기고 매우 프로다운 모습을 하고 있었다.

클로에가 다가와서 의자를 잡아 빼서 내 옆에 앉은 다음 내게 살짝 미소 짓는 모습을 에드와 그의 팀원들은 넋이 빠져 아무 말 없이 지켜보았다. 붉은 입술은 살짝 부풀어 올랐고 턱에는 희미하게 붉은 자국이 보였다. 까칠하게 자란 내 수염이 남긴 훈장이었다.

'아주 좋아.'

내가 헛기침을 몇 번 하자 모두 내게 시선을 돌렸다.

"시작할까요?"

이번 미팅 내용은 내가 과거에도 천 번은 해본 매우 단순한 것이었다. 나는 프로젝트의 전체 개요를 공개 가능한 정도로 설명했다. 이에 에드는 자기 팀이 일을 잘해낼 방법을 찾아낼 수 있을 거라는 통상적인 이야기를 했다. 그리고 이번 프로젝트를 맡을 실무자를 소개받았다. 다음 날 다시 만나 프로젝트와 관련된 사항 일체를 설명하고 공식적으로 업무를 인계하기로 합의했다. 미팅은 십오 분이 채 걸리지 않았다. 두 시 미팅까지 약간의 여유가 생겼다. 나는 클로에를 바라보면서 한쪽 눈썹을 치켜세워 무언의 질문을 던졌다.

클로에가 웃으며 말했다.

"뭐 좀 먹어야죠. 가서 뭐 좀 먹어요."

***

그 이후 오후 시간은 매우 생산적으로 보냈다. 하지만 나는 거의 자동 모드로 있어서 누가 미팅에 관해 구체적으로 질문하면 세부 내용을 떠올리기 위해 머릿속을 한참 뒤져야 했다. 클로에와 그녀의 강박에 가까운 메모가 있어서 천만다행이었다. 많은 동료가 다가와 인사를 건네서 백 번은 넘게 악수했던 것 같은데 내가 기억하는 신체 접촉은 클로에와 관련된 것뿐이었다.

클로에 때문에 집중할 수가 없었다. 무엇보다 괴로운 건 이곳이 일반적이지 않은 특수 상황이라는 점이었다. 일하러 온 것은 분명하지만 완전히 새로운 세상이기도 했다. 우리가 원하는 대로 상황을 조정할 수 있었다. 그녀와 거리를 유지해야 하는 상황에 놓이면 그녀 곁에 있고자 하는 욕구가 더 커졌다. 강당에서 기조연설을 들을 때도 생산적인 생각을 하려고 애썼지만 소용없었다. 작년 기조연설자 자격으로 맨 앞자리에 앉아 있지만 도무지 연설 내용에 집중할 수가 없었다.

클로에가 자세를 바꾸는 모습이 감지되자 본능적으로 탁자 건너편으로 시선이 갔다. 클로에와 눈이 마주치는 순간 모든 소리가 내 의식 속으로 들어오지 못하고 하나로 뒤섞여 내 주변을 부유했다. 클로에가 내 쪽으로 몸을 숙였다. 그녀 입가에 얼핏 미소가 어렸다.

오늘 아침 일을 생각해보았다. 클로에는 겁을 먹은 것 같았다. 하지만 나는 오히려 침착하게 상황을 살필 수 있었다. 그동안 우리 사이에서 벌어진 모든 일을 있는 그대로 받아들이면 상황이 얼마나 단순하고 간단해지는지 알게 된 깨달음의 순간이었다.

뒤쪽 어디선가 휴대전화 벨이 울리는 바람에 최면과 같은 상태에서 벗어나 정신을 차리고 시선을 다른 곳으로 옮길 수 있었다. 나는 얼른 의자에 등을 기대며 앉은 자세를 바로잡았다. 나도 모르는 새에 몸을 앞으로 쑥 빼고 앉아 있었던 것이다. 주위를 둘러보다가 한 쌍의 낯선 눈동자가 우리를 주시하는 걸 발견하고 그대로 몸이 굳어버리는 것 같았다.

이 낯선 사람은 우리가 누구인지 알 리가 없다. 클로에가 내 부하 직원인 것도 모를 것이다. 그는 우리를 흘깃 쳐다보다가 재빨리 시선을 거두었다. 그 순간 억눌렀던 죄의식이 불쑥 고개를 내밀었다. 모든 사람이 내가 누구인지 알지만 클로에를 아는 사람은 없다. 만약 우리가 성관계를 맺고 있다는 걸 사람들이 알게 된다면 이 바닥에서는 클로에에 대한 잘못된 평판이 나돌 것이다. 그런 평판은 클로에가 일하는 내내 꼬리표처럼 따라다닐 게 분명하다.

클로에를 흘깃 쳐다보았다. 그녀는 내 얼굴에 떠오른 우려와 당혹스러움을 감지한 모양이다. 그 후 기조연설이 진행되는 내내 클로에 쪽은 바라보지 않고 똑바로 앞만 바라보았다.

***

"괜찮아요?"

엘리베이터에서 클로에가 물었다. 14층까지 가는 엘리베이터 안의 무거운 침묵을 깬 첫 일성이었다.

"그럼. 그냥…."

나는 목덜미를 긁으며 클로에의 시선을 피했다.

"그냥 생각을 좀 하느라 그래."

"오늘 밤에 친구들이랑 만나기로 했어요."

"좋은 생각이네."

"일곱 시에 스티븐슨과 뉴베리와 저녁 식사 일정이 있는 걸 잊지 말아요. 가스램프 쿼터에 있는 초밥집에서 식사하게 될 거예요. 그곳 마음에 들어 했잖아요."

"알아."

익숙한 업무 내용에 대한 대화가 오가자 안도감이 밀려왔다.

"그들의 어시스턴트 이름이 뭐였지? 늘 동행하던 여자 말이야."

"앤드루예요."

나는 당황스러운 표정으로 클로에를 쳐다봤다.

"남자 이름 같군."

"새로 온 어시스턴트예요."

'어떻게 그런 것까지 알지?'

클로에는 미소를 지으며 말했다.

"오늘 기조연설장에서 제 옆에 앉아서 저녁 식사 자리에 나도 참석하는지 물어보더라고요."

클로에를 바라보던 낯선 눈동자의 주인이 앤드루라는 사람인지 생각해보았다. 내가 클로에를 바라보는 모습을 보고서 그런 질문을 했던 건 아닐까? 뭔가 말하려고 웅얼거리는데 클로에가 내 말을 막았다.

"나는 다른 계획이 있다고 대답했어요."

다시 마음이 불편해졌다. 오늘 밤에 클로에와 함께 있고 싶었다. 머지않아 클로에는 내 인턴 직원 신분을 벗어난다. 그러면 나는 그녀의 연인이 될 수 있을까? 아니면 여전히 상사일까?

"식사 자리에 같이 갈까?"

클로에는 고개를 저었다. 엘리베이터가 13층에 도착하자 고개를 들어 문을 쳐다보았다.

"내 일을 보는 게 좋을 것 같아요."

***

저녁 식사를 마치고 돌아오는 짧은 드라이브는 조용하고 외로웠다.

잘생긴 개자식

머릿속에서 이런저런 생각이 복잡하게 얽혔다. 드넓은 로비를 가로질러 엘리베이터에 올라탄 나는 자동적으로 클로에의 방으로 걸음을 옮기다가 그녀랑 같은 방을 쓰는 게 아니라는 사실을 뒤늦게 떠올렸다. 내 방이 어디인지 기억나지 않았다. 14층에 있는 객실 문 세 개에 키 카드를 대보았다가 실패한 나는 결국 안내 데스크를 찾아가 확인하기로 했다. 그렇게 내 방을 찾아가고 보니 클로에 방 바로 옆이었다.

클로에의 방과 똑같은 구조의 객실이었지만 눈에 보이지 않는 부분이 완전히 다른 공간이었다. 우리의 겉치레와 가식을 완전히 씻겨 보낸 샤워기가 없었다. 서로 부둥켜안은 채 잠들었던 그 침대도 없다. 내 밑에서 무너져 내리며 내뱉는 클로에의 신음 소리가 밴 벽지도 없다. 오전에 빨리 해치웠던 섹스로 부서진 그 책상도 없다.

나는 전화기를 확인해보았다. 부재중 전화가 두 건 있었다. 모두 형에게서 온 것이었다. '이런 제길.' 평소 같으면 아버지와 형에게 몇 번 전화해서 콘퍼런스에서 진행한 미팅 내용과 새롭게 알게 된 잠재 고객에 관한 이야기를 들려주었을 것이다. 하지만 이번에는 아무에게도 전화를 걸지 않았다. 내가 이번 콘퍼런스에서 제사보다 젯밥에 더 관심이 많다는 사실을 두 사람이 간파할까 봐 두려워서 그런 것 같다.

밤 열한 시가 넘은 시각이었다. 클로에는 지금까지 친구들과 있는 건가? 아니면 방으로 돌아왔을까? 어쩌면 방에 누워서 나와 같은 생각에 골몰하고 있는지도 모른다. 나는 무심코 전화기를 집어 들고 클로에 객실 전화번호를 눌렀다. 네 번 벨이 울리자 녹음된 음성 메시지가 기계적인 응답을 해댔다. 나는 전화를 끊었다가 클로에의 휴대전화 번호를 눌렀다.

전화벨이 울리자마자 클로에의 목소리가 들려왔다.

"라이언 이사님?"

나는 흠칫 놀랐다. 친구들과 함께 있는 모양이다. 그런 상황이라면 베넷이라고 나를 부를 수 없는 게 당연하다.

"아, 나는… 음… 호텔까지 어떻게 돌아올 건지 궁금해서."

클로에의 웃음소리가 수화기 너머에서 청아하게 울려 퍼졌다. 하지만 곧 주위 사람들의 목소리와 쿵쾅거리는 음악 소리가 그 웃음소리를 덮어버렸다.

"밖에 택시가 약 70대 대기하고 있어요. 여기 일이 끝나면 그중 하나를 잡아타기만 하면 돼요."

"그게 언제쯤인데?"

"멜리사가 이번 잔을 다 비우고 다시 한 잔을 더 비울 때쯤일 거예요. 그리고 킴이 여기 있는 추잡한 남창들과 모조리 춤을 추고 나서이겠죠. 그러려면 지금부터 내일 아침 여덟 시 사이에 호텔로 복귀할 수 있을 것 같아요."

"지금 건방 떠는 건가?"

나는 싱긋 웃으면서 물었다.

"네."

"좋아."

나는 무거운 한숨을 내쉬며 말했다.

"무사히 호텔에 돌아오면 문자로 알려줘."

클로에는 잠시 침묵하다가 대답했다.

"그럴게요."

나는 통화를 마치고 전화기를 침대 위 내 옆자리에 떨어트리고 한 시
간 정도 바닥을 멍하니 바라봤다. 무엇을 해야 할지 갈피를 잡을 수가
없었다. 마침내 나는 자리를 박차고 일어나서 아래층으로 내려갔다.

***

로비에서 자리를 지키고 있는데 클로에가 돌아오는 모습이 보였다.
새벽 두 시였다. 홍조 띤 얼굴에 미소를 지은 클로에가 전화기를 손가
방에 막 집어넣고 있었다. 잠시 후 내 휴대전화에서 진동이 울렸다. 나
는 고개를 떨어트려 전화기 화면을 쳐다봤다.

'무사히 돌아왔습니다.'

클로에는 안내 데스크를 지나 엘리베이터 근처 내가 앉아 있는 곳을
향해 곧바로 걸어왔다. 클로에는 게슴츠레한 눈을 하고 구겨진 슈트를
입은 나를 발견하고 걸음을 멈췄다. 머리 모양도 아주 엉망일 게 분명
하다. 지독히도 걱정되어서 내 머리카락을 마구 쥐어뜯었기 때문이다.

갑자기 이게 무슨 짓인가 하는 회의가 밀려들었다. 의처증 남편처럼 클로에를 기다리고 있었다니. 이로써 분명해진 단 한 가지는 우리가 앞으로 어떻게 될지를 결정하는 사람은 내가 아니라는 점이다. 나는 어떻게든 클로에와 같이할 방법을 찾아내고 싶은 쪽이었다.

"베넷?"

클로에는 옆에 선 친구를 흘깃 바라보고 말했다. 그 친구는 클로에에게 손을 흔들고는 엘리베이터 쪽으로 걸어갔다. 그 친구가 무슨 생각을 할지 신경 쓰이지는 않았지만 엘리베이터를 타기 전까지 우리 쪽을 보고 있다는 사실은 감지할 수 있었다.

클로에는 짧은 검정 드레스를 입고 하이힐을 신고 있었다. 인턴십이 끝날 때까지 유니폼으로 그 옷을 매일 입고 나타났으면 좋겠다고 생각했다. 분홍빛 매니큐어를 칠한 발가락에서 정강이까지 가느다란 끈이 교차된 하이힐도 보였다. 당장 드레스를 그녀 몸에서 벗겨 내고 소파에 눕힌 다음 그 하이힐을 움켜쥐고 그녀를 마음껏 취하고 싶었다.

"안녕."

나는 웅얼거리듯 말했다. 내 눈앞에 어른거리는 쭉 뻗은 매끈한 다리에 마음을 온통 빼앗겨 생각을 제대로 할 수 없었다. 클로에는 나에게 다가오다가 조금 떨어진 곳에서 걸음을 멈췄다.

"여기서 뭐 하고 있어요?"

"기다리고 있었지."

나는 클로에가 내게 어떤 영향력을 미치는지 감추기 위해서 필사의 노력을 했다. 클로에의 머리를 움켜쥐고 엄지손가락으로 그녀의 분홍빛 유두를 감싸는 판타지에 젖어 있는 것도 들키지 말아야 했다. 그녀 몸에서 가장 부드러운 부분인 클리토리스의 느낌을 떠올리고 있다는 것도 들키고 싶지 않았다. 하지만 그녀의 발가락에서 귓불에 이르는 모든 부위를 맛보며 내가 무슨 생각을 했는지 낱낱이 털어놓고 싶은 마음도 간절했다.

"취했어요?"

나는 고개를 가로저었다. '술에 취하지는 않았지.'

"아까 당신을 바라보는 내 모습을 유심히 보는 사람이 있었어."

"알아요."

클로에는 손을 뻗어서 내 머리를 손끝으로 쓰다듬었다.

"기조연설장에서요. 그때 표정도 봤어요."

"곤혹스러웠어."

클로에는 아무 대꾸도 하지 않고 그저 허스키한 음성으로 나지막이 웃었다.

"내가 어떻게 보일지를 걱정했던 게 아니야. 당신이 어떻게 보일지를 걱정했어."

클로에는 헉 숨을 들이마셨다. 내 머리카락에 얽힌 손가락에 힘이 들어갔다. 고개를 들어 클로에를 바라보았다. 어리둥절한 표정을 짓고 있었다.

내가 그녀에게 완전히 미쳐 있는 걸 모르는 건가? 클로에를 바라보는 내 눈에 모든 게 드러날 텐데. 언제나처럼 그녀를 뒤에서 덥석 안고 싶었다. 교성을 지르는 그녀의 엉덩이를 찰싹 때려주고 싶었다. 절정에 이르는 순간 그녀의 머리채를 손에 휘감고 싶었다. 다시 한 번 그녀의 가슴을 깨물고 그녀의 척추를 이로 긁고 싶었다. 허벅지 뒤쪽을 꼬집고 나서 더할 나위 없이 부드러운 손길로 그곳을 어루만지고 싶었다.

하지만 그와 동시에 클로에가 잠든 모습을 보고 싶었다. 그리고 잠에서 깨어나 나를 바라보는 모습도 보고 싶다. 아침을 맞이하는 그 순수한 모습으로 그녀가 어떤 기분인지 가늠해보고 싶다.

순간 우리 사이에 섹스가 전부가 아니라는 사실을 깨달았다. 머릿속에서 간단하게 지워버릴 수 있는 일도 아니었다. 섹스는 내 소유욕을 가장 쉽게 충족하는 행위일 뿐이었다. 나는 클로에와 사랑에 빠진 것이다. 그런데 걷잡을 수 없이 빠르고 정신없이 사랑에 빠져버리는 통에 발 디딜 곳을 마련할 수 없는 게 문제다.

정말 무서운 일이다. 클로에에게 진심을 털어놓기로 결심했다.

"하룻밤 더 같이 있고 싶어."

클로에는 훅 숨을 들이마시면서 나를 쳐다봤다. 그제야 클로에는 나와 다른 생각을 할지도 모른다는 생각을 했다.

"싫으면 싫다고 말해도 좋아. 나는 그냥….."

나는 한 손으로 머리를 쓸어 올리면서 클로에를 올려다보았다.

"그냥 오늘 밤도 같이 있으면 좋겠다고 생각했어."

"욕심이 지나치군요."

"얼마나 그런지는 짐작도 못할걸."

***

클로에의 침대에서 그녀의 이불을 덮고 그녀에게 휘감겨 누워 있으니 다른 모든 것은 중요하지 않게 여겨졌다. 클로에의 체취와 그녀가 내는 모든 소리가 내 뇌를 흐릿하게 만들었고, 내 몸짓을 더욱 거칠게 만들었다. 클로에는 온통 젖어 있었다. 피부와 깊은 곳까지 모두 축축하게 젖은 그녀가 나를 더욱 깊이 받아들였다. 클로에의 다리가 내 엉덩이 근처를 휘감아 죄어왔다. 클로에는 나를 밀어제치고 올라타서 허리를 활처럼 휘고 고개를 뒤로 젖힌 채 격렬하게 움직였다. 그녀의 손가락이 내 복부를 파고들었다. 그녀의 피부가 땀에 젖어 반짝였다. 나는 그녀를 받쳐 안은 채 일어나 앉았다. 그녀가 미끄러지듯 움직일 때 우리 둘의 가슴이 부딪치는 느낌을 즐기고 싶었다. 그리고 다시 클로에를 눕히고 그녀 위를 점령했다. 그녀의 두 다리를 내 어깨 위에 걸쳐놓았다. 클로에는 뭔가 말하려는 듯 입술을 달싹거렸다.

그녀의 손톱이 내 등을 파고들었다. 나는 갈라진 음성으로 "더 해, 좋아"라고 말했다. 그녀가 내게 표식을 남기면 좋겠다는 생각을 했다. 내일도 그 표식이 내 몸에 온전히 남아 있기를 바랐다.

클로에는 절정의 순간에 이르러 쾌락의 파도에 몸을 맡기기를 여러 번 반복했다. 자기 머리카락을 잡아당기는 클로에의 모습은 억제되지 않은 야성의 모습 그대로였다. 나는 그녀 위에서 무너져 내리면서 앞뒤가 맞지 않는 말들을 웅얼거렸다. 우리가 이미 알고 있는 진실을 전하고 싶은 마음이었다. 이 방 밖에서 벌어지는 모든 일은 무의미하다고 말하고 싶었다.

16

우리는 천천히 현실로 돌아왔다. 이불을 똘똘 만 채 몇 시간에 걸쳐 어제 일을 이야기했다. 에드와의 미팅이며 베넷의 저녁 식사 자리, 친구들과 내가 어울렸던 일들을 모두 서로에게 들려주었다. 그리고 책상이 부서진 이야기와 일주일 동안 입을 속옷을 충분히 챙겨 오지 않아서 베넷이 더 이상 훼손할 속옷이 없다는 이야기도 했다. 우리는 모든 것에 관해 이야기를 나누었지만, 단 하나 베넷이 내 심장에 일으킨 대혼란에 관한 이야기는 빼놓았다.

나는 손가락 하나로 베넷의 가슴을 쓸어내렸다. 베넷은 내 손가락을 잡아 멈추더니 자기 입술 쪽으로 이끌었다.

"이야기를 나누니까 좋군."

나는 크게 웃으면서 베넷의 흘러내린 머리카락을 이마 위로 넘겨주었다.

"나랑 매일 이야기를 나누잖아요. 그러니까 엄밀하게 말하자면 소리치고 고함치고 문을 쾅 닫는 식이기는 하지만. 또 뿌루퉁하게 말할 때도 있고…."

베넷은 손끝으로 내 드러난 복부에 나선형의 그림을 그리면서 내 주의를 산만하게 했다.

"내가 무슨 뜻으로 한 말인지 알잖아."

알고 있다. 무슨 뜻으로 한 말인지 정확하게 안다. 이 순간을 어떻게든 더 연장해서 영원으로 이어지게 할 수 있는 방법을 찾고 싶다.

"그럼 어디 더 말해봐요."

베넷이 눈을 치켜뜨고 내 얼굴을 바라보았다. 약간 긴장한 표정으로 웃고 있었다.

"뭘 알고 싶지?"

"솔직한 거? 모든 것을 알고 싶기는 하지만 살살 시작하죠. 일단 베넷 라이언의 여성 편력사를 알려줘요."

베넷은 그 긴 손가락으로 자기 눈썹을 만지작거리며 웃었다.

"그래, 살살 시작하자. 좋은 생각이야."

베넷은 헛기침을 몇 번 하고 나서 나를 보며 말했다.

"고등학교 시절에 몇 명이 있었고 대학교에서도 몇 명과 사귀었어. 대학원에 다닐 때도 약간 명과 사귀었고 학업을 마친 뒤에 몇 명을 사귀었지. 오랫동안 사귄 경우는 파리에서 살 때였고."

"세부적으로 말하면?"

나는 손가락으로 머리카락을 꼬면서 너무 몰아대는 게 아니기를 빌었다. 하지만 놀랍게도 베넷은 아무런 망설임 없이 대답했다.

"실비라는 여자였어. 파리에 있는 작은 기업에서 변호사로 일했는데 3년 정도 사귀다가 귀국하기 몇 달 전에 헤어졌어."

"그래서 귀국한 거예요?"

베넷의 한쪽 입가에 미소가 걸렸다.

"아니."

"실연당했나요?"

싱긋 미소는 어느새 나를 향한 능글맞은 히죽 웃음으로 바뀌었다.

"아닌데."

"아니면 베넷이?"

왜 이런 걸 묻고 있는 거지? 그렇다고 대답해주기를 바라고 있는 건가? 베넷이라면 여자들에게 실연의 상처를 안기고도 남을 능력이 있다. 사실 나는 베넷이 내게도 실연의 상처를 안겨줄 거라고 확신하고 있었다.

그때 베넷은 허리를 숙여 내게 키스하고 잠시 동안 내 아랫입술을 빨아 삼키고 나서 속삭였다.

"아니. 그냥 더 이상 감정이 통하지 않아서였어. 나의 연애사에는 드라마가 별로 없어. 클로에를 만나기 전까지는."

나는 크게 웃으며 말했다.

"패턴을 바꾸게 되었다니 다행이네요."

베넷의 웃음소리가 내 피부에 닿아 파동을 만들었다. 베넷은 내 목덜미에 키스했다.

"정말 그렇군."

그의 기다란 손가락이 내 복부를 지나 엉덩이로 향했다. 최종 목적지는 내 다리 사이였다.

"이제 당신 차례야."

"오르가슴? 좋아요. 부탁해요."

베넷은 나른하게 나의 클리토리스 주변에서 손가락으로 원을 그리다가 미끄러지듯 부드러운 동작으로 내 안으로 손가락을 들이밀었다. 이 남자는 내 몸을 나보다도 더 잘 알고 있다. 언제부터 이렇게 된 거지?

"아니."

베넷은 중얼거리듯 말했다.

"연애사 고백할 차례라고."

"그러고 있으면 아무런 생각을 할 수가 없잖아요."

베넷은 내 어깨에 키스하고 한 손으로 내 복부를 어루만지면서 천천히 원을 그렸다.

잘생긴 개자식

나는 입술을 삐죽 내밀었다. 하지만 베넷은 눈치채지 못하고 내 몸을 어루만지는 손가락을 주시하고 있었다.

"세상에, 그 많은 남자들 이야기를 어디서부터 어떻게 시작해야 할까?"

"클로에."

베넷이 경고조로 말했다.

"고등학교 때 두 명. 대학교 때 한 명."

"그럼 지금껏 세 명하고만 섹스를 했단 말이야?"

나는 몸을 뒤로 빼서 베넷의 얼굴을 보았다.

"여보세요, 잊으신 모양인데 저는 네 명의 남자와 섹스했어요."

베넷의 얼굴 가득 젠체하는 미소가 번졌다.

"그렇군. 그렇다면 내가 쑥스러울 정도로 큰 격차로 최고의 상대가 되는 건가?"

"나는요? 나도 최고인가요?"

베넷은 웃음기를 거두고 눈을 깜빡이며 놀란 듯한 얼굴로 말했다.

"그래 맞아."

진심이 느껴지는 대답이었다. 몸속의 뭔가가 맥없이 녹아내려 조그맣고 따스한 소리로 울려 퍼지는 것 같았다. 나는 몸을 앞으로 뻗어 베넷의 턱에 키스했다. 이런 감정이 내게 어떤 영향을 미치는지 감추고 싶었다.

"다행이네요."

그의 어깨를 따라 키스를 퍼부으며 나는 행복한 신음 소리를 냈다. 베넷을 음미하고 세이지 향이 밴 그의 체취를 느끼는 게 좋았다. 손가락을 그의 머리에 파묻고 끌어안고는 그의 턱을 살짝 물었다. 이어서 목덜미와 어깨로 입을 옮겨갔다. 나를 안고 있는 베넷은 미동도 하지 않았다. 내게 키스를 되돌려줄 생각이 없는 게 분명해 보였다.

뭐지?

베넷은 숨을 들이마시고 뭔가 이야기를 하려다가 다시 입을 굳게 다물었다. 나는 잠시 그에게서 입술을 떼고 물었다.

"뭐예요?"

"나를 음탕한 난봉꾼 정도로만 생각하는 것 같은데, 나에게는 중요한 문제야."

"뭐가 중요하다는 거죠?"

"정확한 답을 듣고 싶어."

나는 베넷을 똑바로 쳐다봤다. 베넷도 나를 노려보았다. 그의 안구 홍채가 익히 보아온 성난 녹갈색으로 변하고 있었다. 지난 몇 분간을 재빨리 되짚으면서 베넷이 지금 무슨 말을 하는지 파악하려고 애를 썼다.

아.

"아, 당신도 그래요."

베넷은 미간을 찡그리며 말했다.

"그래, 뭐가 그렇다는 건가요, 밀스 양?"

뜨거운 열기가 온몸을 관통했다. 저렇게 말할 때는 다른 모습이 보인다. 날카롭고 위압적인 그는 빌어먹게도 섹시하다.

"그러니까 상당한 격차를 두고 당신이 최고라고요."

"조금 낫군."

"최소한 지금까지는 말이죠."

베넷은 몸을 굴려 내 위로 올라와 내 팔목을 모두 잡아 내 머리 위로 끌어 올렸다.

"약 올리지 마."

"약 올리지 말라고요? 내가 할 말을 하고 계시네요."

나는 가쁜 숨을 내쉬며 말했다. 그의 남성이 내 허벅지를 압박해왔다. 조금 더 위쪽으로 올라왔으면 좋겠다는 생각이 들었다. 그다음에는 내 안으로 밀고 들어왔으면 좋겠다.

"우리는 늘 서로를 약 올리는 사이잖아요."

베넷은 내 말이 틀리다는 걸 증명이라도 할 기세로 손을 아래로 내려서 자신의 성난 물건을 잡아 내 안으로 밀어 넣고 내 다리를 자기 엉덩이 근처로 잡아당겼다. 그다음에는 꼼짝도 않고 가만히 자세를 잡은 채로 나를 물끄러미 내려다보기만 했다. 그의 윗입술이 씰룩거렸다.

"제발 움직여줘요."

내가 속삭였다.

"그렇게 하면 좋겠어?"

"그래요."

"내가 그렇게 하지 않으면?"

나는 입술을 깨물고 안간힘을 다해 그를 노려보려 노력했다.

베넷은 미소 띤 얼굴로 으르렁거리듯 말했다.

"이런 게 약 올리는 거지."

"부탁해요."

나는 엉덩이를 움직이려고 해보았다. 하지만 내 움직임을 그대로 그가 따라 해서 원하던 마찰을 느낄 수가 없었다.

"클로에, 나는 단 한 번도 당신을 약 올리지 않았어. 오히려 당신이 내 약을 올렸지."

나는 소리 내어 웃었다. 베넷이 눈을 감았다. 내 몸은 더욱 강하게 그를 조이고 있었다.

"처음에는 일부러 그러진 않았다는 거 알아."

베넷은 내 목덜미에 얼굴을 묻으며 말했다.

"이제는 나 때문에 얼마나 기분 좋아지는지 말해줘."

그의 목소리에서 상처받기 쉬운 연약한 구석이 느껴졌다. 장난으로 하는 말이 아니라는 걸 알 수 있었다.

"어떤 남자에게서도 오르가슴을 느낀 적이 없었어요. 손이든 입이든 그 무엇으로든."

베넷은 여전히 미동도 하지 않고 내 안에 있었지만 극도의 인내심을 발휘하는 기색이 역력했다. 어깨가 미세하게 떨렸고, 얕은 숨이 거칠게 터져 나왔다. 그의 육체는 당장이라도 거세게 움직여 폭발하기를 원하고 있었다. 하지만 내 말을 들은 베넷은 말 그대로 얼음처럼 굳어버렸다.

"어떤 남자도?"

"베넷 당신이 유일해요."

나는 몸을 앞으로 뻗어 베넷의 턱을 입으로 물었다.

"이 분야에서 탁월한 실력을 지닌 능력자라고나 할까요."

베넷은 내 이름을 신음하듯이 부르고 엉덩이를 움직이기 시작했다. 그것으로 대화는 끝이 났다. 그의 입술이 내 입술을 찾았다. 그런 다음 턱과 귓불로 이동했다. 그의 손이 내 옆구리를 타고 올라오더니 가슴을 어루만졌다. 그리고 마지막으로 내 얼굴을 감싸 쥐었다.

우리가 리듬에 몸을 맡기자 나도 제어할 수 없는 황홀경을 느낄 수 있었다. 오르가슴의 순간이 다가오자 나는 발뒤꿈치를 그의 엉덩이에 대고 좀 더 원했다. 더 강하고 더 빠르게 그의 모든 것을 받아들이고 싶었다. 베넷이 속삭였다.

"진즉에 그런 줄 알았다면 좋았을 거야."

"왜?"

나는 간신히 입 밖으로 소리를 만들어냈다. '더 빨리!' 내 몸이

아우성쳤다. '더 원해.'

"그랬어도 당신이 얼간이라는 건 변함없었을 텐데?"

베넷은 자신을 휘감은 내 다리를 풀고 내 몸을 뒤집어 무릎 꿇은 자세로 있게 만들었다.

"모르지. 하지만 진즉에 그런 줄 알았다면 좋았을 거야."

베넷은 낮은 목소리로 중얼거리듯 말하고 다시 내 안으로 밀고 들어왔다.

"맙소사! 정말 깊어."

베넷은 마치 춤추듯, 물이 찰랑거리듯 유연하게 움직였다. 방 안으로 햇살이 스머드는 것처럼 자연스러웠다. 우리 밑에 있는 매트리스 스프링이 삐걱거렸다. 강하게 밀어붙이는 베넷의 힘 때문에 나는 침대 위쪽으로 밀려갔다.

"거의 다 왔어요."

나는 이불을 움켜쥐고 베넷에게 계속해달라고 애원했다.

"거의 다. 더 세게 해줘요."

"빌어먹을, 나도 거의 다 왔어. 클로에, 터트려."

그의 모든 움직임은 돌이킬 수 없는 지경에 이르렀음을 말하고 있었다. 목소리, 얼굴, 체취. 그의 모든 것으로 마음을 가득 채운 나는 그의 몸 밑에서 황홀경을 경험했다.

베넷은 거칠게 밀고 들어왔다. 모든 근육이 팽팽하게 조여드는 순간이 지나자 베넷은 내게 기대어 무너져 내렸다.

"아, 이런."

그는 내 머리에 얼굴을 묻고 더운 숨을 내쉬면서 자신의 몸을 온전히 기대었다.

덜컹거리는 소리를 내면서 에어컨이 켜지고 웅웅 소리를 내기 시작했다. 숨을 가다듬은 베넷은 옆으로 몸을 굴려 내게서 떨어져 나가면서 한 손으로 땀에 젖은 내 등을 어루만졌다.

"클로에?"

"음?"

"나는 이것보다 더 많은 걸 원해."

잠긴 듯한 베넷의 목소리가 묵직하고 낮았다. 잠결에 하는 소리가 아닌가 싶을 정도였다. 내 몸이 얼어붙었다. 머릿속에서는 온갖 생각이 뒤엉켜 카오스를 연출하고 있었다.

"지금 뭐라고 했어요?"

베넷이 무거운 눈꺼풀을 들어 올리고 나를 바라봤다.

"당신과 함께하고 싶어."

팔꿈치에 얼굴을 괴고 모로 누워서 베넷을 바라봤다. 머릿속에서 단 한마디 말도 생각할 수 없었다.

"너무 졸리다."

베넷은 눈을 감고 묵직한 팔을 내 몸에 두르고 나를 잡아당겼다.

"이리 와."

내 목덜미에 얼굴을 묻은 베넷이 웅얼거리듯 말했다.

"당신이 나와 같지 않아도 괜찮아. 나는 당신이 허락하는 정도만 받을게. 일단은 아침까지 여기 있게 해줘, 괜찮지?"

갑자기 잠이 싹 달아났다. 어두컴컴한 벽을 뚫어져라 바라보면서 에어컨 돌아가는 소리에 귀를 기울였다. 이 일로 모든 것이 달라질까 두려웠다. 무엇보다 지금 자신이 무슨 소리를 하는지도 모르는 것 같은 베넷에 대한 두려움이 생겼다. 그의 말에도 불구하고 달라질 것은 없었다.

"좋아요."

나는 어둠에 대고 속삭였다. 베넷의 숨결이 잦아들더니 규칙적인 숨소리가 들렸다. 잠에 빠져든 것 같았다.

***

몸을 옆으로 굴려 베개를 끌어안으며 어떻게든 편안한 자세를 찾으려 애를 썼다. 베넷의 체취에 잠을 깼는데 침대 한쪽의 차가운 시트가 내가 혼자 있다는 걸 알려주었다. 화장실 문 쪽을 쳐다보면서 눈의 초점을 맞추려고 노력했다. 화장실 안에서 어떤 소리라도 새어 나오는지 집중해 들어보기도 했다. 하지만 인기척이 없었다.

나는 그대로 누워서 베갯잇을 꼭 붙잡았다. 눈꺼풀이 다시 무거워지는 것을 느꼈다. 베넷이 오기를 기다리고 싶었다. 내 곁에 누운 그의 따스한 육체가 전해주는 안도감이 필요했다. 베넷이 나를 안고 이 모든 일이 진짜이고 내일 아침이 되어도 아무것도 달라지지 않는다고 속삭이는 상상을 했다. 잠시 후 두 눈이 맥없이 감기고 나는 선잠이 들었다.

잠시 후 다시 잠에서 깼다. 여전히 혼자였다. 재빨리 옆으로 몸을 굴려 시계를 봤다. 새벽 다섯 시 십사 분.

'뭐?' 나는 어둠 속에서 손을 더듬어 잡히는 첫 번째 옷가지를 그냥 입고 화장실로 걸어갔다.

"베넷?"

답이 없다. 살짝 문을 두드려봤다.

"베넷?"

신음 소리와 발을 질질 끌며 걸어가는 소리가 문 너머에서 들려왔다.

"가 있어."

베넷의 갈라진 목소리가 화장실에서 울려 퍼졌다.

"베넷, 괜찮아요?"

"몸이 안 좋아. 하지만 괜찮아질 거야. 어서 침대로 가 있어."

"뭘 좀 가져다줄까요?"

내가 물었다.

"괜찮으니까 제발 침대에 가 있어."

"하지만…."

"클로에!"

베넷은 짜증 섞인 거친 어조로 내 이름을 불렀다.

나는 그대로 돌아섰지만 어찌해야 할지 알 수가 없었다. 불안했다. 어디가 아픈가? 일 년이 채 안 되는 기간이었지만 베넷은 감기 한 번 든 적이 없었다. 베넷은 내가 화장실 문 앞에서 서성이는 걸 절대로 원하지 않지만, 이대로는 다시 잠들 수 없을 것 같았다.

일단 침대로 가서 잠자리를 반듯이 정리하고 거실 쪽으로 갔다. 미니 바에서 물 한 잔을 따라 손에 들고 소파에 앉았다. 베넷이 몸이 안 좋다고 한다면 두어 시간 뒤에 예정된 에드와의 미팅은 불가능할 것이다.

나는 텔레비전을 켜고 채널을 이리저리 돌렸다. 해설식 광고. 이상한 영화. 드라마 다이제스트. 아, 코미디 영화가 좋겠다. 소파에 등을 기대고 책상다리를 하고 앉은 나는 베넷을 기다릴 채비를 마쳤다. 영화가 반절쯤 진행됐을 때 화장실에서 물 흐르는 소리가 들렸다. 나는 자리에서 일어나 귀를 기울였다. 한 시간 만에 처음 듣는 소리였다. 화장실 문이 열리자 나는 소파에서 벌떡 일어나 물 한 잔을 따라서 침실로 갔다.

"좀 괜찮아졌어요?"

내가 물었다.

"응. 지금은 잠을 좀 자야할 것 같아."

베넷은 비틀거리며 침대로 걸어가 베개에 얼굴을 묻고 신음 소리를 냈다.

"도대체… 무슨 일이에요?"

나는 물컵을 침대 옆에 있는 협탁 위에 내려놓고 침대 가장자리에 걸터앉아 베넷을 바라보았다.

"속이 안 좋아. 저녁에 먹은 초밥이 문제인 것 같아."

베넷이 눈을 감았다. 건너편 객실에서 흘러든 희미한 불빛에도 안색이 많이 안 좋은 것이 보였다. 베넷은 살짝 옆으로 고개를 돌렸지만 나는 무시하고 한 손을 그의 머리에 얹고 다른 손으로는 뺨을 어루만졌다. 그의 머리는 젖어 있고, 얼굴은 창백하고 축축했다. 나를 피하려던 베넷은 내 손길이 닿자 내 쪽으로 몸을 기울였다.

"왜 나를 깨우지 않았어요?"

그의 이마에 달라붙은 젖은 머리카락을 뒤로 넘기며 말했다.

"당신이 저기 서서 내가 토하는 모습을 보는 건 죽기만큼 싫으니까."

베넷은 심통 난 아이처럼 대꾸했다. 나는 눈을 부라리고는 물컵을 건넸다.

"내가 뭐라도 도와줄 수 있잖아요. 괜히 남자다운 척할 필요 없어요."

"당신이나 여자다운 척하지 마. 뭘 도와줄 수 있겠어? 식중독은 고독하게 혼자 감당해야 하는 일이라고."

"그럼 에드에게 연락할까요?"

베넷은 끄응 신음을 내뱉고 두 손으로 자신의 얼굴을 감쌌다.

"제길. 지금 몇 시지?"

시계가 있는 쪽을 흘깃 바라보았다.

"일곱 시가 막 지났어요."

"미팅은 몇 시?"

"여덟 시."

베넷은 몸을 일으키려고 했지만 맥없이 다시 누워야 했다.

"이런 몸으로 미팅에 나갈 수는 없어요! 마지막으로 토한 게 언제예요?"

베넷은 앙다문 잇새로 내뱉듯 말했다.

"몇 분 전."

"정말 지긋지긋하게도 정확하게 말하네요. 에드에게 연락해서 시간을 다시 잡자고 할게요."

책상에 있는 전화기를 이용해야겠다고 생각하고 몸을 일으키려는데 베넷이 내 팔을 잡았다.

"클로에, 당신이 해."

나는 놀라서 두 눈을 휘둥그레 뜨고 말했다.

"뭘요?"

잘생긴 개자식

베넷은 잠자코 나를 쳐다보았다.

"미팅이요?"

그가 고개를 끄덕였다.

"당신 없이? 혼자서?"

다시 한 번 베넷은 고개를 끄덕였다.

"지금 나보고 미팅에 혼자서 나가라고요?"

"밀스 양, 자네는 칼날처럼 예리한 인재야."

"말도 안 되는 소리 하지 마요."

나는 소리 내어 웃으면서 베넷을 살짝 밀어냈다.

"당신 없이는 아무 일도 안 할 거예요."

"왜? 클로에, 당신은 우리가 어떤 제안을 해야 할지 나 못지않게 잘 알잖아. 게다가 이번에 약속을 어기고 다시 시간을 잡자고 하면 에드는 호화로운 시카고 여행을 한 다음에 그 비용을 우리에게 냉큼 청구할 거야. 클로에, 부탁해."

나는 베넷을 물끄러미 내려다보았다. 장난스러운 미소를 지으며 농담이었다고, 방금 한 말을 철회하기를 기다렸다. 하지만 그런 일은 없었다. 사실 나는 이번 프로젝트를 다 파악하고 있고 계약 조건도 잘 알고 있었다. 그러니 못할 것도 없는 일이었다.

"좋아요."

나는 미소 지으며 대답했다. 어쩌면 이번 일로 우리 관계가 어떻게 진행될지도 알아볼 수 있으리란 희망 같은 게 느껴졌다.

"할게요."

베넷이 다소 냉엄한 표정을 지었다. 근 며칠 동안 들어보지 못한 직장 상사의 목소리가 들려왔다. 그 모습을 보는데 주책없이 섹시하다는 생각이 들었다.

"밀스 양, 어떻게 할 생각인가요?"

나는 고개를 끄덕이며 말했다.

"프로젝트의 한계와 타임라인을 분명히 정리하도록 할 겁니다. 과도한 제안이나 계획이 없는지 잘 살펴보겠습니다. 에드는 과하게 일을 부풀리는 경향이 있다는 평판을 듣고 있습니다."

베넷은 살짝 웃으며 고개를 끄덕였다. 나는 말을 계속 이어나갔다.

"계약 효력이 발생되는 시점과 중간 점검 시기를 분명히 확인하겠습니다."

손가락을 꼽으며 조목조목 짚어나가자 베넷의 작은 미소는 활짝 웃음으로 변했다.

"잘해낼 거라 믿어."

나는 허리를 숙여 베넷의 젖은 이마에 키스했다.

"나도 그렇게 생각해요."

*＊＊

그로부터 두 시간 뒤, 나는 하늘이라도 날 것 같은 심정이었다.

미팅은 완벽했다. 처음에 에드는 라이언 이사를 대신해서 인턴 나부랭이가 미팅에 나왔다는 사실에 짜증을 냈지만 상황을 전해 듣고는 태도를 누그러트렸다. 잠시 후 내가 세부적인 내용을 정확하게 짚으며 설명하자 깊은 인상을 받은 것 같았다. 심지어 내게 자기 회사에 와서 일하지 않겠느냐고 제안까지 했다.

"물론 라이언 이사와 함께하는 일이 끝나면 말이죠."

재치 있는 윙크와 함께 건넨 스카우트 제의에 나는 난색을 표했다. 라이언 이사와 함께하는 일이 끝나지 않았으면 좋겠다고 생각했다.

미팅을 마치고 객실로 돌아가는 길에 베넷의 어머니인 수전에게 전화를 걸어서 그가 아플 때 뭐를 해주면 좋아하는지를 물었다. 내가 예상했던 대로, 닭고기수프와 빙과로 응석을 받아준 것은 베넷이 치아 교정기를 끼고 있던 시절이 마지막이라고 했다. 수전은 베넷이 잘 대해주느냐고 걱정스레 물었다. 죄책감이 밀려왔다. 나는 잘 지내고 있다고 안심시키고 가벼운 식중독으로 베넷이 고생하는 게 유일한 걱정거리라고 말씀드렸다. 그리고 몸이 조금 나아지면 어머니께 전화드리라고 하겠다고도 했다. 손에 식료품 봉지를 하나 들고 객실로 들어선 나는 작은 주방 쪽으로 가서 사 온 것들을 내려놓고 입고 있던 테일러드 모직 슈트를 벗었다.

슬립만 입은 채 침실로 들어갔다. 하지만 베넷이 없었다. 욕실 문이 활짝 열려 있어서 그쪽을 보았지만 거기에도 없었다. 객실

청소를 한 모양이었다. 침대 시트가 깨끗하게 갈려 있었고, 바닥에 어지럽게 놓여 있던 옷가지들도 얌전히 개켜 있었다. 발코니 문이 열려 있어서 신선한 바깥 공기가 들어왔다. 발코니 쪽으로 가보니 긴 의자에 앉아서 무릎에 팔꿈치를 대고 얼굴을 고이고 있는 베넷의 모습이 눈에 들어왔다. 샤워를 막 마치고 짙은 청바지와 초록색 반팔 티셔츠를 갈아입은 모양이었다. 그의 모습을 바라보는 것만으로도 온몸에 소름이 돋았다.

"안녕."

내가 입을 열었다.

베넷이 고개를 들었다. 슬립 안에 살짝 숨은 내 몸의 모든 곡선을 샅샅이 훑어보는 시선이다.

"이런, 맙소사. 미팅에 그렇게 입고 나간 건 아니겠지?"

"왜요? 이렇게 입고 나갔는데요."

나는 크게 웃으며 말했다.

"아쉽게도 이 위에 매우 단정한 남색 정장을 덧입기는 했죠."

"다행이군."

베넷은 으르렁거리듯 말했다. 그리고 긴 팔로 내 허리를 감아 끌어안은 다음에 내 복부에 얼굴을 파묻었다.

"보고 싶었어."

가슴이 뻐근해졌다. '우리는 뭐지?' 지금 이 상황은 진짜일까? 아니면 며칠만 소꿉놀이를 하다가 다시 원래 상태로 되돌아가게

잘생긴 개자식

될까? 이런 일이 있고 난 뒤에 아무 일도 없다는 듯 원래대로 돌아갈 수는 없을 것 같았다. 하지만 이 모든 일이 어떤 미래를 만들어 낼지를 그려보는 것도 엄두가 나지 않았다.

'클로에, 베넷에게 물어봐!'

마음속에서 작은 목소리가 외치고 있었다. 베넷이 고개를 들어 내 얼굴을 쳐다봤다. 그의 강렬한 시선을 받은 내 얼굴이 발갛게 달아올랐다. 내가 뭔가 말하기를 기다리고 있는 게 분명했다.

"몸은 좀 괜찮아졌어요?"

머릿속 생각과는 전혀 상관없는 질문이 입 밖으로 튀어나왔다.

'겁쟁이!'

베넷은 실망한 표정을 짓다가 곧 아무렇지도 않은 듯한 표정을 되찾았다.

"많이 좋아졌어. 미팅은 어땠나?"

에드와의 미팅을 성공적으로 진행해 마음이 잔뜩 들떠 있었고 그 모든 일을 신나게 베넷에게 전하고 싶은 마음이 간절했지만 막상 베넷에게 질문을 받고 나니 더럭 겁이 났다. 베넷은 내 허리에 두른 팔을 거두고 의자에 기대앉아서 내 대답을 기다렸다. 그가 멀어지자 갑자기 기온이 뚝 떨어진 것 같고 허전했다. 되감기 버튼이라도 눌러서 그가 나에게 보고 싶었다는 말을 했던 그때로 되돌아가고 싶었다. 그러면 '나도 보고 싶었어요'라고 답하고 그에게 키스할 수 있을 것이다. 그랬다면 우리는 서로에게 다시 열중하면서 한참 시간을 보냈을 것이고 몇 시간이 지난 뒤 베넷의 품에 안겨서 미팅 이야기를 미주알고주알 떠들어댔을 텐데.

하지만 현실은 서로 떨어진 채로 보고를 주고받는 상사와 부하 직원 모드였다. 나는 미팅의 세부 내용을 자세히 설명했다. 에드가 나에게 어떤 반응을 보였고, 당면한 프로젝트에서 중요한 점을 그에게 어떻게 어필했는지 자세히 이야기했다. 미팅 동안에 있었던 모든 일을 다양한 측면에서 설명하면서 이야기를 쏟아 내자 베넷은 나직이 웃음을 터트렸다.

"세상에, 당신 정말 말을 많이 하는구나."

"미팅은 잘된 것 같아요."

나는 한 걸음 베넷에게 다가가며 말했다. '다시 나를 안아줘요.'

하지만 베넷은 그렇게 하지 않았다. 나는 뒤로 몸을 젖히고 딱딱한 얼굴에 억지웃음을 지었다. 이 잘생긴 개자식이 거리를 두는 모양이다.

"클로에, 정말 잘했어. 잘할 거라고 의심치 않고 있었어."

베넷에게 이런 칭찬을 들을지는 몰랐다. 필체가 좋아졌다거나 펠라티오를 잘한다는 말 정도가 그가 내게 해준 칭찬의 전부였다. 베넷이 어떻게 생각하는지가 내게 얼마나 중요한 일인지가 문득 생각났다. 그동안에도 줄곧 그가 나를 어떻게 보는지가 중요했나? 섹스 파트너가 아니라 연인이 된다면 베넷은 나를 특별 취급하게 될까? 베넷이 상사로서 내게 잘해주면 좋을까? 연인과 멘토

잘생긴 개자식

가 뒤섞인 역할을 하려고 하면 어떻게 할까? 직장에서도 침대에서처럼 잘생긴 개자식인 채로 지내는 게 더 좋을 것 같았다.

생각이 여기에 이르자 과거의 우리 사이가 낯설게 느껴졌다. 멀리서 낯선 것을 바라보는 심정이나 발이 커져서 신을 수 없게 된 신발을 보는 것 같다고나 할까. 베넷이 고약한 상사 모드를 장착하고 지독한 말들로 현실감각을 되찾게 해주면 좋겠다는 생각이 들면서 한편으로는 당장 나를 끌어안고 슬립 안에 터질 것같이 부풀어 오른 가슴에 키스해주었으면 좋겠다는 생각도 들었다. 모순된 두 가지 생각에서 나는 갈피를 잡을 수 없었다.

'클로에, 정신 차려. 상사와 섹스하면 안 되는 칠십오만 번째 이유를 기억해봐. 명확하게 정리된 상사와의 관계를 경계가 불분명한 이상한 것으로 만들잖아.'

"피곤해 보이네요."

나는 베넷의 목덜미에 난 머리털을 손가락으로 살짝 어루만지면서 속삭였다.

"피곤해."

베넷은 웅얼거리듯 말했다.

"내가 미팅에 안 간 거는 정말 잘한 일이야. 그동안에도 계속 토했어. 아주 많이."

"역겨운 정보를 그렇게 자세히 공유해주시니 정말 감사합니다."

나는 웃으면서 말했다. 그리고 잠시 주저하다가 두 손으로 그의 얼굴을 감쌌다.

"아이스바랑 진저에일, 생강쿠키, 크래커를 가져왔어요. 어떤 것부터 먹어볼래요?"

베넷이 잠시 어리둥절한 얼굴로 나를 빤히 쳐다보다가 불쑥 말했다.

"우리 엄마한테 전화했어?"

***

오후에는 나 혼자 콘퍼런스 행사에 참석했다. 베넷은 잠을 좀 더 자야 했다. 베넷은 짐짓 괜찮은 척했지만 라임 맛 아이스바를 반절 정도 먹다가 헛구역질하면서 아이스바 못지않게 새파랗게 질렸다. 그 모습을 보고 컨디션이 많이 좋지 않다는 걸 알았다. 이번 콘퍼런스에서 베넷은 열 걸음도 채 걷지 못하고 알랑거리며 인사를 건네는 사람들을 만나야 했고 갑자기 사업 제안을 해대는 사람들을 상대해야 했다. 몸 상태가 좋았어도 이런 행사에서 큰 실익을 거둘 일은 없는 상황이었다.

행사가 끝나고 객실로 돌아오니 베넷은 잘생긴 개자식이라는 명성에는 걸맞지 않은 무방비 상태로 소파에 널브러져 있었다. 셔츠를 벗어버리고 사각팬티 하나만 걸치고 그 속에 손 하나를 집어넣고 앉아 있는 모습은 일상적이고 편안해 보였다. 따분한 얼굴로 텔레비전을 보는 그의 모습이 어떤 면에서 다행스럽고 감사했다. 이 사람도 그냥 남자라는 점을 상기시키는 모습이었다. 늘 세계 제패를 목표로 뭔가를 열심히 하기만 하는 게 아니라 이 지구에서 사는 다른 사람들처럼 어슬렁거리고, 익숙한 환경에서 편안히 지내는 일도 하는 것이다.

베넷도 그냥 남자라는 깨달음을 얻는 순간 걷잡을 수 없는 욕망이 일어났다. 이번 일로 그가 내 남자가 될 수도 있는 것이다. 전에는 상상도 못했던 일이지만 지금은 그 무엇보다 간절히 원하는 일이었다.

텔레비전에서 별나게 반짝이는 머릿결을 자랑하는 여자가 고개를 뒤로 젖히면서 우리를 보고 싱긋 웃었다. 나는 베넷의 옆에 털썩 앉았다.

"뭘 보는 거예요?"

"샴푸 광고."

베넷은 팬티 속에 넣었던 손을 꺼내 내게 뻗었다. 나는 세균이 있다고 장난스럽게 말했지만 그가 내 손가락 마디를 하나씩 마사지하기 시작하자 더 이상 실없는 소리를 지껄이기가 어려웠다.

"하지만 〈점원들〉이라는 영화를 하잖아."

"내가 제일 좋아하는 영화 중 하나인데."

"나도 알아. 우리가 처음 만난 날 그 영화 이야기 해주었잖아."

"그건 〈점원들 2〉였어요."

나는 사실관계를 분명히 정정하고 잠시 입을 다물었다가 다시 말을 꺼냈다.

"잠깐, 그때 일 기억해요?"

"물론이지. 빌어먹게 근사한 모델 같은 모습을 하고는 노는 거 좋아하는 남자아이처럼 상스러운 이야기를 하고 있었잖아. 어떤 남자가 그런 여자를 잊을 수 있겠어?"

"그때 당신이 무슨 생각을 하는지 궁금해서 죽을 뻔했어요."

"빌어먹게 섹시한 인턴이라고 생각했지. 열두 시가 되어서는 걷잡을 수 없는 욕정을 나 혼자 추잡스럽게 해소해야 했고."

나는 크게 웃으면서 그의 어깨에 몸을 기댔다.

"세상에, 우리 첫 만남은 엉망이었잖아요."

베넷은 아무 말도 하지 않고 엄지손가락으로 내 손가락을 어루만지면서 부드럽게 마사지해주었다. 한 번도 이런 마사지를 받아본 적이 없었다. 최고다. 이러다가 내게 펠라티오를 해주겠다고 말해도… 단박에 거절하고 마사지나 계속하라고 성질을 낼 정도다.

'거짓말. 당장에 그의 입술을 다리 사이로 밀어 넣을 거면서….'

"어떻게 해주면 좋겠어, 클로에?"

베넷의 목소리에 머릿속에서 시끄럽게 싸우던 두 목소리가 금세 잠잠해졌다.

잘생긴 개자식

"뭘요?"

"시카고에 돌아가서 말이야."

나는 멍한 얼굴로 베넷을 보았다. 심장이 벌렁거렸다. 온몸에 피가 빠르게 돌기 시작했다.

"우리 말이야."

베넷은 인내심을 발휘하면서 분명한 어조로 말했다.

"당신이랑 나. 클로에와 베넷. 성질 더러운 여자와 개자식. 우리 일이 당신에게는 그리 간단하지 않다는 걸 알아."

"분명한 건 더 이상 당신이랑 싸우면서 지내고 싶지는 않다는 거예요."

나는 장난스럽게 베넷의 어깨를 툭 쳤다.

"그게 내 일인 것 같기는 하지만요."

베넷이 소리 내어 웃었다. 하지만 썩 행복하고 만족스러운 웃음은 아닌 것 같았다.

"'늘 싸우면서 지내는 건 하지 않는다' 정도로는 부족한데. 그 외 다른 것들은? 어떻게 하고 싶어?"

'함께 있고 싶어요. 당신 여자가 되고 싶어요. 당신 집에도 가고 가끔은 그곳에서 함께 지내고 싶어요.' 대답을 하려는데 머릿속에 떠오른 진심은 말로 옮겨지지 않았다.

"우리 사이가 어떻게 발전할 수 있을지 검토하는 것 자체가 현실적으로 가능한지 생각해보는 게 필요할 것 같아요."

베넷은 내 손을 놓고 자기 얼굴을 비볐다. 광고가 끝나고 영화가 다시 시작되었다. 우리는 역사상 가장 어색한 침묵에 잠겨 가만히 있었다. 마침내 베넷이 다시 내 손을 잡았다. 그리고 손바닥에 키스한 다음 말했다.

"좋아. 일단 싸우지 않고 지내는 것만 해보자."

내 손가락에 얽혀 있는 베넷의 손가락을 가만히 내려다보았다. 영원 같은 시간이 지난 후에야 나는 간신히 말할 수 있었다.

"미안해요. 모든 게 다 낯설어요."

"나 역시 그래."

베넷은 내가 잊고 있던 사실을 상기시켰다.

우리는 다시 침묵에 잠겨 가만히 앉아 영화를 보았다. 나란히 앉아서 영화를 보며 웃다 보니 어느새 분위기는 자연스레 바뀌었고 나는 베넷 위에 누워 있었다. 흘깃 곁눈질로 벽에 걸린 시계를 보면서 앞으로 샌디에이고에서 지낼 시간이 얼마나 남았는지 계산해보았다.

열네 시간.

언제든 원할 때마다 이 남자를 취할 수 있는 이 완벽한 현실이 열네 시간 남았다. 비밀로 할 필요도 없고 부끄러워할 일도 아니다. 서로에게 화내는 일을 전희로 삼을 일도 없다.

"제일 좋아하는 영화가 뭐야?"

베넷이 몸을 굴려 내 옆에 나란히 누운 채로 말했다. 그의 피부가 뜨거웠다. 당장 블라우스를 벗어버리고 싶었지만 잠시도 그의 곁을 떠나고 싶지 않았다.

"코미디 영화를 좋아해요. 그래서 〈점원들〉을 좋아하죠. 〈크레이지 토미 보이〉나 〈새벽의 황당한 저주〉, 〈뜨거운 녀석들〉, 〈클루〉 같은 것도 있어요. 하지만 전무후무한 최고의 영화는 〈이창〉이라고 말하고 싶네요."

"지미 스튜어트나 그레이스 켈리 때문에?"

베넷이 말하고 허리를 숙여서 내 목덜미에 뜨거운 잔키스를 퍼부었다.

"두 사람 모두 좋지만 그레이스 켈리가 더 좋아요."

"그러고 보니 당신한테 그레이스 켈리 같은 면이 있는 것 같은데."

베넷의 손이 위로 올라와서 내 머리를 쓰다듬었다. 포니테일로 땋았다가 풀어버린 참이었다.

"그레이스 켈리도 입담이 셌다고 하던데."

"내 거친 입담 좋아하잖아요."

"맞아. 하지만 그 입에 뭔가가 가득 들어차 있을 때가 더 좋아."

의미심장한 미소를 지으며 베넷이 말했다.

"당신 그거 알아요? 그 입을 다물고 있으면 빌어먹게 완벽한 남자라는 거."

"그렇다면 나는 침묵하는 팬티 찢는 남자가 되어야겠네. 화내는 상사 모드의 팬티 찢는 남자보다 그게 훨씬 더 오싹할 것 같기는 하지만."

나는 킥킥 웃으면서 그의 몸을 파고들었다. 베넷은 손가락 하나로 내 갈비뼈를 쓰다듬으면서 간지럼을 태웠다.

"내가 팬티 찢는 거 좋아하잖아."

베넷이 나직이 말했다.

"베넷?"

나는 무심함을 가장한 목소리로 물었다.

"그 팬티로 뭘 해요?"

베넷이 음흉한 표정으로 말했다.

"안전하게 잘 보관해뒀지."

"보여줄래요?"

"아니."

"왜?"

나는 눈을 가늘게 뜨고 베넷을 봤다.

"빼앗아 가려고 할 거잖아."

"내가 뭐 하러 그러겠어요? 다 찢어져서 입을 수도 없는데."

베넷은 싱긋 웃을 뿐 아무런 대꾸도 하지 않았다.

"뭐 하러 그렇게 하는데요?"

베넷은 잠시 나를 빤히 바라보면서 답할 말을 궁리했다. 마침내 베넷은 팔꿈치로 머리를 괴고 내 얼굴 바로 앞까지 다가와 말했다.

"당신이 좋아하는 것과 같은 이유에서지."

그 말과 함께 자리에서 벌떡 일어나더니 나를 침실로 잡아끌었다.

17

온갖 종류의 협상과 거래를 해보았고 고집 센 상대를 다뤄본 경험도 있다. 하지만 이번 일은 전혀 다르다. 내 패를 모두 드러내놓고 상대를 대해야 하는 낯선 상황이다. 하지만 상대가 클로에이니 크게 상관없다. 나는 올인할 것이다.

"집에 돌아가니 좋은가? 거의 삼 주 만이잖아?"

클로에는 어깨를 으쓱하고 내 팬티를 거침없이 아래로 끌어내렸다. 그녀의 따스한 손이 나의 물건을 감쌌다. 낯익은 감각이 낯선 신체 부위에서 느껴졌다.

"여기서 즐거웠으니까 뭐."

나는 클로에의 블라우스 단추를 하나씩 신중하게 풀고 맨살이 드러날 때마다 아낌없는 키스를 퍼부었다.

"비행기 타기 전까지 시간이 얼마나 남았지?"

"열세 시간."

클로에는 시계도 보지 않고 즉시 대꾸했다. 이렇게 빨리 대답하다니. 그녀의 속옷 아래로 손가락 두 개를 넣어 감지한 바를 기준으로 보면 이 호텔 객실을 어서 떠나고 싶어서 시간을 세고 있었던 건 아닌 게 분명하다.

나는 손가락 끝으로 클로에의 허벅지를 간질이고 내 혀로 그녀의 혀를 희롱했다. 그녀의 하체에 몸을 비비자 그녀의 허리가 활처럼 뒤로 휘었다. 클로에의 다리가 스르르 내 허리를 휘감았다. 그녀의 깊은 곳으로 밀고 들어가자 클로에의 두 손이 내 가슴을 찾았다. 태양이 떠오르기 전에 되도록 많이 그녀에게 절정의 순간을 안겨주고 싶었다.

실크처럼 부드러운 클로에의 살결과 그녀의 뜨거운 신음이 내 목덜미에 닿는 느낌만이 이 세상에 존재하는 것 같았다. 몇 번이고 반복해서 그녀를 취했다. 내 욕정에 젖어 말을 잃고 그녀 안에 정신없이 빠져든 것이 몇 번인지 모른다. 클로에의 엉덩이가 나와 같은 리듬을 타고 움직였고 그녀의 상체는 온전하게 나를 찾아 다가왔다. 물컹한 가슴이 내 몸에 닿은 순간 나는 클로에에게 말하고 싶었다.

"지금껏 느껴보지 못한 놀라운 느낌이야. 클로에, 당신도 그래?"

하지만 이 벅참을 말로 표현할 수 없었다. 본능과 욕망에 따라 움직이기만 했다. 내 혀끝에 느껴지는 클로에의 풍미와 내 귓가를 울리는 그녀의 속삭임이 세상 전부가 되었다. 그 속삭임은 아무리 들어도 질릴 것 같지 않았다. 영원히 계속 듣고 싶은 소리다. 클로에의 모든 것을 갖고 싶다. 그녀의 사랑이 되고 싶고 스파링 파트너도 되고 싶고 친구도 되고 싶다. 이 침대에서 나는 그 모든 것이 될 수 있었다.

"도대체 어떻게 해야 할지 모르겠어요."

클로에는 묘한 타이밍에서 생뚱맞은 말을 꺼냈다. 막 오르가슴을 느끼기 직전에 이른 클로에가 나의 물건을 아플 만큼 단단히 죄어오는 중이었다. 무슨 의미로 한 말인지 알 것 같았다. 아프도록 간절한 이 갈망은 갈수록 커지는데 그 끝이 어떻게 될지는 깜깜한 상황이다. 나는 클로에를 원하지만 그녀는 내게 포만감과 동시에 굶주림을 느끼게 해준다. 내 두뇌로는 이런 상황을 어떻게 헤쳐나가야 할지 알아낼 수가 없었다. 나도 어찌할 바를 모르고 있었다. 그래서 클로에에게 대꾸하거나 우리가 어떻게 해야 한다는 식의 말을 하는 대신 클로에의 목덜미에 키스하고 클로에의 부드러운 입술을 손끝으로 어루만지며 말했다.

"나도 모르겠어. 하지만 지금 이 순간을 놓치고 싶지는 않아."

"기분이 정말 좋아…."

클로에는 내 목덜미에 입술을 대고 속삭였다. 나는 거친 신음을 토해냈다. 숨이 가빠져서 제대로 된 말을 할 수 없었다. 한 마리 늑대처럼 울부짖기라도 할 것 같아 겁이 날 정도였다.

나는 클로에의 입술에 키스했다. 그리고 클로에의 안으로 더 깊이 들어갔다. 온몸이 산산조각 나는 것 같은 황홀경이 영원처럼 이어졌다. 클로에는 몸을 들어 올려 나를 맞이했다. 촉촉이 젖은 그녀의 입술은 굶주린 듯 나를 탐하고 깨물었다. 달콤한 통증이 느껴졌다.

* * *

누군가 내 베개를 냉큼 잡아채 가는 통에 잠에서 깨어났다. 클로에가 시금치와 핫도그가 어쩌고저쩌고 하면서 알 수 없는 말을 웅얼거렸다.

'이 여자, 잠꼬대를 하는 데다 잠버릇까지 고약하군.'

나의 탐욕스러운 손이 클로에의 엉덩이를 어루만졌다. 나는 몸을 옆으로 굴려 시계를 보았다. 새벽 다섯 시가 조금 넘은 시각이다. 여덟 시 비행기를 타려면 곧 움직여야 한다. 쾌락으로 가득한 이 음란 소굴을 떠나기는 정말 싫지만 여기 와서는 업무를 완전히 무시하고 제대로 일한 적이 한 번도 없어서 점점 죄책감이 들고 있었다. 지난 십 년 동안 내 삶의 중심에는 일이 있었다. 그렇게 쌓아온 내 삶의 균형감을 클로에가 날려버린 것에 어느 정도 익숙해지기는 했지만 이제는 집중력을 되찾아야만 한다. 집으로 돌아가 직장 상사의 옷을 입고 단호한 태도를 취해야 한다.

이른 아침 햇살이 스며들어와 클로에의 창백하리만큼 하얀 피부에 푸른빛을 드리웠다. 클로에는 몸을 옆으로 돌려 웅크리며 얼굴을 내쪽으로 돌렸다. 그녀의 베개에는 헝클어진 짙은 갈색 머리카락이 널려 있었고, 그녀의 얼굴 대부분은 내 베개에 꼭 붙어 있었다.

우리 관계를 현실적으로 어떻게 바라봐야 하고 어떻게 풀어가야 할지 망설이는 클로에의 마음은 충분히 이해할 수 있었다. 샌디에이고의 환상은 놀라운 것이었다. 일단 우리 관계를 구성하는 여러 측면을 고려하지 않아도 되는 장소였기 때문에 그럴 수 있었던 것 같다. 라이언 미디어에서 클로에가 일하고 있다는 사실이나 우리 가족이 운영하는 회사에서 내가 맡고 있는 역할, 클로에의 장학금, 그리고 그것과 별개로 두 사람의 신랄한 태도 등등 여러 가지 측면을 이곳에서는 생각하지 않아도 되었다. 나는 서둘러서 둘 사이를 정리하고 서로에 대한 기대치를 설정한 다음에 무턱대고 관계를 시작하고 싶었다. 하지만 주저하고 망설이며 신중하게 생각하는 클로에의 접근 방식이 맞는 것 같기도 하다. 어젯밤에 바닥에 담요를 깔고 한 다음에 다시 침대에 올려놓지 않아 클로에의 나신이 적나라하게 드러나 있었다. 나는 기회를 놓치지 않고 클로에의 벗은 몸을 찬찬히 보았다. 이런 여자라면 내 침대에서 함께 눈을 뜨는 일에 쉽게 익숙해질 수 있을 것이다.

하지만 불행히도 오늘 아침은 느긋하게 보낼 수 없다. 클로에의 어깨를 잡고 살짝 흔들어보고 목덜미에 키스도 했다. 클로에는 일어날 생각이 없는 모양이다. 나는 클로에의 엉덩이를 세게 꼬집었다. 미처 손을 치우기도 전에 클로에가 내 손을 '세게' 때렸다. 잠결에 한 행동인지 아닌지 알 수 없었다.

"지긋지긋한 멍청이."

"클로에, 이제는 일어나서 가야 해. 공항에 가기까지 한 시간 조금 더 남은 시간이야."

잘생긴 개자식

클로에는 몸을 굴려 엎드려 누운 다음 고개를 들어 나를 보았다. 얼굴에는 베개 자국이 선명했고 눈에는 초점이 없었다. 첫날 아침처럼 애써 몸을 가리려고 하지도 않았다. 하지만 아주 행복해 보이지도 않았다.

"알았어요."

클로에가 말했다. 그러고 일어나 앉아서 물을 조금 마시고 내 어깨에 키스한 다음 침대를 빠져나갔다. 욕실로 걸어가는 벌거벗은 그녀를 빤히 쳐다봤다. 하지만 그녀는 내게 눈길 한 번 주지 않았다. 간단한 모닝 섹스를 원하거나 그런 건 아니지만 약간의 애무와 침대에서 나누는 담소 같은 건 하고 싶었다.

'엉덩이를 그렇게 꼬집는 게 아니었어.'

클로에가 욕실에서 나오지 않았지만 나는 짐을 챙겨 들고 욕실 문을 두드렸다.

"내 방에 가서 샤워하고 짐을 정리할게."

몇 번 문을 두드려도 아무런 기척이 없다가 마침내 대답이 들려왔다.

"네."

"'네'라는 말 말고 다른 할 말은 없나?"

문 건너편에서 여운 있는 웃음소리가 들려왔다.

"아까 '지긋지긋한 멍청이'라는 말을 해드렸던 것 같은데요."

나는 소리 없이 활짝 웃었다. 그러고 뒤로 돌아 출입문을 열려는 순간 욕실 문이 열렸다. 클로에가 단숨에 내 품으로 파고들었다. 그녀는 팔을 내게 두르고 내 목덜미에 고개를 파묻었다. 여전히 벌거벗은 클로에는 고개를 들어 나를 쳐다봤다. 눈이 약간 충혈되어 있었다.

"미안해요."

클로에는 내 턱에 키스하고 내 머리를 잡아당겨 한참 동안 깊은 키스를 퍼부었다.

"비행하기 전이라 신경이 좀 예민해지는 것 같아요."

클로에는 그대로 돌아서서 다시 욕실로 들어갔다. 내가 그녀의 눈을 마주 보고 진심으로 한 말인지 알아볼 틈이 없었다.

***

최고급 호텔 체인점이지만 티끌 하나 없이 청결한 내 방은 왠지 으스스하게 느껴졌다. 짐을 정리하고 샤워를 하고 옷을 갈아입는 데는 그리 많은 시간이 필요하지 않았다. 하지만 일을 다 마치고도 클로에의 방으로 갈 수 없었다. 혼자서 생각할 시간이 필요한 것 같았다. 클로에는 치열한 마음속 전투를 오롯이 혼자서 치러내야 한다. 마음속에 갈등이 있는 게 분명했다. 하지만 어떤 결론을 내릴까? 한번 해보자고 생각해줄까? 혹시 일과 우리 관계 사이에서 균형을 잡는 것이 불가능하다고 결론을 내리면 어떻게 하지?

조바심이 기사도 정신을 누르고 승리의 함성을 지르는 순간 나는 짐가방을 끌고 복도로 나가 클로에의 방문을 두드렸다. 클로에가 문을 열었다. 음란한 비즈니스 우먼 의상을 입은 핀업 모델 같았다. 그녀의 다리에서 가슴을 지나 마침내 얼굴에 시선을 집중하기까지 한참의 시간이 걸렸다.

"안녕, 매력덩어리 아가씨."

클로에는 불안한 미소를 지었다.

"안녕."

"나갈 준비는 됐나요?"

나는 클로에의 짐 가방을 들어주려고 그녀 옆을 지나쳐 방 안으로 들어갔다. 재킷 소매가 클로에의 팔에 스치는 순간, 클로에가 내 넥타이를 움켜쥐었다. 순식간에 나는 넥타이를 잡힌 채 벽 쪽으로 밀쳐졌다. 클로에의 입술이 내 입술을 덮쳤다. 놀라고 당황한 나는 뻣뻣이 서서 말했다.

"우와, 이런 거라면 언제든 환영이야."

나는 클로에의 입술에 대고 중얼거리듯 말했다. 한 손으로 내 가슴을 밀어붙이면서 다른 한 손으로는 넥타이를 흔들어 풀던 클로에는 내 물건이 단단해지는 것을 느끼고는 내 입술에 대고 거친 신음을 토해냈다. 클로에는 날렵한 손놀림으로 넥타이를 셔츠 깃에서 빼내 내 발치로 던져버렸다. 그 순간 비행기를 타려면 서둘러 가야 한다는 생각이 떠올랐다.

"클로에, 자기야. 우리 이럴 시간이 없어."

나는 클로에의 키스에서 벗어나려 애쓰면서 말했다.

"상관없어요."

클로에는 내 목덜미를 삼켜버릴 듯이 맹렬한 키스를 퍼부었다. 그리고 굶주린 듯한 손길로 허리띠를 휙 잡아 빼내고 물건을 손에 쥐었다.

나는 낮은 목소리로 투덜거려보았다. 하지만 내 물건을 움켜쥔 클로에에게 저항할 수 없었다. 클로에는 내 옷가지를 흔들고 잡아당기며 나를 쥐고 흔들었다.

"제길. 클로에, 당신은 정말 터무니없이 거칠고 열정적인 여자야."

나는 클로에를 돌려 세워서 벽에 밀치고 그녀의 블라우스 아래로 손을 찔러 넣었다. 그리고 그녀의 가슴을 가리고 있는 브라를 거칠게 옆으로 밀어버렸다. 클로에의 탐욕은 전염성이 있다. 나는 손가락으로 클로에의 유두와 단단하게 부풀어 오른 가슴을 한껏 탐했고 클로에는 상체를 내 쪽으로 더 밀어붙였다. 손을 아래로 뻗어 클로에의 치마를 엉덩이까지 걷어 올리고 팬티를 아래로 거칠게 끌어내렸다. 클로에는 발에 걸린 팬티를 걷어찼다. 나는 클로에를 번쩍 안아 올렸다.

당장 그녀 안으로 들어가야만 했다.

"나를 원한다고 말해줘요."

클로에가 한숨처럼 말했다. 떨고 있었다. 두 눈을 질끈 감은 채.

"당신의 모든 걸 원해. 내가 얼마나 간절한지 당신은 모를 거야."

"우리가 잘해낼 수 있을 거라고 말해줘요."

클로에는 내 바지와 팬티를 내 무릎까지 끌어내리고 두 다리로 내 허리를 휘어 감았다. 클로에가 신은 하이힐 굽이 내 엉덩이를 파고들었다. 클로에의 안으로 깊이 들어가는 순간 울음소리 같은 작은 신음이 클로에의 입에서 터져 나왔다. 나는 클로에의 입을 손으로 덮었다.

흐느끼는 것 같았다.

몸을 뒤로 빼고 클로에의 얼굴을 찬찬히 살펴보았다. 눈물이 그녀의 뺨을 타고 흘러내렸다.

"클로에?"

"멈추지 마요."

클로에는 딸꾹질하면서 말하고 몸을 앞으로 숙여 내 목덜미에 입술을 가져다 댔다. 클로에의 한 손이 우리 둘 사이를 파고들어 아래로 내려가고 있었다. 묘한 절망감 같은 게 느껴졌다. 광란의 섹스도 했고, 은밀한 장소에서 순식간에 치르는 섹스도 했다. 하지만 이건 어딘지 차원이 완전히 다른 섹스가 될 것 같았다.

"잠깐."

나는 몸을 더욱 밀착하면서 클로에를 벽에 기대어 서게 했다.

"지금 뭐 하는 거지?"

마침내 클로에가 눈을 떴다. 하지만 시선은 내 셔츠 깃에 머물러 있었다. 클로에는 셔츠 단추를 하나씩 풀었다.

"한 번 더 당신을 느끼고 싶을 뿐이에요."

"한 번 더? 무슨 말이야?"

클로에는 내 시선을 피하면서 아무 말도 하지 않았다.

"클로에, 이 방을 나서면 우리에게는 두 가지 선택지가 있어. 이곳에서 일어난 모든 일을 이곳에 남겨두고 가는 것과 그 모든 일을 잘 간직하고 가는 거지. 나는 우리 관계를 잘 유지할 방법을 찾아낼 수 있으리라 믿어. 당신도 그렇게 생각해?"

클로에는 고개를 끄덕였다. 입술을 꽉 깨문 채였다. 어찌나 세게 깨물고 있는지 빨간 입술이 하얗게 될 정도였다. 클로에가 입을 벌리자 이 사이에서 탈출한 입술은 한층 매혹적인 빨간색을 뿜냈다.

"나도 그렇게 하고 싶어요."

"말했잖아. 나는 지금보다 더 많은 걸 원한다고. 당신 곁에 있고 싶어. 당신 연인이 되고 싶다고."

나는 손으로 머리를 쓸어 올리면서 거친 어조로 말했다.

"클로에, 나는 당신한테 홀딱 반했어."

클로에는 허리를 숙이며 소리 내어 웃었다. 안도감이 그녀의 온몸으로 번져가는 게 느껴졌다. 다시 반듯이 선 클로에는 나를 바짝 끌어안고 입술을 내 뺨에 가져다 댔다.

"진지하게 하는 말인가요?"

"완전히 진지해. 창문에 당신을 밀쳐 세우고 섹스하는 유일한 남자가 되고 싶어. 아침에 일어난 당신을 처음 보는 남자도 나였으면 좋겠어. 내 베개를 훔쳐가서 베고 누워 있어도 말이지. 또 당신이 초밥을 먹고 탈이 났을 때 라임 아이스바를 가져다주는 일도 하고 싶어. 일이 정말 복잡해지기 전까지 몇 달이라는 시간이 우리에게 있어."

두 손으로 클로에의 얼굴을 감싸고 그녀의 입술을 내 입술로 덮었다.

마침내 클로에는 내 말을 이해한 모양이다.

"그럼 시카고에 돌아가서 당신 침대에 데려가겠다고 약속해요."

"약속하지."

"당신 침대여야 해요."

"알았어. 내 침대는 무척 크고 헤드보드도 있어. 당신을 거기에 묶어 두고 이렇게 말도 안 되게 굴었던 벌로 스팽킹을 해주겠어."

그 순간 우리는 완벽하게 한 몸이 되었다.

복도로 나서서 클로에의 손을 잡고 손바닥에 키스했다. 그리고 잡은 손을 내려놓은 뒤 클로에를 호위하고 로비로 갔다.

___

18

베넷이 차를 가지러 간 사이 나는 안내 데스크에서 체크아웃을 했다. 마지막으로 로비를 한번 둘러보면서 이번 여행의 기억을 머릿속에 각인하려 노력했다. 밖으로 나가자 베넷이 주차원 옆에 서 있는 게 보였다. 심장이 갈비뼈를 뚫고 나올 듯 거세게 뛰었다. 사실 여전히 마음은 어지러웠다. 베넷은 내가 원하는 걸 말할 기회를 여러 번 주었다. 하지만 나는 우리가 잘 지낼 수 있을지 확신이 서지 않았다. 베넷은 호불호가 분명한 사람이라는 걸 새삼 느꼈다.

'당신한테 홀딱 반했어.'

베넷의 말을 떠올리자 기분 좋은 울렁거림이 느껴졌다. 인도를 걸어오던 에드가 베넷을 발견하고 다가가는 모습이 보였다. 두 사람은 악수를 나누면서 사교적인 인사말을 나누는 것 같았다. 나도 다가가서 어깨를 나란히 하고 이야기 나누고 싶었지만 머릿속에 있는 복잡한 생각과 감정을 감출 자신이 없어서 망설였다. 베넷에 대한 감정이 얼굴에 고스란히 드러날 것만 같았다.

에드가 고개를 들어 내 쪽을 바라보았지만 나를 알아보지 못한 것 같았다. 그는 눈을 껌뻑거리고 다시 베넷에게 시선을 돌리더니 베넷의 말에 호응하면서 고개를 끄덕였다. 나를 알아보지 못하는 사람 앞에 나서기는 더더욱 어려울 것 같았다. 나는 아직 사람들이 알아볼 만한 위치에 있지 않다. 호텔 체크아웃 서류와 베넷의 업무 목록, 그의 서류 가방이 모두 내 손에 들려 있었다. 나는 아직 주변부를 서성이는 인턴에 불과하다.

쭈뼛거리던 나는 마지막으로 바닷바람을 즐겨보기로 하고 그대로 서서 심호흡을 했다. 성량이 풍부한 베넷의 목소리가 바람결에 실려 몇 미터 건너편에 있는 내게 전달되었다.

"좋은 아이디어를 모두 검토한 것 같더군요. 클로에가 이번 일을 맡을 기회를 갖게 되어 기쁩니다."

에드는 고개를 끄덕이고 말했다.

"클로에는 명석한 인재더군요. 일이 잘되었습니다."

"조만간 전화로 협의해서 프로젝트를 본격적으로 시작할 수 있을 겁니다."

'기회? 본격적?' 그럼 내가 한 일은 뭐지? 나는 에드에게 서명이 필요한 법률 서류와 반송용 페덱스 봉투를 건네주었었다.

"좋습니다. 저희 측에서는 애니가 전화로 일정을 잡을 겁니다. 베넷과 함께 계약 조건을 살펴볼 필요가 있을 것 같습니다. 아직은 서명하기가 조금 그렇습니다."

"당연히 그러시죠."

굴욕감과 당혹스러움이 밀려오면서 심장이 미친 듯 뛰기 시작했다. 어제 미팅은 인턴에게 실습을 해보게 한 것에 불과하다는 듯이 말하고 있었다. 진짜 일은 두 남자가 직접 해야 한다는 식이다.

'콘퍼런스는 하나의 판타지에 불과했던 걸까?' 어이가 없었다. 이번 콘퍼런스에서 베넷과 모든 업무를 공유했다는 사실을 떠올렸다. 나는 그의 업무 목록을 하나씩 점검하고 아픈 그를 대신해서 일을 처리하면서 무척 자부심을 느꼈다.

"헨리에게 들었는데 클로에가 밀러 장학금을 받는다면서요. 정말 대단한 일입니다. 학위를 받고 나서도 클로에는 라이언 미디어에서 계속 일하게 됩니까?"

에드가 물었다.

"아직 확실하지 않습니다. 대단한 학생인 것은 분명하지만 아직 수련이 더 필요하죠."

갑자기 숨쉬기가 어려워졌다. 주위가 진공상태가 되어버린 것 같았다. 베넷은 지금 농담을 하는 모양이다. 엘리엇이 분명 말하기도 했지만 (셀 수 없이 여러 번 말했다) 학위를 받고 나면 나는 라이언 미디어에서 원하는 업무를 맡게 되어 있었다. 라이언 미디어에서 일한 기간만 몇 년이다. 그동안 일과 학업을 병행하느라 필사적으로 살았다. 어떤 경우에는 프로젝트를 직접 담당하는 사람보다 더 일을 잘해낸 적도 있었다. 베넷도 그 사실을 잘 알고 있다.

에드는 껄껄 너털웃음을 웃었다.

"나라면 수련 기간 같은 건 상관하지 않고 당장 낚아챌 텐데요. 클로에는 그동안 라이언 미디어에서 잘해내지 않았습니까?"

"물론 그랬죠."

베넷이 말했다.

"하지만 누가 트레이닝했겠습니까? 이번 미팅도 클로에게는 큰 배움의 기회였습니다. 그 점을 생각해서 클로에에게 맡겼던 겁니다. 어디 가서든 곧잘 해낼 사람인 건 분명합니다만 그건 어디까지나 준비를 철저히 마쳤을 때 이야기죠."

내가 아는 베넷 라이언은 더 이상 없었다. 저 남자는 방금 전에 헤어진 내 연인이 아니다. 자신을 대신해서 일해준 것에 고마워하고 자랑스럽게 여기던 사람도 아니다. 마지못한 어투로 내 칭찬을 하고 있는 저 사람은 '잘생긴 개자식'이라고 부르는 것조차 아까운 남자다. 베넷 라이언은 완전히 다른 사람이 되어 나를 '학생'이라 부르면서 자신이 내게 큰 은혜를 베풀고 있는 양 떠들었다.

분노로 얼굴이 화끈 달아올랐다. 나는 휘청거리는 다리에 힘을 주고 호텔 로비로 되돌아갔다. 산소가 하나도 없는 것처럼 느껴졌다.

수련? 내가 곧잘 할 거라고? 자기가 나를 트레이닝했다고? 도대체 언제?

나는 시선을 떨구고 앞에서 움직이는 사람들의 신발을 뚫어져라 바라보았다. 로비의 회전문을 통해 사람들이 계속 드나들었다. 몸에 있는 장기가 모두 떨어져 나가고 그 자리를 강한 산성 물질이 메우는 것 같은 느낌이 들었다. 정말 속이 쓰라렸다.

내 경력이면 비즈니스계가 어떻게 돌아가는지는 어느 정도 파악할 수 있다. 피라미드의 꼭대기에 오른 사람들은 다른 사람과 공을 나누면서 그곳에 오르지 않는다. 거창한 공약과 장담을 남발하고 자존심을 키워야 그 자리에 오를 수 있다.

라이언 미디어에 입사하고 육 개월 만에 육 백만 달러짜리 마케팅 프로젝트를 수주해낸 사람이 바로 나다. 백만 달러짜리 로레알 화장품 포트폴리오를 관리한 것도 나다. 최근에는 나이키를 위한 광고 캠페인을 설계하기도 했다. 컨설턴트를 통해서 시골 무지렁이를 비즈니스 사냥꾼으로 탈바꿈시킨 적도 있다.

돌이켜보면 베넷 라이언은 늘 억지로 칭찬하는 것처럼 보였다. 그런 그의 생각이 틀렸다는 걸 증명해 보이는 일이 내게 만족감을 주었다. 그의 기대치를 뛰어넘는 성과를 내는 게 그를 괴롭히는 일처럼 느꼈다. 하지만 서로에게 조금 특별한 감정을 품고 있다는 걸 인정한 지금 이 상황에서 베넷은 지나간 역사를 다시 쓰고 싶은 모양이다. 그는 내 멘토인 적이 없었다. 그에게 그런 걸 기대한 적이 한 번도 없었다. 내 성공을 위해 그가 애쓴 적도 없었다. 이번 출장 여행을 오기 전까지 그는 내게 훼방꾼에 불과했다. 개자식처럼 못되게 굴어서 내가 일을 그만두게 만들려고 작정한 사람일 뿐이었다.

하지만 그 모든 일에도 불구하고 나는 베넷에게 마음을 빼앗겼다. 그런데 지금 저 남자는 미팅에 참석하지 못한 자신의 체면을 세우기 위해서 모든 잘못을 내게 돌리고 있다. 가슴이 갈가리 찢겨 나가는 것 같다.

"클로에?"

고개를 들어보니 당황한 얼굴로 서 있는 베넷이 보였다.

"차가 준비되어 있어. 밖에서 만나자고 하지 않았나?"

나는 눈을 깜빡거리다가 마치 뭔가가 들어간 양 눈을 비볐다. W 호텔 로비에서 감정을 주체하지 못해 무너져 내릴 뻔한 일 같은 건 없었다는 듯 태연하게 보이려 노력했다.

"맞아, 그랬죠."

나는 일어서서 물건을 챙기고 베넷을 쳐다봤다.

"깜빡했네요."

지금껏 했던 거짓말 중에 최악의 거짓말을 하고 있었다. 베넷이 거짓말인지 눈치챈 것 같았다. 하지만 미간을 찡그리고 내게 한 걸음 다가오며 걱정스러운 눈길로 나를 살피는 베넷의 모습을 보니 내가 왜 그런 거짓말을 하는지 전혀 모르는 것 같았다.

"자기, 괜찮은 거지?"

나는 두 눈을 깜빡였다. 이십 분 전까지만 해도 그 '자기'라는 호칭이 정말 좋았다. 하지만 지금은 부적절하게만 들렸다.

"그냥 조금 피곤하네요."

베넷은 내가 또 거짓말한다는 걸 알아차린 것 같았다. 하지만 이번에는 더 추궁하지 않았다. 그저 내 등에 한 손을 가볍게 대고 자동차가 있는 곳으로 데리고 갔다.

19

여자들이 느닷없이 기분 상할 때가 있다는 걸 잘 알고 있다. 몇몇 여자들은 온갖 쓸데없는 생각과 시나리오에 빠져서 삼만 년 후의 미래를 염려하기도 했다. 내가 삼 일 후에 저지를 만행을 미리 짐작하고 우울해하던 여자도 있었다.

하지만 클로에의 경우는 다른 것 같다. 클로에는 그럴 여자가 절대 아니다. 불같이 화를 내는 모습은 익히 알고 있다. 클로에는 화가 나면 씩씩거리면서 짜증을 내고 증오에 찬 얼굴을 한다. 가끔은 폭력을 쓰기 직전까지 가기도 한다. 하지만 상처 입은 표정을 하고 있는 것은 이번이 처음이다.

공항까지 가는 짧은 드라이브 내내 클로에는 서류에 얼굴을 파묻고 있었다. 탑승장에서 대기하는 동안에는 아버지가 잘 계시는지 확인해

봐야 한다고 말하고 자리를 비웠다. 비행기에서는 자리에 앉자마자 잠들어버렸다. 비행 중인 여객기에서 섹스를 하면 회원 자격을 얻는다는 가상의 클럽에 가입해보는 건 어떻겠느냐는 약삭빠른 내 제안은 그대로 무시당했다. 클로에는 기내식을 거절하려고 잠시 눈을 떴을 뿐 비행 내내 잠을 잤다. 아침도 먹지 않았다는 사실이 떠올랐지만 뭔가 말을 건네기 어려웠다. 비행기가 공항으로 하강하기 시작하자 잠에서 깬 클로에는 나를 보지 않고 창밖만 응시했다.

"뭐가 문제인지 말해주지 않겠어?"

영원 같은 시간 동안 클로에는 아무런 대꾸도 하지 않았다. 내 심장은 거칠게 뛰기 시작했다. 뭔가 잘못한 게 없는지 오늘 하루를 되짚어보았다. 침대에서 클로에와 섹스를 했다. 그러고 나서 또 섹스를 했다. 클로에가 오르가슴을 느꼈다. 솔직히 여러 번의 오르가슴이 있었다. 그게 문제가 된 것 같지는 않았다. 그런 다음에 잠에서 깨어 샤워를 하고 내 사랑을 고백했다. 호텔 로비로 내려왔고 에드를 만났다. 그리고 공항에 갔다.

순간 멈칫했다. 에드와 나눈 대화를 떠올려보니 조금 치사했던 것 같다. 그때 왜 그렇게 소유욕 강한 멍청이처럼 굴었는지 모르겠다. 클로에 때문이었던 것 같다. 클로에는 미팅을 성공적으로 해냈다. 충분히 예상한 일이었다. 하지만 클로에가 덥석 에드와 같은 작자의 스카우트 제의에 넘어가서 학위를 마치고 직장을 옮기는 일이 생기게 놔둘 수는 없었다. 에드 같은 녀석은 클로에를 고깃덩어리처럼 취급하면서 하루 종일 엉덩이만 쳐다보고 있을 게 분명하다.

"당신이 하는 말을 들었어요."

클로에의 차분한 목소리가 들려왔다. 무슨 말을 하는 건지 파악하기 위해 약간의 시간이 필요했다. 그리고 그 말의 의미가 무엇인지 분석하는 데 약간의 시간이 더 필요했다. 뭔가 위기의식이 느껴졌다.

"언제 한 말?"

클로에는 미소 띤 얼굴로 나를 돌아보았다. 빌어먹을. 클로에는 울고 있었다.

"에드에게 했던 말."

"유치하게 소유욕을 드러냈어. 미안해."

"소유욕을 드러내기도 했지만…."

클로에는 다시 고개를 돌려 창밖으로 시선을 주면서 나직한 목소리로 말했다.

"무시하는 듯한 말도 했죠. 내가 아무것도 모르는 순진한 인턴인 것처럼 말했잖아요. 나를 트레이닝하기 위해 어제 미팅에 내보낸 것처럼 말했고요. 어제 당신에게 그렇게 열심히 미팅 내용을 보고하고 대단한 일이라도 해낸 양 의기양양했던 나 자신이 바보같이 느껴지네요."

나는 살짝 웃으면서 클로에의 팔을 잡았다.

"에드 같은 녀석들은 자존심이 세. 임원처럼 대우해주면서 자기 말을 경청해주는 걸 좋아하지. 당신은 어제 미팅에서 처리해야 할 일을 모두 해냈어. 그렇지만 에드는 공식적인 계약서를 내가 건네주기를 바라고 있었어."

"바보 같은 일이네요. 그런데 당신은 나를 노리개 취급하면서 맞장구를 쳤잖아요."

나는 당혹스러운 얼굴로 눈을 깜빡거렸다. 클로에의 말은 모두 사실이었다. 하지만 그런 상황에서는 그렇게 일하는 것이다.

"당신은 인턴이잖아."

클로에의 입에서 실소가 터져 나왔다. 클로에는 다시 고개를 돌려 나를 쳐다봤다.

"맞아요. 그래서 어떻게든 제 경력에 도움을 주려고 그렇게 애를 쓰셨나요?"

"물론이지."

"제가 수련을 더 받아야 한다는 건 무슨 근거로 하신 말씀인가요? 제가 일하는 모습을 제대로 본 건 어제가 처음일 텐데요?"

"전혀 그렇지 않아."

나는 조금 짜증 난 얼굴로 고개를 가로저었다.

"당신의 일거수일투족을 모두 지켜봤기 때문에 잘 알고 있어. 지금할 수 있는 일 이상의 것을 해내라고 압력을 가하고 싶지 않아서 가만히 있었던 것뿐이야. 그래서 에드의 일도 내가 계속 관여했던 것이고. 하지만 어제는 정말 잘해냈어. 당신이 무척 자랑스러워."

클로에는 눈을 감고 뒤로 기대앉았다.

"나를 '학생'이라고 불렀잖아요."

"내가?"

나는 부지런히 기억을 더듬어보았다. 클로에 말이 맞았다.

"에드 그 자식이 당신을 섹시한 비즈니스 우먼으로 생각하고 자기가 채용해서 수작 부릴 생각을 아예 못하게 만들려고 그랬어."

"세상에, 베넷. 당신은 정말 지긋지긋한 멍청이에요! 그 사람이 나를 채용하고 싶어 했다면 그건 내가 일을 잘하기 때문일 거예요!"

"미안해. 소유욕 강한 애인처럼 굴어서."

"소유욕 강한 애인은 문제가 아니에요. 당신은 내게 큰 은혜를 베푸는 사람인 양 굴었어요. 당신이 얼마나 거들먹거리면서 잘난 척했는지 알아요? 지금부터는 전형적인 상사와 인턴 직원의 자세를 견지해야 할 것 같아요."

"에드와의 미팅은 정말 잘해냈다고 말했잖아."

클로에는 붉으락푸르락 달아오른 얼굴로 나를 노려보았다.

"그런 말, 전에는 단 한 번도 해준 적 없잖아요. 기껏해야 '좋아. 어서 다시 일해요' 정도가 전부였죠. 에드에게는 내가 당신 말이면 무조건 따르는 사람인 양 이야기했잖아요. 예전에는 나를 조금도 인정하지 않은 듯이 행동했다고요."

"내가 예전에 등신처럼 굴었던 이유를 지금 꼭 이야기해야겠어? 당신도 순하고 상냥한 직원은 아니잖아. 도대체 지금 이런 이야기를 끄집어내는 이유가 뭐야?"

"지금 예전에 당신이 멍청이처럼 굴었던 이야기를 하자는 게 아니에요. 현재 당신 태도와 행동을 말하는 거죠. 지금 당신은 내게 보상을 해 주려고 해요. 이래서 상사와는 섹스하면 안 된다고들 하는 거예요. 예전에 당신은 괜찮은 상사였어요. 내 일은 내게 맡겨두고 당신 일을 했죠. 그런데 지금은 당신 대신 업무상 만난 사람에게 나를 '학생'이라고 지칭하면서 스킨십을 하는 멘토인 양 굴고 있잖아요. 정말 어처구니없는 일이에요."

"클로에…."

"당신이 멍청이처럼 구는 건 얼마든지 감당할 수 있어요, 베넷. 그런 거는 익숙하니까. 예측 가능한 일이니 대책을 세우는 것도 어렵지 않죠. 당신과는 늘 그렇게 일해왔으니까요. 씩씩거리면서 화를 내고 문을 쾅 닫아도 당신이 나를 존중한다는 걸 알고 있어요. 하지만 오늘 당신은… 전에는 하지 않은 방식으로 내게 선을 그었어요…."

클로에는 고개를 가로저으며 다시 창밖을 바라보았다.

"이러는 건 과민 반응 같아."

"그럴지도 모르죠."

클로에는 고개를 숙이고 손가방을 뒤적여 휴대전화를 찾아 들었다.

"하지만 나는 지금 이 자리에 오기 위해서 전력을 다해 노력했어요. 그 모든 걸 위태롭게 해야 할까요?"

"우리는 두 가지 모두 잘해낼 수 있을 거야, 클로에. 앞으로 남은 몇 달 동안 함께 일하고 함께 지내는 거야. 오늘 일은… 일종의 성장통이라고 볼 수 있지."

"잘 모르겠어요."

클로에는 눈을 깜빡이면서 내 뒤쪽을 바라보았다.

"베넷, 나는 현명한 선택을 하고 싶어요. 전에는 내 가치를 의심해본 적이 단 한 번도 없어요. 당신이 내 가치에 대해 회의적으로 생각한다는 것을 알았을 때조차 내 자신감은 끄떡없었죠. 그런데 내가 어떤 사람인지 당신이 정확히 알고 있다고 믿은 순간 나를 하찮게 여기는 당신을 보니…."

클로에는 고통이 담긴 눈으로 나를 보았다.

"이제는 나 자신에 대해 회의적이 되거나 의심하고 싶지 않아요. 나는 열심히 일하고 늘 최선을 다하는 사람이에요."

비행기가 착륙하면서 심하게 흔들렸다. 하지만 클로에의 말이 안겨준 충격에 비하면 그런 물리적 충격은 아무것도 아니었다. 나는 이 세상에서 제일 규모가 크다는 기업 재무팀을 이끄는 사람들과 토론을 벌인 적이 많다. 나를 박살 내버릴 생각으로 나온 고위층 사람들도 너끈히 다룬 나다. 남자다움을 뽐내면서 이 세상이 끝날 때까지 이 여자와 말싸움을 벌이는 건 어려운 일도 아니다. 하지만 그 순간 나는 대꾸할 단 한마디 말도 생각해낼 수 없었다.

***

그날 밤 한숨도 자지 못했다. 하지만 그 이상으로 더 힘들었다. 사실 거의 누워보지도 못했다. 눈길 닿는 곳마다 클로에의 모습이 새겨 있었다. 클로에가 집에 한 번도 오지 않았지만 그건 문제가 되지 않았다. 이 집에 대해 함께 이야기했고 그녀를 데려와서 밤을 지새울 계획을 세운 것만으로도 그녀의 모습이 온 집 안을 떠돌아다녔다.

클로에에게 전화를 걸었지만 받지 않았다. 당연하다. 새벽 세 시에 전화를 받을 리가 없다. 하지만 그녀 역시 잠 못 들고 있을 게 분명하다. 클로에가 나와 같은 생각을 하리라 추측하니 그녀의 무응답이 심각한 일로 느껴졌다. 나만큼 클로에도 우리 관계에 대해 심각하게 생각하고 있다는 걸 안다. 하지만 클로에는 잘되지 않을 거라는 쪽으로 기울어 있었다.

내일이 어서 오기만 기다릴 뿐이다.

* * *

나는 오전 여섯 시에 출근했다. 클로에도 곧 출근할 것이다. 나는 커피 두 잔을 가지고 오고 내 일정표도 업데이트했다. 장기간 자리를 비웠다가 복귀한 클로에가 업무 진행 상황을 파악하는 데 시간을 아낄 수 있게 도와주려는 생각에서 한 일이었다. 그리고 에드에게 팩스로 계약서를 보내고 샌디에이고에서 본 계약서가 최종본이라고 알려주었다. 클로에가 설명한 내용은 모두 유효하다는 것과 이틀 안에 서명해서 계약서를 다시 보내줘야 한다는 것도 분명히 전했다.

그런 다음 나는 기다렸다.

여덟 시에 아버지가 내 사무실에 왔다. 아버지 바로 뒤에는 헨리 형이 있었다. 아버지가 인상을 찡그리는 일은 종종 있지만 나를 향해 그런 표정을 지으신 적은 없었다. 헨리 형은 절대로 화내는 사람이 아니었다. 하지만 오늘 두 사람은 나를 살해할 작정이라도 한 듯한 얼굴이었다.

"무슨 짓을 한 거냐?"

아버지는 내 책상 위에 서류 한 장을 떨어트렸다.

얼음 조각이 혈관에 박히는 것 같았다.

"그게 뭔가요?"

"클로에의 사직서다. 아침에 세라와 함께 와서 내게 주더구나."

한 일 분 동안은 아무런 말도 할 수 없었다. 그러는 중에 형의 목소리가 들렸다.

"벤, 이 멍청한 녀석아. 도대체 무슨 일이 있었던 거야?"

"망했군."

마침내 한마디 내뱉은 나는 손으로 두 눈을 꾹 눌렀다. 아버지는 침착한 얼굴로 내 맞은편에 놓인 의자에 앉았다. 얼마 전에 클로에가 앉아서 다리를 벌리고 자위한 그 의자였다. 그때 나는 전화기를 붙잡고 정신 줄을 놓치지 않으려 안간힘을 썼다.

'세상에, 어쩌다가 이 지경이 된 거지?'

"무슨 일이 있었는지 말해봐라."

아버지의 목소리가 차분하게 가라앉았다. 분노에 휩싸여 떨리는 목소리 사이에 잠시 찾아온 소강상태 같았다. 나는 넥타이를 잡아 느슨하게 풀었다. 가슴이 묵직해지면서 숨 쉬기가 곤란했다.

클로에가 나를 떠났다.

"사귀는 사이입니다. 아니 사귀는 사이였습니다."

"그럴 줄 알았어!"

형이 빽 소리쳤다. 아버지도 거의 동시에 소리쳤다.

"뭐 하는 사이?"

"샌디에이고 출장을 가기 전에는 아니었습니다."

나는 재빨리 정확한 정보를 제공했다.

"샌디에이고에 가기 전에는 그저…."

"섹스만 하는 사이?"

형이 내 말을 대신 마무리하다가 아버지의 눈총을 받았다.

"네. 그냥…."

가슴을 도려내는 듯한 아픔이 엄습했다. 내가 몸을 앞으로 숙여 키스할 때의 그녀 표정. 내 이 사이에 사로잡힌 도톰한 아랫입술. 내 입술에 토해 내던 그녀의 웃음소리. 모든 게 주마등처럼 스쳐 갔다.

"두 분이 잘 아시다시피 제가 좀 멍청하잖습니까? 하지만 클로에 역시 받은 만큼 앙갚음을 했습니다."

나는 분명한 어조로 말했다.

"그러다가 샌디에이고에서 좀 더 진지한 사이로 발전했습니다. 이런 제길. 클로에가 정말 사직서를 낸 겁니까?"

나는 책상에 있는 사직서를 집어 들려다 손을 거두었다.아버지는 고개만 끄덕였다. 무슨 생각을 하고 계시는지 종잡을 수 없는 표정이었다. 생각을 드러내지 않는 아버지의 무표정한 얼굴이야말로 비즈니스계에서 성공할 수 있는 원동력이다. 여러 가지 생각으로 복잡할 것 같은 지금 이 순간에도 아버지는 겉으로 티를 내지 않는다.

"이런 사태가 발생할까 봐서 사내 연애에 관한 정책을 세워놓은 거다. 너도 잘 알지 않니, 벤?"

아버지는 내 별명을 부르면서는 조금 누그러진 목소리를 내셨다.

"너라면 그 정도는 잘 알 거라고 생각했다."

"잘 압니다."

나는 두 손으로 얼굴을 비비고 나서 헨리 형에게 자리에 앉으라는 몸짓을 보냈다. 그리고 식중독에 걸린 일이며 에드와의 미팅을 클로에가 유능하게 잘 처리한 것까지 상세하게 털어놓았다. 내가 호텔에서 에드를 우연히 마주치기 전까지는 함께 잘해보자고 합의했다는 점을 분명히 밝혔다.

"이런 바보 같은 자식을 봤나."

내가 말을 마치자 형이 말했다. 나 역시 동의하는 옳은 말이었다.

아버지는 단호한 어조로 설교하고 내가 초래한 이 사태에 대해 다시 한번 이야기를 나눠보자는 약속을 내게서 받아 낸 뒤에 당신 사무실로 돌아가셨다. 그리고 클로에에게 전화를 걸어 남은 인턴 기간에 아버지 밑에서 일하라고 제안하셨다.

아버지는 라이언 미디어만을 생각해서 그런 제안을 한 것이 아니었다. 하지만 클로에가 학위를 받고 나서도 계속 같이 일한다면 우리 회사의 전략 마케팅팀에서 가장 중요한 인물로 금세 발돋움할 것이 분명했다. 게다가 장학위원회에서 프레젠테이션을 하기 위해서는 새 인턴 자리를 구해 기본 업무를 익힌 다음에 새로운 프로젝트를 맡아야 하는데 클로에에게 남은 기간은 고작 3개월뿐이었다. 경영대학원에서 장학위원회가 발휘하는 영향력을 감안하면 클로에가 수석 졸업을 하고 JT 밀러의 CEO 추천서를 받게 되는 것은 모두 프레젠테이션에 대한 장학위원회의 피드백에 달려 있었다. 회사를 옮기는 건 클로에의 경력을 만들어가는 과정이 될 수도 있지만 철저히 망쳐버리는 일이 될 수 있었다.

그로부터 한 시간 동안 무거운 침묵 속에서 헨리 형과 같이 앉아 있었다. 형은 나를 뚫어져라 쳐다보았고 나는 창밖을 쳐다보았다. 형이 내 엉덩이를 걷어차고 싶어 한다는 게 분명히 느껴졌다. 아버지는 사무실로 다시 들어오셔서 클로에의 사직서를 집어서 곱게 두 번 접었다. 그때까지 문제의 사직서를 볼 수 없었다. 타이핑한 문건이었다. 클로에를 만나고 처음으로, 냉정한 흑백의 인쇄 서체 대신 클로에의 악필을 보고 싶다는 생각이 간절했다.

"클로에에게 우리 회사가 그녀를 얼마나 높이 평가하는지, 우리 가족이 클로에를 얼마나 좋아하는지 이야기하고 우리 모두가 클로에가 돌아오기를 원한다고 말했다."

아버지는 잠시 말을 멈추고 나를 바라보았다.

"그랬더니 이렇게 된 데에는 다른 이유가 있다고 하더구나."

* * *

이제 시카고는 예전의 시카고가 아니다. 평행우주라도 된 것 같았다. 시카고를 연고지로 하는 야구팀 컵스를 빌리 시아니스가 저주한 적이 한 번도 없고, 오프라도 없는 시카고다. 그리고 클로에 밀스가 더 이상 라이언 미디어에서 일하지 않는 시카고다. 그녀는 퇴직했다. 라이언 미디어 역사상 가장 큰 거래에서 손을 떼고 가버렸다. 내게서도 손을 떼고 가버렸다.

나는 파파다키스 파일을 클로에의 책상에서 가지고 왔다. 우리가 샌디에이고에 있는 동안 법무팀이 계약서를 작성해놓았다. 이제 서명하는 절차만 남았다. 모든 일이 순조로웠다면 클로에는 석사과정 마지막 2개월 동안 장학위원회에서 선보일 프레젠테이션 준비에 만전을 기할 수 있다. 하지만 그 모든 걸 포기하고 다른 곳에서 처음부터 다시 시작하는 것을 선택했다.

내가 부과한 그 모든 일을 다 처리해놓고 이 좋은 기회를 내버리고 가다니. 에드 같은 작자에게 클로에를 동료로 소개하지 않은 것이 우리 사이에 있었던 모든 일을 버릴 만큼 그렇게 중요했던 걸까?

내가 끙끙 앓는 소리를 내면서 이런 생각을 하는 건 클로에가 떠난 이유를 찾기 위해서라고 생각했다. 하지만 다시 생각해보면 그 이유는 자명하다. 클로에는 인턴이다. 그녀가 원한 것은 우리의 무모한 행동으로 자신의 경력에 흠이 생기지 않도록 해주겠다는 나의 확약이었다. 그런데 나는 그러지 않을 거라는 걸 그녀 앞에서 생생하게 보여주고 말았다.

솔직히 내가 저지른 일들로 온 회사가 쑥덕거리지 않는 게 놀랍다. 무슨 일이 있었는지 아버지와 형만 알고 있는 것 같다. 클로에는 항상 비밀을 지켰다. 세라는 아마도 이런 상황을 다 알고 있을지도 모르겠다. 문득 세라가 클로에와 연락하고 지내는지 궁금했다.

하지만 내 궁금증은 그리 오래가지 않아 해결되었다. 시카고가 다른 세상으로 변하고 나서 며칠이 지난 무렵, 세라가 노크도 없이 사무실로 쳐들어온 것이다.

"도대체 이 말도 안 되는 상황을 어떻게 하실 건가요?"

나는 세라를 올려다보며 손에 들고 있던 파일을 내려놓았다. 그리고 아무 말 없이 세라를 빤히 쳐다봤다. 그녀는 조바심을 내고 있었다.

"이 상황에 대해 신경 쓸 자격이 없다는 걸 상기해드리고 싶군요."

"클로에의 친구 자격이 있습니다."

"라이언 미디어의 직원이자 헨리의 부하 직원으로서는 그렇지 않습니다."

세라는 한참 동안 나를 응시하다가 고개를 끄덕였다.

"알고 있습니다. 저는 다른 사람에게는 이와 관련된 이야기를 일절 하지 않을 겁니다. 그런 의미로 하신 말씀이라면 말입니다."

"당연히 그런 의미였습니다. 하지만 태도에 대한 의미도 있습니다. 노크도 없이 내 방에 불쑥 쳐들어오는 건 용납할 수 없습니다."

세라는 후회하는 듯한 표정을 지었지만 내 날카로운 시선에도 움츠러들거나 주춤하는 기색은 보이지 않았다. 클로에가 어째서 세라와 절친한 사이가 되었는지 이해되는 순간이었다. 두 사람 모두 무모하리만큼 의지가 강하고 충성도가 높은 직원이었다.

"알겠습니다."

"그럼 여기 온 이유를 좀 물어볼까요? 클로에를 만났습니까?"

"네."

나는 세라의 다음 말을 기다렸다. 억지로 말하게 압력을 가할 생각은 없었다. 하지만 내 진심은⋯ 세라를 탈탈 털어서 모든 이야기를 낱낱이 듣고 싶어 죽을 지경이었다.

"스튜디오 마케팅에서 입사 제의를 받았다고 합니다."

나는 부자연스러운 한숨을 내쉬었다. 작지만 건실한 회사다. 중견 간부급이 훌륭한 전도유망한 기업이지만 몇몇 고위직 인사들은 쓰레기였다.

"직속 상사가⋯."

"줄리언이라는 남자분이던데요."

나는 내 생각을 감추려 눈을 감았다. 트로이 줄리언. 우리 회사 중역으로 일한 적이 있는 작자다. 불법을 간신히 피하는 수준의 행사 대동용 여자를 특별히 좋아하는 병적으로 자기중심적인 인물이다. 클로에도 이 사실을 알 것이다. 도대체 이 여자 무슨 생각을 하는 거지?

'멍청아, 네가 생각을 해봐.'

아마도 줄리언이라면 3개월 이내에 프레젠테이션을 준비할 일감을 줄 만한 자원을 확보하고 있으리라는 생각을 했을지도 모른다.

"클로에가 맡은 프로젝트는?"

세라는 사무실 문 쪽으로 걸어가서 문을 닫았다.

"샌더스사의 펫 차우 프로젝트입니다."

나는 일어서서 두 손으로 책상을 내려쳤다. 화가 치밀어 올랐다. 나는 눈을 감고 성질머리를 가라앉히려 애썼다. 애꿎은 형의 어시스턴트가 불똥을 맞게 할 수는 없는 일이었다.

"그건 정말 하찮은 일인데."

"라이언 이사님, 클로에는 석사과정을 공부하는 학생 신분입니다. 그러니 하찮은 일을 맡는 게 당연하죠. 클로에를 사랑하는 사람이나 백만 달러 예산에 십 년 기한의 마케팅 계약 건을 맡기는 겁니다."

그 말을 마지막으로 세라는 뒤도 돌아보지 않고 내 사무실을 나가버렸다.

* * *

클로에는 전화를 받지 않았다. 휴대전화도 응답이 없고, 집 전화도 감감무소식인 데다 클로에의 인사 파일에 적힌 개인 계정으로 보낸 이메일도 소용이 없었다. 전화를 걸어오거나 회사에 잠시 들르는 일도 없었다. 나와 이야기하고 싶지 않다는 의사를 분명히 하고 있었다. 하지만 곡괭이로 가슴을 벌려놓은 것 같은 기분으로 잠도 자지 못할 때면, 전에 같이 일했던 인턴 직원의 아파트 주소를 뒤져서 토요일 새벽 다섯 시에 차를 몰고 찾아가서 그녀가 나오기를 하염없이 기다리는 일 따위를 하게 됐다.

거의 하루 종일 기다려도 아파트 건물을 나서는 클로에를 볼 수가 없던 나는 아파트 경비에게 클로에의 사촌이라 속이고 그녀의 건강이 염려되어 찾아왔으니 좀 올라가게 해달라고 부탁하는 일까지 했다. 경비의 호위를 받으며 그녀의 아파트 앞으로 갔다. 경비가 뒤에서 지켜보는 가운데 클로에의 아파트 현관문을 두드렸다.

심장이 밖으로 튀어나올 것처럼 거세게 뛰었다. 누군가 안에서 움직이는 소리가 들렸다. 그 누군가가 문 쪽으로 걸어오고 있었다. 목제 현관문을 사이에 두고 겨우 몇 센티미터 떨어진 곳에 클로에가 있었다. 그녀의 존재감이 강하게 느껴졌다. 현관문에 난 외부 확인용 구멍에 그림자가 어른거렸다. 그런 다음에는 아무 소리도 들리지 않았다.

"클로에."

문은 열리지 않았다. 하지만 클로에는 뒤로 물러서지 않고 그대로 서 있는 게 분명했다.

"제발 문 좀 열어줘. 할 말이 있어."

한 시간은 될 것 같은 시간이 지난 뒤 마침내 클로에의 목소리가 들렸다.

"그럴 수 없어요, 베넷."

나는 두 손으로 문을 짚고 서서 이마를 기댔다. 그 순간 슈퍼파워가 있다면 아주 유익할 것 같았다. 불꽃 손이나 고체에서 기체로 변신하는 승화 능력이 있다면 말이다. 최소한 적절한 말을 찾아낼 능력이라도 있다면 좋았을 것이다. 하지만 이 모든 것이 불가능한 상황이었다.

"미안해."

침묵이 흘렀다.

"클로에… 제발. 이제는 나도 뭐가 문제인지 알아. 그러니 병신 짓을 저지른 나를 욕해. 나가 뒈져버리라고 소리 질러. 뭐라고 하든 당신 방식대로 나한테 화를 내. 그리고… 떠나지만 말아줘."

침묵. 클로에가 자리를 지키고 있는 것은 분명했다. 그녀를 느낄 수 있었다.

"보고 싶었어. 빌어먹게 당신이 보고 싶어. 아주 많이."

"베넷, 지금은… 아닌 것 같아요. 나는 감당할 수 없어요."

'지금 울고 있는 건가?' 문 건너편 상황을 알 수 없어 속이 타들어갔다. 이런 무능한 나 자신이 혐오스러울 지경이었다.

"저기요."

뒤에 서 있던 경비가 어서 자리를 뜨고 싶다는 기색이 역력한 음성으

잘생긴 개자식

로 입을 열었다. 내가 거짓말했다는 사실에 화가 난 것도 같았다.

"이러려고 여기 올라오겠다고 말한 게 아니었잖습니까? 집주인 몸은 괜찮은 것 같으니, 이제 그만 가시죠."

나는 집으로 차를 몰고 돌아가 다량의 스카치를 몸속에 쏟아부었다. 그로부터 이주일 동안 나는 지저분한 술집에서 바보짓거리를 이어나갔고, 걱정하는 가족들을 무시한 채 지냈다. 전화로 병결을 알리고 하루 종일 침대에 누워 있기도 했다. 이따금 침대를 기어 나와서 시리얼 한 그릇을 입속에 우겨 넣거나 술잔을 채우거나 화장실을 가는 정도만 움직였다. 거울에 비친 내 모습이 눈에 들어오면 가운뎃손가락을 힘차게 올려주기도 했다. 나는 요령부득의 불쌍한 인간인 데다 이런 일은 처음 겪어서 어떻게 정신을 차려야 할지 도무지 알 수가 없었다.

어머니가 식료품을 사가지고 와서 현관문 앞에 내려놓고 가셨다. 아버지는 매일 음성 사서함에 최근의 업무 관련 정보를 남겨주셨다. 미나 형수는 스카치를 더 사다 주었다.

그리고 마지막으로 헨리 형은 이제껏 그 존재가 알려진 바 없는 우리 집의 보조 열쇠라는 걸 찾아내서 안으로 들어와 내게 찬물 한 바가지를 끼얹었다. 그런 다음에 포장 중국 음식을 건넸다. 내가 음식을 꾸역꾸역 먹는 동안 형은 내가 정신을 차리고 회사로 돌아오지 않으면 클로에의 사진을 집 안 곳곳에 붙여버리겠다는 무시무시한 협박을 했다.

그렇게 회사로 복귀한 후 몇 주 동안은 내가 점점 제정신이 아닌 사람이 되어간다고 판단한 세라에게서 매주 클로에에 대한 새로운 소식을 전해 들었다. 세라는 매우 사무적인 태도를 견지하면서 줄리언과 함께 새 일을 잘해내고 있다고 알려주었다. 클로에가 맡은 프로젝트 역시 순조롭다고 했다. 샌더스의 사람들이 클로에를 매우 마음에 들어 한다고도 했다. 광고 콘셉트에 관한 프레젠테이션을 무사히 마치고 일을 시작할 수 있는 승인을 얻었다고도 했다. 크게 놀랄 일이 하나도 없었다. 클로에라면 너끈히 해낼 법한 것들이었다. 샌더스에 그녀만 한 인재는 없을 것이다.

아주 가끔 세라는 다른 이야기도 조금씩 해주었다.

"클로에가 다시 체육관에 나왔습니다." "안색이 많이 좋아졌습니다." "머리를 조금 짧게 잘랐는데 무척 귀엽습니다." "토요일에 친구들과 함께 외출했습니다. 클로에는 재미있어 하는 것 같았습니다만 다른 사람보다 일찍 자리를 떴습니다."

'데이트가 있어서 그랬던 걸까?' 궁금했다. 하지만 곧 그 부질없는 생각을 머릿속에서 지웠다. 클로에가 다른 사람을 만나는 모습은 상상할 수도 없었다. 우리 사이에 분명 심상치 않은 감정이 존재했다. 그러니 클로에 역시 다른 사람을 만나지는 않을 게 분명했다.

클로에의 최근 소식을 전해 듣는 것만으로는 도무지 성이 차지 않았다. 어째서 세라는 휴대전화로 도촬하거나 몰래카메라 같은 걸 할 생각을 못하지? 우연히 상점이나 거리에서 클로에를 만날 수 있을까 하는 희망도 품어보았다. 라 페를라 근처를 몇 번 배회하기도 했다. 하지만 두 달이라는 시간이 지나도록 클로에를 볼 수 없었다.

처음 한 달은 섹스 도구로 이용했던 여자를 사랑하게 되었다는 사실을 인정하면서 순식간에 지나갔다. 사랑하는 여자를 떠나보낸 그다음 한 달은 영겁의 시간처럼 더디 흘렀다.

그렇게 시간은 흘러 어느덧 클로에가 장학위원들 앞에서 자신이 맡은 프로젝트를 소개하는 행사가 열리는 전날 밤이 되었다. 세라에게서 전해 들은 바에 따르면 클로에는 불주먹을 날리면서 줄리언과 프로젝트를 핸들링하고 프레젠테이션 준비를 마쳤다고 했다. 하지만 클로에는 '체중이 더 줄어 호리호리해져서 평소 모습을 찾기 어려울 정도'라고도 말해주었다. 마침내 나는 용기를 내기로 했다.

책상에 앉아서 파워포인트 프로그램을 열고 파파다키스 사업 계획서 파일을 불러왔다. 옆에 놓인 전화기가 시끄럽게 울렸다. 전화를 받지 말아야겠다는 생각이 들었다. 지금 하려는 일에만 집중하고 싶었다. 하지만 발신자의 지역 번호가 낯설었다. 내 두뇌의 주요 부분들은 클로에의 전화일지도 모른다는 생각을 만들어 내고 있었다.

"여보세요, 베넷 라이언입니다."

수화기 건너편에서 여자의 웃음소리가 들려왔다.

"반갑습니다. 말로만 듣던 그 잘생긴 개자식이 맞으신가요?"

20

위원장 청을 비롯한 장학위원들이 행사장으로 들어왔다. 모두 내게 상냥한 인사를 건네면서 자리에 앉았다. 메모 내용을 확인 하고 노트북과 프로젝터가 잘 연결되었는지 세 번이나 확인했다. 그리고 몇몇 지각한 사람들이 콘퍼런스 룸으로 입장하기를 잠시 기다렸다. 사람들이 물을 따르자 컵에 든 얼음이 경쾌하게 달그락 소리를 냈다. 동료들은 목소리를 낮춰 두런두런 이야기를 나누고 있었다. 가끔 박장대소가 조용한 실내에 울려 퍼졌다.

'동료라….'

이렇게 외롭고 소외된 느낌은 처음이다. 줄리언은 나의 프레젠 테이션을 보러 와서 응원해줄 생각은 전혀 못하고 있었다. 정말 놀랄 일이다.

행사장은 여기서부터 열일곱 블록 떨어진 곳에 위치한 어떤 건물에 있는 회의실과 매우 흡사했다. 아침 일찍 라이언 미디어 타워 앞에 서 있었다. 마음속으로 지금의 내가 있게 해준 그 건물 안의 모든 사람에게 감사의 말을 전했다. 그런 다음에 걸어서 프레젠테이션 장소까지 왔다. 몇 블록이나 떨어져 있는지 차근차근 세어보며 걷는데 가슴이 죄어오는 통증이 느껴졌다. 오늘 이 기념비적인 장소에서 베넷과 함께할 일은 없을 것이다. 냉정한 얼굴로 커프스단추를 만지작거리면서 침착을 가장하고 있지만 실상은 바짝 긴장한 내 속마음을 꿰뚫어볼 사람이 없는 것이다.

전에 진행했던 프로젝트가 그리웠다. 함께 일했던 동료들도 보고 싶었다. 베넷의 가차 없지만 정확한 규칙과 기준들도 그리웠다. 하지만 무엇보다 그립고 보고 싶은 건 내게 맞춰주던 새로운 모습의 베넷이었다. 베넷의 두 가지 모습 중에서 하나를 선택해야만 해서 고민하다가 결국에는 그 어떤 베넷과도 만나지 못하게 되었으니. 정말 싫다.

어시스턴트 한 명이 문을 두드리고 얼굴을 빼꼼히 내밀었다. 그녀가 청 위원장에게 말했다.

"클로에가 먼저 서명해야 하는 서류가 좀 있어서요. 금방 돌아오겠습니다."

나는 순순히 그녀를 따라 문 밖으로 나가면서 손을 아래로 떨어트리고 털어보면서 긴장감을 풀려고 노력했다. '클로에, 넌 해낼 거야.' 스무 장의 초라한 슬라이드에는 지역의 애완동물 식자재를 파는 기업을 위한 다섯 자릿수 예산 마케팅 캠페인에 관한 세부 내용이 담겨 있었다. 식은 죽 먹기처럼 간단한 일이었다.

어서 이 일을 해치워야 지옥 같은 시카고에서 벗어나서 수백 마일 떨어진 다른 곳에서 처음부터 다시 시작할 수 있다. 이곳으로 터전을 옮기고 처음으로 시카고가 낯설게 느껴졌다.

그렇다고 해도 시카고를 떠나기로 한 것이 옳은 결정인지는 확실하지 않았다. 마음이 '옳다'고 말하지 않고 있었다.

우리는 어시스턴트의 자리를 지나쳐서 복도를 따라 또 다른 콘퍼런스 룸으로 들어갔다. 어시스턴트는 문을 열고 나 먼저 안으로 들어가라는 몸짓을 했다. 하지만 내가 안으로 들어서자 같이 들어오는 대신 문을 닫아버렸다. 나 혼자만 남겨둔 채.

하지만 나 혼자가 아니었다.

거기에 베넷이 있었다.

갑자기 속이 바짝 탔다. 심장은 끝 모를 공간 속으로 쿵 떨어져 내렸다. 회의실 옆쪽 벽에 붙은 창가에 그가 서 있었다. 남색 정장에 내가 크리스마스에 선물한 짙은 보라색 넥타이를 매고 두툼한 서류 폴더를 들고 있었다. 그의 짙은 눈동자에서는 아무것도 읽어낼 수 없었다.

"안녕."

그의 목소리가 외마디에 실려 왔다.

나는 침을 꿀꺽 삼키고 벽에서 시선을 옮기면서 감정을 드러내지 않고 억누를 수 있기를 간절히 빌었다. 베넷을 떠나 있었던 시간은 지옥 같았다. 하루에도 몇 번이나 라이언 미디어로 되돌아가는 상상을 했다. 아니면 〈사관과 신사〉에서처럼 나의 새로운 사무실에 그가 뚜벅뚜벅 걸어 들어오는 상상을 하거나 사람을 애태우는 그 긴 손가락 끝에 라 페를라의 쇼핑백을 걸고 문가에 서 있는 모습을 상상하기도 했다.

하지만 여기서 보게 되리라고는 생각하지 못했다. 오랫동안 보지 못한 까닭에 그 퉁명스러운 외마디 인사에도 나는 무너져 내릴 것만 같았다. 그의 목소리가 그리웠다. 그의 능글맞은 미소와 입술, 손, 나를 바라보는 눈길, 내가 먼저 하도록 기다려주는 모습, 나를 사랑하기 시작했다는 걸 알게 해준 그의 행동들. 그 모든 것이 그립고 그리웠다.

그 베넷이 여기 있다. 그런데 몰골이 말이 아니다.

체중이 줄어서 쫙 빼입고 깔끔하게 면도했는데도 키만 껑충하게 커 보였다. 몇 주 동안 잠을 못 잔 사람처럼 보였다. 나도 저랬다. 다크서클이 눈 아래 드리웠고 트레이드마크인 능글맞은 미소는 사라져 보이지 않았다. 그 자리를 대신하고 있는 것은 일자로 굳게 다문 입술뿐이었다. 언제나 이글거리는 눈빛을 보여주었는데 지금은 그렇지 않았다.

"여기서 뭐 하고 있는 거예요?"

내가 물었다.

베넷은 한 손을 들어 올려 머리를 빗었다. 아무리 정돈하려 해도 말을 듣지 않는 머리카락은 그런 하찮은 스타일링 방식에 순응할 뜻이 전혀 없는 듯 한층 더 헝클어졌다. 그 익숙한 광경을 보고 있자니 가슴이 죄어오는 아픔이 느껴졌다.

"라이언 미디어를 떠난 건 진짜 멍청한 짓이었다는 말을 해주려고 왔어."

그의 말에 입이 딱 벌어졌다. 아드레날린이 혈관을 뜨겁게 달궜다. 익숙한 이 느낌.

"내가 저지른 멍청한 짓이 어디 그뿐인 줄 알아요? 여하튼 이렇게 왕림해서 그런 말까지 해주시니 몸 둘 바를 모르겠네요. 참 유쾌한 재회였습니다."

나는 그대로 뒤돌아서 자리를 떠나려 했다.

"잠깐, 기다려."

베넷은 낮고 단호한 말투로 말했다. 오랜 본능이 작동하기 시작했다. 걸음을 멈추고 뒤로 돌아서서 베넷을 바라보았다. 어느새 내게 몇 걸음 가까이 다가와 있었다.

"클로에, 멍청이 짓은 둘 다 했지."

"그 점에는 동의합니다. 당신이 내 멘토가 되어 많은 도움을 주었다는 건 충분히 할 수 있는 이야기였어요. 세상에서 제일가는 멍청이에게 온갖 멍청이 짓을 배웠으니까. 라이언 미디어에서 배

잘생긴 개자식

운 좋은 것들은 다 댁의 아버님의 가르침이었죠."

그 말이 베넷의 정곡을 찌른 모양이다. 베넷은 놀란 얼굴로 한 걸음 뒤로 물러섰다. 지난 몇 달 동안 정말 복잡한 감정을 많이 느꼈다. 엄청난 분노와 약간의 후회를 느꼈다. 그리고 적지 않은 죄책감에 시달리면서도 독선적인 자존심을 굽히지 않았다. 하지만 방금 한 말은 정당하지 않다는 걸 깨달았다. 후회할 말을 하고 말았다. 베넷은 나를 몰아붙여서 많은 성과를 내고 능력의 한계를 시험하도록 이끌어주었다. 늘 좋은 의도로 나를 몰아붙인 것은 아닌 것 같지만 말이다. 그런 점에서 보면 나는 그에게 신세를 진 셈이다.

휑뎅그렁한 회의실에 그와 함께 서 있자니 침묵이 만개해서 역병처럼 우리 주위를 맴돌았다. 돌이켜보니 그와 함께했던 모든 시간이 소중했다. 가장 중요한 프로젝트를 맡을 기회를 준 것도 베넷이었다. 미팅마다 참석할 수 있도록 배려한 사람도 베넷이었다. 비판적인 보고서를 쓰게 하고 까다로운 전화 응대를 하고 가장 민감한 회계 자료의 이송을 책임지게 해준 사람도 베넷이었다. 그는 나의 멘토였다. 베넷이 신경을 많이 써준 게 사실이다.

나는 침을 꿀꺽 삼켰다.

"이렇게까지 말할 생각은 아니었어요."

"알아. 얼굴에 다 써 있는걸."

베넷은 한 손으로 입술을 쓱 문질렀다.

"하지만 틀린 말은 아니지. 당신의 유능함과 능력은 나와는 상관없는 것이니까. 아마도 나는 자기중심적으로 당신의 그런 능력을 이용해먹으려고만 했던 것 같아. 하지만 당신을 보면 기운이 나서 그랬던 것도 있어."

목구멍을 탁 막고 있던 응어리 같은 것이 점점 아래로 내려가면서 숨을 쉴 수 없게 만들더니 이제는 배를 짓누르고 있었다. 나는 가까이에 있는 의자를 짚으며 다시 말했다.

"베넷, 여기 왜 온 거예요?"

"당신이 이번 일을 제대로 해내지 못하고 망치면 내가 나서서 〈포춘〉지 선정 500대 기업에 고용되지 못하게 할 거야."

전혀 예상하지 못한 답변에 새로운 분노의 불길이 치솟았다.

"이 지긋지긋한 멍청이 양반아, 내가 일을 못할 리가 없잖아. 다 준비했단 말이야."

"그런 말을 한 게 아니야. 여기 파파다키스 슬라이드와 핸드아웃 자료가 있어."

베넷은 USB와 서류 폴더 하나를 내밀었다.

"이번 프레젠테이션에서 완승을 거두지 않으면 나는 무척 화가 날 거야."

잘난 척하는 미소는 보이지 않았다. 말장난하는 것 같지도 않았다. 그의 말 뒤에 숨은 뭔가가 울림을 주었다.

'이건 우리가 함께한 일이었지. 우리가.'

"그게 뭐든 간에 내 것은 아니에요."

나는 그가 건넨 자료를 가리키며 말을 이었다.

"파파다키스 슬라이드는 내가 준비하지 않았어요. 완전히 마치지 못하고 퇴사했으니까요."

베넷은 내가 말귀를 못 알아듣는 게 답답했는지 다급하게 고개를 끄덕이며 말했다.

"당신이 퇴사할 때는 계약서에 서명만 하면 되는 단계였어. 지금껏 당신이 만든 모든 자료를 토대로 해서 내가 이 슬라이드를 만들었어. 오늘 프레젠테이션은 이걸로 해. 그 빌어먹을 개 사료 마케팅 캠페인 말고."

면전에 대고 저런 말을 하다니. 굴욕감을 느낀 나는 그에게 몇 걸음 다가가며 말했다.

"베넷, 정말 잘났군요. 나는 당신 밑에서도 있는 힘껏 열심히 일했지만, 줄리언을 위해서도 마찬가지로 열심히 일했어요. 다음에 누구와 일하게 돼도 마찬가지예요. 애완동물 사료를 파는 것이든 백만 달러짜리 캠페인 프로젝트를 중개하는 일이든 상관없어요. 그런 걸 들고 찾아와서 내 경력을 어떻게 관리해야 하는지 잔소리를 늘어놓을 생각을 하다니 정말 넌더리가 나네요. 나는 당신 통제를 받는 사람이 아니에요."

베넷이 가까이 다가왔다.

"당신을 통제하려는 게 아니야. 그러고 싶지도 않아."

"헛소리."

"당신을 돕고 싶어."

"그쪽 도움 따위 필요 없어요."

"아니, 클로에. 내 도움이 필요할 거야. 자, 받아. 이건 당신이 해낸 일이야."

베넷은 다시 몇 걸음 더 내게 다가왔다. 손만 뻗으면 닿을 거리였다. 한 걸음 더 다가왔다. 이제는 그의 뜨거운 체온이 느껴지고 비누와 스킨이 뒤섞인 친숙한 그의 체취를 느낄 수 있었다.

"제발 부탁이야. 이건 온전히 당신 힘으로 해낸 일이야. 이 프로젝트가 장학위원회에 더 깊은 인상을 남길 거야."

한 달 전 나는 정말 간절히 이 프로젝트로 프레젠테이션을 하게 되기를 바라고 또 기대했다. 몇 달 동안 내 삶의 전부가 된 일이었다. 온전히 내가 해낸 일이었다. 두 눈이 촉촉해지는 게 느껴졌다. 나는 눈을 깜빡거리며 눈물을 삼켰다.

"당신한테 신세 지고 싶지 않아."

"이건 신세가 아니야. 오히려 내가 신세를 갚는 거지. 일을 이 지경으로 만든 장본인은 나야. 당신은 내가 아는 사람 중에서 가장 민첩하고 사업 수완이 뛰어난 사람이라는 말을 해주고 싶어."

한층 부드러워진 시선으로 나를 바라보던 베넷은 한 손을 뻗어서 흘러내린 내 머리카락 한 올을 어깨 뒤로 넘겨주었다.

"앞으로도 나한테 신세 질 일은 없을 거야. 물론 혹시라도… 완전히 다른 측면에서는 모르는 일이지만."

"다시 당신과 함께 일할 수는 없어요."

목에 걸려 있는 상심의 응어리를 거쳐 간신히 뱉어 낸 말이었다. 손을 뻗어 베넷을 어루만지고 싶은 걸 참기 위해서 온몸에 힘을 주고 서 있어야만 했다.

"그런 걸 말한 게 아니야. 상사로서 내가 엉망이었다고 말하는 거야."

베넷은 긴장된 표정으로 침을 꿀꺽 삼키고 크게 숨을 들이마셨다.

"그리고 연인으로서도 엉망이었지. 이 슬라이드를 가져가면 좋겠어."

베넷은 USB를 다시 내밀었다.

"그리고 다시 나를 받아주면 좋겠어."

나는 베넷을 빤히 바라보았다.

"빨리 회의실로 돌아가야 해요."

"아니, 그러지 않아도 돼. 프레젠테이션 일정은 지연되었을 거야."

베넷은 자신의 손목시계를 내려다보았다.

"약 일 분 전에 헨리 형한테 부탁했거든. 위원장에게 전화를 걸어서 말도 안 되는 불화를 일으켜달라고. 그러면 당신하고 둘이서 이야기할 수 있으니까. 당신한테 말하고 싶은 건 첫째가 당신이 멍청이라는 것이고 둘째는 당신과 함께할 기회를 한 번 더 달라는 것이야."

나도 모르게 샐쭉 웃어버릴 것만 같아서 아랫입술을 꼭 깨물어야 했다. 베넷의 눈동자에는 의기양양한 기색이 역력했다.

"여기 와서 이렇게 해준 건 고마워요."

나는 신중한 목소리로 말했다.

"정말 열심히 준비하고 진행한 프로젝트였으니 내가 해낸 일이라는 생각은 있어요. 괜찮다면 파파다키스 프로젝트에 관한 이 핸드아웃 자료는 장학위원회에 제출할게요. 하지만 프레젠테이션은 샌더스 프로젝트로 하겠어요."

베넷은 내 표정을 살피면서 내 제안을 검토하고 있었다. 그의 턱 근육이 꿈틀거리는 걸 보니 이를 악물고 인내심을 발휘하는 모양이다.

"좋아. 그렇다면 여기서 내게 프레젠테이션을 해봐. 저기서 자살행위를 하지 않겠다는 걸 납득시켜줘."

나는 허리를 펴고 자세를 반듯이 한 다음 말했다.

"이번 캠페인에서는 리얼리티 요리 프로그램인 '톱 셰프'를 이용합니다. 에피소드나 광고에서 샌더스의 애완용 사료의 다양한 재료 성분을 설명하고 애완동물을 위한 최고의 요리를 선보이는 도전 과제도 제시할 예정입니다."

베넷의 눈동자를 읽을 수는 없었지만 진심에서 우러나오는 미소는 볼 수 있었다.

"영리한 접근이군."

나는 그의 정직한 반응에 활짝 웃으면서 통쾌한 기분을 느꼈다.

"사실은 아니에요. 이건 그냥 농담이었어요. 샌더스의 사료 재료는 아주 기본적인 것들이에요. 좋은 고기와 단순한 곡물류죠. 개들은 음식이 얼마나 근사한지 따위는 신경 쓰지 않아요. 그냥 고기면 되죠. 뼈에 붙어 있는 고기요. 그게 맛이 좋거든요. 우리 아버지는 매일 현미와 밀싹이 섞인 맛있는 사료를 개에게 주었어요. 농담이 아니에요. 그리고 생일날에는 별식으로 고기 붙은 값싼 뼈를 주셨죠. 현미나 채소 같은 재료에 신경 쓰는 건 애완동물을 키우는 주인이지 정작 애완동물들은 그런 거 관심도 없어요."

베넷의 미소가 점점 커져갔다.

"애완동물을 지나치게 애지중지하면서 가족처럼 대하는 우리들의 일면을 풍자하는 방식이에요. 샌더스의 이번 상품은 매일 애완동물의 응석을 받아줄 수 있는 고기 붙은 뼈예요. 애완동물 심사위원들은 언제나 샌더스의 조리법을 선택하게 될 거예요."

"해냈군. 성공적이야."

"캠페인이요? 캠페인의 성공이야말로 원하는 거예요."

"맞아. 캠페인은 성공적일 거야. 하지만 내가 말하는 건 프레젠테이션 방식이야. 나를 완전히 낚았잖아."

나는 큰 소리로 웃었다. 베넷다운 칭찬이었다.

"고마워요."

"나를 받아줘, 클로에. 여기서 그렇게 하겠다고 말해."

나는 더욱 큰 소리로 웃으면서 두 손으로 얼굴을 비볐다.

"언제나 늘 그렇게 거들먹거리는 상사 노릇을 하네요."

"내가 그립고 보고 싶지 않았다고 말할 수 있어? 당신 몰골도 말이 아닌데 뭐. 줄리아가 어젯밤에 전화했어. 이 슬라이드를 만들고 있을 때."

나는 입을 쩍 벌리고 베넷을 보았다.

"줄리아가 당신한테 전화했어요?"

"당신이 엉망진창이 되어 있으니 어서 정신 차리고 당신을 찾아가라고 하더군. 그래서 벌써 그럴 준비를 하고 있다고 말해주었지. 언젠가는 내가 못 견디고 이렇게 달려오고 말 일이었지만, 줄리아의 전화를 받는 바람에 훨씬 더 쉽게 이곳에 와서 당신한테 이렇게 매달릴 수 있었어."

"매달리는 게 어떻게 하는 건지는 알아요?"

나는 이제 미소를 감추지 않고 말하고 있었다.

베넷은 혀로 입술을 핥고 내 입을 쳐다보며 말했다.

"모르는 것 같아. 어떻게 하는 건지 한번 시범을 보여주겠어?"

"당신이 먼저 해봐요. 최대한 머리를 조아려보세요."

"외람된 말씀이지만 밀스 양, 저는 펠라티오를 정중하게 부탁할 예정인데요."

"매달려서 애원한다면 생각해보죠."

베넷은 눈을 크게 뜨고 나를 쳐다보았다. 나는 파파다키스의 폴더를 그의 손에서 낚아채고 자리를 떠났다.

* * *

행사장에 들어서는데 베넷이 곧바로 따라 들어왔다. 우리가 등장하자 회의실 안에서 웅성거리던 사람들이 일제히 입을 다물었다.

나는 청 위원장에게 파파다키스 폴더를 넘겨주었다. 핸드아웃 자료를 훑어본 위원장은 미소를 지으며 말했다.

"어떻게 두 가지 프로젝트를 해냈습니까?"

나는 더듬거리면서 간신히 몇 마디 대꾸했다. 전혀 예상하지 못했던 질문이었다.

"클로에는 매우 능률적으로 일하는 사람입니다."

베넷이 말했다. 그러고 내 뒤로 돌아서 자리에 앉았다.

"파파다키스 프로젝트를 마무리하더니 석사 학위를 마치기 전까지 다른 곳에서 잠시 인턴으로 일해보고 싶다고 하더군요. 그래서 동의해주었습니다. 하지만 저희 라이언 미디어에서는 가까운 미래에 클로에 양이 다시 돌아오기를 희망하고 있습니다."

나는 놀란 모습을 들키지 않으려 애를 써야 했다. '도대체 지금

무슨 말을 지껄이는 거지?'

"훌륭하네요."

테이블 상석에 앉은 나이 지긋한 위원이 말했다.

"파파다키스 프로젝트 실무를 맡게 되나요?"

베넷은 고개를 끄덕였다.

"제 아버지와 함께 일하게 될 겁니다. 이번 일을 맡을 정규직이 필요한데 클로에 양을 염두에 두고 계십니다. 클로에의 선택만 남 았죠."

나는 오천여 가지 리액션을 꿀꺽 삼켜야 했다. 첫 번째 리액션 은 짜증이었다. 이런 문제를 장학위원회에서 나불대다니. 하지만 감사와 흥분, 자부심이 뒤엉킨 리액션도 있었다. 그럼에도 이 일 이 끝나면 베넷은 한바탕 잔소리를 듣게 될 것이다.

"그럼 시작해보죠."

위원장이 뒤로 기대앉으며 말했다. 나는 레이저 포인터를 집어 들고 앞으로 나갔다. 바닥이 젤리처럼 푹신한 것 같았다. 다리가 휘청거렸다. 테이블 상석에서 두 번째 자리에 베넷이 있었다. 베 넷이 헛기침을 하는 모습이 눈에 들어왔다.

왜 저러는지도 이따가 물어봐야겠다. 프레젠테이션을 시작하려 는 순간 베넷이 소리 없이 입술을 움직여 '사랑해'라고 말한 것 같 았다.

'엉큼한 개자식.'

***

　장학위원회에서는 내 프레젠테이션 내용이 장학 프로그램 브로
슈어와 웹사이트, 뉴스레터 등에 실릴 거라고 알려주었다.

　잠시 후에는 몇 가지 서류에 서명하고 기념사진을 찍고 수많은
손들과 악수를 나눴다.

　심지어 JT 밀러에서 일을 해보지 않겠느냐는 제안도 했다.

　"잠시 실례하겠습니다. 클로에와 할 이야기가 있어서요."

　베넷이 나를 옆으로 끌어당기며 말했다. 그가 아무 말 없이 나
를 내려다보는 동안 다른 사람들은 모두 회의실 밖으로 나갔다.

　"그래요, 그 이야기 좀 하죠."

　나는 성난 목소리를 내려고 고심했다. 성공적인 프레젠테이션
과 격한 토론, 그리고 하루 온종일 일한 여파로 흥분이 가라앉지
않은 상태였다. 키스할 수 있는 거리에 그가 있어도 유혹당할 기
분이 아니었다.

　"싫다고 말하지 마. 아버지보다 선수를 친 것뿐이니까. 오늘 밤
에 아버지가 전화하실 거야."

　"정말 제게 일자리를 제안하실 거라고요?"

　"그러면 받아들일 건가?"

　나는 들뜬 마음을 애써 달래며 쿨한 척 어깨를 으쓱였다.

　"모르는 일이죠. 여하튼 지금은 프레젠테이션의 성공을 축하하

고 싶네요."

"아까 저기서 정말 대단했어."

베넷은 고개를 숙여 내 뺨에 키스했다.

"고마워요. 지난 몇 주 동안 이렇게 기쁘고 즐거운 적이 없었어
요."

"핸드아웃 자료도 좋았잖아?"

나는 눈을 부라리며 말했다.

"그래요. 하지만 한 가지 중요한 실수를 했던데요."

베넷은 실망스러운 얼굴로 물었다.

"어떤?"

"파워포인트를 잘 다룬다는 걸 들킨 거요."

베넷은 크게 웃으면서 내가 들고 있던 노트북 가방을 가져가서
뒤에 있는 의자에 내려놓은 다음 음흉한 미소를 지으며 내게 성
큼 다가왔다.

"나도 예전에는 상사가 사용할 프레젠테이션 자료를 만들어야
했다고. 내게도 인턴 시절이 있었으니까."

온몸에 소름이 돋았다.

"당신 상사였던 사람도 고래고래 소리를 질렀나요?"

"가끔."

베넷의 검지가 내 팔 위를 달리고 있었다.

"필체가 안 좋다는 비판도 받고요."

잘생긴 개자식

"끊임없이 받았지."

베넷은 고개를 숙여 내 입술 가장자리에 키스했다.

"상사랑 키스도 했나요?"

"우리 아버지는 악수 이상의 신체 접촉은 삼가시는 분이야."

나는 소리 내어 웃으면서 그의 재킷 아래로 두 손을 밀어 넣어 두 팔로 그를 꼬옥 끌어안았다.

"그런데 나는 더 이상 당신 인턴이 아니에요."

"그렇지. 이제는 내 동료지."

나는 기분 좋은 말을 음미하면서 콧소리를 냈다.

"그리고 내 연인이기도 한 거잖아?"

"그래요."

나의 짧은 대답은 떨리는 목소리를 입고 있었다. '안도감에 젖다'는 표현이 어떤 건지 절감하는 순간이었다. 베넷은 분명히 내 심장박동을 느끼고 있을 것이다. 베넷이 나의 귓불을 깨물었다.

"당신을 회의실로 데리고 가서 벌거벗은 채로 창가에 기대놓고 사랑을 나누려면 뭔가 새로운 구실이 필요하겠군."

따스한 기운이 온몸의 혈관을 타고 번졌다.

"하지만 당신 집에 데리고 가는 데는 구실 같은 건 필요 없어요."

베넷은 내 양쪽 뺨에 번갈아 키스하고 마지막으로 부드럽게 내 입술에 자기 입술을 댔다.

"클로에?"

"네, 베넷?"

"이런 식의 연애도 나는 좋아. 하지만 다시는 당신이 나를 떠나지 않았으면 좋겠어. 또 그런 일을 겪으면 나는 완전히 끝장날 거야."

그 생각만으로도 허파의 공기를 모두 쥐어짜는 듯 가슴이 아파왔다.

"나도 다시는 그러지 못할 것 같아요. 다시는 당신 곁을 떠나지 않을래요."

"내가 또 일을 망쳐버리면 바로잡을 기회를 줘. 알겠지만 내가 가끔 멍청이 짓을 좀 하잖아."

"가끔만?"

베넷은 허스키한 목소리로 내 귓가에 속삭였다.

"그리고 속옷을 찢어버리는 나쁜 습관도 있고."

나는 이마에 흘러내린 베넷의 머리카락 한 올을 뒤로 넘겨주며 말했다.

"속옷을 모으는 건 어떻고요. 그 묘한 취미도 빼놓으면 안 되죠."

"그래도 당신을 사랑하는 사람이잖아."

베넷은 눈을 크게 뜨고 나를 보며 말했다.

"게다가 나는 라 페를라에 있는 점원 대부분하고 이름을 부르며 지내는 친한 사이라고. 당신이 없는 동안 그 매장을 한두 번 서성거린 게 아니거든. 그리고 믿을 만한 소식통으로부터 들은 이야기인데 내가 최고로 섹스를 잘한다나. 그러니까 이런 장점들로 내 단점을 상쇄해주길 바라."

"좋아요. 내가 사죠."

나는 베넷의 머리를 잡아당겼다.

"이리 와요."

입술을 겹치고 그의 아랫입술을 살짝 깨물었다. 그리고 베넷의 옷깃을 움켜쥐고 그대로 뒤돌아서서 창문으로 그를 밀어붙였다. 까치발을 들어 최대한 가까이 베넷에게 다가갔다.

"공식적인 연인이 되었다고 해서 너무 지나친 요구를 하시는 거 아닙니까?"

"입 닥치고 키스해요."

나는 베넷의 입술에 대고 거칠게 말했다.

"네, 분부대로 하겠습니다. 보스."

잘생긴 개자식

펴낸날	초판 1쇄 2015년 5월 25일
	초판 3쇄 2016년 11월 25일

지은이	크리스티나 로런
옮긴이	김지현
펴낸이	심만수
펴낸곳	(주)살림출판사
출판등록	1989년 11월 1일 제9-210호

주소	경기도 파주시 광인사길 30
전화	031-955-1350 팩스 031-624-1356
홈페이지	http://www.sallimbooks.com
이메일	book@sallimbooks.com

ISBN   978-89-522-3158-1 03840
르누아르는 살림출판사의 로맨스 문학 브랜드입니다.

※ 값은 뒤표지에 있습니다.
※ 잘못 만들어진 책은 구입하신 서점에서 바꾸어 드립니다.

이 도서의 국립중앙도서관 출판시도서목록(CIP)은 서지정보유통지원시스템 홈페이지
(http://seoji.nl.go.kr)와 국가자료공동목록시스템(http://www.nl.go.kr/kolisnet)에서
이용하실 수 있습니다.(CIP제어번호: CIP2015013054)

책임편집 · 교정교열 **선우지운**